Schulweisheiten

Bensheimer Studien zu verdeckten Herrschaftsmechanismen
in demokratisch verfassten Gemeinwesen.

Band III.1 Der öffentliche Dienst:

Das Bildungswesen.

Teilband A Feldstudien

Von einem Autorenkollektiv. Herausgegeben von Frank Petrikau.

Hedberg, MMXXIII

Wolfgang Wilhelm

Schulweisheiten

Ein Bildungsroman

Bibliografische Information der Deutschen Nationalbibliothek
Die Deutsche Nationalbibliothek verzeichnet diese Publikation in der
Deutschen Nationalbibliografie; detaillierte bibliografische Daten sind
im Internet über http://dnb.d-nb.de abrufbar.

Satz, Umschlaggestaltung und Verlag: BoD · Books on Demand GmbH,
In de Tarpen 42, 22848 Norderstedt
Druck: Libri Plureos GmbH, Friedensallee 273, 22763 Hamburg

ISBN: 978-3-7597-8610-4

Inhalt

Der verbitterte Eklektisiastikus ein Wirklichkeitsmärchen sehr teutsch, das ist die Beschreibung seiner abentheuerlichen Irrfahrten, wie er in dieses Milieu gekommen, was er darin erfahren und gelernet und ausgestanden habe und welchen merkwürdigen und gefährlichen Geschöpfen er begegnet sei. Überaus lustig und maenniglich nutzlich zu lesen.

Sage mir, Muse, die Taten des vielgewanderten Mannes,
welcher so weit geirrt, suchend nach beruflicher Heimat.
Und singe, o Göttin, uns seinen Zorn.

Wo hast Du das erlebt, Genosse? In welcher Stadt, an welcher Schule?

Ich habe es natürlich nicht genau so erlebt. Das ist doch ein Roman.

Nichts in dieser Geschichte entspricht den Tatsachen. Und alles ist wahr.

Vorwort des Herausgebers

Der nun vorliegende dritte Band der Reihe will mehrere Adressatengruppen ansprechen. Er ist natürlich zunächst gedacht für Politologen und Soziologen sowie die Studierenden dieser Fächer. Dementsprechend werden neben den Gegebenheiten auf den staatlichen pädagogischen Dienststellen auch gesamtgesellschaftliche Erscheinungen gestreift, was die Lektüre auch für den zeitgeschichtlich arbeitenden Historiker lohnenswert machen dürfte.

Auch dem Psychotherapeuten, der tagtäglich Patienten der einschlägigen Klientel mit Überlastungsdepression zu behandeln hat, wird das reichliche Erfahrungsmaterial des ersten Teilbandes Hilfen an die Hand geben, um die Dimensionen der Frustration und Verbitterung seiner Patienten ermessen zu können. Der erfahrene Psychiater wird unschwer die Textabschnitte erkennen, welche aus der therapeutischen Praxis stammen.

Schulabgänger tun gut daran, sich vor Aufnahme eines Lehramtsstudiums mit dem umfangreichen heimlichen Lehrplan vertraut zu machen, der noch weit mehr als die Schüler Referendare und auch Planstelleninhaber betrifft.

Schließlich mag sogar der eine oder andere Bildungspolitiker den Mut besitzen, sich mit der harten Realität auseinanderzusetzen.

Last but not least möchten die Autoren auch ganz entschieden die Schülerschaft ansprechen. Ein tiefer Blick hinter die Kulissen des Schulbetriebes, der Schülern normalerweise gänzlich verborgen bleibt, soll exemplarisch, anhand eines eben teilweise vertrauten Geschehens, die Wahrnehmung schärfen für die gesellschaftlichen Verhältnisse, in welche die Jugend hineinwächst und dabei scheindemokratische Strukturen entlarven und die wahre Demokratie schützen und verteidigen soll.

Die Datenerhebung erfolgte, ergänzt durch klassische Umfragen, hauptsächlich ethnografisch, also in teilnehmender Beobachtung. Bei dieser ursprünglich aus der Kulturanthropologie stammenden Methode wurden Lehrer über einen langen Zeitraum, oft über Jahre hinweg in freier Wildbahn in ihrem Alltag begleitet, um so mit ihren dienstlichen Tätigkeiten, Gewohnheiten, Einstellungen und Problemen vertraut zu werden. Sämtliche Forschende besaßen ordnungsgemäße Lehrbefähigungen verschiedener Schulfächer.

Unser Episodenmosaik lässt sich ferner auch als eine Biographie der politischen und weltanschaulichen Radikalisierung lesen.

Um die Lesbarkeit für die nicht sozialwissenschaftlich geschulten Leserschaft zu erhöhen und das Interesse wach zu halten – aut delectare volumus – wurde eine episodenhafte Erzählform gewählt. Wegen der verschiedenen Quellen wird keine durchgängige Geschichte erzählt, viele Anekdoten und Erlebnisse ranken sich aber um einen wiederkehrenden Protagonisten.

Die Autoren machen hier eine Anleihe bei verschiedenen Fachdidaktiken, in welchen der Rahmenerzählung eine nicht zu unterschätzende positive Funktion zukommt.

Der bewährten Gliederung der Bensheimer Studien folgend, wird der demnächst erscheinende Teilband B den theoretischen Überbau liefern.

Frankfurt am Main, den 30.1.1933
Der Herausgeber.

Dramatis aliqui Personae

Studiendirektor Gerd Berkenbrink, Fachberater Sozialkunde, ist eine Art graue Eminenz.

Doktorand Friwi De Bödecker ist Spätaufsteher, Kaffeetrinker und NMR-Spezialist.

Studiendirektorin Bohnenkamp, Chemiefachleiterin, lässt keinen Zweifel an der Richtigkeit ihrer Auffassungen zu.

Studienrat Bosma ist eigentlich Chemieingenieur und der Freund von Lorentz.

Studiendirektor Michael Büker, Diplomphysiker und Physikfachleiter, mochte vielleicht den Diplomer in A. Cruse.

Panienka Agnieszka Chrząszcza wird zu Frau Angelika Cruse.

Chemieprofessor Dirksen ist alt, furchteinflößend und keine große Hilfe.

Studienrat Michael Dräng, Personalratsvorsitzender, bekommt vom Schicksal ein Glückslos zugespielt.

Leitender Regierungsschuldirektor Druger, zuständiger Schulaufsichtsbeamter, ist für den einen die optimale, für den anderen eine fatale Rollenbesetzung.

Naš pazikuća Jozsef Ernsztman versteht mehr von Geschichte als ein Sorbonneveteran.

Studiendirektor Tobias Fabri ist ein wirklich patenter und vielseitiger Mensch und überlässt Herrn A. Cruse stets die Vor- und Nachbereitung der AGs.

Oberstudiendirektor Bodo Frommholt, Schulleiter, profitiert von guten Beziehungen.

Studiendirektorin von Genuit verhindert zuweilen, dass Lorentz und Bosma frei reden.

Studiendirektorin Gabriele Gitschel wird es noch ganz weit bringen.

Oberstudiendirektorin Ulrike Hilgen, Schulleiterin, ist kalt und berechnend.

Studiendirektor Klöfer, Oberstufenleiter, ist intelligent, leistungsstark und total auf Linie.

Oberstudiendirektor Koppmann, Studienseminarleiter, ist einer der wenigen positiven Vorgesetzten in Herrn A. Cruses Leben.

Oberstudienrat Krier bietet dem Chef die Stirn.

Studienrat Andreas Cruse macht sich Notizen.

Oma Eelkje Cruse ist bibelfest und kann Trecker fahren.

Landwirt und Huf- und Wagenschmied Opa Fritz Cruse mag Holzschuhe, aber keine Bücher.

Gärtnermeister Wilfried Cruse ist für einen Mann seiner Generation erstaunlich reflektiert und lernfähig.

Land- und Baumaschinenmechanikermeister Werner Cruse wird als nett und harmlos angesehen und ist ein Feigling.

Studienrat Linnenbrügger ist im Personalrat und vor allem politischer Realist.

Oberstudienrat Lorentz ist der Chemiechef am Burggymnasium.

Studiendirektorin Niehues, Chemiefachleiterin, ist ein gutes Vorbild.

Studiendirektorin Friderike Pepper, 1. stellvertretende Schulleiterin, ist ja immer sooo nett!

Studiendirektor Schattemans, 2. stellvertretender Schulleiter, flitzt los und ist der famoseste Kerl, den das ganze Poldi aufzuweisen hat.

Diplomand Sürmann hat rote Haare und zischt gerne ein Pils.

Lehrerin im Angestelltenverhältnis Elaine van Zadelhof ist die Frau.

Vorspiel in der Deutschstunde.

Die Lektürewahl stand mal wieder an. Steger wollte den Kurs entscheiden lassen. Ein Typ, der mit sich reden ließ. *Denn nieman
kann mit gerten kindes zuht beherten.* Bei aller hemdsärmeligen
Art und seinem rustikalen Kleidungsstil war er doch ein erstaunlich
beschlagener Germanist.

»Wir könnten den *Vorleser* oder *Faserland* oder *Herrn Lehmann*
lesen? Habt Ihr bestimmt schon mal von gehört. Macht Euch mal
zur nächsten Stunde eigene Gedanken dazu, geht ins Internet, was
es noch so gäbe, auch Aktuelles, verschiedene Genres, wir sind da
ziemlich frei. Das müsst Ihr dann aber auch vorstellen und Euren
Mitschülern sozusagen verkaufen.«

Da kommt schon ein unerwarteter Vorschlag.

»Ja, in dem Buch von Frank Petrikau geht's um Schule und Lehrer und so und mein Onkel hat sich tierisch darüber aufgeregt, war
echt lustig. Dass das unerhört ist und dass das 'ne Frechheit is. Und
weil bei Ihnen doch auch immer das BRIGHT-Board nich funktioniert und überall die Fenster nich zugehen.

Und mein Onkel sagt, ich soll Sie fragen, ob Sie der Cruse aus dem
Buch sind. Sind Sie der Cruse aus dem Buch, Herr Steger?«

Kopfschütteln. »Dachte ich mir. Heißt das, Sie kennen das Buch?«

Steger wiegt lächelnd das Haupt wie Gibbs und macht ein nettes
Pokerface.

Er habe dazu was in der Mediathek gefunden. Das sei schon irgendwie anspruchsvoll. Der Deutschkursler holt in der nächsten Stunde einen Print hervor und liest erstaunlich flüssig ab: »Die meisten Mediendarstellungen über den Nutzen von interaktiven Whiteboards im Unterricht sind motiviert von Technikfetischismus, ey,
Fetischismus – Gekicher aus der Klasse – seitens der Journalistin-
nen und von (mit falscher Betonung auf dem i) duckmäuserischer –
was heißt eigentlich duckmäuserischer? – Fortschrittsgläubigkeit
der befragten Lehrpersonen. Ehrlich: Welcher Schulleiter, der vom
Bürgermeister ein sauteures BRIGHT-Board überreicht bekommen

hat, kann öffentlich verkünden, dass die Dinger auf einer unausgereiften Technologie beruhen, die sich im Unterrichtsalltag einfach nicht bewährt hat?«

Fräulein Schäfer, Tochter von RA Schäfer und Mitglied in der Jungen Union, bemerkte etwas zu gelangweilt: »Ach das, da war 'ne Diskussion im Spätprogramm. Der Vorsitzende der *Vereinigung* meinte, ein Reimwort mit drei Buchstaben auf Petrikau verkneife er sich und Nestbeschmutzer reime sich nicht. Er wies darauf hin, dass es kein einziges Bundesland gebe, in dem ein Schulleiter alleine über Beförderungen entscheide. Allein daran könne man schon erkennen, dass das ein erstunkenes und erlogenes Machwerk sei. Sie wolle es ja nur gesagt haben, sprach die Schäferin. Und ihr Vater sehe das genauso.

Der Vorredner musste aber unbedingt noch etwas loswerden. »Dieses Drehbuch ist kein Loblied auf die deutsche Schule«, las er ab, »aber es ist gut möglich, dass es ihr kalt am Arsch vorbei geht. Äh, Homer kommt aber auch vor.«

Das o als Diphthong gesprochen und betont.

Steger war es recht. Mal was anderes. Konnte vielleicht ganz interessant werden. Er zog an seinem Ziegenbart und überlegte. Schule kam im Schulunterricht gar nicht vor. Vor den Ferien etwa, *Die Feuerzangenbowle* konnte man nicht mehr zeigen, oder *Haus in Montevideo* lesen, no way. Tot. Uncool. Ein so anständiger und subtiler Humor ging völlig ins Leere. Ihm fiel noch ein, dass auf den 623 Seiten des Sozialkundebuches das deutsche Schulsystem nicht mal erwähnt, geschweige denn irgendwie thematisiert wurde.

Ach so, Siegfried Lenz – nee, wenn's was Lustiges ist, haben die Schüler gute Laune und der Steger hat's leichter.

Drei Mann auf einer Bank – eine schöne Studentenzeit.

Nicht nur die langweiligen Chemiker, Physiker, Maschinenbauer etc. in ihren karierten Hemden und Jeans oder Cordhosen mit Hochwasser gab es hier in der Halle zu sehen, sondern auch all die Studierenden der Literaturwissenschaften, diverser moderner Sprachen etc. Studentinnen. Eine Augenweide der Extraklasse bildeten die Juristinnen.

Prof. Teubner stieg aus der Biochemiegrundvorlesung, um die er nicht herumkam und ging wie immer danach zur Unisparkasse und ließ sich von dem schmallippigen Automaten einen Fuffziger hervorwürgen. Damit belohne er sich selbst für die gerade ausgestandene Qual, hieß es.

»Weltklassefrau!«

»Wo, wo, wo?«, fragte Sürmann. De Bödecker guckte auch kurz hin, gab ein freundliches Brummen von sich und genoss weiter seinen Kaffee mit *Mister Tom*, vermutlich war er um diese Tageszeit schon bei einer zweistelligen Zahl Kaffeetassen angekommen. Der NMR-Spezialist wurde gerne bei kniffligen Spektren zu Rate gezogen und ließ sich mit Kaffee und Schokoriegeln entlohnen. Cruse wies diskret auf die Studentin, die langsam nach rechts auswanderte. »Was soll an der denn Weltklasse sein?« Eine Variante der ständigen Dialoge der drei. »Ich mag nun mal Mary Poppins Stiefeletten.« Die drei musterten die hagere junge Frau im langen schwarzen Rock mit den Schnürstiefeln.

Sürmann, der in einer herumliegenden Bildzeitung geblättert hatte, sah noch genauer hin und meinte zu Cruse: »Du, diese Weltklassefrau ist Schütze.« Und fügte den verblüfften Kollegen erläuternd hinzu: »Hab' ich gerade in diesem Fachblatt gelesen. Bei den typischen Schützegeborenen ist das Pferdeartige des Gesichts sehr ausgeprägt. Aber wenn Dir sowas gefällt, Cruse.«

Die große Halle des Volkes war einer der unbestreitbaren Vorteile der modernen Kompaktuni. Ein riesiger, mehrstöckiger zentraler Hohlraum mit umlaufender Galerie, auf der Hauptebene auch

Geschäfte, fast wie eine Mall. Etwas Zerstreuung bot sich hier und man war vor Dirksens berüchtigten aufgezwungenen Fachgesprächen sicher. Denn der pulte mit Vorliebe so lange herum, bis man zugeben musste, es nun im Moment wirklich nicht zu wissen. Hilfreich waren diese Chefgespräche nur sehr selten. Statt Tipps gab es nur weitere Verunsicherung.

Die Gaststudentin aus Uruguay näherte sich aus Richtung Cafeteria. »Ist die wirklich so intelligent, macht die so dolle Forschung, dass sie an allen Messgeräten Vorrang eingeräumt bekommt?« Sürmann war grummelig. »Unsereins muss sich peinlich genau in die Warteliste eintragen, Pardon wird nicht gegeben, und Dirksens Gäste?« Ximena J. Nelson ging Richtung Institut. Nachdenklich sah ihr Sürmann nach. »Doch«, meinte er nach einer Weile, »von hinten jedenfalls sieht sie intelligent aus, sehr sogar.«

Andreas sah genauer hin. Stimmt, einen Hintern wie eine, danke Arno, Reichsunmittelbare!

Ja, man hatte ordentlich zu arbeiten, um sich auf die große, schwarze Bestie, die Zukunft, vorzubereiten. Aber noch war das Leben einigermaßen leicht. Es war die Zeit des make tea, not love, als *Beyer* und *Gerthsen* stattlich, aber nicht adipös waren, *Tipler* und *Demtröder* noch *Alonso Finn* hießen, Familie *Greiner* noch überschaubar und der *Nolting* nicht mehr als ein Vorlesungsskript war.

Und spätestens seit der Tertia hatte für Andreas festgestanden, dass er Chemie studieren wollte.

Des Helden Herkunft

Andreas' Großvater Karl Friedrich Cruse hatte Landwirtschaft betrieben und einen Betrieb für Landmaschinentechnik geführt.

Das Wohnhaus und die Werkstattgebäude, die Maschinen und Kunden, der *good will* war dann an Andreas' Vater Werner gegangen, der jüngere Sohn, Andreas' Onkel Wilfried, der zum Missfallen seines Vaters wenig Eifer als Maschinenschlosser zeigte, bekam das Heuerlingshaus mit Nebengebäuden und die Äcker, Felder, Wiesen, mit Streuobst, ein Stückchen Wald war auch dabei.

Wilfried, der immer schon mit seiner Mutter Eelkje selbstangebautes Gemüse und Obst in der Nachbarschaft verkauft hatte, sozusagen damals schon einen Biohofladen betrieb, ohne es so zu nennen, baute sich eine erfolgreiche Gärtnerei mit Baumschule und Gartenbau auf.

»Du weißt es doch am besten, die werden groß!« Tante Johanna wies immer wieder kopfschüttelnd auf diese biologische Gesetzmäßigkeit hin, wenn Wilfried mal wieder ein paar Ahornwildlinge, junge Rosskastanien und Walnussbäumchen liebevoll in Töpfchen setzte.

Und die Ahörner und Co. wurden tatsächlich groß und größer. Aber Platz war ja andererseits auch genug da. Reichlich.

Von seiner Oma Eelkje, die zeitlebens nur ein komisches Deutsch sprach, hatte Andreas Holländisch gelernt. Später beschlich ihn das Gefühl, sie habe auch ein seltsames Holländisch gepflegt.

Er hätte sich viel mehr mit ihr unterhalten müssen über sie, den Opa, die Verwandtschaftsverhältnisse. Aber die Jugend interessiert sich nicht für die Vergangenheit alter Menschen.

Später, selber nicht mehr jung, als *viele Herbste sich verdichtet*, konnte er sie vor sich sehen, eine kleine, krumme Frau, fast wie ein Kind, uralt, wie sie unermüdlich ihre Beete hackte und goss, sich von ausbleibendem Regen und krömmelig gewachsenen Früchten fast persönlich beleidigt fühlte.

»Diese drei Bäumchen, die Kirsche, der Ahorn und die Säulenhainbuche, die sind genauso alt wie Du«, hatte die Oma dem kleinen

Andreas erzählt. »Die habe ich kurz nach Deiner Geburt als ganz kleine Pflänzchen dort eingesetzt, wo sie jetzt stehen.«

Was waren das für große Bäume geworden! Die drei kräftigsten Tochterpflanzen, die Herr Cruse kurz vor dem Ausscheiden aus dem Dienst an einen guten Platz gesetzt hatte, würde er nicht mehr groß werden sehen. Bei aller Skepsis dem Phänomen Leben gegenüber – *schon ein Libellenkopf, ein Möwenhaupt wäre zu weit und litte schon zu sehr* – jetzt, wo die große schwarze Bestie, die Zukunft, ihr Interesse an ihm weitgehend verloren hatte, machte das dendro-memento mori ihn wehmütig.

Diese Szene stand ihm noch klar vor Augen. Vor dem lokalen Ede-kaladen, links halb auf der Fahrbahn, rechts haarscharf neben den Fahrradständern, steht der *Xerion*. Oma Cruse kommt aus dem La-den, sucht im Einkaufskörbchen herum. Ah, da. Sicher wackelt sie gleich auf dem klapprigen Hollandrad, das neben dem *Xerion* steht, davon. Irrtum. Die alte Frau erklettert stattdessen das Ungetüm und walzt los. Zugegeben, für die Seniorchefin hatte man nicht ohne Mühe an der Pedalerie herumgebastelt.

Die Oma war mit dem kleinen Andy mit der Straßenbahn in die Stadt gefahren, mit der Linie 2, die bis fast zu ihnen herausfuhr, zur *Puppenfee* mit der riesigen Spielzeugabteilung. Man kam aus dem Schwärmen gar nicht mehr heraus! Eisenbahnen, Matchboxautos, Ritterburgen mit Rittern, Wildwestforts mit Männekens, Kavalle-rie, Mexikaner, Indianer, Westmen. Waterpumpgunvorläufer mit transparenten Wassertanks, mit funktionslosen kleinen Kunststoff-kugeln darin. Ballerplättchenpistole? Einen Unterhebelrepetierer hatte Oma Eelkje ihm gekauft. Im Kaliber 6 mm Erbse. In einem seltenen Anfall von Zuneigung hatte Opa Fritz in das solide Spiel-zeug eine stärkere Feder eingesetzt. Und mit 12 kaufte Andreas sich eine solide Zielscheibe und gutes Gerät.

»Allen, die vor uns gestorven sind, sind auch für ons gestorven. So ist das te verstaan! Ik denk an allen degene, die vor me gegan-gen sind. En ook dat: Want wat den kinderen der menschen weder-vaart, dat wedervaart ook den beesten, en eenerlei wedervaart hun beiden: gelijk die sterft, alzoo sterft deze, en zij allen hebben eener-lei adem, en de uitnemendheid der menschen boven de beesten is geene: want allen zijn zij ijdelheid. Zij gaan allen naar ééne plaats; zij zijn allen uit het stof, en zij keeren allen weder tot het stof. Andreas wusste genau, dass die Oma dabei an Lissy und Ludo, Tommy und Lilly dachte.

Als reifer Mann, wie man so sagt, wie oft hatte Andreas später nicht gedacht, ich rufe mal just die Oma oder Tante Johanna an. Too late. Schon lange tot. Unbegreiflich. Blomstrade, åldrades, gick – men vart? *Das muss ein Morgen haben! * Stand das bei Bloch?

Kommunikation war Opa Karl Friedrichs Sache nicht so. Gab ohnehin nicht viele vernünftige Menschen. Wer nicht mindestens einmal die Woche so richtig maschinenölverschmiert war, war ein Laumalocher. Leute, die *Sie* sagten, waren Lackaffen. Studienräte z.B..

Er verschwand als alter Mann am liebsten hinten im Nebengebäude in seiner großen Werkstatt, wo die Drehbank und die große Standbohrmaschine standen. Fertigte dort irgendein Ersatzteil für einen Trecker, der fast so alt schien wie er selber. In Klompen auf den groben Holzbohlen stehend, die Pipen im Mund. Das monotone Singen der Drehbank, der unverkennbare Geruch von heißem Maschinenöl, wie der Support mit dem Schneidwerkzeug langsam vorrückte und die heißen, blauangelaufenen, messerscharfen Späne abschälte. Kindheitserinnerungen.

Früher hatte er auch noch Schmiedearbeiten durchgeführt, Ketten, Pferdegeschirre und Pflugscharen repariert, auch Hufeisen angepasst. Die Esse war jedoch schon lange kalt. Der lungenkranke Mann konnte die schweren Werkstücke nicht mehr hantieren und vor allem die Hämmer nicht mehr lange führen.

Nachdem Andreas einmal mit dem Vorschlaghammer ordentlich daneben gewämmst hatte, waren sich die Zeos der Familie sofort darin einig, dass Andy kein handwerkliches Genie sei. Auf den abwegigen Gedanken, man könnte auch mal in Ruhe etwas erklären oder vormachen, ein wenig Geduld zeigen, kamen sie selbstverständlich nicht.

Die versammelten Fachleute guckten aus den Werkstattfenstern. Heini Piepenbrink kam auf den Betriebshof gequalmt. Schon wieder. Der große Schlepper mit der 6,8 l Maschine hatte immer wieder Kopfdichtungsprobleme. Firma Cruse wusste nicht weiter.

»Geh mal fragen, was er will«, sagte Werner Cruse zu Andy, der gerade hinten aus dem Öllager kam.

»Da haste mal wieder den Dümmsten in der ganzen Bauerschaft vorgeschickt«, sprach Fritz Cruse laut und deutlich in die Runde. Dann ging er selber raus, um sich mit Heini zu zanken.

»Piepenbrink, oller Knickerpott, ich habs Dir ja gleich jesacht, der Schlepper war viel zu billig, aber Du wolls ja partout nich auf mich hören!«

Andy grub der Oma im Frühjahr den Nutzgarten um. Er machte das gerne, und außerdem bekam er später Tomaten, Erdbeeren und Himbeeren von der Oma.

»Hör mal Andy, ich möchte Dich beraten«, sagte die hinzugetretene Oma.

»Grab doch immer nur ein Stückchen um, das kannst Du dann vom Rand her glattharken und dann mit dem feinen Rechen drübergehen, ohne dass Du wieder auf dem frisch umgegrabenen Stück rumknotten musst.«

Merkt man den feinen Unterschied?

In Andreas Großelternhaus hingen keine Gainsboroughs, wurde auch kein Schoppäng gespielt. Ganz unintellektuelles Arbeitsleben. Oh, durchaus intelligente und findige Leute, die zu Vermögen zu kommen wussten.

»De Böker hebbt di verdorven«, musste sich Andreas mehr als einmal vom Opa Fritz sagen lassen. Andreas' überaus praxisnahe Versuche hinter der Schuppenmauer zu schnellen Oxidationsreaktionen, begleitet von akustischen und optischen Erscheinungen waren dem Senior dann auch wieder nicht recht!

Die falsche Frau, die Andreas' Vater geheiratet hatte und der er ebenso nützlich wie gehorsam war, wollte gesellschaftlich etwas gelten und hatte den Wert von Bildung klar erkannt. Anders als ihre bäurischen Schwiegereltern. Seit der Grundschule trieb sie ihren Sohn unerbittlich an.

»Hast Du heute schon Klavier geübt?! Das soll Deine Hausaufgabe sein? Diese Krickelei?! Das schreibst Du alles schön noch einmal, Freundchen. – ›Ja, aber ich-‹ »Keine Widerworte! Alt und grau darfst Du werden, aber nicht frech!«

Wenig Schläge, viel Schelte, viele Vorwürfe, Angstpädagogik, Hausarrest, üben, üben und nochmals üben. »Wie heißt der Andy mit Nachnamen? An die Arbeit!« Lockerung gegen gute Noten. Lehrbuchwidrig erzeugte das bei Andreas aber keine Aversion, sondern eine hohe Affinität zu Büchern, Schule, Studium, Wissen. Das musste er zugeben.

Einblicke in den universitären Forschungsbetrieb

Wieder ein Freitag. Wieder in Deutschland. Verbeulte Handwerkerkarren rasten vorbei im Vorgefühl des Wochenendes mit Mopsgeschwindigkeit, hinter der Frontscheibe alles zugemüllt, der Fahrer mit Fluppe im Maul, die Narrenkappe falschrum; wummernde Bässe aus tiefergelegten, schwarzen, noch schnelleren Dreier-BMWs, jede Wette, der Fahrer in einer Lebenskontrollverlusthose. De rauten Striemen anne Büxen machen's für Brigadier Schlabberhose auch nicht besser. – Menschenbild.

Nach dem Vorbild eines ehemaligen Studienkollegen hatte er sich als stipendiat, beurshouder oder gjesteforsker, stets nur auf befristeten Stellen, eine Weile über Wasser halten können. Dabei war der Freitagabend, Arbeitsende, als er noch Arbeit hatte, immer die schönste Zeit. Gewissermaßen Schabbat Schalom.

Zusammenpacken, ein letzter Kontrollblick ins Labor, und auf seiner ersten, besonders prägenden Station, dann mit dem alten, schwarzen Armeefahrrad mit dem eiernden Vorderrad den ruhigen Fluss entlang rollen, in welchem nach ehrwürdiger studentischer Tradition nicht wenige Geschwister seines Gefährts lagen, unter einem schweren, düster-romantischen, grau-dunkelblauen Himmel, nach einer halben Stunde Fahrt kamen die Türme der Kathedrale in den Blick; die berühmte, alte Stadt. In seiner kleinen Wohnung in der Straße mit den Krähenschlafbäumen dann in aller Ruhe speisen, dabei TV gucken, und jede Woche doch etwas mehr verstehen von der ärgerlichen Sprache, bei der oft man dachte, verstanden zu haben und dann doch nicht verstanden hatte, definitiv nicht an die Arbeit denken, bis zum Sonntag. Da plante er die nächsten Schritte, stöberte in der Bibliothek, rollte wohl auch nicht selten schon wieder zum Institut.

Doch auch hier konnte er nicht bleiben, weil ihm das Forscherglück so wenig hold war wie das Glück überhaupt zu jener Zeit.

Die Älteren hatten noch promoviert, die Jüngeren wie Cruse hingegen hatten zugesehen, sich umzuorientieren, solange sie nicht gänzlich chancenlos waren. Oder dafür angesehen, versteht sich. Prof. Dirksen, der Chef der Arbeitsgruppe, hatte solange ein gewisses Verständnis für seine Ehemaligen, die einfach keine Anstellung fanden, solange seine eigene Tochter auch arbeitssuchend war.

Das war auch so eine Sache gewesen, Fräulein Dirksen, der Abfall und die Feinregulierung. Zur Überbrückung, wie es hieß, forschte Stephanie Dirksen, obwohl eigentlich Biologin, nämlich ein bisschen herum in Vaters Arbeitsgruppe. Da hatte es diesen hässlichen Zwischenfall in der Dekanatssitzung anlässlich der neuen Gefahrstoffverordnung zwischen Dirksen und dem Sicherheitsbeauftragten Dr. Hassel, einem unbequemen Mittelbauer mit Berliner Schnauze gegeben. Letzterer hatte nämlich gerügt, dass die Laborabfälle der Institute glatt in den allgemeinen Hausmüll der Uni gingen, was Dirksen als hanebüchenen linken Ökounsinn zurückwies. Pech nur, dass Hassel Recht hatte. Dirksen als letztlich verantwortlicher Quasiunternehmer gab daraufhin die Parole in seiner Arbeitsgruppe aus, dass bei sorgfältigem Arbeiten gar keine zu entsorgenden Rückstände übrigblieben.

Stephanie tappte nichtsahnend in die Falle, als sie in aller Unschuld des Chefs Laborantin fragte, wohin sie mit den Filterpapieren mit den Arsenresten solle. »Wer sorgfältig arbeitet, produziert keine Abfälle, schon gar keine Arsenabfälle, Fräulein Dirksen.« »Was soll denn der Quatsch?« »Tja, so jedenfalls hat uns Ihr Herr Vater belehrt.« »Der Alte spinnt doch!«

Wie die beiden Dirksens das intern klärten, ist nicht überliefert.

Nach der Sache mit der Handmechanik war aber Schluss mit dem Gastaufenthalt. Bediente man die ein paar tausend Mark teure Regulierungsmechanik mit der Heizspitze und den Sensoren nicht äußerst behutsam und sachkundig, bevor man die Ventile zudrehte, war das gute Stück verbogen, hielt auch nicht mehr dicht und war nur noch Edelstahlschrott. War man zu langsam mit dem Absperren, brach das Hochvakuum in der heißen Apparatur zusammen, schlimmstenfalls feierte der Detektor durch den zu hohen Sauerstoffgehalt dann schon Silvester.

Doch, damals musste man tatsächlich noch selber romworschtele un Knäppscher trecke.

Nach Gerätelogbuch kam nur Stephanie D. für das Malheur in Frage. Kurz nach diesem Zwischenfall bekam Stephanie eine Anstellung und verschwand wieder von der Bildfläche.

Was blieb aus Andreas Cruses Sicht noch von Dirksen? Zum Geburtstag: »Auf dass Sie nicht nur älter, sondern auch klüger werden!« Drückte man die Hoffnung aus, der neue Versuch werde endlich Erfolg bringen: »Ja, ja, am Hoffen und Harren erkennt man den Narren!« Oder auch dies: Ein Doktorand vermag ein Gerät vom Dach des Hochschranks herunterzuholen, Dirksen kommt hinzu: »Nun, Sie sind wohl lang; groß werden Sie nie.«

Unbestritten, der Mann hatte ein paar hundert Publikationen auf dem Buckel und war in der Fachwelt angesehen. Als saturierter, alter, furchteinflößender C4-Professor las er zu Cruses Zeiten nur noch eine kleine Handvoll der renommiertesten Journals und publizierte auch nur in diesen und nur umfassende Arbeiten.

Übrigens, wer nur noch *JACS, Berichte, J.Het.Chem., J.Org.Chem* und *J.Phys.Org.Chem.* liest, tja, der kennt die Literatur nicht ausreichend.

Woanders, das hatte Cruse an ausländischen Hochschulen gelernt, kultivierten Hochschullehrer, die eben nicht lebenslang auf einer Professorenstelle saßen, durchaus die SPU's, die smallest publishable units. So kamen die Studenten auf die benötigte Anzahl Publikationen und der Supervisor stellte seine Produktivität unter Beweis.

In der Nachbararbeitsgruppe hatten weder der Chef noch sein akademischer A15er bemerkt, dass die Tage des Hauptanalysegerätes, von dem etwa die Hälfte der Arbeitsgruppe abhing, gezählt waren und dass sich die eigentliche Auswertehardware darin beim besten Willen nicht würde reparieren oder ersetzen lassen. Anfragen bei Technikmuseen wurden abschlägig beschieden. So mussten die armen Hansels dort nach mühseligen und ungenauen Verfahren aus den Sechzigern versuchen, zu ihren Daten zu kommen.

Der akademische Direktor dort war kaum auf die Maschine angewiesen und dirigierte zu

90 % seine eigene Forschung. »Wenn ich schon nicht selber Professor werden kann, will ich es auf mindestens genauso viele Publikationen bringen wie der C3er eine Etage unter uns!«.

Wenig Chancen mit Chemie in der Heimat

Es war noch nicht lange her, dass Siemens ein paar tausend Ingenieure, Informatiker und Naturwissenschaftler entlassen hatte. Nein, à la Tom de Marco natürlich freigesetzt zur Wahrnehmung neuer Karrierechancen. All das Gerede, dass Deutschland doch vom Erfindungsreichtum seiner Wissenschaftler leben müsse und die jungen Menschen schon auf der Schule für die exakten Wissenschaften begeistert werden sollten, ging Andreas Cruse gewaltig auf die Nerven. Ihn und ein paar tausend andere Absolventen jedenfalls brauchte Deutschland nun nicht mehr.

Die Absolventen versickerten in enge, unbequeme Ritzen des Arbeitsmarktes. Ulrike Voss kam bei einer landwirtschaftlichen Zuchtanstalt unter, was immer wieder Anlass zu allerlei Späßen bot. Sürmann ging zu einer Bauchemiebude. »Wenigstens für die kalte Jahreszeit, bis die Biergärten wieder öffnen.« Er blieb dort hängen. Etliche wurden Pharmavertreter. Dr. Jürgens bot sich einem Friseurartikelgroßhändler als Laborant an und war plötzlich Chefchemiker bei der Biospray GmbH. Bloß für ein immerhin gutes Laborantengehalt versteht sich, aber man nimmt, was man kriegen kann.

Der »Rote Rolf« hatte besonderes Pech. »Herr Dr. Haubrock, das wird Sie auch interessieren. Meine Tochter kommt jetzt doch von ihrer Weltreise zurück. Freuen Sie sich mit mir. Sie ist ja auch Chemikerin und wird in meine Firma einsteigen. Sie wird dann Ihre Stelle übernehmen. – Ich kann Sie also leider nach Ablauf der Probezeit nicht weiter beschäftigen. Ich gebe Ihnen hier schon mal einen Entwurf für Ihr Arbeitszeugnis.« So verkündet in der letzten Woche der Probezeit ...

Und in der Fremde?

Friwi de Bödecker, auf dessen Spuren Andreas Cruse dann später wandelte, hatte sehr gründlich, aber sagen wir mal ebenso sehr ruhig promoviert und war dadurch schon ein recht bemoostes Haupt. Jedoch war er damals einer der ganz wenigen in der Bundesrepublik, die sich mit der semiempirischen, computersimulationsgestützen NMR-Interpretation, insbesondere für die Stereochemie von Naturstoffen, auskannten. Aber wer brauchte in diesem, unseren Lande schon innovative Wissenschaftler in Zeiten wie diesen? Er kassierte die üblichen Absagen und ging dann für längere Zeit als Postdoc nach Oslo. Dort war der NMR-Fachmann hoch willkommen. Als Wissenschaftler. Die Bezahlung war auch ausgesprochen gut. Noch viel mehr als die schwedische ist aber die norwegische Gesellschaft im Grunde eine ge- und verschlossene Bauern- und Fischergesellschaft geblieben, in der Ausländer, insbesondere die vom Gasreichtum eingekauften ausländischen Fachleute, sachlich korrekt behandelt werden, jedoch oft allein und einsam bleiben. Die armen, ungebildeten Einwanderer, nebenbei bemerkt, bilden die Rinkebyghettos aus.

Friwi blieb allein. »Die norwegischen Mädchen hatten alle einen Gehfehler!« klagte er später. »Sie gingen schon mit einem Norweger.«

Dem einsamen Andreas erging es nicht besser; die einzigen jungen Frauen, denen er einmal aufgefallen war, waren zwei Soldatinnen der frelsesarmé. Sie luden den landfremden Streuner in Oxfamklamotten ein, in ihre Versammlung zu kommen.

Kontakt mit Friwi gab es auch kaum noch, denn der hatte sich in seiner mehrdimensionalen COSY, NOESY, SEXY, HMQC und was noch alles Kernspinresonanzwelt eingeschlossen.

Zwar nicht mehr wie Andreas Tangen in Christiania herumirrend, blickte Andreas Cruse dann doch abends allein am Hafen von Christiansand auf die See Richtung Süden und lungerte des Sonntags an der stasjon herum. In einer Stunde hätte er gepackt gehabt, um den Fernzug Richtung Heimat zu nehmen. Ein tröstlicher Plan.

Als nun der Friwi vom Leben in der wohlhabenden, jedoch kühlen und dunklen Stadt, die niemand verlässt, ohne dass sie ihm ihre Marken eingegraben hätte, die Nase voll hatte, kam er zurück ins Münsterland und er verbiss sich dann ins autodidaktische Studium des Aktienhandels. Und hatte lange Zeit verblüffenden Erfolg. Und mit dem Gewinn kaufte er sich, alle hielten ihn für bekloppt, in BaWü, für alte Westfalen ist das fast schon Ausland, Tiefgaragenplätze, die er vermietete. Immer mehr Garagenplätze.

Schließlich hatte er auch mal eine kleine Wohnung passend zum Tiefgaragenplatz dazu erworben und war nach BaWü gezogen. Eine gewisse Sylvie hatte dabei eine undurchsichtige Rolle gespielt, die wohl weit über Wohnungsvermittlung hinaus gegangen war. Die Beziehung hatte aber nicht gehalten. Angeblich hatte Sylvies leiernder Badenser Singsang das Fass zum Überlaufen gebracht.

Warum er nicht in BaWü geblieben sei? Schließlich sei er doch mal, Sylvie und so?

»Nee, lessons learned, die im Muschterländle schmeißen ihr Altpapier in die Gelbe Tonne. Wie kann man nur Abfälle nachträglich mischen, die so gut wie nicht zusammen anfallen?«

»DeBö, das ist wirklich schlimm, echt übel!« Grins.

»Aber vor allem, was ich so mit den dortigen Finanzbehörden zu tun hatte, reicht mir vollkommen. Die hatten alles vorliegen, und ich musste das mühsam heraussuchen, um es denen digital wieder zu schicken. Von wegen, the Läänd! Allein dieses blöde Wort kostete uns Steuerzahler Millionen, seid umschlungen! Wenn ich hier bei uns einen persönlichen Termin mit meinem Finanzamt mache, –«

»Du hast Rendezvous mit deinem Finanzamt, DeBö?«

»Steuernummer angeben, Anliegen mitteilen, dann spreche ich im Finanzamt mit meinem Sachbearbeiter, der sich vorbereitet hat. Und in Heidelburk? – DeBö schnaubte vor Wut – ein übellauniger Zerberus sitzt in einer Art Conciergeloge, der unkündbare Beamte, wie man sich ihn nur vorstellt, und weist einen mit frecher Pampigkeit ab. ›Komm Du bloß nie wieder her‹. Nachdem man per Mail haarklein expliziert hatte, worum es geht!«

»Meinet Sie etwa, mir holet für jeden Steuerpflichtigen ekschtra eine von unsre 420 Kollege hier insch Foyer, nur um mit Ihne ze schwätze? Wie, Sie wollet sogar hier im Finanschamtschgebäude umeinander laufe?!«

Soweit man weiß, hat er ein ganz auskömmliches Dasein auf dem Gut seiner Geschwister, tuckert des Sonntags mit dem Lands Bulldog, der sein Leben einem komplizierten chirurgischen Eingriff von Opa Cruse verdankte und in dessen Tank gewiss kein versteuertes Dieselöl schwappt, von Dorffest zu Dorffest und ist's zufrieden. Pfeif auf die Wissenschaft. Man muss nur zu Geld kommen!

Als zweites Standbein neben den Garagen erarbeitete er sich einen Meter Mathebücher und gibt nun Nachhilfe auf Universitätsniveau. Man nennt das dann Coaching.

Deutschland brauchte die jungen Chemiker nicht. Ganz einfach.

Auf Aktien, Immobilien oder Mathematik mochte sich Andreas Cruse nicht stürzen. Ein Exkollege aus Dirksens Arbeitsgruppe, »Fast Ecki« Naumann war richtig erfolgreich und auch zufrieden als Pharmareferent. Andreas überlegte. Einen Versuch wär's doch wert.

»Du, Nauman, was ich Dich mal fragen wollte, ich überleg mir so, also, ich weiß ja nicht, ob das was wäre, hm, ob ich auch Pharmareferent werden soll?«

»Nö. In dieser Zeit hättste schon mindestens drei Arzneimittel beim Onkel Doktor bewerben müssen. Und noch vorher mit den Mädels an der Anmeldung schäkern. Ein Tiegelchen Hautcrème überreichen. ›Zum Erhalt Ihrer Schönheit‹. Bist im Reden einfach zu langsam.« Andreas gab Naumann recht. Das also nicht.

»Am Hoffen und Harren erkennt man den Narren.« Dirksens blöder Spruch kam Andreas immer wieder in den Sinn.

Trotzdem hoffte Cruse erst mal auf bessere Zeiten. Älter wurde er auch. Zwar hatte das mit befristeten Forschungsstellen in Nordwesteuropa nach De Bödeckers Vorbild ja eine Weile geklappt, zuletzt an einer holländischen Hochschule. Aber nun drängte sein guter Vaterbruder, er solle nach Hause kommen. Bei den Holzschuhträgern habe er langfristig keine Zukunft. Es sei Zeit, sich das einzugestehen.

Notfalls könne Andreas doch mietfrei bei ihm über der Gärtnerei wohnen.

Chancenlos mit Chemie war ein Artikel in der *ZEIT* überschrieben gewesen. Den Absolventen mangele es an Sprachkenntnissen, geistiger Flexibilität und praktischem Know-how. Ja, was denn nun? Und wie soll ein absoluter Berufsanfänger zu den praktischen Kenntnissen gelangen, wenn die denn verlangt werden, hä? Das klassische Schuster-Vogt-Dilemma.

Bemühen wir mal wieder unser gusseisernes Gedächtnis. Vor wenigen Jahren traten fünf Industriechemiker auf der GDCh Abendveranstaltung im großen Chemiehörsaal auf, um über die Zeit nach dem Studium zu informieren. Fragen aus dem Auditorium: Ob man z.B. noch Russisch oder Japanisch erlernen solle? Vorlesungen in Betriebswirtschaft hören?

»Englisch können wir alle, davon reden wir erst gar nicht. Chemie sollen Sie können! Das erwarten wir von Ihnen. Alles andere bringen wir Ihnen dann schon bei, wenn es nötig sein sollte.«

Ach ja, von umgeschmolzenen Ökotrophologinnen auf irgendwelchen ABM-Maßnahmen, die einen Zeitungsartikel platzieren durften, lass ich mir nichts über intellektuelle Beweglichkeit erzählen! Bring Du erst mal ein Chemiestudium erfolgreich hinter Dich!

Dachte Andreas Cruse.

Doch chancenlos war man tatsächlich. Wenn später Schüler gelegentlich der Kurswahl zu Berufsaussichten mit Chemie fragten, las er sehr gern ein paar Sätze vor, die er auf einem losen Blatt bei den rückgesandten Unterlagen einer seiner zahllosen Absagen gefunden hatte. Ob Absicht oder Zufall, wusste er nicht.

»Die Fülle der bei uns auf nur eine ausgeschriebene Stelle eingegangenen Bewerbungen hat uns völlig überrascht. Ab der 800. Bewerbung stellten wir die Sichtung ein. Und mit Schrecken wurde uns klar, dass von mindestens zwei Jahrgängen qualifizierter Hochschulabgänger der Chemie ca. 90 % ohne jede Chance auf angemessene Stellen sein dürften. Ich erspare Ihnen und mir irgendwelche aufmunternden Floskeln. Ihre Lage muss wirklich deprimierend sein ... «

Das Arbeitsamt?!

Ein Studienfreund hatte ihm dann erzählt, Fachwissenschaftler würden doch sofort als Lehrer eingestellt werden, bei dem herrschenden Lehrermangel! Nachdem Andreas sich bis zur Landesregierung durchtelefoniert hatte, erfuhr er, dass dieses Fenster vor einem Monat geschlossen worden war.

Apropos Landeshauptstadt. Als nüchterner Mensch hatte er in aller Unschuld das erste Mal an einem Rosenmontag dort angerufen. Konnte man das denn glauben? Laut Bandansage seien die Sachbearbeiter des Dezernats 4c, Gymnasium, bis Spätsommer des übernächsten Jahres auf einem Betriebsausflug. Das musste doch ein Irrtum sein.

Arbeitsamt? Jo. Einbestellung zur Entgegennahme eines Stellenangebots. Tatsächlich handelt es sich um eine Fortbildungsmaßnahme. Nun ja. Berufsbegleitend. ? Er übe seinen Beruf gerade z. Z. nicht aus, arbeitssuchend eben. Gleichgültige, etwas gelangweilte Blicke der Arbeitsvermittlerin. Etwas anderes habe sie nicht. Und Cruse müsse sich bei dem Fortbildungsinstitut pünktlich zum ersten Termin der Maßnahme einfinden. Sonst Leistungsstreichung. Müsse. Einfinden. Leistungsstreichung.

Apropos. Cruse habe die Frist für die turnusmäßige Meldung beim Arbeitsamt als weiterhin arbeitssuchend und arbeitsfähig versäumt. Daher werde man ihm die Leistung für 14 Tage streichen. Dass es keinerlei passende Stellenangebote gebe, spiele keine Rolle!

Ja, da musste hart durchgegriffen werden.

Ja, er wisse, so und so, müsse jedoch. Cruse und Co. bekamen die schon parat liegenden, vorgefertigten Bescheinigungen für's Arbeitsamt in die Hände gedrückt, nur berufsbegleitend, nicht für arbeitslose Arbeitslose.

Cruse tingelte selbstorganisiert und eigenverantwortlich von einer Fortbildungsinformationsveranstaltung zur nächsten. Bei einer Bildungseinrichtung in Dortmund, die eine Ausbildung zum technischen Redakteur, d.h. Verfasser von Bedienungsanleitungen anbot, bekam er mal wieder eine glatte Abfuhr. Man spreche ganz gezielt Diplomingenieure an und keine Naturwissenschaftler. Ja, die Ingenieure hatten die weitaus stärkste Lobby. Von dieser Veranstaltung erzählte er später immer mal wieder. Er war ja immerhin in Europa für einen Arbeitsplatz umhergewandert. Wenn auch nicht mehr als Wanderarbeiter für die Grasmahd wie seine Vorfahren. Spiralcurriculum. Den arbeitslosen Dortmunder Jungingenieuren, meist Hüttenleuten, sagte man allen Ernstes: »Ihre Einstellungschancen als technischer Redakteur steigen ganz erheblich, wenn Sie sich nicht nur in Dortmund, sondern sagen wir mal auch in Bochum und Essen bewerben.« Traurig schlich unser Hollandheimkehrer davon.

Wenn der Arbeitsmarkt etwas nicht brauche, dann Chemiker. Keine Zeit mit der nutzlosen Promotion verplempert zu haben, sei immerhin die richtige Entscheidung gewesen. Die Auslandsrunden hätten ihn andererseits ebenfalls nur älter gemacht.

Eine Ausbildung zum Alten- oder, er habe die freie Auswahl, Krankenpfleger würde man ihm bezahlen.

Sprach der Mann vom Arbeitsamt.

Cruse fühlte sich auch als Westdeutscher nicht so ganz mitgenommen. Auch sein Lebensentwurf ging nicht so ganz auf.

Sehr viel später würden angesehene Leute, öh, Forschende, analysieren, herausfinden und nicht schlecht dafür bezahlt werden, dass die Verweigerung des Zugangs zu etwas, worauf die Problemwähler glaubten, ein Anrecht zu haben, zu ungeahnten Entwicklungen geführt habe.

Irgendwie tat sich dann wieder was im Gesundheitswesen. Eine Reform jagte ja die andere. Immer stärker wurde betriebswirtschaftliches Denken in Krankenhäusern nötig. Da gab es eine Ausbildung zum Gesundheitsmanager in Hamburg, Dauer 15 Monate, mit Praktikum. Der nun zuständige, noch neuere Fachberater beim Arbeitsamt würde ihm den Lehrgang bezahlen. Augenzwinkernd hatte der Fachberater für besondere Fachkräfte noch gesagt, eigentlich habe er ja noch jede Menge Umschulungen zum Steuerfachgehilfen oder zum altbekannten Krankenpfleger auf dem Schreibtisch, die müsse er noch einigen Leuten unterjubeln. »Fühlen Sie starke Neigung,

Steuerfachgehilfe zu werden, Herr Cruse«? Cruse verneinte. »Na sehen Sie, Sie wollen also Krankenpfleger werden!« Aber dieser Mann vom Arbeitsamt, ein gewisser Dr. Gräwe, war Cruse wohlgesonnen. Weil Andreas sich intensiv selbst gekümmert hatte und den buntblühenden Strauß von Misserfolgen vorlegen konnte. Bzw. einen verwelkten.

Er sollte die Gesundheitsgeschichte in Hamburg bekommen. Schon wieder fort von heimatlichen Gefilden, aber was half's. Gräwe drückte ihm die Unterlagen zum Ausfüllen in die Hand, man stand schon in der Tür.

»Ach, Lehrer wollten Sie ja nicht werden?« Stumm wies Andreas Cruse auf das Schild im gegenüberliegenden Flur der Etage. *Abteilung für arbeitssuchende Lehrkräfte*, stand über dem Flureingang geschrieben. Dr. Gräwe winkte ab. »Das gilt doch nur für Germanisten und Historiker und so. Ich bin übrigens Frühneuzeitler. *Das Heuerlingswesen im Rahmen der Grundherrschaft im Osnabrücker Land*. Sollte man gelesen haben! Na ja, man muss im Leben einfach auch mal Glück haben. Jedenfalls haben Sie mit Ihren Qualifikationen auf der Lehrerschiene die besten von allen schlechten Einstellungschancen, so sieht's aus. Ja, die Landesregierung erschwert die Sache gerade mal wieder, so ohne weiteres lassen sie nun keinen mehr unterrichten.«

Das sei mal so mal so, ein System könne man nicht erkennen.

»Und Sie müssten natürlich ein bisschen was nachziehen.«

Die Aussicht auf eine Zukunft ohne Krankenhaus war natürlich verlockend.

Ein bisschen was nachziehen hieß aber, zurück an die Uni und ein zweites Lehramtsfach studieren. Mathematik, Physik oder auch gerne Latein, so in dieser Größenordnung. Es stellte sich die wichtige Frage der Finanzierung. Im Ausland hatte er zwar eisern gespart. Ob das Arbeitsamt das denn finanziell unterstütze. Nein, das sei doch ein richtiges, auf spätere Berufsausübung abzielendes Studium. Cruse gab noch nicht auf. Er wusste ziemlich gut, wie es den lokalen Fachkollegen und –kolleginnen so erging. Eine Studienkollegin, jetzt die Frau von Dr. Baumann, bekomme doch auch ihr Zweitstudium für's Lehramt bezahlt bzw. weiter Alogeld. Ja genau, erklärte Dr. Gräwe, eine Hausfrau, die nur so zum Zeitvertreib vor sich hin studiere, bekomme weiterhin Arbeitslosengeld, weil sie ja sofort dem Arbeitsmarkt zur Verfügung stehe. Dass Frau Baumann am Chemikerarbeitsmarkt ebenso chancenlos sei wie er, Cruse, ändere nichts an der Rechtslage.

Die eigene Schulzeit.

Lehrer werden? Wie wäre das? Andreas versuchte sich an die eigene Schulzeit auf dem Gymnasium zu erinnern. Klar, seine ehrgeizige Mutter hatte ihn dort angemeldet. Obwohl die Grundschullehrerin am Ende der 4. Klasse gemeint hatte, es sei auch nicht unbedingt sicher, dass der Andy die Hauptschule nicht vielleicht doch schaffen könnte. Sein Vater stellte in Aussicht, ohne Abitur könne Sohnemann höchstens Müllmann werden. Aber nicht Müllautofahrer, denn der müsse ja Grips haben, weil er die LKW-Führerscheinprüfung bestehen müsse.

»Dann hättest Du mir intelligentere Eltern aussuchen müssen!« Aber dieser Hinweis gehörte selbstverständlich in die Shootout-Phase der Vater-Sohn-Beziehung. On n'oublie jamais. On ne s'y habitue jamais. Doch noch sind wir in der Sexta:

»Guten Tag, Frau Cruse, bitte nehmen Sie doch Platz.«

»Guten Tag, Herr Jörgens. Woher wissen Sie-?«

»Dass Sie die Mutter von Andreas sein müssen, sieht man doch sofort.«

Andreas konnte sich gut an den stolzen Livebericht seiner Mutter erinnern. Herr Jörgens, äußerlich ein Mittelding zwischen Hans-Joachim Kulenkampff und Klaus Havenstein, war Andreas' erster Panzerkommandant gewesen. Ein wirklich freundlicher, jovialer Mann, der früher Deutschlehrer war und die hübsche, blauäugige, besorgte Mutter mit dem unverdächtigen, niederdeutschen Familiennamen, die ja auch ungefärbtes Hochdeutsch sprechen konnte, sofort beruhigte. Ach, auf die Gutachten gerade von der Wichernschule gebe er fast gar nichts. Andreas sei ein gut erzogener und sehr fleißiger Schüler. Frau Cruse hatte zu Hause berichtet. Die Stimmung am Abendbrotstisch nach diesem Elternsprechtag war gut gewesen.

Wie gesagt, es gab kaum Schläge im Elternhaus, dafür viele Drohungen; immer mal wieder plagte Andreas die Vorstellung, in Schrebergartenhäuschen und alten Scheunen unterkriechen zu müssen.

Alles in allem kam er recht gut klar und ging ab der Oberstufe definitiv gerne zur Schule. So lächerlich schlecht wie Tucholsky in

Ein Kind aus meiner Klasse es darstellte waren seine eigenen Lehrer nicht.

Wie diese Lehrer zueinander standen, bekam man als Schüler kaum mit. Klar, dass die ›Damals auf der Wevelsburg und rechts von mir ist nur noch die Wand‹ – Fraktion in Opposition zu den jüngeren Geschichtslehrern um die rote Siggi stand, war nicht zu überhören. Typischerweise im Geschichtsunterricht.

Da waren die farblosen, harmlosen Typen. But don't judge a book by its cover. Der sanfte, leise Englischteacher hatte Andreas beim Tischtennis auf der Betonplatte draußen beim Sportplatz aber sowas von abgezogen.

Lederjackenschmidt mit Buffalo Bill Frisur, Sport und Englisch. »Lauft euch schon mal warm …« »Wollt ihr Fußball spielen?« Nicht der Fleißigsten einer, schien es.

Sport in Einzelstunden in der engen, kleinen Halle, verschwitzt wieder in die Klamotten, Raubtierkäfigduft in der Umkleide und dann wieder im Klassenraum, puh!

Gut, beim Turnen taten die Sportlehrer schon etwas für's Geld, aber der einzige, der mal die Regeln für Mannschaftsspiele erklärte und Techniken lehrte, war Freddy, ein Referendar.

Beim Fußball draußen auf dem großen Aschenplatz jagten die bereits etwas o-beinigen jungen Kicker in ihren Stollenschuhen brüllend und schwitzend umher, während die Sportluschen wie Andreas sich so langsam auf ihren »Verteidigerpositionen« bewegten, dass sie, wie die Atomrümpfe im Bezug zur Elektronenbewegung, in guter Näherung als ortsfest angesehen werden konnten. Basketball war noch viel schlimmer. Aber die in Sport schlechten Schüler kamen nicht auf die Idee, dass ihre Sportlehrer gefälligst hätten angemessen unterrichten sollen, wie man z.B. Basketball spielt. Die Vereinsbasketballer jagten dribbelnd und passend umher, und die anderen guckten staunend in die Luft.

Latein. Gelbe oder hellblaue Heftumschläge, passend zum Grammatikbuch. Rüsing mit seinen breiten, ein wenig schiefen Schultern knallte die Klassenarbeitshefte bei der Rückgabe auf die Tische. Den besten, fast dezent als erste. Die schlechtesten unter den jungen Altphilologen bewarf er zum Schluss beinahe mit den Heften.

Bei anspruchsvollen Fragestellungen, damals fragten Lehrer zumeist noch schlicht, anstatt operationalisierte Arbeitsaufträge zu stellen, übersah Rüsing ritualisiert epigonale Wortmeldungen. Michael Paldrammes neigte das Haupt ein wenig und blickte unglücklich auf den Tisch, er rang mit sich, denn er musste noch allerletzte Zweifel an seiner, selbstverständlich richtigen Antwort ausräumen. So kam dann meist John F. zu Wort: »Das ist dem Kasus nach ein Genitiv Singular, der Funktion nach ein Prädikatsnomen.« Oder: »Den Infinitiv Futur Passiv bildet man folgendermaßen … « Und Paldrammes nickte Zustimmung.

Der Lateinlehrer gab so an die 300 Vokabeln zum Repetieren am Wochenende vor dem nächsten Test auf und dann kamen davon höchstens 2 auch vor.

Andreas sah Rüsings markante Züge noch vor sich. Peng, 4! »Hat er wieder Thomas Mann gelesen, anstatt die Lateinvokabeln zu lernen! Aber das ficht ja den Cruse überhaupt nicht an! Was nützt ihm später der ganze Thomas Mann, wenn er nicht richtig Latein kann?« Waren das noch Zeiten … Freiwillig Thomas Mann lesen.

In der Sexta hatten sie Karl von Sommerfeldt als class teacher gehabt. Damals hatten alle Lehrkräfte die Beachtung des neuen Prügelerlasses unterschreiben müssen. Er verbot ausdrücklich, Schüler zu schlagen. Cunning Charly hatte nun herausgefunden, dass der besagte Erlass rein gar nichts über das An-den-Haaren-Ziehen und Ausreißen enthielt. Dann war das wohl erlaubt. Und auf der Grundlage dieser Gesetzesauslegung gestaltete er seinen Unterricht in den Anfangsklassen. Und das wussten die Kollegen und Kolleginnen nicht? Der Schulleiter? Der ätherische Hartmann, der lieber Mathematikschulbücher verfasste und eher wie der Geist eines Schulleiters wirkte oder eben nicht wirkte? All diejenigen, die etwas mehr Verantwortung trugen? Das fragte Andreas sich natürlich erst viel später, als er selber Lehrer war. Als Sextaner hatten sie einfach nur Angst, was zu sagen.

Mathehefte natürlich in rotem Umschlag. Kopetzki war allgemein gefürchtet. »Falsch, eben kein rechter Winkel, wer die Koordinaten sauber eingezeichnet hat, hat das gemerkt. Genau 89 Grad!« Und die ganze Konstruktion war falsch. Und Matheunterricht musste selbstverständlich ein pausenloser Intelligenztest sein.

Sprüche für die Ewigkeit. »Sibirische Toilette?« »Zwei Stöcke und ein Eckchen Papier.« »Einer zum Draufsitzen und der andere gegen die Wölfe.«? »Das Papierchen ist für die Fingernägel.«

»Malt einer eine Kugelstoßkugel wie einen kleinen Fußball an und legt ihn auf den Rasen vor dem Haus. Kommen die Nachbarskinder. – So kann man schon mit kleinen Sachen, Kindern eine Freude machen.«

Assessor Wüllner war für einige Wochen Vertretungslehrer in Mathe. Ein sehr hellhäutiger (zumindest dort, wo man Haut sah, um mathematisch korrekt zu sein), sehr blonder junger Mann im hellen Anzug, mindestens –7 Dioptrien, tat, was ein Mann eben tun muss und unterrichtete in der Quarta algebraische Strukturen und Gruppentheorie. Doch, an Restklassen, das gab es einmal!

Genervt von der Begriffsstutzigkeit der erdrückenden Mehrheit, begann er nach kurzer Zeit zu schreien: »Ruhe jetzt aber mal, keinen Zwergenaufstand, macht bloß keinen Zwergenaufstand hier!« Dabei unterstützte er seine Abwehr von Revolten Kleinwüchsiger, indem er heftig mit seinem Schlüsselbund auf das Lehrerpult oder auch gegen die Wandtafel schlug. Solange, bis er eines Tages – Klack – ein Stück aus der Tafel herausgeschlagen hatte.

An was für Belanglosigkeiten man sich so erinnert – Wüllner hatte erklärt: »Die Multiplikationsoperation ist kommutativ bezüglich der Multiplikation gewöhnlicher Zahlen.«

Wie gewohnt schlagfertig, hatte der gewitzte John F. Neumann gerufen: »Und nicht etwa bei ungewöhnlichen Zahlen.«

»Ja genau, was sonst?« hatte Wüllner nur gemeint und vermutlich an Matrizen oder Quaternionen gedacht.

Neumann wurde übrigens, was denen, die ihn kannten, sofort einleuchtete, Philosophieprofessor.

Und Wüllner wurde herausgetan und wieder in sein vertrautes Habitat an der mathematischen Fakultät eingesetzt.

Pöhlmann, Englisch und Irgendwas, pedantisch, kalt, unnahbar, die Mundwinkel in leichter Verachtung heruntergezogen, erschien er stets in einem anthrazitgrauen, zu weiten Anzug, krawattiert, mit schlechter, leicht vornüber gebeugter Haltung. Und doch, eines Tages, kurz vor den großen Ferien, las er hem sümst Tucholskys *Laternenanzünder* vor. Dies war die unscheinbare, kleine Quelle von Cruses dauerhafter Liebe zu Tucholsky.

Maiermitai, Englisch und Irgendwasanderes, im Sammelsuriumsenglischgrundkurs 11, nahm jedes Lebenszeichen aus dem Kurs dankbar entgegen.

Religion hatten sie bis einschließlich Untersekunda gehabt, ein Fach Ethik als Ausweichmöglichkeit gab es noch nicht. Mit Pfarrer Rademacher, strotzend vor konfessioneller Glaubensgewissheit, hatte sich Cruses erwachender Widerspruchsgeist so richtig angelegt. »Ich bitte Sie, der mit den 450 Baalspfaffen, für den Toleranz gar keinen Raum mehr haben kann, weil andere Religionen als seine eigene bloßer Aber-, Irr- und Unglaube sind? Und das ist der große evangelische Theologe des 20. Jahrhunderts? So einer?«

Herr Rademacher möge doch bitte, hatte Cruse verlangt, darauf hinweisen, dass in seiner Religion die Wörter *Barmherzigkeit, Verantwortung, Vertrauen* und vor allem *Liebe* nichts, aber auch gar nichts von der Bedeutung hätten, die diese Begriffe in der normalen Sprache hätten. Die Sprache des ganz Anderen halt! Der sein ganz eigenes Sprachspiel mit uns treibt. War nicht schlimm, für's Abi war Reli irrelevant.

Dann natürlich Suttrup, Mathe und Physik mit seinem nikotingelben Kinnbart und dem Kugelbauch, der ihn zwang, sich ständig die Beinkleider hochzuziehen. Anders als Kopetzki machte er aus seinem Unterricht keinen Dauerintelligenztest, sondern tat alles, um seinen Schülern in der Oberstufe Mathe und Physik und wenn's irgendwie ging, Mathematik mit Physikanwendungen, aber jenseits bloßer Rumrechnerei, beizubringen. Andreas war sehr gut mit ihm gefahren.

Sicher, der Schüler hat nicht nur ein Fach, sondern er hat ein Fach bei einem bestimmten Lehrer. Der doofe Potthoff hatte ihm die Biologie vermiest. Der hatte doch selber nicht verstanden, warum auch bei mehrfachem crossing over die Rekombination nicht mehr als 50 % betragen konnte. Allein schon deshalb, weil nämlich die äußeren Chromatiden eines Bivalents in der Prophase I der Meiose nicht am Crossingoverprozess teilnehmen. Das wäre sofort einleuchtend gewesen. Und die Wahrscheinlichkeit für ein Chisma zwischen zwei Genloci die 100% nicht übersteigen kann.

Lorentz hatte Andreas viel später dann erklärt, nur wer richtig Ärger mit seinem Kurs haben wolle, lasse heutzutage noch Klausuren über klassische Genkartierung schreiben. Selbst der Dings habe damit aufgehört.

Aber Suttrup in Mathe und Physik hatte das mehr als ausgeglichen. Er ließ schon mal einen strengen Beweis sausen und argumentierte mit Anschaulichkeit und Plausibilität. »Wir hier wollen mit der Mathematik Probleme lösen und nicht, Probleme suchen. Die Mathematik, in der die einzigen Zahlen die Seitenzahlen im Buch sind, findet der, der sie sucht, dann auf der Uni«, hatte er mal gesagt.

Suttrup meinte, selbst Einstein habe nach eigenem Bekunden die Infinitesimalrechnung aus einem Buch ohne allzu große mathematische Strenge gelernt und aus dem sei ja auch was Ordentliches geworden.

Er liebe die offene Landschaft unter einem heiteren Himmel mit tiefer Perspektive. Anders als der harte Mathemann im Hause, der seine Schüler in grell erleuchtete Zellen einschließe, wo jede Kleinigkeit mit schwindelnder Helligkeit hervorsteche.

Das war natürlich eine Spitze gegen den Chef, dessen kleine Unrichtigkeiten in seinen Lehrschriften Suttrup genüsslich im eigenen Matheunterricht diskutierte.

Conradi konnte auch Orgelspielen und versuchte, seine Schüler nicht selten nach dem Läuten am Klavier mit Organistengarn, wie er es nannte, beschleunigt aus dem Saale zu bekommen.

Telgmann, Andreas' alter Klavierlehrer, hatte dem schließlich freundlich geraten, sich doch voll auf das kommende Abitur und seine naturwissenschaftlichen Stärken zu konzentrieren. Stärken war doch nett gesagt. Es müsse und könne auch nicht ein jeder Pianist werden.

Conradi ließ immer mal jemanden im Musikunterricht vorspielen und fragte denn auch Andreas, woran der denn gerade übe. Andreas druckste herum und gestand schließlich, dass der alte Telgmann ihn freundlich entlassen habe.

Und nun spiele er nicht mehr?

Na ja, was soll's, dachte Andreas. Er wisse schon, dass eigentlich viel zu schwer, also kurzum: *Schnell und spielend.* »Das ist der Inbegriff romantischer Klaviermusik und gehört zur Essenz des Menschseins.« Das hatte auf der Plattenhülle gestanden.

Und daran doktere er nun schon ein paar Monate immer mal wieder herum. Das Stück sei doch sehr schwierig. Das Notenbild und das, was er von Kempff auf Schallplatte höre, passe nach *Mit aller Kraft* nicht zusammen.

Und der Conradi setzt sich an den verschrammten, scheppernden Schulflügel mit der fleckigen, speckigen Segeltuchdecke drüber und legt los!

»Da wär ich doch fast aus der Kurve geflogen, müsste ich ein bisschen üben. Aber eigentlich ist dieses Kreislerianum nur rhythmisch ein wenig diffizil.«

Cruse war sprachlos. Und nahm sich etwas fest vor. »Das will ich auch können. Das ist machbar, das schaffe ich.«

Viele, viele Jahre später recherchierte Andreas dann. Wenn die Arbeit getan war, entspannte er sich gelegentlich am Rechner und gab den einen oder anderen Namen aus seiner Vergangenheit zur Internetsuche ein. Dr. Giselher Conradi. Ja, da hatte ein Stapel verstaubter, verblichener Dissertationen unbeachtet hinten im Schrank gelegen, begraben unter Notenständern: *Das romantische Klavierlied.* Die Stanford Library hat ein Exemplar?! Die Dissertation von Conradi war unter der älteren Literatur zum Thema immer noch die Referenzarbeit? Ein richtiger Musikwissenschaftler also. War der Conradi unglücklich gewesen? Jahrein, jahraus *Freischütz* und *Matthäus*- oder *Johannespassion*? Ein Lehrerschicksal eben.

Mittelstufenphysik bei Dr. Erich Wulfflitz. Im Kriege war er Ingenieur beim RLM gewesen und mit passiver Luftabwehr befasst. Der Lehrerberuf war nicht seine allererste Wahl gewesen.

Legendär. Von gedrungener Gestalt, glatzköpfig, kurzsichtig wie der Wüllner. Kurzatmig, keuchende Sprechweise. Immer im weißen Laborkittel. Unter modernen, heutigen Menschen käme ihm äußerlich Minister Altmeyer nahe. Unsinnige Beschuldigungen. Man habe eines der Gummifüßchen von einem der Beine seines Laborhockers gestohlen. Klassenbucheinträge: *Lütkemeyer hat kein sauberes Taschentuch dabei.* Heiliger Rechenschieber, duftend, weil leichtgängig zu machen durch Babypuder, wehe, wer den nicht dabei hatte. Musste nachsitzen. Und Mattscheiben schmirgeln. Die Scheiben wurden dann im Optikunterricht verwendet.

Testfragen: *Wie sieht der Mond von hinten aus? Was ist der Unterschied zwischen Katakaustik und Katarakt?*

Ein optisches Experiment, die qualmende Bogenlampe mit dem monströsen fahrbaren Gleichrichter, die stinkende, schwarze Verdunkelung, lautloses Scheißbauen im Schutze der Dunkelheit. Wulfflitz besorgte das Ausmessen des an die Kästchentafel projizierten Schattenbildes, dann ein kurzer Wortwechsel mit den Physikcracks. »Also schreibt auf.« Alles wurde diktiert. »Die Stange biegt sich parabelförmig, wenn der Wellensittich darauf sitzt.« »Herr, Wulfflitz, und wenn's ein Geier ist?« »Schreibt auf: Der Parabel ist die Vogelart vollkommen gleichgültig.«

Und zu gegebener Jahreszeit: »Schreibt auf: Mein liebster Weihnachtswunsch. Wilhelm von Kügelgen, *Jugenderinnerungen eines alten Mannes.*«

Zu Wohlstand mit Latein, der modus operandi nach Dr. Wulfflitz: Man begibt sich in einen Bestand von Silberpappeln. Und ruft laut: *Silentium!* Dann spricht man *Silentium* und zuletzt flüstert man *Silentium.* Dann hören die Silberpappeln auf zu pappeln, und zurück bleibt lauteres Silber.

Das erste Wunderwesen, das in der Zehnten neu in unsere damals noch reine Jungenklasse kam, besah er völlig verblüfft, lange, ungläubig. Kam zu einer Hypothese und fragte: »Sind Sie vielleicht ein Mädchen?«

In Chemie trieb er viele seiner Schüler mit stöchiometrischen Gleichungen in die Verzweiflung. Eines Tages ging Herrn Cruse ein Licht auf. Der Doktoringenieur hatte die Reaktionsgleichungen als diophantische Gleichungen aufgefasst und gelöst.

Kein übler Kerl. In der Oberstufe eines Tages: »Wer hat schon den Führerschein?« Eine Meldung, unsicher, was will er denn nun wieder? »Du kennst ja meinen Käfer. Hier, fang.« Und die Autoschlüssel flogen durch den Raum.

Erst nachdem er selber schon einige Jahre Physik- und

Chemielehrer – letztere unterrichtete Wulfflitz nur bis zur Untersekunda – gewesen war, wurde ihm bewusst, was Wulfflitz geleistet
hatte. Er war der einzige, der, auf eigene Kosten und im Privatwagen
versteht sich, flüssigen Sauerstoff holte. Eingetaucht wurden Rosen-
blühten am Stiel und Wiener Würstchen, die zersprangen wie aus
Glas, dicke Zigarren, die rasend schnell abbrannten.

Man musste nicht mit der ganzen pubertierenden, johlenden Bande in die lange Seitenstraße ziehen, um zu zeigen, dass man die Star-
terklappe zuerst zuklappen sieht und erst danach den Knall hört. Für
das Thermitexperiment zur Sprunggrube auf dem Sportfeld laufen.

Schüler zeigen nur sehr selten und sehr schwach Resonanz auf
fachlich guten oder schlechten Unterricht. Das ist auch nicht ihre
Aufgabe. Wen Andreas aus seiner alten Klasse auch auf Wulfflitz an-
sprach, stets kam nur: *Mond von hinten? Dunkel! Sauberes Taschentuch* und *Thalheim wirft im Physikunterricht mit Stühlen um sich.*

Schade, wenn man richtig Lust verspürt und Neugier, sich mit je-
mandem von früher über gemeinsame Fachgebiete oder Erfahrungen allgemein zu unterhalten, ist dieser jemand meist schon sehr
lange tot.

Die Oberstufenverantwortlichen am Willi Glucktbald Gymnasium fanden es der Mühe nicht wert, durch Kooperation mit dem 5
Gehminuten entfernten Gymnasium Alexandrinum einen Chemie-
leistungskurs auf die Beine zu stellen. Aber Kurt Matthaei und Wolfgang Behrsing versorgten mit ihren ausgeklügelten Kosmos Che-
miebaukastenkursen Andreas mit allem, was für die Anfangsseme-
ster Chemie nötig war.

In der zehnten Klasse hatten drei, vier Schläger, die sich von einer
anderen Schulform ans Gymnasium verirrt hatten, den Klassenfrie-
den gestört. Das war dann aber glücklicherweise auch schnell wieder vorbei gewesen. Rüsing war mal richtig laut geworden, weil sie
das Bellum-Gallicum-Buch an der Wand gelyncht hatten. Und ja,
der Wüllner, sehr rot, als der, kurzsichtig wie er war, erst nach hef-
tigem Hinsehen herausgefunden hatte, was es auf dem Poster bei
dem Pinupgirl auf dem Go-Cart bei genauerer Betrachtung alles zu
entdecken gab.

Cruse schien, dass es seine Lehrer nicht allzu schwer gehabt

hatten. Nun, selber Lehrer werden? Ein bildungsbesessener Naturwissenschaftler?

Also lag er die Nacht, mit feiner Wolle bedecket,
  Und umdachte die Reise, die ihm der Gräwe geraten.

Hochschullehrer, exemplarisch

Schließlich zog Herr Cruse für's Zweitstudium wieder auf die Uni. Um ein bisschen Physik nachzuziehen.

Andreas Cruse ärgerte sich über den Physiknobelpreisträger, der gerade im Fernsehen interviewt wurde. Zuerst kam das übliche Blablabla über die Wichtigkeit der Naturwissenschaft, die Begeisterung, die man bei den jungen Menschen gerade in unserem Lande wecken müsse. »Um dann arbeitslos zu werden, oder was?«

Ungerührt fuhr der Preisgekrönte fort, er sei leider gar nicht so sicher, dass die Schullehrer in Deutschland das notwendige Engagement aufbrächten.

»Aber die Professoren, die letzten Könige in Deutschland, was!« Cruse schrie das Fernsehbild an.

Erinnern wir uns doch einmal.

Den allgemeinen Grundstudiumsstoff, mit dem sie sich seit ihrer Kindheit, also als Studenten, nicht mehr ernsthaft befasst hatten, lasen die meisten Professoren tatsächlich einfach aus einem Buch vor. Bevorzugt aus einem, das sie selber oder auch die Frau Gemahlin übersetzt hatten. Es hieß ja auch Vorlesung.

Andreas bestellte sich die originalen und auch preiswerteren englischen Versionen. Die gleichen wissenschaftlichen Sachverhalte werden im Englischen einfach kürzer und klarer formuliert, eigenartig, aber wahr. Allerdings konnten es die deutschen Übersetzer oft nicht lassen, selber noch ein Kapitelchen hinzuzufügen. Deshalb musste man sich dann diese Zusätze kopieren.

Und im Hauptstudium?

Meier in *Atom- und Molekülphysik*. Der las seinen Stoff von einem antiken, handschriftlichen Skript ab. Statt das Material von Zeit zu Zeit zu überarbeiten und ein neues Skript zu erstellen, hatte er ein vielfarbiges, sogar das Papier war teilweise, bei den ältesten Stellen der Überlieferung, schon vergilbt, immer wieder ergänztes und geändertes Dokument erstellt, das an zahlreichen Stellen aufgeklebte, wobei der Kleber an einigen Stellen Schwächen zeigte, verschiedenfarbige Zettelchen zum Auf- und Zuklappen enthielt und wegen der historisch gewachsenen Anordnung der Zettelchen und der Komplexität des Ganzen geriet Meier immer öfter bei der Navigation in seinem Zauberbuch ins Abseits.

Hintzmann, der große Berater des Bundesforschungsministeriums. Statt eine zusammenhängende Vorlesung zu halten, teilte er eigentlich nur Kapitelüberschriften mit und die passenden Kopien dazu aus, letztere jedoch in überreichem Maße. Lehre mussten dann seine Assis in den Übungsgruppen machen.

Möller, der immer mit wissenschaftlichen Modewörtern und intermittierenden kleinen Würgegeräuschen um sich warf, ob die *post- öh, öh, postmagmatischen Fluida* – einige Hörer hatte *postmathematische Fluida* verstanden und auch so notiert und waren von verständnisloser Ehrfurcht ergriffen – nun zum Vorlesungsstoff passten oder nicht und so tat, als ob der wissenschaftliche Weltgeist just ihn, den Prof. Möller, gerade jetzt, *öh, äh,* ergriff. Inhaltlich Standardlehrbuchstoff, aber beim mächtigen Möller war Gesichtspflege enorm wichtig.

Im Wissenschaftsbetrieb hatte der allerdings durchaus den Bogen heraus. Möller war kein besonders begabter Wissenschaftler, hinter seinem Getue steckte jedoch immerhin ein wirklich gutes Gespür für aussichtsreiche Forschungsrichtungen. Und gute Doktoranden! Und er verstand es ausgezeichnet, einmal erarbeitete Resultate bei verschiedenen Journalen durch leicht veränderte Schwerpunktsetzung mehrfach unterzubringen.

Die Theoretiker allerdings waren schon ziemlich genial. Respekt. Sonnleitner, der alte Wiener Charmeur, dozierte und schrieb und rechnete ohne je ins Skript zu schauen die ganze theoretische Mechanik herunter. Toll.

Oder Lemke, der olle Spionnichtspiondochspion, ziemlich gefürchtet, hatte sich im Kolloquium QM I als freundlicher, ruhiger und kluger Prüfer erwiesen, der mit seinen Kandidaten in der Prüfungssituation tatsächlich ein echtes Gespräch über Physik führen konnte. Als Hochschullehrer war er gut, was auch immer er politisch angestellt hatte.

Und dann natürlich der magische Heintze. Der einzige duzende

Professor weit und breit. »Um gut zusammenarbeiten zu können, darf man sich nicht siezen.«

Bekannt für seine T-Shirt-Botschaften. die Schrödingergleichung natürlich, *2 + 2 = 5 für sehr große Werte von 2*, die *Brouwersche Zahl* mit zig Stellen, hihi, so Sachen eben.

Jedenfalls, die Geschichte war legendär. Irgendein Student im Fortgeschrittenenseminar hatte Heintze den Computerausdruck mit den Ergebnissen einer numerischen Berechnung vorgelegt, sehr große Matrizen mit Eigenwerten. Heintze blickt kurz drauf, zeigt mit dem spitzen weichen Bleistift auf eine Zahl und sagte: »Dieser Wert kann nicht stimmen. Überprüf mal deine Eingabewerte.« Der Wert erwies sich tatsächlich als falsch. Magisch eben.

Ungläubige meinten später, Heintze habe den Fehler am Vorzeichen gesehen oder weil auf der Hauptdiagonalen lauter Einsen hätten stehen müssen. Ach was, Heintze war eben ein Zauberer.

Bei Heintzes amerikanischem Habilitanden, John William Broadshaw III, hatte Andreas den Kurs *Quantenmechanik mit Fortranprogrammierung* absolviert. Während Heintze so ein kleines bisschen die Arroganz mancher Superschlauer aufwies, half einem der John bereitwillig über mathematische Hürden hinweg. »Andreas, Du musst Dir immer überlegen, in welchem Raum Deine operators leben.« Ein Satz, der in Erinnerung bleibt. Noch wie neu, wurde später nie wieder gebraucht.

Auf John's Empfehlung hin hatte er sich *The Mathematics of Physics and Chemistry* von Margenau/Murphy gekauft. Der Band stand immer noch griffbereit zusammen mit Schaum's Outline *Advanced Mathematics for Engineers and Scientists* und dem Chemie-Zachmann in Cruses Bücherregal. Bücher, an denen er einst die Kraft seiner Jugend geübt hatte.

Zu dem Kurs gehörte auch die Einführung in die Benutzung der Rechenanlage der Hochschule, auf der dann die selbstgeschriebenen Programme liefen. »Erst wenn Dein program keine telephone numbers mehr produziert, bist Du auf dem richtigen Weg.« Noch so 'n Satz.

John hatte für die Kursteilnehmer eine Führung durch das Hochschulrechenzentrum organisiert. Im Operatorraum hatte Andreas mit einer Handbewegung auf die verschiedenen kühlschrankgroßen Kästen gewiesen und gefragt:»Und welcher davon ist nun der Fortrancompiler?«, was allgemeine Heiterkeit auslöste.

Es konnte nie geklärt werden, ob er die Frage ernsthaft gestellt hatte. Sicher ist nur, dass sie einer der Operateure bei den nächsten Führungen immer an passender Stelle einbaute.

Andreas lernte, dass man mit Debuggen sehr viel Zeit verbringen kann. Bis in die Nächte. Im fensterlosen Terminalraum. S'riecht eigenartig. Kommt vielleicht vom abgetretenen, brand- und kaffeefleckigen Teppichboden. Ja, eigentlich war hier kein Verzehr gestattet.

Interessante Leute dort. Der soziologischen Susi, die auf einem prähistorischen Eumel von Textverarbeitungsprogramm – *Lernsequenz auf Taste legen* und so – ihre Diplomarbeit schreibt, kann er leider nicht näherkommen. Der kettenrauchende Matheprof, braune Cordhose, gelb-karamellfarbenes Hemd, also so wie die Blues Brothers sie tragen, braune Strickjacke, mit seinen Tensorprodukten, ist für gewisse Gruppen eine Berühmtheit.

Aber nun zurück ans Tageslicht.

Unter den Hochschullehrern nicht zu vergessen Koryphäen wie Professor Doch-nie-da, der mit der Lehrstuhlinhaberin für Hispanistik an der Philologischen Fakultät verbandelt war. Ohne jede Frage, ein hochgebildeter, polyglotter, auch musikalischer Mann. Aber der schlich sich oft erst am späteren Sonntagabend zu seinem Postfach und in sein Büro, um ja nicht von irgendeinem seiner Studenten oder Mitarbeiter aufgespürt werden zu können. Bekannt wurde er vor allem dadurch, dass er seiner vollblütigen Freundin zu Willen junge Iberer an den diversen naturwissenschaftlichen Fakultäten unterbringen musste. So die Fama.

Wie? Leute, die als Chefs halbwegs o.k. waren? Ja, gut. Gab es auch. »Wenn der Chef im Labor war, musst Du immer sämtliche Einstellungen überprüfen. Der dreht nämlich gerne an allem herum!« Damit kann man leben.

Und besser. Prof. Been, PC, interessanter Typ, ein sehr verträglicher, milder Non-Reduktionist. Hatte angeblich etwas herausgefunden, um die Evolutionstheoretiker auf ihrem eigenen Gebiete zu schlagen.

Der setzte sich mit seinen Chemikern, Diplomanden und wenn's nötig war auch Doktoranden hin und brachte ihnen bei, was denen unverschuldeterweise an mathematischem und physikalischem Handwerkszeug fehlte. Vorbildlich. Bewundernswert.

El Profesor hingegen sagte z. B. seinem Diplomanden, nachdem der seine Arbeit fertig hatte: »Man sieht gleich, dass Sie von Hause aus Chemiker sind. Ein Physiker hätte das im Lagrangeformalismus berechnet. Das geht viel einfacher und eleganter. Aber Sie haben es ja zu Fuß auch hinbekommen.«

Ging man auf Risiko oder investierte mehr Lernzeit zur Prüfung? Es gab eine ganze Reihe von Spezialthemen, die lasen die hohen Herren nie, prüften jedoch in jeder Prüfungsrunde diese Dinge bei ca. 3 von 10 Kandidaten ab. Beschwerte man sich, das sei niemals behandelt worden, bekam man zur Antwort, wer wirklich interessiert sei, befasse sich gerade damit intensiv. Dann gab es noch die ganz die speziellen unter den Spezialvorlesungen.

Heutzutage bei dem Modul- und Creditpointsystem war das doch wohl besser. Habe ich z. B. keine ernsthaften Absichten mit dem Fräulein Festkörperchemie, brauche ich auch das Modul Zintlphasen im Leben, doch, vielleicht, aber eben für meine Prüfungsvorbereitung nicht.

Von Schrullen und Macken wollen wir gar nicht reden. Liebevolle Namen wie »Der Haarchef«, »Der Nasenchef« oder die »Anzugswurst«, wobei es strenggenommen die blaue und die braune Anzugswurst gab oder die oft gehörte Feststellung, was für bemerkenswerte Krawatten man doch aus alten Frotteehandtüchern zaubern könne, deuten an, was des Lesers Phantasie anbefohlen sei.

Nein, hier fehlt nichts. Keine einzige Professorin, auch nicht in der Didaktik.

Das Schulphysikpraktikum war einfach nur ein Witz gewesen, von Anfang bis Ende. Allerdings, was den verzweifelten Versuch anging, mit Schrottgeräten wenigstens die Standardversuche vorzuführen, war es dann doch eine echte Vorbereitung auf's Schulleben gewesen. So gesehen.

Dazu hatte die Fakultät einen altersschwachen akademischen Oberrat abgestellt, der hauptberuflich in seiner Arbeitsgruppe an kleinen Molekülen aus der oberen Atmosphäre herumlaserte und von den Möglichkeiten und Anforderungen zeitgemäßen schulischen Experimentalunterrichts in Physik keine Ahnung hatte.

Also bestenfalls sehr durchwachsen, Herr Nobelpreisträger, die Leistung von Euch Profs!

Apropos, Forschen auf Deutsch. In den Endphasen ihrer Abschlussarbeiten saßen die Jungforscher des Diplomerzweiges praktisch sämtlich auf Arbeitslosengeld statt auf einer regulären Stelle. Das Arbeitsamt bezahlte systematisch einen erheblichen Teil der Forschungsarbeiten. Soll man lachen oder weinen?

Ja, Jahrzehnte später, goldene Zeiten, Doktorandenverträge laufen ohne Gemaule und gönnerhaftes Getue der Hochschullehrer drei Jahre, Doktoranden werden gesucht, mit Zuschlägen an weniger attraktive Hochschulstandorte gelockt, stellt Euch das mal vor, Deutsch muss nicht sein, jetzt nehmen die Professoren auch ein sehr idiosynkratisches Englisch hin.

Andreas erarbeitete sich also das 1. Staatsexamen in Physik. Das Titanenringen mit dem stattlichen Prüfungsamt um die Anerkennung früherer Studien- und Prüfungsleistungen sei hier nur angedeutet. Die ganz großen Strategen des Prüfungsamtes versuchten, warum auch immer, mit allen Mittel zu verhindern, das irgendwie einer von der Seite her durchkam. Stellten sich so dumm wie ging und gaben nur das zu, was man ihnen schwarz auf weiß als anzuerkennende Vorleistung nachweisen konnte. Aber lassen wir das hinter uns.

Angemerkt sei noch, dass wenige Jahre später tatsächlich jede Menge diplomierte und oft auch promovierte Naturwissenschaftler als sogenannte Quereinsteiger an den Schulen sofort eigenverantwortlichen Unterricht erteilen konnten und *on the job* ausgebildet wurden. Jetzt ging's mal wieder.

Der Vorbereitungsdienst, Teil 1

Ein Flächenseminar. Jeder Seminarleiter hielt an seiner eigenen Schule Hof, das machte schon mal drei Ortschaften, plus Schulort plus Wohnort. Jeden Werktag inklusive Samstag versteht sich, Cruse erwischte die einzige Ausbildungsschule, die noch Samstagsunterricht hatte, zum Schulort, Montagnachmittag zum Chemieseminar, Dienstagnachmittag zum Physikseminar, des Donnerstags zum pädagogischen Seminar und alle fünf, sechs Wochen zum Sitz des Studienseminars. Ein paar Wochen lang fuhr Cruse mit dem Rad, im Februar, zum Haltepunkt, kletterte in den Triebwagen, nahm nach drei Stationen dann den Schulbus zur Ausbildungsschule. Nachmittags reguläre Busse. Oh, wie er die beneidete, die beide Fachleiter an ihrer Ausbildungsschule sitzen hatte! Die konnten ihren Unterricht vor- und nachbereiten, während er den ÖPNV testete. Schließlich fuhr er den alten Polo, aber die Landstraßengurkerei blieb natürlich. Nach diesen unterschiedlichen Rahmenbedingungen fragte selbstverständlich niemand. Es gab schließlich mehr als genug Referendare.

An den Anfang gehörte die pädagogische Woche. Ende Februar an der Nordseeküste, in Koldnattunbuusterigsiel. So war das Wetter dann auch.

Angepasst an die Bedürfnisse von LehramtsabsolventInnen Mitte zwanzig. Kennenlernspiele. »Jeder hängt jetzt ein Kleidungsstück von sich an diese Wäscheleine. Wenn er oder sie an der Reihe ist, erzählt er oder sie von sich.«

Partnersachen wie nach hinten Fallenlassen. Pädagogische Bekenntnisübungen. Auch unter Einsatz von Handpuppen. Haarscharf vorbei am Morgenkranz.

Eine arme Socke musste, weil der älteste Referendar im Kreise, den Wahlleiter zur Wahl der Referendarssprecher spielen. Ein sehr introvertierter Typ, also noch introvertierter als Cruse, ein in seiner Rolle unglücklich wirkender Diplominformatiker, sah aus wie der bartdunkle Biomilchwerbefritze, der dann aber den schlauen Einfall hatte, Hubert Reddemann, den vorlautesten, störendsten Quatschkopp unter der Wählerschaft dadurch zu neutralisieren, dass er den zu seinem Leitenden Oberwahlassistenten machte. Ein Angebot, das der Hubert nicht ablehnen konnte.

Dem Cruse gab die PäWo nichts mit. Nachdem er aber herausgefunden hatte, dass es in dem großen AWO-Heim noch jede Menge leerstehende Zimmer gab und er sich ein Einzelzimmer nahm, war es ganz erträglich. Sogar Gemeinschaftsduschen musste nicht sein.

Es blieben ein paar Anekdoten. »Ich habe Ihnen mal Klafkis Leitfragen kopiert. Arbeiten Sie die bitte für einen typischen Unterrichtsabschnitt durch. Ja, die Naturwissenschaftler können mit vielen Fragen gar nichts anfangen, machen Sie's aber bitte trotzdem auch.«

Welche Rolle spielt – der pKs –Wert, die Nernst'sche Gleichung, die e/m-Bestimmung, die Selbstinduktion – bis jetzt im Leben Ihrer Schülerinnen und Schüler? Keine. Welche Rolle nach Ihrer Unterrichtsstunde? Keine. Was soll denn das? Man stelle sich bitte vor, ein Referendar würde eine analoge Aufgabe seinen Schülern stellen!

Am Abendbrotstisch saß der dicke Fachleiter für evangelische Religion. Sagend, »Das da an der Wand ist ein echtes Hungertuch«, nahm er sich auch noch das allerletze Stück Camembert.

Am letzten Abend führten auch die Fachleiter und der Oberboss ein Handpuppenspiel auf, wobei sie ihre Häupter durch Löcher im Vorhang steckten, schließlich *Mah Nà Mah Nà* sangen und das Stück mit »Piep piep piep, die Seminarleitung hat Euch lieb« schlossen.

Die PäWo war ein Gewohnheitsprojekt wie der alljährliche Wandertag für die Schüler. Aufwendig, umständlich, nervig und vollkommen überflüssig.

Elaine widersprach. Sie kannte Leute, welche die Kennenlernwoche in recht guter Erinnerung hatten. Andreas sei vielleicht Tucholskys Komparse fremden Referendarsglücks gewesen. Dieser oder diese andere bekomme in der PäWo pädagogisches Handwerkszeug für's ganze Berufsleben mit, maßgeschneidert auf die eigenen Fächer, nicht an der schlickigen, kalten Spätwinterküste, sondern bei mildem Herbstwetter auf der vorgelagerten Insel mit besonntem Sandstrand, ja, und so viel Käse, wie er oder sie nur verzehren möchte. Und alle Fachleiter seien gertenschlanke, drahtige Typen. Ob Andreas statt Mah Nà Mah Nà Shantys lieber gewesen wären?

Nein, stimmt schon, es war nicht alles schlecht, damals. Hubert hatte am PäWo-Abschiedsabend wie gewöhnlich seinen dicken, naturweißen Rundhalspulli in die hellblaue Jeans mit den Wildleder Chelsea Boots geprömmelt, sah also fruchtbar aus, war aber als Klavierunterhalter richtig gut gewesen. Musste man zugeben, trotz Sweater Tucking.

Ins erste Ausbildungsjahr fiel ja noch die pädagogische Nachholausbildung für die paar Damen und Herren Magister und Diplomer unter den Referendaren bei Fachleiter Köster, Mathe und Päda. Seltsame Mischung, Logik und Laberei. Egal, Köster ließ einen überschaubaren Stoff durcharbeiten, jeder stellte einen Teil dann vor, am Schluss faire Prüfung, bestanden, erledigt. Köster hatte selber ein kleines Faible für Wissenschaftstheorie, das war gar nicht schlecht gewesen. Andreas hatte sogar richtig gut bestanden, was zwar nicht in die Notenbildung einging, ihm aber ein bisschen Aufschwung gab. Das Beste aber war die Organisation in Blöcken an Samstagen, die allen in der Gruppe passten. Reihum bei den Teilnehmern zu Hause.

Doch mit den Chemielehrproben ging es stetig bergab.
»Du, die Bonka meinte, Du hättest neulich so eine hervorragende Impulsphase hingelegt, davon sollte ich mir mal was abgucken, was war das denn?« Der Referendarskollege erklärte. »Und das hat geklappt?« Lohmann nickte. Andreas konnte das nicht glauben. Er stellte sich das Gewusel vor. Und alles voller Federn. Und klebrig. Die Durchführung musste doch im völligen Durcheinander enden, von Ergebnissicherung ganz zu schweigen. Dann kam ihm eine Idee. »Wie viele sind in dieser Klasse?« »O.k., Du bist draufgekommen. Hab Glück gehabt. Es wären 33 geworden, da musste die Klasse geteilt werden. 32 ginge ja noch. Und ich hab die 16er bekommen.« Davon hatte die blöde Bonka natürlich nix gesagt. Bei 16 Schülern kann jeder Heini guten Unterricht zeigen, Mann!

Die Chemiefachleiterin, Frau Boonekamp, genannt Bonka, saß in der Diaspora der Fülle mitten im Land des Mangels. Sie unterrichtete seit langem ausschließlich ihre zwei LKs und zwar ungekürzt, die vollen 6 Stunden. Am Mähdrescher- und Werkzeugmaschinengymnasium. Die prosperierenden lokalen mittelständischen Unternehmen sorgten als Großsponsoren der Schule für eine wirklich hervorragende materielle Ausstattung. Zuverlässige Zeugen gaben an, gesehen zu haben, dass bei der Bonka in der Sammlung Ersatzgeräte standen, noch unausgepackt im Phywekarton, einfach traumhafte Zustände. Die Fachräume hatten noch eine Art Wintergarten nebendran, für Langzeitversuche. Kein chaotisches Gedränge in der Sammlung, kein hektisches Abräumen nach dem Unterricht nötig.

Davon konnte Andreas in Ihcks nur träumen. Die Chemiefachschaft bestand aus lauter Leuten, die vor sich hin unterrichteten. Niemand unter ihnen schien dieses Fach zu mögen. Bloß schnell wieder raus aus den Fachräumen, schien die Devise. Die Chemiefachräumchen waren im Anbau untergebracht. Von der Pater Brown Architektur – hübsch hässlich habt ihr's hier – mal abgesehen, war die Aufteilung nicht durchdacht. Die Vorbereitung war ein winziges, polyedrisches Kämmerchen, dessen großes Alufenster völlig verbogen war und sich nicht schließen ließ. Den gut 20 cm breiten, meterlangen Spalt hatte man mit alten Laborkitteln zugestopft. Dabei sind alte Kittel im Fenster total Feng Schui feindlich und machen ganz schlechtes Chi! Und Eiseskälte.

Der Vorbereitungsraum lag zwischen den beiden Unterrichtsräumen und konnte nur durch diese betreten werden. Referendare müssen nun mal, man mag hier ein Unterscheidungsmerkmal zu manch wackerem alten Oberstudienregelrat sehen, ihren Unterricht vorbereiten und dabei Versuche aufbauen und ausprobieren.

Und oft waren die beiden Unterrichtsräume auch noch von Kollegen anderer Fächer belegt. Was Andreas vor eine moderne Skylla-und-Charybdis-Variante stellte. Also eher beim Pater im Stufensaal durch den Jesusfilm huschen. Im anderen Chemieraum war Mathe. Mathe Leistungskurs. Stufe 13. Bei Lührmann. Er erinnerte Andreas ungemein an seinen eigenen Mathelehrer Kopetzki. »Kommst

Du raus aus Reihe an die Tafel vor. Ich wärde Dich jetzt priefen auf hächstens finf!«

Die letzten Überlebenden im Kurs saßen mucksmäuschenstill und linear total abhängig da und verfolgten, wie Lührmann mit einem der ihrigen an der Tafel eines dieser Gespräche über Mathematik führte, wie es wohl Katzen mit ihren Mäusen über Katzenthemen zu führen pflegen. Und mit der roten Kreidekralle des Schülers Gleichungen zerfetzte. Andreas hatte oft Angst, wenn er doch aus irgendwelchen Gründen bei Lührmann durchmusste, dieser würde den Schüler entlassen und ihm, dem Referendar, seine ganze analytische Erbärmlichkeit in vektorieller Darstellung vor Augen führen.

Immerhin, immerhin. Als die Feuerwehr schon nach wenigen Jahrzehnten befand, dass das Kiesdach des Eckbaus wegen zu niedriger Brüstung nicht mehr begangen werden, also auch nicht als Fluchtweg aus den Chemieräumen dienen durfte, sorgte der Chef dafür, dass umgehend Baugerüste vor die Fenster kamen, auch nach Pater Brown, doch die Fluchtwege wurden also wiederhergestellt. Nicht klar? Cruse konnte in den Vorbereitungsraum klettern!

Die hatten hier schon lange keine Referendare mehr ausgebildet und mussten nun ob der großen Stückzahlen als Ersatz einspringen. Keine Begrüßung durch den Schulleiter, es lohnte sich vielleicht auch nicht bei nur vier Referendaren. Andreas als einziger Naturwissenschaftler. Ein netter Mitgefangener mit Englisch und Pädagogik. Keine Synergieeffekte.

Carola und Kerstin, die beiden SI-Chemiefrauen waren mütterlich nett und kramten rührend all den didaktisch-methodischen Plunder aus ihrer eigenen, lang zurückliegenden Referendarzeit hervor. Gut gemeint ist nicht gut gemacht, aber immerhin, wer immer strebend sich bemüht.

»Deine Fachleiterin ist aber ein richtiges Dragonerweib«, meinte die zierliche Carola.

Die Atmosphäre war gut, so konnte man zusammenarbeiten.

»Du hast wirklich eine sehr nette Art, mit den Schülern

umzugehen«, sagte Carola. » Über Dein Tafelbild sollten wir dann mal in Ruhe etwas länger reden. Ziemlich wild, würde ich sagen, aber das kriegen wir demnächst schon hin.«

Nur einer mit Oberstufenfakultas für Chemie, der hauptsächlich und am liebsten Sport unterrichtete. Er konnte 30 Klimmzüge und unendlich viele Liegestütze machen, war bei seinen Schülern als jovialer, sozialer Lehrertyp sehr beliebt, legte Folien auf, die aus der Frühzeit der menschlichen Schriftentwicklung stammten und half Andreas nicht weiter.

Lührmann, s.o., hatte seit Jahren keine Physik mehr unterrichtet. Gut, ein Referendar wäre auch verloren gewesen. Mit Petersmeier, dem zweitschrecklichsten physikalischen Mathelehrer war Andreas bereits zu Beginn zweimal zusammengerasselt.

Gleich am ersten Tag auf der Herrentoilette.

Eine starke Hand kniff Andreas von hinten in den Hals. »Hast Du denn nicht Dein eigenes Klo im Hof?«

»Nnnnein?«

»Oh, ich dachte, Sie wären einer von den Oberstufenschülern. Na, macht ja nichts.«

Und dann hatte Petersmeier sich gleich die neuen Physikbücher, die Andreas sich mit den Referendarsgutscheinen der einschlägigen Verlage bestellt hatte, aus dem Physikpostfach genommen.

»Die sind sicher für mich als Fachbereichssprecher.«

Nur sehr unwillig rückte der die Schulbücher wieder heraus. Dabei kam für ihn immer nur der *Metzler* in Frage. Andreas schätzte den *Dorn-Bader*. Die Autoren waren richtig bemüht, so gut es ging, mit dem Leser quasi in einen Dialog zu treten.

»Is 'n Laberbuch«, meinte Petersmeier lachend.

Bei Ullrich, noch so einem *In Physik kann ich nach Herzenslust rumrechnen lassen* Physiklehrer, durfte Andreas hospitieren. Selber unterrichten, etwa noch im LK, um Gotteswillen. Nein.

»Also 'ne Hallsonde, das ist ein Stück Halbleiter.« Ullrich griff nach dem erstbesten Ding auf dem Pult, hielt also einen großen, konischen, sehr staubigen Plastikmessbecher am Henkel hoch. Man legt an den Enden eine Spannung an ... Magnetfeld« ... und nahm's am Henkel in den Mund, um mit den nun freien Händen die Messstellen der Hallspannung zeigen zu können.

Schnell die Formeln hergeleitet und los ging's mit Rechnen.

So wurde dann für die SII Hans Harting sein richtiger echter Mentor. Streng und total humorlos. Der Ernst in Person. Dabei war der ein grüner Lokalpolitiker. Und extrem zuverlässig.

Andreas hatte den Fachleiter gleich für Montag zum Besuch eingeladen.

Das auch so ein Euphemismus. Besuch. Einladen. Als ob man eine Wahl gehabt hätte. Die Kehle anbieten zur benoteten Unterrichtsprüfung.

Andreas wusste, dass Petersmeier die Röhre erst vor zwei Wochen im Unterricht gehabt hatte. Andreas plante also seine Stunde. Als er am Samstagnachmittag das Experiment ausprobierte, stellte er fest, dass das Ding extrem lichtschwach war? Kam jedenfalls für einen Unterrichtsbesuch nicht in Frage. Too late. Also musste er peinlich, peinlich den Fachleiter zu Hause anrufen und absagen.

Hans war ein wenig ungehalten.

»Warum hast Du mich nicht geholt? Wenn so etwas wieder passieren solltest, holst Du mich, anrufen, vorbeikommen, nie wieder absagen, weil ein Experiment nicht funktioniert. Das kriegen wir hin.«

Wenn man etwas gut gemacht hat, wird man stets wieder angefragt.

Hans Harting wurde einer der Menschen, denen Andreas viel zu verdanken hatte. Der wenigen Menschen.

Putzig, für den gelernten Chemiker lief es mit dem Physikunterricht erstaunlich gut. Na ja, Physiker sind normalerweise vernünftige Leute mit Realitätssinn. Die allermeisten Experimente in der Oberstufe gibt es nicht als SV, die muss man vorne lehrerzentriert vorführen. Is so!

In Chemie wurde er das sehr bestimmte Gefühl nicht los, dass die Bonka den Diplomchemiker auf dem Kieker hatte.

Herr Cruse konzipiert seinen Unterricht nach wie vor zu sehr von der Sache her, anstatt die Interessen seiner Schülerinnen und Schüler in den Blick zu nehmen.

Das ist kein Witz.

»Nach dem Lehrplan ginge es von der Sache her jetzt um den verallgemeinerten Oxidationsbegriff als Elektronenentzug; aber, meine Schülerinnen und Schüler, was interessiert Euch denn gerade so?«

Das ist ein Witz.

Geschenkt, dass Lehrpläne auch Stoffverteilungspläne, Kompetenzmatrices oder Fähigkeitswundertüten heißen, es sind jedenfalls immer Lehrpläne.

Getuschel und Gekicher. Gemurmel: »Los, mach schon!« Aufmunternde Schubser.

»Gut. Lasst doch mal hören. Was interessiert Euch?«

»Öh, da gibt's so'n YouTube Video. Könn' wir nich' mal untersuchen, warum Fürze brennen?«

Das übrigens war wieder kein Witz.

She's been the ruin of many a poor boy. And I oh Lord, am one!

Er kam einfach auf keinen grünen Zweig.

Erster Auftritt E. van Zadelhof

Die Ausbildungsordnung für den Vorbereitungsdienst hatten sie mal gerade wieder geändert. Neben dem Fachmentor bekamen die Referendare nun auch noch den Schulmentor, der so mehr für's Allgemeine zuständig sein sollte. Konkret hieß das, der Schulmentor gibt dir deine Schulnote. Das war eine der wichtigen Neuerungen. Die Note der Schule ging mit einem Viertel in die Gesamtexamensnote ein, das war viel.

E. van Zadelhof, Englisch, Deutsch und Niederländisch. »Auch noch 'n Kaaskopp«, seufzte Andreas. Seit der Zeit in Arnheim waren seine sentimenten gegenüber dem westlichen Nachbarn doch sehr durchwachsen.

Andreas blickte in der großen Pause aus dem Fenster hinunter zum Hof. Und sah dann ganz genau hin.

Der dicke Dörmann kam dazu. »Ach, die Zadelhof. Hinten Lyzeum, vorne Museum.«

Sprach's, ging in die Leseecke und zwängte sich ächzend in den Poängsessel. Nomen est omen, dachte Andreas, du hast's gerade nötig.

Ganz offensichtlich war Dörmann schlicht ein Idiot. Elaine van Zadelhof hatte schon ein paar Meilen runter, zugegeben. Aber auch von vorn war alles noch tipptopp. Schöne Frau. Modelle Furtwängler, Hunt, Padberg, Patitz, Indira Varma, ätsch, mit einer großen, sanften Hakennase. Und wenn eine Frau in hohen Stiefeln laufen will, sollte sie das tun, keine Frage.

Irgendwie hatte sie es geschafft, mit einem US-amerikanischen Vater und einer holländischen Mutter größtenteils in Deutschland aufzuwachsen. Jedenfalls war sie perfekt dreisprachig.

Ich bin ja auch nicht mehr im typischen Referendarsalter, dachte Cruse. En met t 'oog op het nederlands hebben we schon mal en doorsnede. Die Aussicht auf eine Betreuung durch E. van Zadelhof hob seine Laune beträchtlich.

Der Leichtpunkt 1 war nett gewesen. Eine Woche Hospitation beim Grundschulunterricht, vorzugsweise in den vierten Klassen. Etwas erschrocken war Andreas allerdings schon. Es gab Kinder, die lasen einen Buchtext zügig und glatt herunter wie er selbst, aber auch andere, nicht wenige, die sich mühsam mit dem Fingerchen von Wort zu Wort oder eher von Buchstabe zu Buchstabe hangelten. Und auch diese würden nach den großen Ferien in die weiterführenden Schulen gehen.

Der Rektor wies im Abschlussgespräch auf die 18,9 % funktionellen Analphabeten unter den bundesdeutschen Schulkindern hin.

»Funktionelle?«

»Die können nicht sinnentnehmend lesen.«

»Denn sie wissen nicht, was sie da vor sich hin stottern«, meinte Andreas.

»Wenn ich unsere Politiker schon höre, wir dürfen die Eltern nicht in ihrer Freizügigkeit einschränken. Ich sage Ihnen, das wird in Zukunft noch viel schlimmer werden.«

Inhaltlich war für ihn nichts dabei. Zwar hatten alle Grundschulen des Landes gelegentlich des Inkrafttretens des neuen Rahmenlehrplans Sachunterricht durch Industriespenden die riesige Sachbox geschenkt bekommen, um lehrplangemäß auch experimentell das zu unterrichten, was man früher Naturkunde genannt hätte. Allein die Vorgaben wurden fast nirgends umgesetzt. Vielleicht, weil man lieber aufs frühe Fremdsprachenlernen setzte. Englisch in der Grundschule. Später seufzten die Englischkollegen am Gymnasium, welche Mühe sie hätten, die Fehler der Grundschulen auszumerzen. Es ist unerklärlich aber wahr, dass Schüler sich Falsches mindestens zehnmal so gut merken wie Richtiges. Seltsam.

Die junge, nette Sportlehrerin, der Andreas beim Messen der Weitsprungweiten half, sie maß und er harkte wieder glatt, dann wurde gewechselt, ließ durchblicken, dass die jungen Lehrkräfte der Grundschulen regelrecht gezwungen würden, ohne Ausgleich auch noch diesen Englischunterricht zu erteilen. Sie auch.

Beim Leichtpunkt 2, Realschule, konnte Andreas immerhin in seinen eigenen Fächern hospitieren. Die stämmige Allroundlehrerin für Mathe, Chemie, Bio, Physik agierte wie eine Dompteuse. Irgendwann kam aber der Punkt, wo ihre verbalen Peitschenhiebe nicht mehr wirkten. Dann hieß es: »Ab ins Schaufenster.« Das muss man sagen, hier hatten die Planer des Schulbaus wirklich gut mitgedacht. Das mit dem Rausstellen renitenter Schüler ist ja wegen der Aufsichtspflicht immer so eine etwas heikle Sache. Aber hier lief der Gang noch ein Stückchen hinten um den Fachsaal herum, der nur durch Glaselemente von diesem Gang getrennt war. Dieses blinde Endstückchen war das Schaufenster, in das sich die bösen Puppen dann zu begeben hatten.

Wie? Ach, das handlungsorientierte Lernen? Hier an der Realschule waren aus Sicherheits- und Aufsichtsgründen Schülerexperimente ab der Klassenstärke 30 kurzerhand verboten worden.

Zweiter Auftritt E. van Zadelhof

Wieder zurück am Gymnasium, nach schon wieder einer schiefgegangenen Lehrprobe.

»Mensch, Herr Cruse, Kopf hoch! Das wird schon noch besser. Und überhaupt, wer spricht von Siegen, Überstehn ist alles.

Nun vergessen Sie erst mal die Lehrprobe und erzählen Sie mal 'nen Witz, Lachen ist gesund«.

»Dann sollten wir jetzt was von Helmut Lachenmann anhören. Da roll ich mich immer weg!«

Verständnisloser Blick der Zadelhof.

»Schon gut, sorry, ich erzähle einen Witz, lustig«, sagte gehorsam der Angesprochene. »Haben Sie Kinder, Herr Baron? Ja, drei Söhne. Und wie heißen die? Paul Schulze, Paul Meier und Paul Wernecke.«

Frau van Zadelhof sah Cruse weiter verständnislos an. »Das finden Sie lustig?«

»Ja, einer der besten Witze, die ich kenne, von Roda Roda.«

»Los, noch einen bzw. überhaupt einen richtigen Witz!«

Den mit Kilowatt und Graf Kolowrat würde sie wohl ebensowenig kapieren.

»Asked him about a mythological creature, half human, half beast.« And he answered: »Buffalo Bill!«

Elaine lachte. Tatsächlich.

Das klappte ja schon ganz gut. Also wagen wir mal was, dachte Andreas Cruse.

»Im Hafen von Delfzijl, spät am Abend, zwei Matrosen stehen an der Reling und schauen hinaus auf die See. Sagt der eine: ›Quiet night‹. Der andere nickt bedächtig und erwidert nach langem Nachdenken: ›'k wait ook nait‹«

»Spreek je nederlands!?« Und Andreas sagte kein einziges Wort. Wagte een beetje meer gevoel. Sah ihr delta t = 3,5 s in die blauen Augen. Signifikant länger als normal. Und tiefer.

»Zeggen we dus jij tegen elkaar?«

»Ja, jetzt duzen wir uns. Ik ben Elaine.«

»Ich weiß«, sagte Andreas.

Schnell folgte eine Verabredung mit Elaine zur zwar einerseits kritischen – *die Tafelanschriebe, mein Lieber, so ich weiß auch nicht, statisch, vorprogrammiert, hat das vorher noch nie jemand kritisiert?* – aber auch gemütlichen Besprechung der letzten Unterrichtsstunden. *Was muss geändert werden, wie können wir (wir* hatte sie gesagt*) die Vorgaben der Fachleiterin realisieren,* das Übliche eben.

»Treffen wir uns doch morgen Nachmittag in der Schule, ja wo, ach, in der Bibliothek, da ist dann um die Zeit kein Mensch mehr.«

Kaffee in der Thermoskanne und Tortenstücke vom Cafe Schuhmacher. Spitzenqualität. Neues Body-Fit-Oberhemd, Jeans nicht zu weit.

Wer nicht kam, war natürlich Elaine.

Dafür aber Thiesbeimdiecke, dessen Frau lustigen Nachmittag mit ihren Freundinnen hatte.

Er hat ein knall-- rotes Gummiboot, mit diesem Gummiboot, fahr'n wir hinaus ... Und da capo ad infinitum! Da lese er lieber im großen Pauly oder stöbere in den Fachbibliotheken der Fächer.

Und prüfte den Herrn Chemicus ein wenig. Zeigte ihm die Kopie eines Gemäldes. »Übersetzen Sie mal, schnell, nicht lange nachdenken!«

»Und selbst in Arcadien bin ich, et in arcadia ipse ego sum«, murmelte Andreas. »*Et* alleine kann nämlich durchaus so viel wie *und zwar, und gerade, und besonders* bedeuten.«

»Seh ich genauso, so ist es gemeint.« Und ein fragender Blick.

»Hatten wir in der Schule«, antwortete Andreas. Tatsächlich hatte ihm das der junge John F., so um's Abi herum, durchaus ergriffen mitgeteilt. Der zitierte aus dem *Brief des Lord Chandos,* hatte *Tristram Shandy* gelesen, konnte *Und dasselbe ist Denken und Sein* in einen Witz einbauen und ging nach den gemeinsamen Bierchen am Samstagabend noch in die Spätvorstellung des Programmkinos, um sich so deprimierende Filme wie *L'Année dernière à Marienbad* anzusehen. Andreas ernährte sich damals quasi von den intellektuellen Krümeln, die John F. um sich herum so großzügig verteilte.

Dann legte Thiesby noch drei weitere, wie er es nannte, Stimmungsbilder vor Andreas auf den schönen alten großen Eichentisch der Lehrerbibliothek: *Shore of Oblivion, Toteninsel* und *Selbstbildnis mit Violinsolo.* Da werde einem so richtig warm ums Herz, meinte der große Gelehrte und sah vielsagend begierig wie Rotkäppchens Wolf und kein bisschen symbolistisch zu den leckeren Sachen hinüber.

Der Herr Referendar verstehe zu leben, meinte Thiesby und nahm sich noch ein zweites Stück Torte. Oder ob er nur Nutznießer einer romantischen Fehlplanung sei, fragte der lebenserfahrene Gräzist obenhin.

»Du hast doch nicht etwa gestern Nachmittag in der Schule auf mich gewartet?«, fragte Elaine andern Tags. Ihr sei was dazwischengekommen.

Andreas antwortete mit knapper Kopfbewegung.

»Das ist aber doch sicher nicht schlimm gewesen«, meinte Elaine. Er habe reichlich Taschentücher dabei gehabt.

»Wie, Taschentücher?« fragte Elaine.

»Ach so!« und boxte ihm lachend in die Seite.

Sie zeigte ihm die lokale Scene. Im *Cafe Oktober* bei Kaffee und Kuchen sprachen sie Andreas' Fehler durch. Oder was die Sprachdidaktin Elaine für Fehler hielt. Nach kurzen Stopps im *Blackbird* und in der *Wunderbar* – Unterrichtsbesuchsstrategie der nächsten 14 Tage – blieben sie ausgerechnet hier hängen: *Gaststätte und Biergarten tom Scholtenvelde.* Gartenrestauration von anno tuck, dunkelgrüne Klappstühle auf Kies, bemooste Bruchsteinmäuerchen. War aber gar nicht übel. Sie setzten sich auf die Barhocker an der Theke.

Andreas berichtete von seinen beruflichen Nordwestexpeditionen.

Elaine informierte knapp über die kühle, großbürgerliche holländischen Mutter und den amerikanischen Vater, der sei wie Andreas' Landlord auch Offizier gewesen. Später Ingenieur für Erdölprospektion. Sie schien kein enges Verhältnis zu den Eltern zu haben.

»Er ist ein fanatischer Segler. Jetzt lebt er das voll aus. Ist irgendwie von 'ner aufgebrachten Schmugglerdau an Riesen-Rolls-Royce Twin Engines gekommen. Wahrscheinlich hat er sich auch 'n Schnellfeuergeschütz auf Deck montiert.

To outrun every boat you cannot outgun and to outgun every boat you can't outrun.«

»Und was treibt Graf Luckner sonst so?«

»Na ja, er sitzt vermutlich im Schatten des Banyantrees in Lahaina, wenn er nicht mit Chartertouristen auf Hochseeturn ist. Ist ja nicht mehr der Jüngste und ruhiger geworden. – Nee, ich konnte mit der Segelei nie so richtig was anfangen. Nicht nur seinetwegen. Kommt vielleicht irgendwann noch.«

Sehr interessante Frau. Bei den Eltern. Mein Vater hatte noch nicht mal 'nen Luftgewehr. Sind die wohl geschieden? Klingt so. Da ist die Sache mit der Liga, in der man spielt oder nicht. Allein wegen der Dreisprachigkeit ist sie mir immer voraus. Aber mal abwarten. Dachte Andreas Cruse. Laut sagte er: »Ich habe übrigens auch ein Kajütboot.«

»Du?« Elaine war ehrlich verblüfft.

»Ja, eine slupgetakelte Kielyacht.«

Das ließ Herr Cruse erst einmal einwirken.

»Die hat mir mein Onkel Wilfried auf Wangerooge gekauft. Da war ich wohl so neun oder zehn. Die segelte durch die Priele und ich konnte nebenher waten. Herrlich!«

»Ja, Priele sind toll. Man sah, dass die an den dunklen Stellen tiefer waren. Aber wie tief? Da konnte man sich vorstellen, dass es gefährlich wurde. Ach, Urlaub an der Nordsee, auf Texel, das spricht man Tessel, war wirklich schön. Als Kind.«

Andreas blickte unauffällig zu Elaine herüber. Und nahm die Informationen auf, die von Low-Rise-Jeans nun mal ausgehen, wenn frau aufm Barhocker sitzt. So so.

Elaine bestellte. Keine Muscheln, kein Glibberzeugs, keine Gebeine, die hässliche Fratze der Barbarei. Nudeln mit Tomatensoße mit Extraparmesan. Hm, das roch gut. Beide tranken sie Rotwein. Sangiovese. Ziemlich viel davon.

»Was guckst du?«

Ertappt. Mit ›Die blaue Bluse der Romantik‹, versuchte er sich zu retten.

»Und hast Du sie gefunden? Bist Du ein Romantiker, Andreas?«

Jetzt lieber nix mehr sagen, dachte Andreas Cruse.

»Hier, ich schaff nicht mehr, willst Du mal?« Und schob ihm Teller und Besteck hin. Ihr Besteck. Und kam dabei noch ein wenig näher. Textilienkontakt. Händekontakt. Ihr Haar, als sie sich nach der Weinflasche weit herüberbeugte.

Noch näher. Legte ihm einfach so die linke Hand auf den Oberschenkel.

Elektrisch. Spannungsdurchschlag!

»Du, lass Dich nicht verhärten«, meinte sie und lachte glucksend. Ihre Gesichter ganz nahe beieinander.

»Woher hast Du eigentlich diese Narbe? Nicht ganz Harry-Potter-Qualität.«

Er, todernst: »Ach, beim Reinigen meines Flitzebogens hatte sich versehentlich ein Schuss gelöst.«

Sie lacht. Immerhin.

Sie gingen zur Straße durch den regendunklen, dicht begrünten Biergarten. Auf einer Seite eine Sandsteinmauer, groß und stark, darin eine Art ovale, rahmenlose Fensteröffnung, das Ganze durch einen rotblühenden Trompetenstrauch überwachsen. Onkel Wilfried hätte seine Freude daran gehabt.

»Er durchschritt der Waldnacht dunkle Pforte,

Dumpf duftete Syren, und roter Moder lohte auf bemoostem Orte.«

»Ach komm, Andreas, sei nicht immer so düster.«

»Is' George, glaub ich.« Und senkt die Herzfrequenz ein wenig, hoffte er.

»Egal, genieß doch einfach den Augenblick.«

Und wie, wenn Du wüsstest, dachte er.

»Werd ich zum Augenblicke sagen, verweile doch, Du bist so schön« – und sah sie dabei intensiv an.

›Fuck you Göte‹ kann sie ja jetzt schlecht sagen, dachte Andreas.

Ihr Atem roch nach Rotwein. Und italienischem Hartkäse.

»Los, komm jetzt, das Fräulein will gerad nicht allein nach Hause gehen. Vielleicht gibt's noch 'n Kaffee?«

Så lunka vi så såmningom, den skönsta nymf som åt dig ler inunder armen tag!

Das traute er sich aber nicht.

Elaine stiefelte energisch voraus. Andreas hatte ein bisschen Mühe. Dunkelheit, Regenwetter, Rotwein, und außerdem musste er das Rad ja schieben.

Ich glaube, diese Sorte Jeans heißt Jeggings, dachte Andreas Cruse, erfreut über seine Kenntnisse in Haute Couture.

An ihrer Tür bedankte er sich artig für den netten Abend, griff die Eingangsthematik im Sinne eines Spiralcurriculums mit ein paar sachlichen Bemerkungen zur Unterrichtsplanung wieder auf und wünschte welterusten!

Exit Andreas Cruse.

Andern Tags trafen sie sich auf dem Schulflur.

»Ich versteh ja nix von Chemie, aber in dem Punkt haben Deine Fachlehrer in ihren Gutachten über Dich sicher recht:

Herr Cruse führt seine Experimente sicher und souverän aus. Dabei geht er kein Risiko ein und behält stets die Kontrolle. Lebst Du auch mal?«

»Leben ist ein Hauch nur. *Bäst man andas, skall man dö*.«

»Was immer das auch heißt. Und Arno Schmidt zum Trotz ... Mit Literatur kriegt man keine Frau rum!«

Abiit Frau van Zadelhof.

Der Liebeszauber stachle Dich vom Lager auf und her zu mir; mit Kamas scharfgepitztem Pfeil will ich das Herz durchbohren Dir.

Mit einem Treibstock treib ich Dich von andren Typen fort, auf dass Du stehst in meiner Macht und tust nach meinem Wunsch und Wort.

Einerseits. Andererseits aber besser erst mal vorsichtig. So wie damals bei Nikola Hesse würde er sich nie wieder zum Affen machen. Meine Güte, was war er verknallt gewesen! Und dann?

»Wie, es ist aus? Aber letzte Woche wolltest Du doch noch mit mir Pizza backen, nur wir beide.«

Andreas hatte sich in der Drogerie verantwortungsvoll – das haben wir vom Märchenprinzen gelernt – auf alle Konsequenzen des Pizzabackens vorbereitet.

Hinter ihr her telefoniert. Ihre blöde Mitbewohnerin, die sich mit »Telefonseelsorge« meldete! Andreas war zuerst sogar drauf reingefallen. Dann ging niemand mehr ans Telefon. Über dieses scheiß hohe Hoftor geklettert. Die Blechmülltonnen, der Krach in diesem Hof mit den hohen Wänden. Flucht in den Garten. Die elektronischen Sensorfrösche quakten lauthals los. Und Obstanbau. Alles war voller Brombeersträucher gewesen.

Hinterher, in der Erinnerung, war's auch lustig. Die Risse in der Jacke hatte er mit Aufbügelflicken *Chemieschlumpf* und *Arztschlumpf* verdeckt und die Narbe am rechten Unterarm machte richtig was her.

Nikola hatte sich, wie beim Ziegenproblem, umentschieden und war zu dem erstbesten, porscheprotzigen, südfranzösischen Flugzeugingenieur gewechselt. Und er, Andreas, hatte blau-verwaschene, an den Knien abgerubbelte Hochwassercordhosen, und war mit seinem alten blauen Mofa mal bis Bielefeld. Oder so. Und das mit Nora war noch etwas ganz anderes gewesen. Von Fürst Lichnowsky hatte er später dann erfahren, dass Niki in Kamen nein, keine Kneipe, eine Nachhilfeschule haben soll. Jedenfalls, lessons learned. Wieder einmal.

Einmal anhalten und dann wieder los

Dann kam der Unfall. Der smaragdgrüne 7er BMW kam mit seinen 8 Zylindern, 240 PS und stark überhöhter Geschwindigkeit gerade aus der Unterführung Stapermannstraße herausgeschossen, weit auf der falschen Spur. Andreas hatte keine Chance. Sein alter Polo, den er von Onkel Wilfried geliehen hatte auch nicht. Es war wie in dem Karambolagecartoon, wo der Mercedes-S-Klasse Fahrer ins Mobiltelefon sagt, *warte mal gerade, da ist einer an der Tür.*

Der freundliche Polizist sagte Andreas später beim Prozess auf dem Gang beim Warten, der Unfallverursacher, ein recht bekannter lokaler Unternehmer, der schon lange keinen gültigen Führerschein mehr besaß, habe für die Beamten schon bei der Unfallaufnahme ein Gutachten eines Universitätsprofessors für Psychiatrie aus dem Handschuhfach geholt, dass er psychisch labil, nicht belastbar und latent suizidgefährdet sei.

Das Urteil hatte Andreas dann auch nicht mehr überrascht.

Die Schmerzen wurden dann so stark, dass Andreas spätestens nach der 5. Stunde vor dem Schwarzen Brett nur noch knien konnte. Die Beine musste er wie die ganz alten Männer einzeln mit den Händen in den Wagen hieven.

Der Gutachter der gegnerischen Versicherung, ein Universitätsprofessor für Orthopädie, sagte im Schmerzensgeldprozess aus, schon ca. 8 Tage nach dem Unfallgeschehen könne er einen Zusammenhang der vom Kläger behaupteten persistierenden Schmerzereignisse mit dem damaligen Autounfall sicher ausschließen. Die angeblich schmerzhaften orthostatischen Veränderungen des Patienten im Hals- und Lendenwirbelbereich seien entweder Folge einer seelischen Grunderkrankung oder rein weg simuliert.

Der Richter folgte diesem Gutachter.

Andreas versuchte, trotz den Schmerzen das Referendariat fortzusetzen.

Dann kam der erste Hörsturz, kamen die ophtalmischen Migräneanfälle, er konnte oft seinen eigenen Entwurf für die Lehrproben nicht mehr erkennen. Fast totaler Gesichtsfeldausfall.

Natürlich hätte er sich krankschreiben lassen können. Aber 10 benotete Unterrichtsbesuche pro Fach bleiben 20 Unterrichtsbesuche. Und die unbenoteten Versuche, unbenotet heißt übrigens nicht kritikfrei, und die Intensivphasen – Leistung ist Arbeit pro Zeit. Eine Krankschreibung hätte alles nur noch viel schlimmer gemacht.

Ab der 5. Stunde waren die Schmerzen so arg, dass er den Oberkörper nicht mehr beugen konnte und z.B. vor dem scharzen Brett kniete. Das sei die angemessene Demutshaltung für junge Kollegen, scherzte jemand.

Andreas gab schließlich auf.

Natürlich redete man im Studienseminar mit ihm darüber. Schließlich gilt die dienstherrliche Fürsorgepflicht.

Es ergebe sich aus formalen Gründen eine Restdienstzeit von 2 Tagen bis zu seinem endgültigen Ausscheiden aus dem Vorbereitungsdienst des Landes. Für diese 2 Tage stünden ihm jedoch keine Anwärterdienstbezüge zu. Ob er das verstanden habe? Keine Bezüge für diese 2 Tage?

Ja, hatte er verstanden. Er ging.

Schon in der Einführungswoche hatten sie den Neulingen gesagt, im ganzen Bundesland seien 5, in Worten fünf Absolventen mit Deutsch und beliebigem Beifach in den Dienst übernommen worden. Und mit etwas leiserer Stimme fügte der Seminarsprecher hinzu, das Land stelle ja, wenn überhaupt eingestellt werde, Lehrkräfte am Gymnasium, die volle SI und SII Fakultas hatten, nur mit A12, also mit Realschullehrerbesoldung ein. Und diese jungen Leute müssten dann am Gymnasium etwa die halbe Stundenzahl in der Oberstufe unterrichten. Alles legal. Es gebe Stimmen, welche diese Praxis als Besoldungskürzung auf kaltem Wege bezeichneten.

Man solle sich also doch bitte rechtzeitig, am besten jetzt schon, überlegen, was man nach dem Referendariat tun wolle. Die Aussichten auf Anstellung seien wie dargestellt sehr gering. Ganz anders als damals, als sie, die Damen und Herren der Seminarleitung, ihren Vorbereitungsdienst beendet hätten. Sie hätten unterschreiben müssen, dem Lande auch nach dem VD zur Verfügung zu stehen. Überhaupt sei das damals alles ein Selbstläufer gewesen. Er, der Studienseminarleiter vor Ort, sei eben Studienseminarleiter geworden, und eine Kollegin von damals eben Bildungsministerin. Jedoch, wie gesagt, diese Zeiten seien lang, lang her und kämen nie zurück.

Einen älteren, rückenkranken Referendar versuchte niemand zu halten.

Man soll bekanntlich nie *nie* sagen. Ein Blick in die damalige, ferne Zukunft:

Aufruf der Kultusministerien: *An unser deutsches Lehrervolk! Pensionärinnen und Pensionäre, Lehrkräfte in der Passivphase der Altersteilzeit! Helfen Sie mit, die Unterrichtsversorgung zu stabilisieren! Kehren Sie zurück!*

Unterstützt durch eine Werbekampagne, Kosten eine knappe viertel Million, mit Riesenplakaten: ›Keine Lust, morgen zu arbeiten? Werde doch Lehrer!‹ Nein, es ist hoffnungslos, die da oben lernen's einfach nicht! Der Slogan stammt vermutlich von den Enkeln derjenigen Werbetexter, die damals mit ›Have you it gebrought to nix, come to Police!‹ für den Polizeidienst zu werben glaubten. Ein Musterbeispiel an Kontinuität.

Onkel Wilfried nahm Andreas auf. Platz hatte er genug.

»Von wegen Multifunktionsraum! Das ist einfach ein Gerümpelzimmer!«, entfuhr es Elaine, als diese zum ersten Male Andreas in dessen Wohnung über dem Geschäft besuchte.

»Well, that's a matter of opinion.«

Eine große Bodenstanduhr im dunkelgebeizten Uhrenkasten, die schon bei der Oma immer een bitken vorging. Es versteht sich, dass der Hobbyphysiker später durch Verschiebung der Position der Pendellinse ein wenig nach unten den Gang korrigiert hatte. Und damit sie nicht stehenblieb, musste man sie ganz leicht schief aufstellen. Der Hobbyphysiker beließ es dabei, anstatt sich mit der Graham Hemmung auseinanderzusetzen. Eben nur Hobbyphysiker.

Zwei Ölgemälde, ein rissiger Rahsegler und eine ziemlich schlechte

Kopie von Jan Vermeers *Het glas wijn*, das Wappen im Fenster war misslungen, is aber auch 'ne schwierige Kiste, zugegeben, sorgten für das künstlerische Element im Raum.

Das rote, abgewetzte Rundsofa mit dem vertieften Rankenmuster war wenig geeignet für ein Schläfchen langer Menschen, die kleine Oma jedoch hatte es geschätzt. Ein etwas melancholisch dreinblickender Schwarzbär saß wachend in der linken Sofaecke.

Passend zum Sofa war der rote Ohrensessel mit dem Armlehnen aus glattem, dunklem Holz. Andy hatte schon als Kind darauf gespielt.

»Repp nicht so, das gute Polster!«, hatte die Oma oft gemahnt.

Nun auch verschlissen und durchgesessen zwar, und man konnte rechts zwischen Polster und die Seitenwand fassen und Kekskrümel, Nüsse, Schokoosterhasen- und Nikolausfragmente finden, sicher ein, zwei Bleistifte, Lesezeichen und den langvermissten Oberkörper eines mexikanischen Pistoleros, in jeder Faust einen Colt Navy. Aber in dem geliebten Möbel hatte Andreas einen erheblichen Teil seiner literarischen Bildung erworben.

Daneben stand der alte Teewagen im Ruhestand, das eine Rad war lose, in die Servierfläche waren farbige Kacheln mit Naturmotiven eingelegt, darauf die große Audioeinheit, ein Geschenk von Onkel und Tante zum Abitur, Radio, Kassettenrecorder und Plattenspieler mit Stroboscobfeature, und auf der unteren Ablagefläche eine Auswahl an Schallplatten, die momentane Lektüre, und die rundbauchige, langhalsige Sherrykaraffe aus Kristallglas mit passenden, gar zierlichen Gläsern.

Licht zum gemütlichen Lesen spendete auf der anderen Sesselseite die Stehlampe mit dem soliden, dreifüßigen Messinggestell und dem gelbverblichenen Faltenrockschirm, drei Strippen zum Ziehen baumelten herunter, um eine, alle drei Birnen oder den Deckenfluter einzuschalten, zwei gelbe und ein rotes Bällchen an den Enden der Schnüre.

Ein Jugendbett, das fast lang genug war, zum Dösen und Musikhören in der Vertikale, ein dunkles Ungetüm von Bücherschrank, der noch von Großonkel Edwin stammte, welcher den gebildeten Zweig der Cruses vertrat und ein unverwüstlicher Schreibtisch, den

Fritz und Werner in besseren Zeiten für Andreas geschweißt und geschraubt, geschliffen und lackiert hatten, vervollständigten die Einrichtung.

»Ach, wat leuk!« Elaine trat näher an die gerahmte Photographie über dem E-Piano heran.

«Du und Dein Hund spielt vierhändig. Ich wusste gar nicht, dass Du einen Hund hattest. Und die Stehlampe hast Du immer noch.« Elaine beugte sich vor und sah dann genau hin.

Dann ein verblüfftes »Dat ben je helemaal niet.« Und zur Bekräftigung nochmal auf Deutsch: »Du bist das gar nicht.«

»Stimmt. Ich bin das gar nicht. Das ist Glenn Gould.«

Aber noch war eine Elaine auf dem Sof oder gar in dem schmalen Jugendbett nur eine Phantasie.

Mit dem Verschwinden des Stresses wurden auch die Schmerzen erträglicher. Schließlich konnte Andreas wieder ein bisschen in der Gärtnerei arbeiten, bis er sich fast normal fühlte. Schulbücher durcharbeiten, Seite für Seite, alle Aufgaben rechnen, Training.

Und er trat wieder an. Welch Unterfangen sich als gar nicht so einfach erwies. Zum nächsten Termin hatten sie nämlich das Verfahren auf On-Line-Eingabe umgestellt. Aber das Dokument öffnete sich nicht. Schließlich rief Andreas beim Ministerium an und bekam endlich auch heraus, wer die zuständige Ansprechpartnerin war und bekam deren Direktwahlnummer. Er wollte bloß keine Zeit verlieren und unter den ersten Bewerbern sein.

Nein, das könne nicht sein, sie sehe das Formular auf ihrem Schirm und, Moment, könne auch Einträge machen und, Moment, speichern.

Andreas bekam's aber beim besten Willen nicht hin. Telefonierte mehrmals mit der immer unwirscher reagierenden Sachbearbeiterin. Welche andeutete, wer heutzutage zu unbegabt sei, mit einer Online Bewerbung klarzukommen, sei eventuell, möglicherweise, sie sei keine Expertin, am Ende auch für das Lehramt ungeeignet?

Onkel Wilfried hingegen war sehr verständnisvoll. »Du, das kann sein.«

»Was kann sein?«

»Das mit dem Internet.« Er kenne das. Bei Karl-Heinz Wittgrebe, Wilfrieds Leib-und-Magen-Lieferanten für Steine und Zierkiesel, für Muschelkalk und Menhire bis 5 Tonnen, sei kürzlich, nach Basteleien von Wittgrebe junior, auch nur das Intra-, nicht aber das Internet freigeschaltet gewesen.

Also ein letzter Versuch. Seine Zeit könne er gerne mit Herumtelefonieren vergeuden, nicht aber die ihre, machte ihm die Sachbearbeiterin der Gymnasialabteilung des Ministeriums hochfrequent, mit wenig Sinus und viel Sägezahn und auch mit nicht zu kleiner Amplitude sofort klar.

Ob sie ganz sicher sei, dass bei ihrer Abteilung auch der Internetzugang, nicht nur der Intranetzugang freigeschaltet worden sei?

»Rufen Sie hier einfach nie wieder an, verstehen wir uns, Sie dummer Spinner?«, beschied sie ihn. Bumms, Hörer aufgeknallt.

Eine knappe halbe Stunde später klappte die Onlineeingabe wie Butter. Sieh mal einer an.

Wohin wird's dieses Mal gehen?

A. Cruse brachte also seine Unterlagen wieder auf den Weg. Und wollte mitdenken. Nicht, dass die ihn in ein Anfängerseminar steckten, und schwupps war es dann zu spät für Änderungen.

Ja, klar. In Holtern geht's wieder los mit dem ersten Ausbildungsjahr! Gleich mal anrufen, wie heißt die Sekretärin?

»Aber Frau Petri, ich kann doch nur in einen bereits laufenden Seminarbetrieb wieder eintreten und an Ihrem Seminar in Holtern fängt doch der neue Jahrgang turnusgemäß an, wenn ich das richtig verstanden habe.«

»Ja genau, Herr Cruse, Sie wissen schon gut Bescheid.«

»Also ist es doch sinnlos, dass ich Ihnen mein Abiturzeugnis und das Zeugnis des ersten Staatsexamens, bevorzugte Schulorte usw. zuschicke, weil ich ja doch nicht bei Ihnen meine angefangene Ausbildung beenden kann, wie gesagt.«

»Bei uns stehen Sie als Neuanfänger auf der Liste, Herr Cruse.«

»Prima, dann beziehen Sie sich einfach auf genau diese Zuordnung, die muss ja von irgendwoher gekommen sein und sagen denen, soundso, und fragen, an welches Seminar der Cruse denn tatsächlich geschickt wird. Ich ruf Sie dann wieder an.«

»Herr Cruse, bei Ihren Zuteilungsunterlagen ist auch ein Passbild von Ihnen. Ich weiß genau, wie Sie aussehen, aber ich kann Ihnen nicht helfen. Wirklich nicht. Alles, alles Gute! Auf Wiederhören.«

Dann erhielt Cruse einen Brief von der Bezirksregierung. Er, Andreas Cruse sei informiert worden, dass er dem Studienseminar in Holtern, Natorpweg 15 zugewiesen worden sei. Hier sei ein Irrtum unterlaufen, man bitte um Entschuldigung. Und dieses Schreiben sei ein Teil des landesweiten Projektes bürgerfreundliche Verwaltung.

Na also, jetzt klärt sich alles auf. Dachte Andreas Cruse.

Es handelte sich um den Natorpweg 13.

Ich bin Anfang dreißig und total erledigt. Das war wieder so ein Punkt in seinem Leben, an dem Andreas Cruse Benns Satz in den Sinn kam.

Die Sache kam dann doch noch in Ordnung. Eines Tages kam wieder ein Schreiben, für einen Tag sei er dem Seminar in Holtern zugeordnet und dann aber Drenfort. Das ließ hoffen. Zur Wiedervereidigung fuhr er in dem altem W 124, den er Onkel Wilfried abgekauft hatte, einem sicheren Fahrzeug, Ende Januar durch die niederrheinische Landschaft, begleitet von der munteren Melancholie der zweiten Orchestersuite.

Vor ihm schlich ein alter Ford Transit. Andreas las auf der Heckscheibe: *Lob der Langsamkeit – Ihr Meditationszentrum in Lavesum.* Nee, dachte er, nicht in Lavesum, die Inkarnation der Langsamkeit zockelt gerade vor mir her! Was soll's, Schnell hat sich totgerannt und liegt jetzt in Nienberge aufm Friedhof. Und ein Meditationszentrum, Zentrum, ausgerechnet in Lavesum, der ganze Ort hat kein Zentrum! But the center of Lovesome is love, love is the center of lovesome ...

Dick bereifte Bäume säumten die Landstraßen, Nebel auf den Feldern, Reiher. Ein Leuchtturm auf dem Deich? Ach so, nur das dicke Ende eines Windrades im Nebel. Schade. Jedenfalls Eindrücke, die hängenblieben. Mit dem 200 D passte er gut ins automobile Bild. Fehlte nur noch ein Borkener Kennzeichen. Bauern ohne Rücksicht.

Am neuen Seminar

Die Ausbildungsordnung hatte man schon wieder geändert, keine Mentoren mehr. Spielte keine Rolle. Elaine war ja ohnehin nicht dabei. Sie hatte wohl sehr deutlich gemacht, wie verärgert sie war, dass ihr Angestelltenvertrag schon wieder nicht über die großen Ferien weiterlief, und ein Wort gab das andere. Frau van Zadelhof war erst einmal heraus aus dem deutschen Schulsystem.

Irgendwas war hier noch anders anders. OStD Koppmann bat Andreas in sein Dienstzimmer. Ließ Kaffee und Kekse kommen. Wie anerkennenswert er es finde, dass auch ein älteres Semester wie Cruse doch noch mal antrete, es werde schon gut gehen. Warum er denn überhaupt aufgehört habe? Ein leichtes Hinken habe er bemerkt, vielleicht gesundheitliche Probleme, er, Koppmann, habe ja diesen Bandscheibenvorfall gehabt.

Andreas erzählte. Dem Manne schien man vertrauen zu können.

Ja, auch er, Koppmann, habe schwierige Phasen hinter sich. Nicht nur die Bandscheiben! Das sei eben das Leben. Er gab Andreas noch die Kontaktdaten eines Schulpsychologen mit. Für alle Fälle. Er wisse, Schmerzen seien nicht nur physisch verursacht. Andreas könne sich gerne auf ihn berufen.

Zum Schluss fragte der Chef: »Ach, noch was, das kommt ja nicht oft vor, dass ein Referendar hinschmeißt. Ich muss das fragen: Zu Handgreiflichkeiten zwischen Ihnen und einem Fachleiter oder einer Fachleiterin ist es ja nicht gekommen?«

Nein, war es nicht.

Interessante Wirtsleute

Wie Gräwe gesagt hatte, man musste auch einfach mal Glück haben. An jenem Samstag war er früh nach Drenfort gefahren, hatte im öffentlichen Klohäuschen die Höhlenmalereien bewundert und zur Kenntnis genommen, dass einer der Künstler sich über alle Maßen gerne mit einer gewissen Marie Barnemann paaren wollte und das noch mit einer sehr anschaulichen Bildergeschichte verdeutlicht hatte, dann, erleichtert, hatte er die Lokalausgabe der *Münsterschen Zeitung* gekauft und den Wohnungsmarkt bei einer Tasse Kaffee in der Konditorei Brummelman studiert. Er hatte sich anschließend ein paar kleine, teure Wohnungen angesehen, in denen noch viel zu tun war. Keine hatte eine Küche und vor allem eben der Preis.

»Du brauchst nicht weiter zu suchen!« Onkel Wilfried, der auf der Heimatbasis Telefondienst hatte, war am Handy. »Das mit dem *Studienreferendar sucht* scheint geklappt zu haben. Da hat sich ein älteres Ehepaar auf Deine Anzeige gemeldet. Fahr mal hin. Altenstede, Uhlenbusch 16, Oosterbaan heißen die, das hört sich gut an.«

Und das war es auch. Eine vollständig eingerichtete kleine Wohnung unterm Wiem, die Wirtsleute wohnten unten. Im Laufe der Zeit sollte er sie recht gut kennenlernen.

Den holländischen Akzent hatte Andreas natürlich sofort gehört.

Im Hausflur hingen einige gerahmte Photographien aus lang vergangenen Tagen. Andreas konnte nur flüchtig daraufsehen. Nanu, sein künftiger landlord, wie er sich vor Königin Silvia van Zweden verbeugte?

Der Königstreue von der Photographie war inzwischen einige Jahrzehnte älter geworden und sah im Profil dem alten Alexis Gruss verblüffend ähnlich.

»So, so, Sie sind also Studienreferendar? In Ihrem Alter? Na, solange Sie mit den Mietzahlungen niet treuzelen – «

»Fritjes?!« rief Meneer Oosterbaan unvermittelt.

»Nein danke, ich bin nicht hungrig.«

»Shooty? Wat is er?« kam es aus dem Keller zurück.

»Ich möchte Ihnen gleich meine exotische Frau vorstellen, damit Sie es sich noch einmal überlegen können.«

Auftauchte Mevrouw Oosterbaan auf der Kellertreppe. Sah aus wie Du und ich. Andreas stand die Verblüffung ins Gesicht geschrieben. Er hatte eine dunkelhäutige Frau z.B. aus Surinam oder Indonesien erwartet.

»Exotisch?«, entfuhr es Cruse etwas zu laut.

Fritjes warf Shooty einen kritischen Blick zu. »Hat er wieder das mit exotischer Frau gesagt?«

Sie seufzte. »Mijn echtgenoot, Jan Hendrik, ist Niederländer. Ich bin –«

»Fritjes is een echte Vlaamse. Zeer exotisch. Seg eens iets in het uestwlaams.«

O.k. Das erklärte den einen Spitznamen. Sperrt man einen Belgier in eine leere Einzelzelle, beginnt er nach einer halben Stunde, sich Pommes Frites zu bereiten.

Fritjes, die eigentlich gar nicht Fritjes, wer hätt's gedacht, sondern Christiane hieß, zeigte Cruse die Mietwohnung unterm Dach. Im Treppenhaus hingen weitere gerahmte Photographien.

»Ja, c'est mon Commandant avec la reine de Suède, et c'est, oui, en Afrique. Lui? A, je ne me souviens pas, hm, attendez, mais oui, je m'en souviens, Jean Henri, il fut lieutenant encore, à côté du colonel van der Stroom. Jan Hendrik etait si jeune, à l'époque, bien sûr sans barbe, mais toujours avec une cigarette. Dat is zo lang geleden ... . Een tijd in Brunssum en uiteindelijk is hij in Blomberg terecht gekomen. Und jetzt der Ruhestand im Münsterland.«

Als er die beiden schon recht gut kannte, fragte er Christiane rundheraus: »Tell me, was Jan Hendrik a spy?«

Mehr als ein Lächeln bekam er nie zur Antwort. »En de bijnaam Shooty, von scherpschutter?« Es blieb ein Geheimnis. Wohl so eine Art Verbindungsoffizier.

Selbst einem Inneneinrichtungsbanausen wie Cruse fiel die Heterogenität der Inneneinrichtung auf. Gut, Speere, Dolche, Säbel und *Krshna mit den Kuhmädchen* sowie Elefantenfiguren und -motive in der Räucherstäbchenatmosphäre allüberall einigte ihr exotischer Charakter in einem münsterländischen Klinkerhaus.

Flämische Bauernmöbel mit geschnitzten Bruegelmotiven standen wenig einträchtig neben prachtvollen, geradezu royalen, marmornen Klingonenmöbeln, in denen nicht zu große Elefanten Platz gefunden hätten. Saß man darin, weich gepolstert durch bunt bestickte Kissen, auf denen, nun der Leser ahnt es schon zu sehen waren und legte seine Hände auf die kühlweißen Seitenlehnen, tätschelte man natürlich ein Elefantenhaupt. Kostbare Teppiche, Houssen, edle Grands Couvres – als habe man sich bei der Einrichtung gefragt: Waar kunnen wij nog meer over opscheppen? Stoffservietten, Messerbänkchen und Serviettenringe aus schwerem Silber – Herrn Cruse schien es, als sei er Zuschauer eines wohlkalkulierten Schauspiel des Wohlstands.

Im Foyer luden zwei eigentümliche, zweiteilige Holzgestelle nicht zum Sitzen ein. Durch jeweils eine Aussparung im langen Rückenteil war ein flaches, kürzes Holzstück hindurchgesteckt und war wohl zur Aufnahme der hinteren Häuptlingskörpermitte gedacht. Statisch minimalistisch, aber unbequem.

Der freundschaftliche Kontakt mit den Osterbaans erweiterte Cruses Horizont z.B. kulinarisch durch Papadams, Daalgerichte, Curries mit den verschiedenen Sambals ganz außerordentlich. Sie pflegten eine indisch-vegetarisch geprägte Küche.

Sehr lecker, bisweilen doch ein wenig zu scharf.

Sie begründeten auf der anderen Seite auch Herrn Cruses tiefe Ablehnung gegen *gotu kola*, ganz gleich, ob als Tee, Salat oder Gemüsezutat. Dito *rasam*. Oder *morunga*. Was fand man daran, dieses total holzige Zeug zu zutzeln?

Wohlerzogen wie er war, hatte er zudem den Rosenkohlfehler begangen. Nicht nur Kurt Tucholsky, auch Andreas Cruse hasste Rosenkohl. Ohne dies allerdings seinen Gastgebern mitzuteilen, als zum ersten Male Brussels sprout auf den Tisch kamen. Und dann war es zu spät …

Christiane und Jan Hendrik konnten sich ausführlich darüber streiten, ob es nun *patatten* oder *aardappels* hieß, *confituur* oder *jam*, *bord* oder *talore*.

»Nederlands is een taal, vlaams alleen maar patois!« erklärte Jan Hendrik. Er konnte sich immer wieder darüber beömmeln, dass im belgischen Fernsehen insbesondere westflämische Beiträge für die anderen Flamen ABN-Niederländisch untertitelt wurden. Ein gewisser Gerrit Callewaert zog die Uestwlaamen offenbar in einer Satiresendung auch immer durch den Kakao. Andererseits hatte Jan Hendrik die eigentümliche Gewohnheit der Flamen übernommen, statt eines stimmlosen alveolaren Spiranten den stimmlosen post-alveolaren Frikativ zu artikulieren: »Meine pikante Linsenschuppe war ratscheputsch alle!«

Vielleicht um sich in die sprachliche Neutralität zu begeben, unter-hielten sich Jan Hendrik und Christiane untereinander auch nicht in der Sprache der Eingeborenen, auf Deutsch, sondern auf Eng-lisch, in einer lieblosen, gewöhnungsbedürftigen Variante ganz ohne tiäitsch. Welches im indischen Englisch ja auch nicht vorkommt.

Vollkommen einig waren sich die beiden darin, dass ihr Mieter, als Mann der Wissenschaft und Bildung, sich vertrauensvoll sowohl an Ganesha als auch an Sarasvati wenden durfte.

Jan Hendrik beglückte Andreas mit verblüffenden Informationen wie: »There is a mdudu in your drink, Andy!«

Apropos Drinks, *Steinhäger*, ein sizilianischer Bitterlikör und ein taumilder Frauenwhiskey spannten ursprünlich Cruses spiri-tuelle Basis auf. Diese wurde durch Oosterbaans geduldige Lektio-nen nach dem Essen durch z.B. Verkostungen diverser Sherrys und Ports, lieber Ruby als Tawny, von *Fragoline di Bosco*, *Hasseltse Je-never* und rareren Köstlichkeiten wie *Pineau des Charentes* oder *Drambuie* beträchtlich erweitert. *Lumumba*? Cruse fand durch des nicht mehr ganz nüchternen Meneers Erzählung nicht durch; Cdt. Oosterbaan war *Lumumba* persönlich begegnet? Ein Rencontre avec Kakao, Rum und *crème fouettée*?

Gut gemeinte, wiewohl etwas unüberlegte Buchgeschenke moch-te Andreas nicht ablehnen. *Hoe zeg je dat in het Duits?* Das sieben-sprachige Büchlein mit militärischen Ausdrücken war auch nur von beschränktem Nutzen.

Verblüffende völkerkundliche Erkenntnisse wurden ihm zuteil: »Alle Wallonen sind Kommunisten. Alle Franzosen sowieso. Alle Holländer sind geizig und Hypokritten.« Das allerdings wurde kon-trovers unter den beiden diskutiert. Einigkeit bestand wieder darin, dass die Engländer die größten Hypokritten waren, übertroffen allerdings noch von den US-Amerikanern, die noch größere huichelaren waren.

Aufgepasst, hier lernt Ihr was: Menschen aus Rajasthan und Gujarat erkennt man, z.B. auf Reisen im Flugzeug, sicher daran, dass sie immer nach altem paneer und ranzigem ghee riechen. »Doch, wirklich, das ist so.« Da waren sich die beiden, völlig unbekümmert lachend, ganz sicher.

Der wie bekannt wohlerzogene Andy ließ seinerseits unkommentiert, dass auch die beste hollandse vatboter, selbst wenn sie im botervlootje von Noritake dargeboten wird, irgendwann den Zenit haarer smakelijkheid überschreitet.

Eine weitgereiste Weltoffenheit war mit eigenartigem Starrsinn gepaart. Den Rajasthanis und Gujaratis unfrische Odeurs zuzusprechen, war doch ein Fall gruppenbezogener Respektlosigkeit. Dabei waren die Oosterbaans wirklich gastfreundliche und freigiebige Menschen. Und selber die totalen Exoten.

Durch den Rückhalt, den sie gaben, allein schon durch die preiswerte und komplett eingerichtete und fahrtechnisch so günstig gelegene Wohnung, hatten sie einen sehr erheblichen Anteil am Gelingen von Cruses Referendariat. Cruses Horizont wurde in mancherlei Hinsicht erweitert. Auch fühlte er sich angespornt, das kleine Polyglossinum zu pflegen.

Er machte sich andererseits auch nichts vor. Pour le Commandant, der, die Frage, ob man nicht besser den Ruhestand in Beneluxien verbringe, zwar brüsk verneinend, insgeheim auf das ganze Deutschland und die Deutschen noch mit den Augen einer Besatzungsmacht herabsah und speziell von deutschen Schulen und deutschen Lehrern gar nichts hielt, und für den science nur eine unter mehreren frei wählbaren Optionen, wie z.B. auch die Astrologie eine war, darstellte, war sein deutscher Mieter mit dem stets kritisierten, fehlerhaften Niederländisch, dem korrekturbedürftigen, schwachen Französisch und dem albernen Beruf natürlich im Grunde nur eine Art unterhaltsamer, hauseigener Narr.

Impressionen aus dem Referendarsleben

Es war insgesamt keine schlechte Zeit. Von Altenstede zur Schule durch den Fürstenparkwald nach Drenfort fuhr er nun knapp 10 Minuten. Und den Seminarbetrieb hatten sie hier menschenfreundlich organisiert. Er musste nur alle 14 Tage nach Metten, denn zwei Seminarveranstaltungen waren jeweils auf einen Nachmittag gelegt, der wurde dann zwar recht lang, aber abends wurde es doch glücklicherweise unangenehm kühl in den Seminarräumen. »Wir wollen ja alle nicht erfrieren, machen wir ein bisschen eher Schluss«, hieß es nicht so selten vom Seminarleiter. Sie waren sein letzter Jahrgang. Leben und leben lassen. Herausgekommen ist dabei so viel und so wenig wie anderswo auch. Man muss eben auch mal ein bisschen Glück haben.

Statt der dauernden Rumgurkerei auf den Bundesstraßen konnte der genesene Cruse nun seine taktischen und strategischen pädagogischen Planungen auf langen, einsamen Spaziergängen rund um Altenstede machen. *In den verwilderten Gärten blühten Apfelbäume, Bougainvilleen, Glyzinen, Syren, Goldregen und bedrängten die Sinne mit ihren schweren, süßen Aromastoffen. *

In den Fürstenpark, zur Drachengrotte, über die romantische Bogenbrücke vom Fräuleinsweiher, hinauf auf den alten Wachtturm. Ein echter Wachtturm war es ja nicht, die ganze Anlage hatte ein Rokokofürst mit auf alt getrimmten Erlebnisstationen bestückt, die ziemlich gut erhalten waren. Keine echten Drachen.

Sitzen auf der roten Seenotrettungsbank am Weiherufer, wie er sie nannte. Weil daneben, weitgehend von wilden Rosen überwuchert, am rostigen Pfahl ein halbverrotteter Rettungsring hing. Und die Bank war anno dunnemals wohl mal rot gewesen.

Diese didaktisch-methodischen Wanderungen, die kleinen Dohlen an der Klosterruine, die Dachwohnung bei Oosterbaans, wie oft hatte er nachts am Fenster der Dachwohnung gestanden und auf die Dorfstraße hinausgeblickt. Koppsteunplaster, Obstbäumchen zu beiden Seiten; die mittig aufgehängte funzelige Blechlampe schaukelte im Wind, wie war das, Galileo, Amplitude, Pendellänge, Thomsongleichung ... Und ein Nachtvogel flatterte vorbei.

Die Einkäufe bei K&K, des Samstags mal zum Real nach Ostenwalde, lange Zeit später noch fiel ihm urplötzlich etwas aus dieser Zeit ein. Interferierende Wasserwellen an der glatten Ufermauer vom Fräuleinsweiher. Frau Barnemanns rauschender, parfümwolkiger Auftritt hinter ihm an der Kasse bei K&K. »Erlauben Sie wohl mal gefälligst, ich bin Frau Dr. Barnemann!« Der Mann mit dem Dackel, der ihm beim Dämmerungsspaziergang am Bach hinter Wagenfelds Kneipe zögernd entgegenkam, stutzte und erbost rief »Sie haben ja gar keinen Hund dabei! So eine Frechheit!« Das merkwürdige Ereignis mit dem anderen Hund zur Nachtzeit. Solche Sachen eben.

Und wieder, wie zuletzt in Velp oder in Noreg, suchte er sich eigentlich unbewusst Orte in Gewässernähe in monarchischen Ländern!?, fühlte er sich ein wenig wie ein anderer. Gewissermaßen reduziert, ein Fremder, nur mit den notwendigsten Habseligkeiten ausgestattet, als spärlich möblierter Herr, so sagte man doch früher, natürlich der PC immer dabei und die Fachbücher um sich.

Und die Tonwiedergabegeräte. Das etwas unmoderne Komplettset mit Radio, CD-Player, aber auch Cassettendeck und Plattenspieler.

Cohen, Brel, Reggiani und Konsorten hatte er nur auf Cassette. Von John F. hatte er sich das überspielt, auld lang syne.

Kein Fernseher. Müsster Euch mal vorstellen.

Auf dem Sofa liegen, im Novemberhalbdunkel, seitlich über sich ein Mädchen mit Wasserkrug, dem nicht kalt ist, dem wohl sogar ziemlich heißt ist, und nur Musik hören.

Er kennt jeden Kratzer auf den Platten, erwartet die Publikumshuster.

Chopins e-Moll Klavierkonzert mit Claudio Arrau, wenn nach der langen Orchesterexposition das Klavier einsetzt. Herrlich. Van Cliburn mit dem dritten von Rachmaninow in einer schnupfenden und hustenden Carnegie Hall. Auch das erste ist gar nicht schlecht. Bloß der sturztrunkene Glasunov bei der Uraufführung. In dem Konzert gibt es eine sich geradezu erotisch steigernde Taktfolge, 1. Satz, ungefähr ab 3 min 10 s, er hat gerade die Partitur nicht zur Hand, die dann nicht hält, was Cruse erwartet. Schumanns a-Moll Konzert natürlich. Die Eingangskadenz kann er so spielen, dass man sie zumindest erkennt. Barbirolli und Fanny Davies scheuen sich nicht, im a-Moll-Konzert die dämonischen Untertöne nicht zu unterschlagen, Frau Argerich!

Neue Fachleiter und Prüfungen

An dieser zweiten Ausbildungsschule war das Kollegium dreigespalten. Da war einmal die Partei des alten ersten Stellvertreters, der selber Ambitionen auf den Chefposten gehabt hatte und nicht zum Zuge gekommen war.

Dann natürlich die Gefolgsleute der Chefin.

Und schließlich sagen wir mal eine dritte Fraktion unabhängiger, nicht karrieregebundener Leute. Ihnen war der alte Zausel egal und zur Chefin standen sie in der natürlichen Opposition derer, die in der von denen da oben vorgegebenen Richtung die Hauptursache für den täglichen Unterrichtsfrust sahen. Realisten. Chemielehrer. Physiklehrer. Ah, nee, Biologielehrer sind meist Biologielehrerinnen. Menschenbild.

Cruses neue Fachleiterin Chemie war eine angenehme Person. Ein bisschen vornehm, damenhaft, aber es war in Ordnung, dass es ihr gefiel, wenn die jungen Herren Studienreferendare ihr regelmäßig halfen, die Berge von Materialien zu tragen, die Tür aufhielten, in den Mantel halfen. Denninghaus hatte seine erste Staatsexamensarbeit in der Didaktik angefertigt und war der Fachmann für Modelle und Simulationsprogramme in der Chemie. Frau Niehues war begeistert von Denninghaus. Und diese Begeisterung induzierte, so meinte Andreas, bei Frau Niehues auch eine gute, positive Einstellung gegenüber den anderen in ihrer Truppe. Wie dem auch war, Chemie lief nun ganz zufriedenstellend für Herrn Cruse.

Und wie klein doch die Welt ist. Frau Niehues war der erheblich älteren Bonka vor einigen Jahren auf einer mehrtägigen Fortbildungsveranstaltung, auf der die Bonka einen Workshop leitete, begegnet. Sie hatte durchblicken lassen, dass sie von Frau Boonekamp gleich mehrfach auf unangenehme Weise verbessert und belehrt worden sei.

Der Leistungsträger, von dem die Studiendirektorin des pädagogischen Seminars schon aus einer Deutschexamensstunde so begeistert war, redete und argumentierte in der Chemieexamensstunde lang und ausführlich. Stuss. Der anwesende Fachlehrer und Frau

Niehues sagten nichts dazu. Danke. Annehmbare Kritik. 2-. Abgehakt.

»Also passen Sie auf. Sie sind wieder über die Spitzen gegangen, brauch ich Ihnen nicht zu sagen, wir wissen beide, wie es in diesem Untergrundkurs aussieht. Aber wenn Sie das in der Examenslehrprobe tun, bringt Sie das bei der Kommission an den Rand des Durchfallens, das ist voreingestellt. Jetzt aber zum Thema Examensreihe. Schwingungen könnte ich Ihnen empfehlen.« Also sprach der Herr Physikfachleiter.

»Spontan hätte ich auch Lust dazu, aber da ist dann wieder die Sache mit der Mathematik, zwei Variablen und eigentlich gehören DGL's doch auch dazu.«

»Keine Angst, machen Sie das mit allem, was zu einem schön runden Bild dazugehört. Die Erfassung der Realität mit Hilfe der Mathematik ist nun mal die Physik. Im LK versteht sich.«

»Ich sag mal ehrlich, was ich denke. Einen Kumpel von mir, den hat Ihr Fachleiterkollege Herr Goldgräber durchfallen lassen. Wegen zu geringer Schülerorientierung. Oder Kompetenzorientierung, weiß nicht mehr so genau. Alle Schülerinnen und Schüler tragen zum Gelingen des Unterrichts aktiv bei, wie es so schön heißt. Ach ja, und gleichzeitig wurde das zu niedrige, dem Gymnasium nicht angemessene Niveau bemängelt. Herr Goldgräber wird doch bestimmt Zweitgutachter bei der Hausarbeit und dann kommt er vermutlich auch noch in meine Examenslehrprobe und das war's dann. Mein Studienkollege ist übrigens promovierter Physiker, von wegen Niveau. Und der andere Fachleiter hat dann aus Kollegialität mitgezogen, wie man sich erzählt. Soll ich nicht lieber Wärmelehre machen, Mittelstufe, da können alle Wasser kochen und Temperaturen messen?« Andreas hob den rechten Zeigefinger: »Und Stoppuhren bedienen«, machte ein schlaues Gesicht, »Mittelwerte bilden. Da ist für alle was dabei, die Mädchen schreiben wunderwunderschöne Wertetabellen. Ich hole auch diejenigen ab mit den besonders gut ausgeschärften Interessensschwerpunkten im sozialwissenschaftlichen Lernfeld.«

Der Fachleiter schnaubte und brummte dann leise mit 50 Hz.

»Ja, der Fall Dr. Kochsiek. Das gab ziemliche Diskussionen im Seminar. Der Schulleiter Ihres Freundes hätte den Dr. Kochsiek nämlich sehr gern an seiner Schule behalten und war über das Prüfungsergebnis ziemlich verblüfft. Als Durchfaller musste der Kochsiek natürlich an eine andere Schule. Herr Goldgräber ist inzwischen als Regierungsschuldirektor in der Schulaufsicht und wird definitiv keine Lehrproben mehr abnehmen. Mindestens für diese Examensrunde bin ich der einzige feste Physikfachleiter in unserem Seminar. Das mit dem Zweitgutachter kläre ich. Dezernent ist Fritz Langensiepen und dessen liebliche Aufsatzreihe *Induktion richtig – Maxwelltheorie von Anfang an* in MNU kennen Sie ja. Hüten Sie sich also vor zu wenig Mathematik in Ihrer Unterrichtsreihe!

»Ach, Herr Cruse, die bewusste Sache hat sich geklärt, wie ich gesagt hatte. Da springt jemand vom Seminar Grönau ein als Zweitgutachter und auch für die Examensprobe. Wird schon werden.«

Onkel Wilfried wusste nur zu gut aus eigener Erfahrung, was von seinem Bruder und dessen Frau zu halten war.
»Sie ist doch auch deine Mutter, Andreas«, versuchte er es trotzdem mal wieder.
Andreas verzog den Mund, als müsse er die Sprache von Mordor in den Mund nehmen.
»Ja, ja, und die Urheberin der gefährlichsten Intrige, die meine bürgerliche Berufsexistenz bedroht hat!
Ova loša, zla žena, ova machtgierige, falsche kurva! Und diese weiche, wabbelige Witzfigur von Vater. Vater der Hörigkeit.«
Andres sah den wieder so deutlich und mitleidlos vor sich, bei der Gartenarbeit, chronisch krank, greisenhaft klapprig,wie der wie ein Kind, das gefallen will, mit Schipp un Emerken hinter seiner Frau herdackelte. Bah!
Pause. Andreas sammelte sich.
»Ich weiß, der Erhabene fordert, man solle sich ohne bad feelings von seinen Mördern scheibchenweise zerstückeln lassen. Kutscher Krishna erklärt Arjuna, dass man im Leben auch mal gegen Verwandte vorgehen muss, gewissermaßen. Und da hat der Krishna

eindeutig recht. Meinetwegen, es drehe der Buddha sich im Nirvana um.«

Großgärtnermeister Wilfried Cruse ließ seinen Neffen ausreden, rieb sich die torffreie Erde von den Händen und wandte sich wieder zu seinem Neffen.

»Das war mal wieder das. – Du wirkst aber insgesamt entspannter als die letzten Wochen.«

»'N ungewöhnlich offenes und ehrliches Gespräch mit Dr. Büker, meinem Physikfachleiter über die Examensreihe. Auch, dass man tote Pferde nicht reiten kann und so. War echt lustig.«

»Büker? Michael Büker? Ist das so 'n drahtiger Blonder mit hoher Stirn, stark kurzsichtig, sieht aus wie Asterix? Also Asterix mit Brille ohne Helm?«

Andreas zögerte, wollte schon und entschied sich dann aber anders. »Ja, kennst Du den etwa?«

»Hör mal, wir haben zusammen Musik gemacht. Für den gab's damals nur Mädchen, Mathe, Maschinen und Musik. Dampfmaschinen, Stirlingmotoren, Generatoren, Windräder, all so'n Zeug. Und Modelleisenbahn. Konnte gut Gitarre spielen.

»Du, Onkel Wilfried? Hast aufm Kamm geblasen, mit Rattenkragen?«

Herr Cruse schnappte sich zwei Pflanzstöcke und hieb auf den Boden eines umgedrehten Zinkkübels ein.

»Nein. Ich war der Drummer in unserer Band. *The Jolly Gardeners*. Wir haben immer im alten Gewächshaus geübt. Und die Sängerin war Ria. Ria Mannsvelt, von den Mannsvelts, die den großen Hof im Venn haben. Tolle Figur, hatte immer so'n ich sag mal Husarenjäckchen an, nicht gerade zu weit, stahlblaue Augen und diese heisere Stimme. Und damit hat sie die Sachen immer total unterkühlt rausgebracht, verzog keine Miene, die Lady. Den Michael mochte die besonders. Weiß nicht, aufm Hof ist die jedenfalls nicht geblieben.«

Owi wurde ernster, nahm wieder die Schlegel zwischen Daumen und Zeigefinger und rührte die Trommel.

Andreas hob die rechte Augenbraue: »When Johnny comes marching home?«

»Oh Andy, I hardly knew her! Ria war mehr als Joan Baez für Arme, damals, glaub's mir.«

Onkel Wilfried blickte in eine ferne Vergangenheit.

»Du, Onkel Wilfried, es wär ja wirklich 'nen doller Zufall gewesen. Aber mein Fachleiter ist groß und dick, hat dichte, dunkle Locken, buschige Augenbrauen mit grauen side spikes, 'nen Bürstenschnurrbart ... «

»Mit anderen Worten, Dein Fachleiter ist Groucho Marx«, konstatierte Owí, beide mussten lachen.

Auch die Physiklehrprobe klappte ganz gut. An Bükers Gesicht hatte Andreas während des Unterrichts gemeint, ablesen zu können, dass er die Sache im Prinzip richtig machte. Langensiepen war verhindert. Die Fachleiterin aus Grönau hatte nur stocksteif dagesessen und keine Miene verzogen. Pokerface mit stahlblauen Augen, gute Figur und so eine Art Husarenjäckchen.

Ach Quatsch, eine gemütliche Endfünfzigerin in braunen Breitkordhosen, im dicken Holzfällerhemd mit einem knallbunten, vermutlich selbstgemachten Strickmantel darüber; *caftan cardigan* traf es irgendwie nicht richtig.

Zum mündlichen Allgemeinpädagogikteil des 2. Staatsexamens hatten sie dem Physikkandidaten einen Englischlehrer in die Jury gesetzt, what else.

Der erklärte sich jovial für eigentlich unwissend in der Sache, nur das mit dem Exemplarischen habe er mal gehört.

Ein netter Mann, an dieser Stelle ein Dankeschön für den Wagenschein, ein, zwei Beispiele, Faraday, weil man da was Englisches zitieren konnte, plain sailing. Und Chemieunterricht ist ohnehin exemplarisch par excellence, ein Salz, eine Säure stehen für Hunderte andere.

Cruse war aber schon noch auf Krawall gebürstet. Er zitierte aus einem Aufsatz eines Oberstudiendirektors in Personalunion mit Physiklehrersein in der MNU, dass in all den Jahrzehnten, in denen er Physik unterrichte, keine 20% der Schülerinnen und Schüler Interesse für Physik besitze.

Der Englishman entgegnete, Cruse stehe aber bestimmt zu 100% zu seinen Fächern!

Nein, der Kandidat musste trotz Bosmas Warnung weiter auf's dünne Eis. Die Kommission mache sich bitte klar, dass Schulpflicht herrsche, also ein Zwang! und bei Schulverweigerung komme die Polizei.

Die grandiose alte Dame Hauptseminarleiterin quittierte das mit einem Lächeln, entwaffnend, alle kämen doch gern und freiwillig in Cruses Unterricht –

Sie hatte ihn vorher gefragt, ob er mit der Änderung der Reihenfolge der Prüflinge einverstanden sei, Cruse nun nach Frau Overbeck, weil er der weitaus Eloquentere und Freiere sei? Derselbe Andy, der mit dem Vokabelheftchen in der Hand, murmelnd abends durch die menschenleeren Straßen gelaufen war – der erhoffte Rattenfänger-flötenspieleffekt auf Mädchen blieb unerklärlicherweise aus; solche introvertierten Typen, glaubt es, sind für Mädchen völlig uninteressant.

Dieser arme Tropf? Frei und beredt? Menschen können sich offenbar doch in gewissen Grenzen entwickeln, ändern.

Diese ganze Prüfung war wirklich Teamwork von beiden Parteien, und die wollten ihm nichts!

Bewerbung auf eine Planstelle

Gut Behördending will bekanntlich Weile haben, doch nach acht, neun Wochen ohne Nachricht frug Andreas denn doch fernmündlich nach.

So und so, Unterlagen eingesandt, er wolle sich nun doch mal erkundigen …

»Ja haben Sie denn keine Eingangsbestätigung bekommen?«

»Bitte, es hieß doch ausdrücklich, dass beim diesjährigen Verfahren wegen der Bewerberfülle keine Eingangsbestätigungen versandt werden!«

»Nun, es waren viel weniger Vorgänge als damals erwartet und deshalb haben wir dann doch Eingangsbestätigungen verschickt. Und Sie haben keine erhalten?«

»Nein.«

»Und warum fragen Sie erst jetzt nach, so spät? Es muss Ihnen doch klar sein, dass Sie nicht mehr nachträglich berücksichtigt werden!«

»Weil in Ihrem Schreiben stand, dass man wegen der Bewerberfülle von jeglichen Nachfragen nach dem Stand des Verfahrens absehen solle.«

Man hörte ein Gemurmel am anderen Ende, Andreas glaubte »Klugscheißer« verstanden zu haben.

»Wie war der Name?«

»Cruse, Andreas Cruse. Mit C.«

»Den haben wir nicht. Sie haben gar keine Bewerbung eingesandt. Dann können wir Sie natürlich auch nicht einstellen!«

»Doch, per Einschreiben, ich habe den Beleg hier vor mir liegen.«

Cruse las die postalischen Kontrolldaten vor. Der Beamte am anderen Ende schien nun doch leicht verunsichert. Etwas weniger triumphierend sagte er, er werde die ganze Akte C durchsehen. Man hörte es rascheln und blättern.

»Hm, ja, meldete sich Cruses Ansprechpartner wieder. Heißen Sie nicht vielleicht doch Andreas Caruse? Den hätten wir nämlich mit passenden Rahmendaten.«

»Nein, so heiße oder hieß ich gewiss nicht!«

»Sind Sie da ganz sicher?«

»Caruse? Bin ich denn ein Opernsänger? So heißt doch keine Menschenseele in Deutschland!«

»Ist ja gut. Jedenfalls konnten Sie, ähm, husthust, auf Grund Ihres Notenschnitts beim jetzigen Verfahren nicht angenommen werden.«

»Oder weil Sie einen albernen Fehler fabriziert haben?«

»Nein, nein, das haben Sie wohl missverstanden, Herr Caruse. Senden Sie Ihre Unterlagen im nächsten Halbjahr einfach erneut ein. Auf Wiederhören.«

Wenig später stellte die patente Post ein Schreiben der Bezirksregierung zu. »Sehr geehrter Herr Caruse, leider müssen wir Ihnen mitteilen, dass Sie aufgrund der Vielzahl der Bewerberinnen und Bewerber nicht berücksichtigt werden konnten. Es steht Ihnen frei, sich für den nächsten Einstellungstermin erneut zu bewerben. Aus Datenschutzgründen wurden Ihre eingereichten Unterlagen vernichtet. Sollten sie sich erneut bewerben wollen, reichen Sie bitte Ihre kompletten Unterlagen – siehe Anhang B – erneut ein. Mit freundlichen Grüßen.«

Start auf der Planstelle

Wie so üblich, stellte sich Andreas schon in den großen Ferien beim Leiter der ihm zugewiesenen Schule vor.

»Ja, auf einen mit Ihrer Fächerkombination haben wir nun wirklich nicht gewartet. Da hat das Schulamt sich mal wieder selber übertroffen.«

Na, das war doch schon mal ein sehr schöner Anfang!

»Soll ich wieder gehen?«

»Nee, jetzt sind Sie uns zugeteilt, damit müssen wir leben, irgendwie bringen wir Sie schon unter, kann ich den Stundenplan schon wieder ändern. Ein Schulleiter hat's nicht leicht.«

»Ich hab schon im Referendariat so einige seltsame Sachen erlebt. Vielleicht sollten Sie doch gerade bei der Behörde anrufen, eventuell ist meine Zuteilung hierher ans Leopoldinum einfach ein Fehler.«

»Anrufen? Anrufen kann ich. Aber die gehen doch am Freitagvormittag nicht mehr ans Telefon! Die verschanzen sich im Frühstücksraum und lassen's in den Büros klingeln. Nee, nee, das bringt nichts. Ist auch egal.«

Andreas dachte später oft, was für ein seltener Ausrutscher Richtung Ehrlichkeit das doch war.

»Sie sind nun zuerst einmal Beamter auf Probe. Da gibt es so einige Bewährungsmöglichkeiten. – Ah, ja, nach der Pensionierung von Herrn StD Vogel muss der Posten des Sicherheitsbeauftragten wiederbesetzt werden. Da können Sie dann auch gleich die OHP mitbetreuen, Birnen austauschen, Spiegel putzen und so. Und zusehen, dass am Kopierer genug Folien ausliegen. Was meinen Sie?«

»Werde ich dann auch Studiendirektor?«

Aber Oberstudiendirektor Frommholt war kein Mann für solche Scherze.

Er führte den Neuen in seiner Schule herum. In der Physiksammlung waren alle Rolltische und die Arbeitsflächen ordentlich aufgeräumt. Und wenn sämtliche Vorhänge, Südseite Obergeschoss, auch alle Röllchen gehabt hätten – aber man hatte sich bemüht. Andreas äußerte sich angetan. »Wie sich das in den großen Ferien in meiner Schule auch gehört.«

Ein wohlbeleibter, nahezu sphärischer, älterer Herr im grauen Anzug, sehr kurzsichtig, tauchte plötzlich in der Physiksammlung auf. Er war aus seinem Archivraum, einem Kabuff oben beim hinteren Treppenhaus gekommen.

Frommholt stellte ihm Andreas vor. »Sie meinen, Sie führen den jungen Kollegen durch die physikalische Museums- und Kuriositätensammlung, Herr Frommholt!« Nanu, hatte der Dicke hier etwa was zu sagen?

In der Chemie unten hingen dann aber die Vorhänge auf Halbmast. Überladene Laborwagen, verstaubte, geklebte Fensterscheiben, Wasserflecken an der Wand, der Chemiebereich schien ein geeignetes Habitat für erstaunlich große Spinnen zu sein.

Und eine Bullenhitze im Sammlungsraum. Genau über der Heizungsanlage der Schule, so dass die Chemikaliensammlung der wärmste Raum der ganzen Schule war, wie sich später herausstellte.

»Wieso stehen hier 2 Stunden mehr auf dem Stundenplan, als ich im Deputat habe? Die ich offenbar auch nicht vergütet bekomme?« Fragte Andreas den Herrn Dr. Ludwig Haase, Studiendirektor bei der Schulleitung, der als maitre du travail fungierte und aus Gründen, die Andreas auch später nicht herausfand, von den Mitgliedern seiner peer group, den wenigen, mit denen er sich duzte, listiger Louis genannt wurde. Der listige Louis tat Andreas also Bescheid.

»Was heißt obligatorische Guthabenstunde? Das ist ja gerade kein Guthaben!«

»Doch, belehrte ihn der Stundenplaner, jetzt ist Lehrermangel, alle müssen mehr arbeiten. Aber irgendwann, wenn kein mehr Lehrermangel ist, bekommen alle diese Stunden zurück. Von ihrem Guthaben.«

»Aber wieso steht denn davon nichts in den Einstellungsunterlagen, die ich unterschreiben musste?«

»Weil's für alle im Amtsblatt vor ein paar Jahren veröffentlicht wurde. Das müssen Sie lesen!«

»Hätte ich Futur III gelesen gemusst gewusst von nix.«

Doch auch Dr. Haase war ein ernster Mann. Er zog missbilligend die rechte Braue hoch. Und es war ihm ein willkommener Anlass, auf den hohen Ernst, der mit dem gymnasialen Lehramte verbunden sei hinzuweisen. Den Hinweis, dass sie, die A-Fünfzehner, nicht mehr Geld bekämen, will sie so viel mehr leisteten, sondern weil sie so viel mehr Verantwortung trügen, gab's noch obendrauf.

»Apropos Einstellung, ich habe immer noch keinen Vertrag und bekomme nach wie vor keinen regulären Sold, sondern immer wieder nur Abschlagszahlungen?«

»Och, das kann ein paar Monate so gehen, das ist normal«, informierte ihn sein distinguiertes Gegenüber.

Wo war er denn hier gelandet, fragte sich Andreas, Zustände wie bei einer Würstchenbude oder was, jedenfalls nicht wie er sie bei einer höheren Dienststelle erwartet hätte.

Andreas sollte noch so manches über Erwartungen lernen.

Schülerjahrgänge kamen und gingen.
Und sie drängten herein und setzten sich hin auf die Bänke,
Sie saßen in Reihn und er wischte den weißlichen Staub von der Tafel.

Astrophysik als Schulfach

Norwegen z.B. ist so ein Land, das so viel Erdgas, Öl oder Wasserkraft hat, so reich wurde, dass es sich ein Bildungssystem leisten kann, das bei weitem den Bedarf an Fachkräften nicht zu decken vermag.

Unter den Parteizentralen der Grünen, Linken und der SPD müssen riesige Bodenschätze lagern. Anders kann man deren Zerstörung von Bildungsschätzen nicht erklären.

Krier, Mathe und Physik, war mit seinem Mathegrundkurs an der Reihe. Wer war der Mann?

Kollege Krier war hinters Licht geführt worden. Ganz klar war die Sache nicht, offenbar hatte die Volkswagenstiftung vor Urzeiten ein Programm *Wissenschaftler an die Schulen* aufgelegt und jungen Wissenschaftlern, die bereit waren, als Lehrer ans Gymnasium zu gehen, Anreize genug geboten, an Schulen in der Einsamkeit des Zonenrandgebiets zu kommen. Diplomer und angehende Gymnasiallehrer wurden damals ja noch weitgehend gleich ausgebildet. Jedenfalls entwickelten sich die Dinge bekanntlich konsequent ganz anders, immer weiter fort von der wissenschaftlichen Fachsystematik. Krier fühlte sich betrogen. Man hatte ihn fortgelockt aus dem Land der Reben, dem idyllischen Moseltal. Man konnte sich gut vorstellen, wie er, der sich immerhin von Minenfeldern und Selbstschussanlagen ins Münsterland vorgearbeitet hatte, verbissen für sich wenigstens seinen putzigen Heimatdialekt zu bewahren versucht hatte.

Ein ganz seltsamer Mann. Ein unbeliebter Außenseiter. Vermutlich hielt er sich für den Einzigen, der wirklich was von Physik und Physikunterricht verstand.

Andreas hatte allerdings den Eindruck gewonnen, dass Krier tatsächlich der kenntnisreichste Physiker im Hause war.

Man konnte den sogar um Rat fragen, was Andreas jedoch vermied, um dem so oft mit der Auskunft ausgeschütteten beißenden Spott und der Verachtung für die Hobbyphysiker um ihn herum zu entgehen.

Zudem hatte der die Angewohnheit, seine Physikkollegen unvermittelt, wenn in der Physiksammlung keine Fluchtmöglichkeit gegeben war, ohne äußeren Anlass über spezielle Themen prüfungsartig ins Gespräch zu ziehen. Ob man nun wollte oder nicht.

»Herr Cruse, Sie müssen doch jetzt auch nach dem neuen Lehrplan Astronomie unterrichten, nicht wahr«?

Andreas wollte in der Springstunde eigentlich in der Ruhe der Physikvorbereitung sein Bütterken verspeisen und dabei für die kommende Doppelstunde seinen Unterrichtsentwurf durchsehen.

»Ja, muss ich und tue ich auch. Ist doch auch interessant, mal was Neues auszuprobieren.«

»Im neuen Buch steht«, des Kollegen Miene zeigte deutlich, was er vom neuen Physikbuch hielt, »dass das Universum zu 85 % aus dunkler Materie besteht, sagen Sie das so Ihren Schülern?«

»Herr Krier, ich beschränke mich hauptsächlich auf unser Sonnensystem und da ....«

»Sehen Sie wohl! Genau. Im Sonnensystem gibt's nämlich gar keine *Dunkle Materie*! Kommt alles ausgezeichnet hin mit der Newton'schen Gravitation. Wundert Sie das denn nicht?«

Für seine Verhältnisse war Herr Krier heute offenbar milde gestimmt.

Er, Krier, glaube nun mal nicht an die sogenannte dunkle Materie.

»Na ja, sagte Andreas wenig motiviert –der Mann hat vielleicht Probleme – gestern kam sogar auf *Arte* etwas dazu. In dem Beitrag hatten sie erklärt, dass man mit dunkler Materie sehr viel richtig beschreiben kann, also mit Computermodellen die Entstehung und das Aussehen von Galaxien.«

Der Schüler Cruse lauscht dem darauf folgenden Vortrage. Was soll er auch machen?

»Ich blicke auf die Sache als traditioneller Physiklehrer. Apropos Blickwinkel. Die Grundannahme aller Kosmologen ist doch die, dass wir von einer repräsentativen Ecke des Universums aus beobachten, dass wir einen repräsentativen und keinesfalls exotischen Ausschnitt des Ganzen vor Augen oder vor den verschiedenen Sensoren haben. Dat as emol daat Eeschte. Da draußen, bei den weißen Zwergen, soll es überall diese dunkle Materie geben, massenhaft.

Nur bei uns nicht. Um uns herum herrschten also doch ganz außergewöhnliche Bedingungen. Das widerspricht doch der Grundvoraussetzung.

Ja, was Sie da ansprechen, die Computermodelle. Man kann auch mit Epizykeln die Planetenbewegung richtig beschreiben. Oder nehmen wir die Äthertheorie. Das war doch ganz ähnlich. Man postulierte einen Stoff mit ganz seltsamen Eigenschaften. Lichtäther. Masselos, aber extrem elastisch und alles wechselwirkungslos durchdringend. Und jetzt nimmt man ein, ja was, ein Irgendetwas an, dass Masse hat, also der Gravitationswechselwirkung unterliegt, aber ansonsten wieder höchst seltsame Eigenschaften haben muss.«

Schüler Cruse lauscht weiter.

»Die eigentliche Frage muss so lauten: Warum ist bei uns in unserem Sonnensystem alles voller exotischer Materie? Materie, die nur 6 % oder so des Ganzen ausmacht?«

Krier sah Andreas auf seine lauernde Art, scheinbar trügerisch unterbelichtet, an, hochblickend, die Stirnhaut hochgezogen, kein schöner Anblick.

»Aber das Modell funktioniert doch am Computer«, warf Andreas ein. »Da laufen monatelang auf den leistungsfähigsten Rechnern Simulationen. 26 Petaflops. Diese Vorsilben hatte ich kürzlich erst im Test. Also für großräumige Strukturen im Kosmos, wie es so schön heißt. Und was da herauskommt, sieht der Wirklichkeit, Moment, also dem, was wir so mit unseren Geräten beobachten, sehr ähnlich.

»Der Pohl sagte immer: *Sechs Parameter beschreiben einen Elefanten.* Epizykeln, Äther, Bohmsches verborgenes Führungspotential »funktionieren« auch.«

Und Andreas fiel ein, dass Professor Fröhlich, »sein« Experimentalphysiker, vom Pohl gesagt hatte, dass man bei dem (ichard) ausklammern konnte. Das half hier aber nicht weiter.

»Und dann wird doch am CERN und in 'nem Tunnel in Italien nach dunkler Materie gesucht. Das machen die doch nicht ohne gute Argumente. Kostet sehr viel Geld, haben die in dem Beitrag auch gesagt.«

»Ich bin trotzdem sehr skeptisch. Ich denke dann immer dran, dass diese Forschungsprojekte ja wohl auch ein paar Professoren samt Generationen von Studenten ganz gut ernähren. Da werden immer raffiniertere Detektoren entwickelt, die schlucken übrigens literweise Xenon, man lernt zweifellos auch viel dabei, publiziert jede Menge dies und das vom Wegesrand, so eine Suche hält den ganzen Betrieb am Laufen.«

Der Herr Oberstudienrat genehmigte sich eine Pause.

»Mir ist noch etwas dazu eingefallen, Herr Cruse«, setzte er dann erneut ein. »Ich habe noch nie davon gehört oder gelesen, dass die Theorie der schwarzen Löcher die dunkle Materie einbezieht. Dabei ist doch die Schwerkraft das herausragende gemeinsame Element.«

Für einen Veränderungsmuffel hatte sich der Krier aber verdächtig intensiv mit dem Thema auseinandergesetzt!

»All die Exoplaneten, die sie fast wöchentlich entdecken, enthalten die auch große Teile dunkle Materie? Die Lebewesen da drauf auch, intelligente Lebewesen, gehirnanaloge Strukturen voll dunkler Materie«, spöttelte Krier.

Mensch Krier, dachte Andreas, eigentlich findest Du die Astrothematik interessant. Da sind wir beide gar nicht so verschieden. Weil sie aber von oben verordnet wurde, maulst Du herum.

Krier suchte Peter Bergers Metzler Kolleg-Text aus der Lehrerhandbibliothek heraus, die mehr ein oller Bücherkasten war, blätterte ein wenig und hielt Cruse dann kurz die Doppelseite vor die Nase. Der erfasste nur, dass es in der Stelle um den Zeitbegriff ging.

»Ich ersetze einmal in diesem Einsteinzitat den Begriff der *Gleichzeitigkeit* durch *Dunkle Materie*:

›Der Begriff existiert für den Physiker erst dann, wenn die Möglichkeit gegeben ist, im konkreten Falle herauszufinden, ob der Begriff zutrifft oder nicht. Es bedarf also einer solchen Definition der Dunklen Materie, dass diese Definition die Methode an die Hand gibt, nach welcher im vorliegenden Falle aus Experimenten entschieden werden kann‹, und nun muss ich sinngemäß formulieren, ob Dunkle Materie vorliegt oder nicht.

›Solange diese Forderung nicht erfüllt ist, gebe ich mich als Physiker einer Täuschung hin, wenn ich glaube, mit der Aussage über Dunkle Materie einen Sinn verbinden zu können.‹« Operationelle Aufträge, das ist doch so ein Lieblingsbegriff für Hobbyphysiker wie

Sie von der Didaktikpartei. Ist also *Dunkle Materie* ein operationell definierter Begriff? Ich denke doch, nein.«

Andreas wollte nett sein, als nicht allzu blöd dastehen und irgendwas halbwegs Sinnvolles beitragen. »Herr Krier, es soll doch primordiale Schwarze Löcher geben. Wie wär's damit als Kandidaten? So was haben wir auch nicht im Sonnensystem.«

»Hm, daat kläewen eisch net. Sie sind ja eigentlich Chemiker, aber die Äthertheorie müssen Sie doch bei der SR erwähnen.«

»Ja, nein, wozu, den gibt es ja nicht.«

»Das war ja auch Unsinn. Beliebig elastisch und beliebig fein, alles durchdringend und tatsächlich als Materie gedacht. Heute kommt uns das abwegig vor.«

Krier zog wieder in typischer Manier die Falten in der Stirn hoch und blickte Andreas erwartungsvoll an. Wieder so trügerisch geistesschwach.

»Aber um 1890 glaubten das die Physikprofessoren, oder?«

»Ach so, Sie meinen, dass die Suche nach *Dunkler Materie* wieder so ein Fall sei. Wieder suchen alle nach Materie mit ganz exotischen Eigenschaften. Was ist denn Ihre Theorie dazu, Herr Krier? Dieses Massendefizit hat doch schon der Zwicki herausgefunden, und der war eigentlich kein Theoretiker, oder? Das basiert doch auf beobachteten Rotationsgeschwindigkeiten von Galaxien, und dann benutzt man den Virialsatz, nicht wahr?«

Krier war nun mal der beste Experimentator, und vielleicht konnte Andreas sein Verhältnis zu Krier etwas verbessern.

»Haben Sie sich schon mal gefragt, warum ein Klumpen Neutronen nicht zusammenhält? Ohne störende Coulombabstoßung der Protonen?«

Erwischt! So naheliegend, aber das stand in keinem Lehrbuch. Aber was hatte das –

»Ja, das ist merkwürdig.«

»Wenn man bereit ist, zu akzeptieren, dass es da draußen überall Dunkle Materie gibt, aber hier bei uns nicht, dann könnte es doch auch so sein, dass es in der Ferne spezielle Neutronenmaterie gibt, die im Frühen Universum gebildet wurde und stabil ist, oder? Die an der Münchner Uni meinen, sie hätten zusammen mit den Japanern ein gebundenes Tetraneutron entdeckt, das ist doch schon mal was.« Die ganze folgende Doppelstunde hindurch ärgerte sich Andreas, dass er seit Ewigkeiten den Atomaufbau inklusive des radioaktiven Zerfalls unterrichtete, ohne die Sache mit den Neutronen zu bemerken. Mal wieder stand er vor Krier ziemlich blöd da. Das war doch das mit Heisenbergs Isospinidee. Die starken Wechselwirkungen nn, np und pp sind doch gleich? In der Kernphysikprüfung im 1. Staatsexamen hatte das niemand beanstandet. ...

»Wenn sich der Raum um uns herum selber ausdehnt, warum können wir das überhaupt bemerken?« Krier erwartete keine Antwort. Er schien ein Programm abzuarbeiten.

Das hatte Herr Cruse sich jedoch auch gefragt und mal nachgeschlagen. »Die Theoretiker sagen uns, alles, was der Gravitation unterliegt, ist von der Ausdehnung abgekoppelt. Warum, verstehe ich natürlich nicht«, sagte Andreas ziemlich lahm. »Herr Krier, ich finde das ja nicht uninteressant, aber –«

»Wieso hängt dann der weitere Verlauf von der Gesamtmasse im Universum ab? Also endlose Ausdehnung oder Stillstand etc.? Nun hängen Raum und Massen drin offenbar wieder zusammen! Und überhaupt, ist Raum eine eigenständige dritte Entität neben Strahlung und Materie? Dehnt sich der Raum zwischen Gravitationszentren nicht aus, oder weniger? Und was ist mit dem felderfüllten Raum innerhalb der Materie, welche der Gravitation unterliegt, also z.B. innerhalb der Atome?«

»Herr Krier, Astrophysik ist obligatorisch in Klasse 10, diese Problematik kann ich den Schülern doch nicht klarmachen, die meisten verstehen gar nicht, worum es geht. Die Mathematik der GR überfordert mich selbst hoffnungslos, nebenbei bemerkt.«

Ein eher geringschätzender Blick von Krier. War ja klar. Aber so war es doch, welcher Schullehrer konnte das denn? Differentialgeometrie, Tensoranalysis, gekrümmte Räume.

»Dann muss man den Schülern das sagen. Dass wir bei diesem ganzen Astrophysikstoff, den Sie glauben, machen zu müssen, den Bereich der gewohnten experimentellen Physik verlassen! Lesen Sie doch einmal nach, was der Steven Weinberg über den falschen Wert der Hubble-Konstanten in den 1930er und 40er Jahren und die daraus erwachsenen geistreichen Theorien schreibt. Und vergleichen Sie dann auch den Wert, den Weinberg für belastbar hielt mit dem heute verwendeten. Ach, theoretische Astrophysik. Dort oben kann man keine Entscheidungsexperimente z.b. mit dem Quasar 3C273 machen. Das ist ein Bereich ganz eigentümlicher mathematischer Modellvorstellungen. Z.B. bei der Abkühlung des Universums auf die bekannte Abkühlung eines realen Gases, das beim Expandieren Arbeit verrichtet, zu verweisen, das gehört rausgestrichen!«

»Ja, da haben Sie sicher Recht, Herr Krier.«

Schwaches Bild Cruse, dachte Herr Cruse über sich selbst.

»Und, Herr Cruse, haben Sie eine Antwort gefunden, $E = h \nu$ und $c = \lambda \nu$ = constant und λ wird im Laufe der Zeit immer größer, also gilt im Universum die Energieerhaltung nicht?« Kriers Lieblingsverwirrthema.

Andreas versuchte ein Ablenkungsmanöver: »Die Physikdidaktiker haben herausgefunden, dass besonders Mädchen sich sehr für Astrophysik interessieren.«

»Unn daat kläewen die wirklisch?«

»Das gilt jedenfalls beim Muckenfuß als Beispiel für einen sinnstiftenden Kontext.«

Zur Sicherheit fügte er hinzu: »Heinz Muckenfuß ist ein bekannter Physikdidaktiker.«

»In meinem Unneriescht as de Hausaufgabenüberprüfung on de Toffel der sinnstiftende Kontext! Un daat verstien meine Schüler uch!«

Der Eriksen Klingelton. Kriers Gerät. »Ich komm runter. Bis gleich.«

Offenbar hatte der Krier nur auf das Ehefrauentaxi gewartet und wollte sich die Wartezeit vertreiben.

Sein Argument mit dem Äther gefällt mir schon ganz gut, dachte Andreas. Und schwarze Löcher und dunkle Materie müssten sich tatsächlich lieben. Aber das Universum ist so unvorstellbar groß, das alles ist so phantastisch, phantastisch auch sensu proprio, die Abstände sind so riesig, dass wir hier in Auenland von der dunklen Materie verschont bleiben könnten.

Wenn der Kerl nicht so stachelschweinisch unzugänglich wäre und über elementare Kommunikationsskills verfügte, wäre er eine echte Bereicherung der Physikfachschaft, aber so – Schüler sind im Großen und Ganzen bezüglich ihrer Lehrer und der Lehrmethode Allesfresser. Im Gegensatz zu den Fachkollegen hatten sie nur selten Probleme mit Herrn Krier.

Durch die Fächervielfalt und die Lehrerwechsel mitteln sich für die einzelnen Schüler und deren Lernbedürfnisse geeignete und ungeeignete Lehrkräfte einigermaßen aus.

Die Lehrkräfte hingegen sehen sich in den allermeisten Fällen im Laufe ihrer gesamten Dienstzeit auf einer Planstelle nur zwei Dienstvorgesetzen gegenüber.

Eine Notenkonferenz, bemerkenswert

Und dieser Mann ging also in den Widerstand gegen den Schulleiter und den Oberstufenkoordinator:

»Li ... Lisa Grimm« – im Kollegium vielsagendes Raunen. Eine Stimme ist zu verstehen: »Das Klügste an der Grimm ist noch dieses neckische Täschchen, das sie immer dabei hat«.

StD Klöfer: »Herr Krier, sind Sie bereit, die Note in Mathematik von 4 auf 5 Punkte anzuheben? Das Fräulein Grimm hat nämlich 99 Punkte und kann damit wegen eines Punktes nicht zum Abitur zugelassen werden. Sie könnte aber auf Zulassung klagen.«

Krier: »Oh Majusebetter! Eisch soan Eisch mol ebbes. Dat Medsche hat on dem Kuars die Kuarsarbet geschriewen unn drei Tests geschriewen, und die Grimm haat eisch noch zwumol ohn de Toffel fier nen Test ... do kommen zesammen genau 4 Punkte raus, un die Kursarbet hann eisch suwiesu schon oangehoben, die 4- hann eisch bei 35 % von den Rohpunkten oagesaat.«

StD Klöfer: »Soweit ich Sie überhaupt verstehe (Heiterkeit im Saale) sind Sie also nicht bereit, die Note anzuheben? Damit kommen wir vor dem Verwaltungsgericht nicht durch!«

Krier: »Wieso sollte ich das denn tun? Das Mädchen hat von mir schon zwei Extrachancen bekommen, unn die hat se iewerhaupt net genutzt. 4 Punkte sein 4 Punkte, also eisch wääß net, wat dat alles sull ... «

Frommholt: »Das werde ich ihnen sagen, wir verlieren so eine Klage vor jedem Verwaltungsgericht, und wenn sie ein Dutzend Einzelnoten von ihr hätten. Ihre alberne Herumprüferei haut uns jeder Verwaltungsrichter um die Ohren, eine Nichtzulassung wegen eines Punktes!«

Also sprach er, und alle verstummten umher und schwiegen; bis auf

Herrn Krier: »Wie wollen Sie dat dann su genau wissen? Hatten mier dat schon emol? Unn wieso albern? Noten sein albern? As dat hei net de Nutenkonferenz?«

Frommholt: »Ich weiß genau, dass ich mir das nicht länger bieten lasse ... «

Hr. Krier: »Daan werd eisch ewen all anner Nuten um Kuars uch um eene Punkt ooanheewen, dabei haat eisch die 4- jo schon bei 35 % oagesaat, weil dee Kuars su schwach as ... «

Frommholt: »Also, Paragraf 47 der Schulordnung schreibt in so einem Fall vor, dass die Fachkonferenz zusammenkommt.«

Kollegium: »Unmutsäußerungen, geht's vielleicht bald mal weiter hier, wir wollen nicht ewig hier sitzen ... «

Hr. Krier: »Die Mathefachkonferenz war doch bei meinen Überprüfungen nicht dabei ... «

Mathefachbereichssprecher: »Wenn der Kollege Krier die Noten so festgestellt hat, kann ich die Noten des Kollegen doch nicht ändern.«

Schulleiter: »In der Schulordnung heißt es weiter ... ›Wenn kein Einvernehmen über eine strittige Note herzustellen ist, entscheidet der Schulleiter nach pädagogischem Ermessen.‹ Wenn Sie also die Note nicht selber ändern und auf glatt ausreichend anheben, werd ich es tun!«

StD Klöfer: »Also ich kann den Herrn Schulleiter Frommholt nur unterstützen, wir kommen damit vor einem Verwaltungsgericht nicht durch!«

Hr. Krier: »Also good, eisch verstiehn Se su, datt Se mejn Nuten ännern willen. Daan ännern eisch ewen die Mathematiknuut der Grimm uff klatt 5 Punkte. Daan hewen eisch awer uch all anner Endnuuten um eene Punkt oan. Notieren Sie also: Ackermann, 7 Punkte statt 6, Aschersleben: 6 Punkte statt 5 Punkte, ... «

Kollegium: Stöhnen, Haare raufen, Grimassenschneiden, glasige Blicke zur Uhr ...

Ein Praktiker: »So ein Blödmann, der Krier, soll er doch gleich gescheite Noten machen, hätt' er ihr doch einfach zwei *mangelhaft* gegeben, hätten wir uns das alles hier sparen können.«

Tatsächlich, ein, zwei Kollegen sprechen Herrn Krier nach der Konferenz ihre Hochachtung für seine Courage aus. Der bleibt einigermaßen gelassen: »Daat merken eisch ma, mier verdeenen all dat kleische Geld, daan maachen eisch mier doch net die Aarbet mat eener individuellen Leistungsmessung, hann eisch uch net mie su viel zu korregeren unn mie Zeit, Schlagzeisch zu üeben. Awer on der Schulbänd spielen eisch net mie«

Schon ein seltsamer Kollege, der Krier.

Immerhin, im mündlichen Abi als Prüfer zeigte er eine verblüffende Seite.

Der Bauer war mit der Physiknote nicht zufrieden und wollte deshalb in die mündliche Zusatzprüfung gehen. Nicht ganz ungefährlich, weil im schlimmsten Fall das schon bestandene Abi wieder auf der Kippe stand.

Und weinend vor dem Aufgabenblatt saß prompt der dicke, rotgesichtige junge Mann, dessen Redefluss sonst nicht zu bremsen war.

Hinten im Zuschauerraum blickten die Pädagogen und Pädagoginnen interessiert auf. Das versprach, spannend zu werden.

»Wille mier uus mol e bissi iewer daat Duppelspaltexperiment innerhaalen?«

Der Prüfling sucht fahrig in seinen Unterlagen herum.

»Herr Bauer, geht's Ihnen nicht gut?« –Schluchzen.

»Fühlen Sie sich prüfungsfähig?« Eindringlicher: »Mir scheint ... und zu den Erwartungsvollen hinten gewandt: Ich bezweifle ... wenn Sie sich krank und für prüfungsunfähig erklären, findet diese Abiturprüfung nicht statt. Sie leiden doch immer wieder unter diesen plötzlichen Kopfschmerzattacken? Nun, erklären Sie sich bitte?«

Schluchzend und schniefend kommt schließlich: »Ich glaube, ich bin krank. Ja, Kopfschmerzen.«

Krier bat den unbekümmert munter im Auditorium sitzenden StD Mittelstufenkoordinator Terlage, hinauszugehen und den Fall dem StD Oberstufenkoordinator zu schildern. Welcher dann auch kurz danach hereingestürmt kam mit: »Dies ist nie passiert. Hier war nie eine Prüfung angesetzt. Schluss, aus, Ende.«

Aber Krier war nun mal überwiegend unsympathisch. Schon dieser lächerliche Dialekt! Kein Dank.

Krier nicht zu mögen, war Konsens. Es gab gute Gründe. Doch nach dieser Notenkonferenz und der kurz darauf anschließenden mündlichen Prüfung kam Andreas wieder Mal ins Grübeln.

Gesamtkonferenz, exemplarisch

Andreas hatte einmal in der Bibliothek ein altersschwaches, in Fraktur gedrucktes Heftchen gefunden, das hinter den Bergmann-Schäfer-Bänden im Regal klemmte. Das Titelblatt war stockfleckig und stark beschädigt: *Die Ottobrunner Landherrschaft*. Von T. Frommholt, ass. jur., Köln, ohne Jahresangabe. Schien etwas Rechtsgeschichtliches zu sein. Ein griechisches Motto. › ὅλον τόν οἶκον ὁ πατήρ σοφός οδηγεί '. ὁ οδηγός, das ist *Der Führer*; Andreas war unkonzentriert. Ob T. Frommholt Bodos Vater sein konnte? Großvater? Am Gymnasium stammten Lehrer sehr oft von Lehrern ab. Und neben den πατήρ σοφός hatte einer an den Rand gekritzelt: και ἡ κεφαλή της ιχθύος αρχοται ὀζειν.

Und was soll das heißen, *und der Kopf des Fisches ...* odeur? Ach so. Andreas blätterte um und begann zu lesen:»In der klassischen Zeit des Ganzen Hauses lebten Herr und Gesinde in der natürlichen, arbeitsamen Ordnung des Herrschens und Dienens ... « Ah, › ὅλον τόν οἶκον‹, ganzes Haus, ach, was soll's. Zu Hause mal in den *Benseler* gucken.

Wie ein Geist war dann urplötzlich Berkenbrink neben Andreas erschienen. Klar, der war aus seinem Archivkabuff bei der Bibliothek gekommen. Vermutlich war er telepathisch mit den alten Büchern dort verbunden.

»Darf ich mal sehen?« hatte Berkenbrink gefragt und Andreas das Büchlein aus den Händen genommen.

»Das, äh, wie kommt das denn, das ist, äh, gehört gar nicht in den öffentlichen Ausleihbereich.« Sprach's, steckte es in die Rocktasche und eilte zurück in sein Archiv, zu dem angeblich nur er einen Schlüssel hatte.

Zu Konferenzbeginn trat Frommholt selbst in seiner üblichen Busfahreruniform aus blassgrauem Anzug und hellblauem Oberhemd vor.

»Liebe Kolleginnen und Kollegen.« Nochmal. Dann ebbt das Gemurmel allmählich ab.

Ein ziemlich groß gewachsener Mann mit ziemlich unsportlicher Figur. An den Füßen stets diese hellbeigen, pfannkuchenartigen Schuhe. Ein Urbild eines höheren Verwaltungsbeamten, der er ja auch war.

Stellte jemand auf der Konferenz aus Frommholts Sicht überflüssige Fragen, antwortete Frommholt in seiner arrogant süffisanten Art meist so:

»Sie wollen sicher nur überprüfen, ob auch ich die einschlägige Verwaltungsvorschrift kenne. Nun, was tut der kluge Hausvater? Er guckt einfach in die Schulordnung ... . Da nehmen wir mal den Runderlass vor, nicht wahr, Herr Kollege? Sie lesen die Erlasse doch regelmäßig? Dort sagt man uns ...

Der kluge Hausvater weiß, dass jedes Verwaltungsgericht uns sofort ... «

Neben dem *klugen Hausvater* wurde auch gern ein gewisser *kundiger Thebaner* zitiert.

Er verlas mit seinen typischen Dirigentenbewegungen in der Luft herumfuchtelnd und ansonsten kommentarlos eine Anordnung, dass jede Schülerin und jeder Schüler mit jedweder Behinderung an jeder Schulform aufzunehmen und zu unterrichten sei.

Ziemlich ambitioniert, oder?

Eine Verordnung, dass aufmüpfige Lehrkräfte nach einmaliger fruchtloser Verwarnung auf dem Schulhof, jedoch nur in Anwesenheit von Oberstufenschülern, nicht aber Beostufen- oder Mittelstufenschülern, auszupeitschen seien, er hätt's genauso ungerührt verlesen. Treuer Diener seiner Vorgesetzten eben.

Sein Handeln und das, was ihm die höhere Instanz zu tun aufgetragen hatte – die perfekte Bijektion.

*Seine Leidenschaft war der Gehorsam, der nicht hinterfragt. Sein Vergnügen die unkontrollierte Ausübung der Macht, die ihm innerhalb seiner Schule gegeben war. *

So allmählich wurde es doch mal Zeit. Andreas glaubte einige Fixpunkte im Ablauf ausgemacht zu haben. War ja nicht seine erste Gesamtkonferenz hier. Es war ein bisschen so wie beim Murmeltiertag. Um konkreten Unterricht ging es allerhöchstens mal hier und da am Rande. Und noch nie hatten die 3000 Mitglieder des Volkskongresses eine Vorlage der Schulleitung abgelehnt. Eine Reihe stummer Zinnsoldaten. Gelernten Sklaven fällt Freiheit eben schwer.

Frommholt referierte aber weiterhin erst mal selbst. Mit Grinsen statt Lächeln, in schlecht gespielter Begeisterung, mit dem Haupte ein paar Mal nickend und mit den Armen eine Art Flatterbewegung machend, versuchte er, seinem Auftreten ein wenig Schwung zu geben:

»Wie Sie sicher schon sofort bemerkt haben, wurde von unserem Hausmeister gestern neben dem MINT-Schulenschild nun eine weitere Tafel im Foyer angebracht. Wir sind jetzt stolz darauf, Europaschule zu sein.« Ablesend: »Europa, Kontinent der Vielfalt, Europaschule, Schule der Sprachen.

Und dies ist die passende Gelegenheit, unsere beiden Teilnehmer des Landessprachenwettbewerbs hervorzuheben:

Ähm«, hingucken, sich wieder einen Ruck gebend: »Wir gratulieren Taff Schah Miller und«, noch 'n stärkerer Ruck, »Zwo Nie Mier Jurzewick!«

Ah, die Tawsha und der Jurčević. Mann, Mann, Frommholt! Europa der Sprachen, und bist Du nicht auch Erdkundelehrer? Giftete Cruse in Gedanken.

Aber noch las Kollege Ellermeier, wieder im cremefarbenen Anzug mit Weste, der Andreas immer an das Habit eines Pflanzers erinnerte, ungerührt im Spiegel.

In Hame regnete es wohl mal wieder durch. »Wo ist denn das eigentlich?«, fragte Andreas seine Nachbarin. »Bei Townville, haben wir gelernt. Zwischen Mji und Kijiji. Ist aber letztlich auch egal. Schon als ich selbst hier noch Schülerin war, regnete es durch und dann haben wir Geld hingeschickt.

Die hatten uns dann Bilder gezeigt. Die Missionsschule sah aus wie eine tiroler Almhütte nach Lawinenabgang. Mit dem Poldi-Geld haben die dann ein modernes Steinhaus als Schule errichtet, solche Sachen eben. Frommholt hat doch irgendwas mit der Mission zu tun.«

»Almhütte?«

»Ja, nee, die halten so kleine Rinder. Nicht als Nutztiere, das ist 'n Statussymbol da.«

Frommholt zeigte aktuelle Bilder zur Situation in Hame. Die Missionsschule sah – immer noch oder schon wieder? – aus wie eine tiroler Almhütte nach Lawinenabgang. Rindviecher gab's auch. Mit Spendengeldern sollte, denk mal einer an, ein modernes Steinhaus als Schule errichtet werden.

Das hieß also, der Spendenlauf war fällig. Nur statt z.B. Volksbank, Raiffeisenbank, Sparkasse, Westfalenboten und die Brauerei energisch um eine großzügige Spende pro gelatschtem Kilometer anzugehen, wurden im Elternbrief eben die Eltern mit Nachdruck zur Kasse gebeten. Eltern, Omas, Opas, Onkel, Tanten brachten so regelmäßig ein paar Tausender auf. Und die Fachschaft hat pro Jahr 400 zur Verfügung. Damit konnte man gerade mal die dringendsten Gerätereparaturen bezahlen. Was soll's. Und Dr. Haase kannte kein Pardon. Alle Lehrkräfte mussten mit 'raus, als Streckenposten, Caterer, Listenführer und vor dem naiven Lokalreporter – ›Ist ja großartig, dass Ihre ganze Schule total spontan so etwas auf die Beine stellt‹ – gute Miene zur Dienstpflicht zeigen.

Die Stellungnahmen aus dem Kollegium wurden abgeliefert. So jetzt, den Spiegel weglegen, aufzeigen, Andreas hätte die Zukunft vorhersagen können. »Und dann Kollege Ellermeier, bitte«, rief Frommholt auf. »Wir dürfen bei der ganzen Diskussion um den Spendenlauf nicht die wissenschaftspropädeutische Aufgabe der gymnasialen Oberstufe aus dem Blick verlieren. Ich habe übrigens in den 70er Jahren, nachdem ich von der Sorbonne zurückgekehrt war, längere Zeit selbst der Lehrplankommission des Faches Geschichte angehört.« Sprach's, nahm wieder Platz und setzte die Lektüre seines Journals fort. Und wieder einmal hatte Ellermeier seinen Beitrag zum Wissenschaftsstandort Deutschland geleistet.

Jetzt müsste doch, richtig, Wehrsport Wöhrmann steht auf und liefert in knapper Diktion seine berühmte Formel vom Fördern und Fordern ab, in corpore sana mens sana, lieber Kollege Ellermeier, und erhält laute, mundartlich geprägte Beifallsrufe der pädagogischen Urgesteinsformationen in der ersten Reihe.

Auch Urgestein erodiert, nebenbei bemerkt.

Nächster markanter Punkt musste die Mahnung Spenglers sein, gerade auch im Sinne der Wissenschaftspropädeutik, – Ellermeier nickte, ohne vom Spiegel aufzublicken, versonnen vor sich hin – die Griechischklasse besonders zu pflegen, er wehrte periodisch allen sehr behutsam formulierten Versuchen, in schwachen Jahren, einmal auf die Aushebung der Elitetruppe zu verzichten. Und dann brachte Spengler jedes Mal noch seine hochbegabte Tochter ins Spiel, die statistisch die Legitimation des Programms ein für allemal bewiesen hatte. In den 80er Jahren oder so. Was hatte die gezeigt? Dass der Abischnitt der Totsprachler nicht signifikant schlechter war als jener der Absolventen der Normalklassen? Nicht signifikant schlechter? Dafür die ganze Schinderei auf beiden Seiten, der Schüler und der Lehrer?

Natürlich war sie ein Anachronismus, diese Altgriechischklasse. Thiesbeimdiecke hätte zweifellos seine helle Freude daran gehabt. Aber der war schon vor einiger Zeit von Charon ins Reich der Schatten gerudert worden. Schade.

Die Ursprünge lagen passenderweise im sagenhaften Halbdunkel zweifelhafter Überlieferungen. Die k. K. hatte da wohl auch ihre Aktien drin. Dabei hieß es doch, graeca sunt, non leguntur. Oder aber die nahegelegene KiHo der sola scriptura-Fraktion. Das Gute aber war, dass wie bei den *Men in Black* nur die Besten der Besten dafür ausgesucht wurden. Unterrichten bei den »Griechen« war Gymnasium, wie es früher einmal war.

Das Schlechte daran war, dass es in den anderen Klassen zu wenig gute Schüler gab.

Eine unbefangene Elternvertreterin, die aus einem anderen Bundesland zugezogen war, redete in einer Gesamtkonferenz mal Tacheles. Das sei eben eine schöne, ruhige, echte Gymnasialklasse. Dafür nehme sie Griechisch gerne in Kauf. Die Lehrer dürften doch bekanntlich in den normalen Klassen nicht für ein angemessenes Arbeitsklima sorgen.

»Na, Sie sagen ja vielleicht Sachen!«, hatte Cruse in der Pause zu ihr gesagt. Und sie hatte sehr attraktiv gelächelt und sich ganz leicht zu ihm hin geneigt.

Immerhin, Cruse hatte gelernt, sich schon an sehr wenig zu erfreuen.

Ach ja, ihren Redebeitrag hatte die Gesamtkonferenz mal so unkommentiert stehenlassen.

Der Raimund, erfuhr Cruse später, habe sich bekanntlich selber von der Beförderungsliste geschossen, weil er wiederholt hartnäckig gefordert hatte, den Totesprachenzug ein für alle Mal auf's Abstellgleis zu rangieren.

Schuljahresabschlussfeier am Poldi

Am letzten Schultag vor den großen Ferien studierte Andreas noch einmal das schwarze Brett. Der Dienstherr wies nochmals darauf hin, dass seit Halbjahresbeginn Kollegiumsausflüge nicht mehr ganztätig stattfinden durften. Der Unterricht habe an solchen Tagen bis zur 5. Stunde einschließlich stattzufinden.

Und man beachte ferner, dass die Bezirksregierung heute wegen ihres ganztätigen Betriebsausfluges nicht erreichbar sei.

Neben Andreas stand ein ihm unbekannter älterer, doch auch viriler Mann mit Trekkinglatschen ohne Socken und Multizippfunktionshosen einer schwedischen Outdoormarke.

Zur Dienstbesprechung am letzten Schultag vor den großen Ferien war immer Einmarsch der Veteranen. Am Ende gab's nämlich stets warmes Büfett für umsonst. Da wurden Leute begrüßt, die Andreas im Kollegium noch nie gesehen hatte, um dann bald darauf mit allerlei Sketchen, deren immens lustige Wirkung auf die so Geehrten und die Mitspieler Andreas nicht recht nachvollziehen konnte, in den endgültigen Ruhestand verabschiedet zu werden. Die kämen aus der Passivphase der Blockaltersteilzeit, sagte man ihm. Vermutlich gehörte der Unbekannte am Brett vorne dazu.

Der Outdoormann umarmte nun por atrás, nachvollziehbar, gleich zwei jüngere Kolleginnen, die ihn erfreut mit

»Oh, hallo Lucky, da bist Du ja!« begrüßten.

Im Verlauf der Dienstbesprechung erfuhr Andreas, dass Lucky offenbar StD Lothar Lösing war.

Eine Vertreterin der Fachschaft Mathe überreichte Lucky, der inzwischen seine Beinkleider gezippt hatte, eine geometrische Bastelei. Lucky Lothar war demnach auch als Lothar mit dem goldenen Schnitt bekannt gewesen.

Nach ihrer überwiegend als lustig aufgenommenen Rede übergab sie an den Personalratsvertreter, der mit einigen Anekdoten, rückblickend auch nur noch komisch, an Lothar den Delegierer erinnerte.

Bei jedem der Schlüsselwörter *Lucky, goldener Schnitt* oder

Delegieren brachen die pädagogischen Urgewalten Propädeutik-Ellermeier, Wehrsport-Wöhrmann und Sparta-Spengler in ein faszinierendes Ganzkörpergelächter aus.

Im Übrigen wirkte die Aufzählung seiner schulischen Heldentaten etwas dünn. Es klang ganz so, als habe Herr Funktionsdirektor Lösing mindestens das und höchstens das getan, was die Stellenbeschreibung seiner Funktionsstelle »Wirtschaftskontakte und Berufsberatung« vorschrieb. Und vieles davon, es wurde oben schon erwähnt, hatte er delegiert.

Da war natürlich die viele Verantwortung, die er getragen hatte. Dachte Andreas Cruse. Auf der imaginären Achse.

Schließlich trabten fast alle ins Foyer, wo das warme Essen schon angerichtet war.

Andreas packte wie üblich seinen Kram zusammen und warf, bevor er ging, unbeachtet, einen Blick auf die zufrieden lächelnd und plaudernd vor sich hin mampfenden Eloi.

Und dachte sich mal wieder seinen Teil. Das kam inzwischen häufig vor. Er dachte, dass er anders dächte, als die andern.

Gefahrstoffe

Die neue Gefahrstoffverordnung sollte verabreicht werden. Im Sauerland. Das gab schon leises Gemaule unter den Chemiekollegen. Aber wenn der Sauerländer singt – »Hör ma zu, mein Sohn, ich mache ungern viele Worte – Also, wenn ich pfeife, kommst Du ran!« Die Narnsberger Bezirksregierung die hatte Lenkungs-, Leitungs-, was weiß ich für eine Funktion übernommen.

Eine ganz schön weite Fahrt. Automatisch sucht Cruse den jeweils erreichbaren und stärksten Landeskulturkanal.

Eine Grönemeyerstimme quetschte heraus: »Öööh, ich töt mir was, Töten macht so viel Spass, denn ich bin voller Hass, und hier darf ich das, öööh'ch töt mir was. Seh gern den roten Tod, ich bin so voller Wut, doch hier all das Blut, tut mir sooo gut, öööh'ch töt mir was« usw. da capo al fine.

Das sang so'n Typ im grünen Rock, hatte Andreas schon mal im Satire-TV gesehen, das edle Weidwerk als Rollenspiel draußen mit Verkleidung, echten Waffen und echtem Töten. Im Kulturradio?! Ach so, Radio »Heiße Welle«, weitersuchen.

Wo kommt der Kultursender?

Jedenfalls hier nur ein schwaches Signal ... Zeitzeichen ... ›heute vor‹ ... krkrkrkrchchc ... kein Empfang in den Senken, wie immer ... .Eine geübte Männerstimme liest offenbar einen Textauszug vor: › and Berlin, the cesspool of a sick society, a huge dunghill and just on this dunghill flourished the most wonderfull orchids of the arts. – Und so charakterisierte er bissig und sehr treffend (wer zum Teufel?!) Berlin in den zwanziger Jahren.‹

›Wir erinnerten heute an‹ krkrkrchchc. Noch lange kein Ende dieser Dienstfahrt.

Der Sender kam nun erst einmal dem Musikwunsch von Herrn Jürgen Meyer aus Bassum nach: – Rauschen – virtuoses Geigenspiel – Rauschen – ›Sie hörten aus der Mehrzweckhalle Bad Salzdetfurth Paganinis drittes Violinkonzert mit dem Orchester der Deutschen

Kinderärzte und Henryk Szering als Solisten, am Pult war Bronislav Huberman.‹

Paganinis drittes, muss ich mir mal unverrauscht reintun, versuchte Cruse sich zu merken. Man müsste sich beim Autofahren Notizen machen können.

›Das Thema der Woche – Heute: Dauerbaustelle Schulsystem.‹

Einer der einstimmenden eingespielten Impulse kam von der Landesschulelternbeiratsvorsitzenden: ›Also nein, hören Sie, Hausaufgaben? Wie komme Sie darauf? Da halten wir uns selbstverständlich ganz 'raus. Wie kämen wir denn dazu! Hausaufgaben sind bei meinen Kindern emotional sehr negativ besetzt. Hausaufgaben sind einzig und allein Sache der Lehrkräfte, dafür sind sie da und dafür werden sie bezahlt.‹

Als nächstes kam ein Schweizer Kinderarzt und Autor offenbar vielgekaufter Erziehungsratgeber zu Wort. Er klagte, dass die Lehrer mit den Noten auf die Schüler wie Jäger mit Kugeln auf die Hasen schießen.

Andreas murmelte vor sich hin: »Ich wär froh, wenn ich mich um diese Notengeberei nicht mehr zu kümmern hätte. Als ob das ein Hobby der Lehrer sei. Das ist eine Dienstpflicht!«

Die Truppe von Professores, Doktores und Oberdirektoren um Baumert hatte nach dem ersten TIMMS-Schock in einer BLK-Studie herausgeforscht, dass das ständige Nebeneinander von Unterrichten und Benoten problematisch sei. Das kannste laut sagen!

Remo lamentierte weiter, dass in der Schule heute unsinnigerweise Inhalte gelernt, d.h. nur auswendig gelernt würden, statt diese bei Bedarf mit den Kindern zu erarbeiten.

»Ob er als Kinderarzt auch zusammen mit seinen kranken Patienten erst mal bei Bedarf erarbeitet hat, um welche Krankheit es sich handeln könnte, oder ob er hin und wieder auch mal einfach was gewusst hat?«, fragte sich Cruse grimmig.

Es hagelt Lehrerkritik von Leuten, die alles Mögliche von Beruf sind, nur eben keine Lehrer. Ausgenommen Fachleiter, aber die sind auch Funktionäre.

Wenn ich als Physiklehrer anfinge, Kinderheilkundebücher zu

schreiben, ... wenn aber ein Kinderarzt Bücher über guten Unterricht schreibt, kaufen die Leute das.

Und der gelernte Wirtschaftswissenschaftler Dr. rer. pol. Klippert kann zu allen möglichen Schulfächern, z.B. zum Wellenmodell von Elektronen im Atom, genaueste methodische Anweisungen geben. Toll!

Der längste Beitrag kam von einem Hirnforscher, kaum vom Moderator unterbrochen.

Interessant war das schon, einerseits. Andreas kam es ganz gelegen, dass der untermotorisierte Wagen die Berge heraufkroch und nur langsam vorankam. Andererseits stieg dabei nicht nur Motortemperatur, sondern auch Andreae Kopp wurde heißer.

Zunächst einmal sei das Gehirn gar nicht zum Denken da, sprach der Forscher. Durch seine faszinierende Plastizität arbeite es sehr ökonomisch, d.h. es sei auf Minimierung des Energieverbrauchs angelegt. Und es solle seinen Körper vor der Welt da draußen schützen. »Lernen wir z.B. Autofahren, ist das total anstrengend, das Gehirn arbeitet auf Hochtouren, verbraucht viel Glucose, wir müssen an so vieles gleichzeitig denken.

Wir alle wissen aus Erfahrung, wie geradezu körperlich anstrengend das war, wenn wir an all diese Dinge gleichzeitig denken mussten wie Kupplung treten und Schalten und auf die anderen achten.

Und dann strukturiert sich unser Hirn so um, dass uns das alles leicht fällt, nicht mehr anstrengend ist. Der Energieverbrauch sinkt drastisch. Das Gehirn hat sozusagen seinen eigentlichen Zweck erreicht. Es hat seinen Körper optimal vor möglichen Umweltgefahren, also hier durch die Teilnahme am Straßenverkehr geschützt. Bei minimalem Energieverbrauch.«

Gut, stimmt. praktizier ich gerade, dachte Andreas.

Dann ging es um das Thema Begabung.

›Ich als Hirnforscher kann nur sagen, jedes Kind kann Mathe, dass ein Kind keine Mathematik kann, das gibt's gar nicht.‹

Andreas dachte an seine eigene Schulzeit. Wenn er die Aufgabe so richtig durchdacht hatte, und verstanden, warum er sie nicht lösen konnte, worin nun die Schwierigkeit bestand, und dann eine erste

Idee bekam, wie er sich zu einer Lösung durchkämpfen könnte, man könnte integrieren, wenn man nur die Grenzen kennen würde. Aber das sind doch gerade die Funktionswerte ... hatten die Cracks wie Thomas Eicher oder Bernd Picard längst die Lösung. Und dazu noch dieser stets etwas schläfrige, total unangestrengte Ausdruck bei Eicher, wenn der Lehrer nach dem Lösungsweg fragte. Lösungsweg, musste das jetzt echt noch sein? Und überhaupt, Lösungsweg, das sah man doch.

»Nein«, sagte der Professor nun, »genetisch festgelegt ist die Denkfähigkeit nicht.«

Jeder Mensch ist nach Beuys bekanntlich ein Künstler. Will man diese Jedermenschkunst aber auch sehen?

Würde Hüther auch sagen: »Jedes Kind kann singen, malen, zeichnen, musizieren und tanzen?« Schwebebalken, Jonglieren und Eiskunstlauf? Andreas nahm das stark an. Dass man Gesang und Instrumentalvortrag eines jeden Kindes auch gerne hören würde, glaubte Andreas nicht.

Nicht die Lehrer, die jahrzehntelang mit um die einhundert Schülern täglich umgehen, die einzelnen z.T. jahrelang erleben und beobachten und mit ihnen kommunizieren, verstehen also etwas vom Lernen und Lehren, sondern der Hirnforscher, der keine einzige Schulstunde gegeben hat. Der aus histologischen Schnitten, endogenen Opiaten als neuroplastischen Transmittern und in neuerer Zeit mit bildgebenden Verfahren, bei denen tatsächlich lebende Gehirne beteiligt sind, allerdings in hochartifiziellen Situationen, seine Schlüsse zieht?

Einleuchtend natürlich, das Eltern gerne Buch um Buch des berühmten Hirnwissenschaftlers kaufen, worin steht, dass jedes, also auch ihr Kind, ohne jeden Zweifel »Mathe kann.«

Raben, Keas, Kopffüßer können übrigens auch Mathe. Nur nicht so besonders viel.

Abgesehen davon, heißt können noch lange nicht wollen!

Der Mensch lerne am besten, ging es weiter, wenn er aus eigenem Antrieb heraus gerade diese Sache jetzt erlernen wolle. Aber was die Schullehrer ihren Schülern antäten, sei bestenfalls eintrichtern, wie gesagt.

Für diese grandiose Erkenntnis haben wir Dich nun studieren lassen, Herr Prof. Dr. Dr. h.c. mult.? Und Du sagst nicht dazu, dass für Dein Lernkonzept jedes Kind einen Stall voll mit bestens ausgestatteten, allzeit bereiten Privatlehrern um sich herum respektive einen Polyhistor benötigt? Suggerierst, dass die Schullehrer mit nur einem bisschen gutem Willen dieses selbstgewollte Lernen in der öffentlichen Schule realisieren könnten?

Ach, übrigens, Professor, haben Kinder aus sozial schwachen Familien geringere Bildungschancen? Ja, damit hast Du Recht. Und die Ursache? Die sozial schwache Familie. Sagt die Max Planck Forschung. Da sind auch lauter Professoren drin, weißte.

Guckt Euch nur mal das Schüler/Lehrer Zahlenverhältnis an der Internationalen Betuchtegeldgeberschule in Düsseldorf an. Und bitteschön auch, wie viele Seelenbetreuer die da für ihre Klientel unterhalten.

Das ist Lügen durch Verschweigen.

Bernd Picard ging, natürlich, in die theoretische Physik. Andreas traf ihn je und je in der Stadt. Wie Lehrer das so tun, beschrieb Andreas bei diesen Treffen schon mal besonders unkluge Schülerantworten.

»Es ist nun mal so«, meinte Bernd bei einer dieser Gelegenheiten, »Denken tut weh, richtig weh. Auch mir.« Und lächelte sanft.

Dann kam etwas zur Biochemie der Lernvorgänge. Bei erfolgreichem Lernen würden eben die endogenen Opiate ausgeschüttet vom Belohnungszentrum. Das mache ein gutes Gefühl und sie sorgten dafür, dass die Neuronen die Verknüpfungen, die zum Lernerfolg führten, vermehrt und verstärkt werden.

Bei Misserfolg, in der Schule z.B., wenn der Lehrer im Mathematikunterricht dem Kind sage, dass es keine Mathematik könne, werde auch etwas gelernt. Etwa: ›Ich kann keine Mathe, Mathe ist doof oder der Mathelehrer ist doof‹. Das bringe uns als Gesamtgesellschaft aber auf die Dauer nicht weiter. Am Ende wähle so ein Kind sogar einen Beruf, in dem es auf jeden Fall um Mathe herumkomme. »Das gerade ist unser Schulsystem und das will ich ändern.«

Hatte der sie noch alle? Zunächst einmal ist das ein böses Zerrbild. Niemand schilt die Schülerin »Du Besenbinderin«. Alle Schüler haben das Recht auf Dummheit, aber nicht auf Faulheit. Die Mehrheit der Aufgaben fällt eben der Faulheit oder Gleichgültigkeit und nicht der Dummheit zum Opfer. Und der Physiker in Andreas musste hinzudenken: »Heinrich Böll, das sind keine Kreise, noch nicht mal Kegelschnitte. Ballistische Kurven, die Luftreibung, gekoppelte Differentialgleichungen, you know?«

Ihm fiel wieder der Martenstein, der Hofnarr der *Zeit* ein, der sich wünschte, dass wenigstens ein paar Leute durchaus gelernt hätten, in Stresssituationen komplexe Aufgaben zu lösen. Piloten und Chirurgen und so.

Ach übrigens, das Lehramtsreferendariat, welches den Referendar zwingt, das Gelingen seines Lebensplans zu einem großen Teil in die Hände heterogener Horden Halbwüchsiger zu legen, vielleicht ist das z.B. bei Juristen ja anders, macht definitiv keinen Spaß. Jedenfalls, solange die ministeriellen Bedarfsplaner nach unten weitergeben, macht's denen so sauer wie möglich, wir haben genug Lehrkräfte. Also für dieses Jahr jedenfalls. Und danach muss man dann mal sehen.

Ha, ha, bei dem Dauermangel an Fachkräften im Handwerk plärrt es aus einer Diskussionsrunde auf dem Kulturkanal nach der anderen: Auszubildende wollen Spaß! Sie erwarten vom Ausbildungsbetrieb konkrete und planbare Aufstiegsperspektiven! Einen Respektcoach solle man den Handwerksmeistern an die Seite geben.

Der Professor Lesch ist schon anders drauf. Er will ja, dass alle ohne wenn und aber rechnen, lesen, schreiben können hic et nunc statt die Kompetenz zu besitzen, zu wissen, wo man's nachgucken könnte. Nur lieber Prof. Lesch, auch wenn die notwendige, nee sach ich ma zumutbare Mathematik kein Hexenwerk is, für viele ist es eine echte Quälerei, sie zu erlernen. Gib das zu, Lesch!

Andreas malte sich aus, wie er das tat, was der eine theoretische Physiker immer vorschlug: »Schleudern Sie einen reinen Mathematiker zu Boden und setzen Sie ihm dann die Stiefelspitze an die Kehle und befragen Sie ihn dann!«

Die Lehrer in der Schule sollten dafür sorgen, dass die Kinder aus sich heraus lernen wollten. Nur dann werde gelernt, alles andere sei eintrichtern, schimpfte der Gehirnwissenschaftler.

Wenn man Leuten wie Bernoulli und Planck nicht nur was einge-trichtert hätte, wenn die richtig gelernt hätten, dann hätte aus denen vielleicht noch was werden können. Wie schade. Dachte Andreas Cruse.

Hüther plädierte eindringlich für mehr Vernetzung der menschlichen Gehirne miteinander. Andreas war überzeugt, dass er sich mit Hüther in puncto Unterricht partout nicht würde verträglich vernetzen können.

Und richtig, dann bekam gelegentlich des biographischen Geplauders über die Hüthersche Kindheit und Jugend noch die heutige Ein- oder Wenigkindfamilie der großen Städte ihr Fett weg. Andreas wettete mit sich selbst und gewann. Natürlich kam der Spruch vom ganzen Dorf, das für die Erziehung eines Kindes nötig sei.

Und Andreas hatte's akustisch nicht genau mitgekriegt, Hüther fand's offenbar normal und ›Das gehört einfach auch dazu‹, dass sie einem seiner dörflichen Spielkameraden ganz kameradschaftlich einen Flitzebogenpfeil durch die Wade geschossen hatten?! Andreas hatte das stets vermieden.

Und es braucht die Erziehung durch ein ganzes Dorf, um Eltern dazu zu bringen, ihre eigene Tochter wegen deren, nach den Maßstäben der Dörfler, »unehrenhaften« Sexualverhaltens abzustechen und ihre Leiche in den Straßengraben zu werfen.

Dachte Andreas Cruse.

Wie seltsam, da sprach dieser hochintelligente, gebildete, lebenserfahrene Professor, und Andreas kam dessen Rede so grundsätzlich falsch, als ein derartiger Stuss vor, dass er vor dem Autoradio richtig wütend wurde und ausdrehte.

Fassen wir mal zusammen: Jedes Kind kann Mathe, will lernen und das Gehirn ist nicht zum möglichst ausgiebigen Denken da, sondern zur möglichst schnellen energiesparenden Denkanstrengungsvermeidung.

Resümierte Andreas Cruse.

Für en leraartje van't platte land war das nicht konsistent.

Klar, die Regelschule bot einen Bauchladen von Fächern und Themen an. Wie sagt Tucholsky? Leben heißt aussuchen. Und der Große andere: Wer vieles bringt, wird manchem etwas bringen. Eben. Sooo schlecht war die öffentliche Schule dann vielleicht doch nicht.

Nein, war sie wohl nicht. Hatte der Rundfunk nicht die Pflicht, auch über das Positive zu berichten? Andreas vergab eine zweite Chance und stellte das Radio wieder an.

Richard der Prächtige tönte gerade, jeder Depp könne doch Lehrer werden.

Klar, dass die Leute –Eltern! auch das gerne hören. Immerhin, anders als der Dr. Dr. Neurowissenschaftler redet er ganz unbefangen von Begabung und Begabten, nehe, Mathe ist ein Begabungsfach, lustig.

Aber das ist schon beleidigend! Und als wehrten sich die Lehrkräfte dagegen, nicht allein in den Klassen zu stehen.

Hör mal Richard, mit *new math* hielten schon in den Sechzigern, jedenfalls in den USA Computerlehrlernprogramme Einzug in den Matheunterricht. Und bei uns gab es damals papierene Lernprogramme all überall, man erinnert sich vielleicht, mit Vor- und Zurückblättern, auf'n Kopf drehen, wenn richtig, weiter zu S. 43, sonst noch 'ne Übung auf S. 35.

Mensch, Doktor Richard, n' bisschen historisches Wissen könnt' nich schaden.

Und ein Rektor leitet kein Gymnasium, wenn Du so gut wärst.

Andreas bemühte sich, den sich steigernden Unmut nicht ins Gaspedal abfließen zu lassen. Die Topographie tat das Ihrige dazu, die untermotorisierte Limousine an den Steigungen zur Schnecke zu machen.

Typische Typen

In der Fortbildungseinrichtung suchte Andreas sich einen sicheren Platz weiter hinten am Rande mit guten Fluchtmöglichkeiten.

Chemie ist die Lehre von den Stoffen und etliche davon sind Gefahrstoffe. Das ist nun einmal so. Prof. Blume hatte mal geschimpft, die in diesen Kommissionen dächten wohl, die Chemielehrer würden ihre Schüler ermuntern, die Chemikalien zu verspeisen! Es half aber nix.

Die Obrigkeit war mit einer Doppelspitze vertreten. Knüttel sollte wohl den Schulpraktiker geben. Hm.

Nein, die Umweltnoxe Benzol gehört nicht in die Schule. Dezernent Amann war knallhart. Andererseits trat StD Dr. Knüttel genüsslich breit, dass die Alkylbenzole sich eben wegen der Seitenketten anders verhielten als der Grundkörper.

Dann mogle ich eben irgendwie so, dass es so aussieht, als ob, dachte Andreas. Laut schlug er vor, man könne doch die aromatische Reaktivität vielleicht an einem geeigneten Heterocyclus zeigen. Er blätterte in der neuen, auf raffinierten Umwegen beschafften Gefahrstoffliste, hier, sogar im Schülerversuch. Unisono kam es von der Allianz aus StD und Dezernent zurück: Das hätten sie immer so gemacht. Das hätten sie nie so gemacht. Und da könne ja jeder kommen. Tja.

»Ich denk mal nach, sagte Andreas. »Es muss ja kein Schülerversuch werden.«

»Na, dann überlegen Sie mal schön und wir machen hier inzwischen weiter.«

Schadenfrohes Gelächter im Saal.

Diplomchemiker Cruse grübelte und hörte nur mit halbem Ohr hin, was gerade verhandelt wurde. Ja, die schönen, bunten Salze sind kanzerogen und verboten, wirklich schade. Kobalt, Nickel, Chrom ade.

Erwartbarer Protest, Verhandlungsversuche, abgewiesen, Eisen und Kupfer reichen. Da hatten die beiden Olympier wohl recht.

Knüttel hatte wohl auch nebenbei überlegt. »Der Denker da

hinten, wie wollen Sie denn zeigen, dass die spezifisch aromatische Reaktivität vorliegt?«

Cruse neigte, leicht dabei nickend, das Haupt, führte mit drei Fingern kreisende Bewegungen auf dem Schädel aus, zog die Brauen zusammen, grimassierte und teilte Knüttel dadurch körpersprachlich mit, dass dies tatsächlich der entscheidende Punkt sei, für den eine Lösung zu finden er zuversichtlich sei.

Und vielleicht finde sich etwas in der didaktischen Literatur. Er meine sogar, vage etwas in der gesuchten Richtung in Erinnerung zu haben.

Die Leute sehen sich ja gerne gedruckt. Vor allem die Mathematiker in der MNU mit ihrem n-dimensionalen Kram, den man in keiner deutschen Schule an den Mann bringen kann.

»Und zu den Salzen«, der Prozessor in Cruses Kopf hatte im Hintergrund geröddelt, »ist mir eingefallen, dass das in puncto Giftigkeit unverdächtige Mangan doch so viele Oxidationsstufen realisiert, da muss es verschiedenfarbige Ionenlösungen, an denen man Komplexchemie zeigen könnte, geben. Es gibt doch z. B. auch so ein blaues Manganmalerpigment, oder?« Aber, wie gewohnt, hörte keiner mehr hin. Was Neues klang immer nach Mehrarbeit.

Eine junge Kollegin fragt, es habe doch schon vor Monaten geheißen, jede Schule bekomme von den Serviceeinrichtungen die neuen Regel- und Gefahrstofflistenhefte in gewünschter Anzahl zeitnah zugeschickt. Trotz wiederholten Nachfragens rühre sich aber nichts. Und wer denn die Serviceeinrichtungen seien?

»Das sind im Zweifel wir«, meinte Ammann. Und in der Tat gebe es da wohl Verzögerungen, man werde sich kümmern. Ammann scheint sich eine Notiz zu machen.

Aber umsetzen müsse man doch sofort, hakt die Frau nach.

Sie wisse sich doch bestimmt zu helfen. Neue Schulbuchausgaben, das Internet, Chemikalienkataloge, sie bekomme das sicher hin!

Der richtig dicke Hund war die Verpflichtung, für jeden, aber auch jeden verdammten Versuch ein papierenes Formular mit allem Zipp und Zapp anzufertigen, Durchführung, R- und S-Sätze, spezielle Maßnahmen, Alternativen, Entsorgung.

Die junge Kollegin von vorhin meldete sich wieder zu Wort. Sie kenne das ja schon vom Sportunterricht. Ob das Land denn wenigstens für Chemie diese Dokumente für den üblichen Versuchskanon zur Verfügung stelle, so dass man nur noch ausdrucken, datieren und unterzeichnen müsse?

Kopfschütteln vom Podium.

Und wie gehabt keine Entlastung, die Fachschaften regeln das intern, ohnehin sinnvoll und eigentlich ja auch nicht viel Aufwand und schnell gemacht. Und noch viel schneller angeordnet.

In der Mittagspause nahm ein älterer, intelligent aussehender Herr Cruse gegenüber am Tische Platz. Er erinnerte ihn an den Kollegen Krier.

»Sie sind doch auch Physiklehrer« begann der ungebetene Tischgenosse aplomb.

»Ja?« sprach Cruse fragend gedehnt.

»Es ist doch unverantwortlich, dass die Behandlung des starren Körpers aus dem Lehrplan verschwunden ist, nicht wahr?«

»Na ja, ich habe damals im Schulpraktikum z.B. noch mit dem Reifenapparat experimentiert.«

»Genau, all die schönen Messungen, und die Physik des Kreisels, das ist doch so verblüffend.«

»Sie sind doch auch Mathelehrer« – als ob ich auch Mathelehrer wär – variierte Cruse. Sein Gegenüber nickt.

»Dann kämpfen Sie doch auch damit, dass unseren Schülern – unsere ist gut – die notwendige Mathematik in der Physik nicht zur Verfügung steht. Das Kreuzprodukt kommt in der 12 dran, der starre Körper aber war schon in der 11, Mechanik eben. Die ist ja auch überhaupt kein zulässiges, eigenständiges Themengebiet im Abi mehr.«

Durch den vollen Mund am Sprechen gehindert, zeigte der Rotator erst drei rechte Finger mit jeweils 90° und drehte dann einen virtuellen Korkenzieher in eine ebensolche Flasche.

In der Schlussphase von Schmatzen und Schlucken verstand Andreas noch: » … auch ohne Determinanten oder den Epsilontensor.«

Andreas nickte zustimmend und dachte, es hätte sich doch auch die attraktive Sport-und-Chemie-Frau zu ihm setzen können! Sah auch sehr intelligent aus. Mit der hätte er dann …

»… warum der Kreisel nicht kippt?«

»Ich setz mich beim horizontalen Kreisel auf die mitrotierende Drehachse; dann erzeugen die Corioliskräfte insbesondere oben und unten an der rotierenden Scheibe Drehmomente, welche die Scheibe oder das Rad in die Horizontale zu drehen bestrebt sind und denen hält das Drehmoment der Schwerkraft das Gleichgewicht. Für unseren Hobo auf der mitpräzedierenden Achse ist es also gar kein Wunder, dass der Kreisel nicht kippt.«

Im Kolloq. in Experimentalphysik zum Kreiselversuch hatten sie ihn richtig langgemacht und er musste zweimal antanzen, bevor er das Abtestat bekam.

Blitzschnell hatte der Frager auf der Serviette eine Skizze angefertigt. Eine Sekunde draufgucken und dann: »Kann man so machen, ist ein bisschen unorthodox. Aber gar nicht schlecht.«

Der Kerl war wirklich gut. Bei dir möchte ich nicht Physik gehabt haben und frag jetzt bloß nicht weiter, Andreas, wenn Du wüsstest! Epsilontensor! Indexgymnastik ist wirklich nicht meine Sportart.

Aber der Mathe-Physiklehrer schien zufrieden, geradezu gut gelaunt, nahm seinen Teller, nickte Andreas freundlich zu und schritt davon.

Der Kriertyp verstand wohl was vom ε-Tensor, aber nicht, wann jede weitere Argumentation Zeitverschwendung war.

»Ich bin doch ein alter Praktiker, ich werde doch wohl wissen, wie es geht!«

Knüttel oben auf dem Podium lehnte sich zu Amann herüber und sagte etwas zu dem. Amann nickte verstehend und ganz zufrieden.

»Ich lese Ihnen gerne noch einmal den genauen Wortlaut der Anordnung vor. Dort heißt es: hm, hm, hm, hm … .gilt ausdrücklich sowohl für Schüler- als auch für Lehrerversuche.«

Nein, der Kriertyp schien selber ein starrsinniger Körper zu sein.

»Wie wollen Sie das denn kontrollieren, ob ich für jeden Versuch so einen Zettel ausfülle?«

Amann blickte zu Knüttel und los ging's: »Herr Döring, gewiss werde ich nicht extra zu Ihnen nach Telgte reisen um Ihre, wie Sie es nennen, Zettel durchzusehen. Aber Sie wissen doch selbst am besten, dass auch einem alten Praktiker mal ein dummer Fehler unterläuft und man ist dann froh, wenn wie durch ein Wunder nichts Schlimmes passiert, nicht wahr, Herr Döring? Aber wehe, wenn wir dann feststellen, dass die betreffende Lehrperson es zumindest fahrlässig, vielleicht doch grob fahrlässig, unterließ, sich über Gefahren und Sicherheitsmaßnahmen Rechenschaft abzulegen. Habe ich mich diesmal klar genug ausgedrückt, Herr Döring?«

Schachmatt.

Am Nachmittag ging es dann um die Entsorgung. Nein, Chemikalienreste, auch wenn diese brennbar waren, durften nicht im Abzug verbrannt werden. Das war wohl tatsächlich vorgekommen. Nein, Sondertöpfe gebe es natürlich nicht, auch wenn wegen der neuen Verordnung doch eine ganze Menge entsorgt werden müsse. Jede Fachschaft musste eben zusehen, wie sie den Entsorger bezahlen konnte.

Alle wussten, dass auch in dieser Sache weder Knüttel noch Amann oder sonst wer losziehen und untersuchen würden, ob nicht an den Schulen in staubigen Kabüffken noch ein paar Literchen Tetra, Benzol, Chloroform oder ein paar Kilo Vulkanversuchchromat lagerten.

Für radioaktive Gefahrstoffe würde es einen gesonderten Termin geben.

Geschafft für heute.

Eigentlich hatte er ja genug gefährliche Radioaktivität auf der Hinfahrt aufgenommen, doch aus Gewohnheit schaltete Andreas den Blaupunkt wieder ein.

Eine quäkige, aber auch motzig selbstbewusste Mädchenstimme pries zuerst den neuen Duft von *Bleu de Verbung* und dann das aktuelle Junkfoodangebot des Discounters mit nur einem Vokal. Ach, schon wieder die Heiße Welle! Brechen möge sie!

So, schon besser. Januskopf oder wie das hieß, Hertwiga Kempff im Gespräch mit … Der langjährige Musikkritiker beim DR war in den Ruhestand gegangen und breitete vor Hertwiga ein künstlerisches Urerlebnis nach dem anderen aus:

» ... die 39. von Haydn, also diese Pausen, die sind unglaublich spannend oder so.«

Ja, ja, auch Kunstgeschichte habe er studiert. Der Erweckungsmoment war der, als er zum ersten Male *Monochrom Blanco* sah, auf rauher Leinwand, wie ja jeder wisse, dieses weiße Zentrum, dabei sei es eigentlich gar nicht weiß, und dann erst an den Rändern des Gemäldes, wo Weiß in Nichtweiß übergehe, aber ohne Übergang, und diese Pinselführung, auf der Textur des Farbträgers, also das sei unglaublich spannend oder so.

Nein, nein, keinesfalls, bei Böhm oder so, der den Beethoven noch in den Toscaninitempi dirigiert habe – Andreas schüttelte den Kopf, nein, wie konnte der Böhm nur – als wir zum ersten Mal den Harnoncourt mit den richtigen Tempi hörten, das war unglaublich spannend oder so.

Was für eine Welt hatte der in seinem promovierten Kopp, dachte Andreas. Damit kann ich nix anfangen. Und der hat doch 'nen Tick, oder so!

Und überhaupt. Für ein Jesusbild von Ribera werden keine zweitausend aufgerufen, und dann isses von Carabaggio und nicht für 100 Milliönscher zu haben.

Und moderne Musik? Er erinnerte sich. Damals, im Referendariat, Laborradiomusik. Ein Hintergrundchor rief fröhlich keck »Kukkuck! Kuckuck!« oder eher englisch »cuckoo! cuckoo!« und ein volltönender Bass legte einen Teppich raspelnd-schleimiger Kotz- und Würgelaute darüber.

»Das kenn ich, ich kenn das«, hatte Andreas froh ausgerufen. »Das ist der Hurtz! Äh, Moment, ich meine, das ist der Hape Kerkeling, nich?«

»Almost, my young friend! Das ist der Ligeti. Jener Klamauk, dieser Kunst, merk es Dir, ungebildeter Tölpel!«

Der müde Andreas beschloss, doch lieber auf der Heißen Welle heimzureiten mit den besten Hits der Achtziger oder so.

Verdienstkreuz

Hiltrud Sobinsky wurde nicht müde, im Auftrag des Ministeriums die neue Heilslehre zu verkünden. Gleich allen drei gymnasialen Kollegien des Bezirks hatte man befohlen, dieser zu lauschen.

Nicht mehr Inputorientierung, sondern Outputorientierung! Sogar mit Putputputhühnerpopoeiercartoons illustrierte die Rednerin ihre Botschaft, man glaubte es nicht. Welch grandiose neue Strategie. Dass all die dummen Lehrer zuvor nicht auf diese geniale Idee gekommen waren! Stattdessen hatten sie nun all die Zeit immer nur hineingestopft. Und nie hatte auch nur einer geprüft, wie die Schüler das verarbeitet hätten. Aber lassen wir das.

Jedenfalls müssten die Fachschaften entsprechende Arbeitspläne für jede Klassenstufe neu erstellen, einreichen, evaluieren, weiterentwickeln, kurz, das ganze potemkinsche Programm. Wie viele neue Planstellen es denn dafür geben werde? Und Hiltrud hatte geantwortet: Keine. Das schade aber gar nichts, denn diese Arbeit mache so unglaublich viel Spaß, sie allein habe freiwillig schon drei Pläne erstellt.

Und wie sie so blond und drall und selig lächelnd dastand auf dem Podium mit den Plänen und ihrem ganzen freiwilligen Output, hatte jemand aus dem Auditorium nur für die Nächstsitzenden verstehbar gemurmelt: »Früher hätte die gleich zwei Parteiabzeichen getragen, eins rechts eins links.«

Jedenfalls schenkte ihr die Führung später schließlich ein nettes Plätzchen bei der Regierung. Denn die Hiltrud hatte mit der Aufführung des immer gleichen Stücks ihre Brauchbarkeit unter Beweis gestellt. Die sensationelle Outputorientierung war nach kurzer Zeit vergessen.

Wir machen 'n Bildungsplan, wir sind ein großes Licht, wir machen dann noch 'n andern Plan, gehen tun die natürlich nicht.

Aber wir hatten so viel Spaß dabei, und Kaffee und Tee und Kekse, all die Besprechungen, in der Fraktion, in den Ausschüssen, mit dem Koalitionspartner, die schönen Dienstfahrten. Und die Schulkollegien müssen antanzen und sich das übergießen lassen und dürfen sich nicht mucken.

Laut fragte der betreffende geschichtskundige Herr dann: »Wir haben von Herrn Dr. Berger eben in seiner Einleitung so viel von Evaluation und Qualitätssicherung gehört. Was ergab denn die Evaluation bezüglich der Qualität Ihrer neuen Outputmethodik?«

»Ach, soweit ich gehört habe, gibt es eine Magisterstudentin an der Uni Bochum, die wertet jetzt Daten einer Grundschule in Wanne – Eickel aus. Aber das ist auch egal, wie gesagt, das macht alles so viel Spaß, da braucht man keine Evaluation, glauben Sie mir. – So, bevor Sie jetzt alle in die Mittagspause gehen, weise ich noch mal auf den weiteren Ablauf der Fortbildung hin. Sie gehen dann bitte schulgruppenweise in die Workshops und arbeiten aus, wie Sie für Ihre konkreten schulischen Voraussetzungen Evaluation und Qualitätssicherung Ihrer Arbeitspläne umsetzen werden. Guten Appetit!«

Du bist nicht allein. Oder doch?

Die Beostationsleiterin und ständige Stellvertreterin des Schulleiters, StD' Friderike Pepper, genannt Fritzi, schob Andreas kurzerhand in ihr Dienstzimmer.

»Muss dringend mit Dir reden«, sagte sie.

Fritzi Pepper stand auf der Liste der jüngsten Oberstudienrätinnen und der jüngsten stellvertretenden Schulleiterinnen des Landes sicher ganz oben. Wie Andreas meinte, zu Recht. Sie war wirklich sehr patent und unkompliziert und traf auch in schwierigen Situationen mit Schülern oder Eltern den richtigen Ton, sie war warmherzig und verdammt intelligent zugleich gewesen, damals, eine seltene Mischung von rationaler und emotionaler Intelligenz.

Nur, dass sie wie ihre kindliche Klientel statt *Vater* und *Mutter* *Papa* und *Mama* sagte, störte Andreas. Und es war so wohltuend, dass sie überhaupt nicht sein Typ war.

Andreas war natürlich klar, was sie wollte.

»Du ziehst Dich sehr zurück, das finde ich sehr schade«, begann sie.

»Gerd hat mir schon erzählt«, fuhr sie fort, »dass Du Dir die Beurteilung vom Herrn Frommholt sehr zu Herzen nimmst.«

Gerd Berkenbrink, eben jener würdige, korpulente Herr aus der Erstbegegnung damals in der Physiksammlung, ehemaliger langjähriger Personalratsvorsitzender, Studiendirektor und regionaler Fachmoderator für Sozialkunde und Geschichte, inzwischen so sachte auf die Pensionierung zusteuernd, war so etwas wie Friderikes Seniorpartner bei allen möglichen schulischen Aktionen, vor allem Schülerwettbewerben. Berkenbrinks Schülerteams räumten seit Ewigkeiten regelmäßig bundesweit erste Preise bei den Geschichts- und Sozialkundewettbewerben der Republik ab.

»Es geht doch eigentlich um die Schüler und um's Unterrichten, und das machst Du bestimmt gut.«

»Nee, der große Oberdirektor hat kein einziges gutes Haar an meinem vorgeführten Unterricht gelassen. Ganz große Motivationskunst. Konsequenz: Wer leer ausgeht, macht nicht mehr mit. Das haben die Planckmaxen bei Primaten nachgewiesen. Kluge Tiere! Aber der entscheidende Punkt ist der, dass Frommholt mir mit so einer seltsamen 26-Monats-Regel angekommen ist. Ich halte das für formal falsch.«

»Ach, darum geht es.« Fritzi wirkte erleichtert. Für inhaltliche Unzufriedenheit mit der dienstlichen Beurteilung schien sie gar kein Verständnis zu haben. »Das mit der 26 M-Regel lässt sich ja ganz schnell klären. Was heißt klären. Das ist doch allgemein bekannt. Die einschlägige Verwaltungsvorschrift besagt, dass der Schulleiter die Leistungen der letzten 26 Monate zu beurteilen hat und keinen Tag mehr. Daran hält sich Herr Frommholt natürlich. Das hat er doch immer schon so gehandhabt.«

Und schon einen Tag später war Frau Studiendirektorin Pepper eigentümlich reserviert. Und sie fragte beim Cruse auch nie wieder nach dem Stand der Dinge. Das mit der 26 M-Regel hatte ihr wohl jemand erklärt.

Ob wohl *der Direktor rief, Hauptsache, es quatscht hier nicht einer*?

Pepperpotthast, ab zu den Hauptgerichten!

Ein uneigennütziger Rechtsanwalt

*Ein guter Mann, der redlich handelt, traut anderen gern. Doch wird er scharf betrogen, dann gehen die Augen plötzlich und sehr weit auf. *

›Wie spät hamm wers jetzt? Wenn wir uns beeilen, können wir heute noch Klage einreichen!‹

Cruse suchte folgerichtig seinen Schulkameraden Rechtsanwalt Walter Müller auf und schilderte seinen Konflikt mit Schulleiter und – indirekt natürlich auch – Schulaufsichtsbeamten.

»Brauchst gar nicht weiter zu erzählen«, mein Schwager ist Berufsschullehrer. »Erzähl mir also nichts über 'n Scheißsystem. Abweichler werden bestraft, die Welt ist voller Beispiele.«

»Aber zum Rechtsstaat.« Müller griff nach dem dicken roten Buch.

Er murmelte: » LGG vom hm, Paragraf hm, Paragraf, ah hier: ›Frauen sind bei Einstellung, Beförderung, Höhergruppierung und Aufstieg in die nächsthöhere Laufbahn bei gleichwertiger Eignung, Befähigung und fachlicher Leistung bevorzugt zu berücksichtigen‹,

»Das steht sogar im Gesetz?« platze Andreas heraus. »Und die gleichwertige oder besser höhere Dings kann der Chef immer, unkontrollierbar, behaupten. Sage mir, *bin ich denn wirklich im lieben Vaterlande? *«

»Und die Gerichte sind meiner Erfahrung nach sehr deutlich und von vornherein auf Seiten der Vorgesetzten und der Schulbehörde. Auch Schulleiter genießen de facto eine Art Richterprivileg.

Ja, irgendwoher finden die immer ein passendes VG-Urteil. Zweifellos gehört es sich anständigerweise so, den Beurteilungszeitraum anzugeben. Jedoch, wie Du lesen durftest, sein muss es nicht. O.k. in Bayern hätte man die Beurteilung deswegen kassiert, wir sind aber nicht in Bayern.

In unserem Bundesland ist die Beförderung oder Nichtbeförderung eine reine Privatangelegenheit des jeweils amtierenden Schulleiters. Ende der Durchsage. Wer was wirklich geleistet hat, ist nicht erkennbar und spielt auch keine große Rolle. Du kennst doch so gut wie ich das Motto von Fénelon: ›Dienste, Fähigkeiten, Verdienst! Blödsinn! Einer Clique muss man angehören! ‹

Apropos Clique, Du bist Dir doch auch dessen bewusst, dass Ihr Beamten die beste Versorgung bei Dienstunfähigkeit, nicht Arbeitsunfähigkeit wohlgemerkt, und die sichersten Arbeitsplätze im Lande habt, nicht?«

»Und damit sind all die kleineren oder größeren Unannehmlichkeiten von den materiellen Arbeitsbedingungen wie Lärm, Gebäudezustand, Klimatisierung, fehlenden Schutzwesten angefangen bis zu den politisch motivierten Widrigkeiten abgegolten.«

»Ja aber … .Weißt Du noch, die rote Siggi hatte doch diese zwei Zeitzeugen eingeladen.«

Der ein guter Jurist, wer nichts vergisst. Müller, Vereinsschachspieler, hatte ein fabelhaftes Gedächtnis. Cruses war auch recht gusseisern,

»Ferenc Szabo und Jochanan Schmul: Die Katastrophe von 33 bis 45 – Ohne das willfährige Zuarbeiten der Eliten wäre das reibungslose Funktionieren des NS –Staates nicht möglich gewesen, und diejenigen, welche nicht mitgemacht hatten, wurden hinterher totgeschwiegen oder als Nestbeschmutzer denunziert. Die allermeisten aber setzten ihre Karrieren fort und man einigte sich schnell, dass es einige wenige schwarze Schafe wohl gegeben, die große Masse aber nur gezwungenermaßen mitgemacht habe.

Die beiden Greise hatten dann eindringlich appelliert, diese Republik brauche mehr Kontrolle von Verwaltungsapparat und Justiz, vor allem den gesellschaftlichen Diskurs über Machtausübung.

Sieglinde war begeistert, richtig Wasser auf ihre Mühle, und die meisten von uns total uninteressiert und gelangweilt. Nostra res agitata non erat.«

»Genau! Und ich weiß noch, dass wir beide uns damals schon gestritten haben, ob die Aussage: ›Es gibt zwei Sorten Menschen, die Anständigen und die Unanständigen‹ zutrifft oder nutzlose Schwarzweißmalerei ist.

Wie dem auch sei. Sind wir denn nicht alle der Wahrheit verpflichtet? Und man kämpft manchmal nicht um zu gewinnen, sondern um alles nicht noch schlechter zu machen. Stell dir mal folgende Situation vor … Da sind zwei Bewerber um eine Stelle. Meint der Chef: ›Lass uns berücksichtigen, was jemand in den vergangenen, sagen wir mal vier, fünf Jahren Relevantes geleistet hat, auf jeden Fall lassen wir langjährige Erfahrung nicht einfach unter den Tisch fallen‹, aber der Personaler erwidert: ›Nein, nein, gemäß unserer HR Richtlinie 0815/26 M gucke ich immer nur auf die letzten 26 Monate‹. Das ist doch idiotisch!

Denn es bereitete Zeus dem Schulleiter die Strafe des Unfugs«, schloss Cruse, wobei er wegen der Metrik auf dem *ei* betonte.

»Hm«, meint Müller, »in der Wirtschaft schon«. Und fügt dann hinzu: »Es sei denn, da gehören zwei einer Seilschaft an. Da kann der oder auch die andere der Einstein unter den senior experts oder den distinguished key accounters der Branche sein.«

»Ja aber, nun bleib doch mal bei meiner Sache. Er hat doch immer wieder behauptet, jahrelang, er dürfe, müsse, sei gezwungen, wegen dieser 26-M-Regel?«

»Du kannst die, mit nichts Schriftlichem in der Hand, nicht zwingen, die Wahrheit zu sagen, so naiv bist Du doch nicht!«

»Aber ich könnte die zwingen, öffentlich zu lügen.«

Walter sah ihn an. Überlegte.

»Und meine Psychoschwester, Du kennst sie ja auch von der Schule, ist Ärztin inner Kinderklapse gewesen. Gesundheitsreformen, Einsparungen, Privatisierungen, Übernahmen, Wirtschaftlichkeit; was da gelaufen ist an Intrigen, richtigen Erpressungen, die Personalräter in ihren gemütlichen Komfortzonen, die jeden Scheiß der Klinikleitung mittrugen, damit sie ja nicht mal wieder in den Nachtnotdienst müssen, erzähl mir nix.

Die zum offenen Lügen zu zwingen, ich gebe zu, der Gedanke ist irgendwie charmant.

Jedenfalls kann man gegen einen Tyrannen nicht fasten.«

»Wie?« Andreas war verwirrt.

»Na ja, weil er der Liebe nicht fähig ist. Als juristische Person. Und als Dienstmenschen … «

Andreas seufzeratmete schwer. Müllers große Schwester hatte offenbar derzeit auch irgendwie spirituellen Einfluss auf ihren kleinen Bruder.

»Er hat etwas Gehetztes!«

Und Müller hatte ein Einsehen. »Also es läuft hierauf hinaus: Du bist ein Outsider. Siehe oben. Anders als Mohandas bist Du allein. Und allein hat man nie eine Chance. Hätte er übrigens auch nicht gehabt. So einfach ist das.

Wie Du da so sitzt und plausibel argumentierst und gute Indizien anführst mit allem Zipp und Zapp, erinnerst Du mich an Frau Reschke. Die vermag viel besser zu recherchieren und verfügt über ausgezeichnete Quellen, denn sie kann die Möglichkeiten eines ganzen Senders nutzen, doch all das nützt ihr letztes Endes doch nichts und die betreffenden Herrschaften lachen sich ins Fäustchen. Ich sehe da durchaus Ähnlichkeiten, obwohl Du natürlich neben Frau Reschke nur ein zorniger Zwerg bist, der die dünnen Ärmchen schüttelt und mit den Füßchen aufstampft. Putzig.«

Böser Blick von Andreas.

»Gut, also klassisch kleistisch abendländisch:

Willst Du den Michael Kohlhaas geben und vernichtet werden oder als jämmerlicher hinkender Ritter mit Deinem Gehstock gegen die Windmühlenflügel anrennen, willst Du untergehen oder willst Du weiterleben? Deine Entscheidung, schon wieder ganz einfach.«

»Si vis pacem, para bellum. Und dann ist nach Platon *die vornehmste Grundlage eines glückseligen Lebens aber diese, dass man weder Unrecht tut noch von anderen Unrecht erleidet. *

Walter, hör zu, ich mein' das ernst!

Hiervon ist nun das erstere nicht gar so schwer zu erreichen, wohl aber so viel Macht zu erwerben, dass man sich gegen jedes Unrecht zu sichern vermag. Para bellum eben. Oder: *Vapenlös rätt varder städse förtrampad.*«

»Hör Du mal zu, ich versteh Dich ja, obwohl Du in Zungen redest. Ich war auch nicht immer so nüchtern. Ich weiß, was in Dir vorgeht. Auch von meiner klugen Schwester, versteht sich. In Gedanken setzt Du Dich mit denen auseinander. Führst Dialoge, in welchen Du denen glasklar beweist, dass – Aber in Wirklichkeit reden die gar nicht mehr mit Dir. Und Deine Kollegen hören vermutlich gar nicht richtig zu. Oder das Wahrheitsministerium hat deren

Erinnerung einfach gelöscht. Jedenfalls ist der Fall erledigt. Du bist erledigt, stimmt's?«

Andreas nickte.

»Also redest Du nur mit Geistern. Bösen Geistern. Lass sie gehen oder besser, ruf' sie nicht wieder und wieder herbei!«

Und Müller begann, Niebuhrs *serenity prayer* aufzusagen. – »And the wisdom, to know the difference. Darauf kommt es an!«

Andreas schwieg eine Weile. Und fuhr dann fort: »Und doch ärgert mich diese Unverschämtheit, diese Kränkung. Erinnerst Du Dich nicht an das alte Kirchentagsmotto *Hunger nach Gerechtigkeit*? *Justice, it is eternally itself, immutable and indestructible*? Oder auch *Dennoch die Schwerter halten*?«

Walter wartete, und Andreas fuhr fort.

»Dann ist es doch meine Aufgabe, dies der Bevölkerung und der Geschichte bekannt zu machen.

I shall lead that company of spirits who ride the heaths of the sky in furious hunt!« Und musste doch lachen. Wurde dann aber rasch wieder ernst:

»Dafür nimmt dieser Beruf, der mich aufreibt, verschleißt, ständig gedanklich beschäftigt, immer deutlichere Spuren in soma und sema hinterlässt, einen viel zu großen Platz in meinem Leben ein, als dass ich so einfach klein beigebe!

Du hast ja Recht, obwohl ich es besser weiß, führe ich diese fiktive, sinnlose, quälende, verbale Auseinandersetzung mit Frommholt.

Ich fühle es, dass ich erst dann relieved and free wäre, wenn die Schweinerei öffentlich gemacht wäre!«

Müller versuchte es anders herum.

»Schon mal was von *motive attribution asymmetry* gehört?«

»Ja, hab ich und diese und jene Figuren der neueren deutsch – österreichischen Geschichte machen Dir sehr schnell klar, dass solch menschenfreundliches Bedenken an Grenzen stößt, nich? Oder Fromms Anspruch der Liebesfähigkeit. Nee, nich die Kondome!«

Nun musste Andreas doch wieder lachen.

»Und, Anwalt, mich deucht, Du beginnst Dir selbst zu widersprechen.«

Müller seufzte.

»Dein Opfer wurde nun mal nicht gnädig angenommen. Das gab's schon mal. Du solltest nicht überreagieren! Weniger alttestamentlich: Du bist Beamter und da gehört das Krötenschlucken einfach zur Treuepflicht.

Wie Du sicher weißt, wurde das Beamtentum als Werkzeug für die Hand des Fürsten geschaffen. Nur heißen die Fürsten von heute nicht mehr Fürsten. Und der gute Beamte beißt die Hand nicht, die ihn schlägt.

Oder bist Du ein Straßenköter, der sein Herrchen ankläfft?

Bei mir als Anwalt geht so einiges über den Tisch, da frage ich mich so manches Mal, ob unser Staat mit seinem Beamten, wenn dieser eine Entscheidung anficht, nicht weit rauher und ruppiger umgeht als mit eigentlich völlig Fremden. So wie er auch Parksünder und säumige Gebührenzahler erbarmungslos jagt.

Ernsthaft: Du hast keine Wahl. Meine Schwester sagte immer, bei ausweglosen Situationen gebe man in der Psychotherapie die zynische Empfehlung ›Like it anyhow‹.«

»Aber selbst Helmut Schmidt erachtete das Streben nach Anerkennung als legitim, auch für sich selbst!«

»Nicht deine Liga! So, jetzt juristisch, guck mal, hab ich extra für Dich rausgesucht«. Der Anwalt zeigte ihm den Ausdruck einer höchstverwaltungsrichterlichen Entscheidung, was im Namen des Volkes für Recht erkannt wird. Andreas las. Da hatte eine verbeamtete Teilzeitkraft verlangt, zu denjenigen Dienstangelegenheiten, die sie im selben Umfang wie Vollzeitbeamte absolvierte, z.B. bei der Durchführung von Klassen- und Kursfahrten, wegen der damit verbundenen Mehrarbeit auch Vollzeitbesoldung zu bekommen. Das Dummerle!

›Hörn Sie mal genau hin‹, hatten die höchsten Richter gesagt: ›Klassenfahrt – Mehrarbeit, das sind doch verschiedene Dinge. Das ergibt sich schon rein sprachlich.

Ihr Besoldungsanteil richtet sich einzig und allein nach Ihrem Deputat. Und, hat sich das etwa magisch dadurch verändert, dass Sie auf Klassenfahrt waren? Na sehen Sie!

Und wenn Mehrarbeit, hätte Ihre Schulleitung das schriftlich anordnen müssen‹.«

»Heilige Einfalt, da kannst Du aber lange warten, bis Dir meine Schulleiterin irgendetwas Schriftliches aushändigt, was auch nur im Nanobereich heikel fürse werden könnte,« warf Andreas ein.

»›Vor allem aber‹, jetzt kommt's, ›stellt Ihr Entgelt keine Gegenleistung für geleistete Dienste dar, sondern ist Teil des komplexen Verhältnisses von Treuepflicht des Beamten und Fürsorgepflicht des Dienstherrn‹«, verlas der Jurist.

»Treue des Beamten, heißt meine Ehre Treue?« murmelte Andreas.

»Was meinst du?«

»Ach, nichts. Für den Moment.«

»Also«, resümierte RA Müller, »die Besoldung der Beamten erfolgt ausdrücklich nicht leistungsbezogen. Die Beförderung, welche stets mit erhöhter Besoldung einhergeht, auch nicht. Was, nebenbei bemerkt, den Mann auf der Straße nicht wirklich überrascht ... Du warst also wohl nicht treu genug. Sieht Dir ähnlich. Hast bestimmt Widerworte gegeben. – Mein Vater, Du kennst die Geschichte ja.«

Dr. Walther Müller sen. war Theologe gewesen und 33 emigriert. Er schien nach dem Kriege prädestiniert für eine bestimmte Stelle in der Landeskirchenverwaltung. Diese bekam dann aber ein ehemaliger PG und warum? Gerade weil der belastet war!

Müller senior hatte immer wieder kopfschüttelnd erzählt, dass er viele Jahre später zufällig Fotos seines damaligen Konkurrenten im Amt gesehen hatte, wo der neben IHM im offenen Mercedes 770 saß mit der Bildunterschrift: ›Berlin im Mai 1937, Papis schönste Zeit.‹

Und dann sprachen sie über die alten Zeiten an der Uni, gemeinsame Bekannte, die Gestörten wie den sogenannten Cafetendirektor mit seinem Bauchgebirge, Phobic Dean, den Halbchinesen mit den fisseligen, fettigen langen Haaren, den Koffern und all den Plastiktüten, die er ständig mit sich herumschleppte, Jürgen der Porträtphotograph und die Mädchen, ›Du nur mit einer Rose bekleidet‹, den Marabu, der im ruckenden Storchenschritt halblaut mit sich selbst juristische Fälle diskutierte ... .

Zum Abschied sagte Müller: »Count your blessings, not your problems, und like it anyhow!

Und wenn Du gar nicht klarkommst, versuch's mal mit 'ner Psychotherapie. Soll ich mal mit Silke reden?«

Therapie?

Herumtelefonieren. Absage um Absage kassieren. Dann immerhin auf eine Warteliste bei Thekla Kleifoot-Toholte. Monatlich per E-Mail sein weiterhin bestehendes Interesse an einem Therapieplatz bekunden. Und schon nach einem halbem Jahr bekam Cruse seinen ersten Termin bei der Psychotherapeutin.

Andreas brachte vor, was er einstudiert hatte. Prägnant, konzis, ad rem, ohne Gejammer. Im Grunde ein Fall für den Staatsanwalt. Oder das Bundesverwaltungsgericht in Bersenbrück. Fiat iustitia et pereat mundus.

Er glaubte selber nicht so recht an einen Therapieerfolg. Positiv denken, vergeben und vergessen, realistisch sein, das ist alles schön und gut. Das sind Allerwelts-Weisheiten ... Aber es fehlte denen eben für seine Begriffe die Bereitschaft, *uns auch in den Blick zu nehmen als die Unglücksraben, die wir sind. Und wir haben ja eine entsprechende Spur unübersehbar, was Menschheitsgeschichte angeht, hinterlassen und als Therapie empfahl sich, dass man lernt, ... mit dem Unheil zu leben, nicht zu behaupten, das kann man wegtherapieren ... Das wird uns immer begleiten, dieses Unheil. Und diese Unheilbarkeit der Welt wird uns auch immer vor Augen stehen müssen und dann ist man in der Lage, erbittert ... zu kämpfen für das, was möglich ist und das ist wenig genug.* Diesen Teil hatte Cruse schon aus seinem Vortrag gestrichen.

Sie wolle sich schon mal ein präliminäres Bild von Herrn Cruses seelischen Problemen machen und werde ihm einige Fragen stellen, die erfahrungsgemäß eine gute Orientierung brächten. Auf seinen Sachvortrag ging sie mit keiner Silbe ein.

-Schon wieder ein älterer weißer Mann, der mit der neuen Zeit nicht klarkommt.-

»Empfinden Sie Hassgefühle gegenüber Ihrem damaligen Schulleiter?«

»Nein, Verachtung. Er ist ein Mann ohne Ehre.«

»Nun ja, Ehre, meinen Sie nicht, dass dies ein überholter Begriff ist?«

»Nein.«

Sie wartete vergeblich auf eine Erläuterung.

»Wenn Sie sich etwas frei wünschen könnten, was, meinen Sie, würde Ihnen helfen?«

»Die Weltherrschaft.«

»Bitte?!«

»Die Herrschaft der Gerechtigkeit in einer freien Welt.« Und nach kurzer Pause: »Ach ja, natürlich, viel besser, wie dumm von mir, das instantane Verschwinden jeglichen Leidens im Universum.«

Oder noch besser, das instantane, schmerzlose Verschwinden des Universums für alle Zeit, dachte Cruse weiter. Zeit entsteht ja mit dem Universum, hm, wie formulieren ohne Zeitausdrücke, für immer, endgültig –

Die Therapeutin zieht es weiterhin vor, nicht auf seine Wünsche einzugehen. Sie holt ihn aus seinen Reflexionen und fragt:

»Wenn ich Sie richtig verstanden habe, halten Sie den PR-Vorsitzenden, dem Sie Tatenlosigkeit und einen gewissen Egoismus vorzuwerfen scheinen, eigentlich nicht für einen üblen Kerl?«

Tatenlos? dachte Cruse, feige! Und wenn ich mich nach Hanlon zwischen Dummheit und Böswilligkeit entscheiden müsste, – Laut sagte er:

»Er ist klug und illusionslos und hat genau durchschaut, wie's läuft. Und dann, Lücke erkannt und reingespielt.«

»Was heißt das für Sie?«

»Und sagte kein einziges Wort. Das ist es doch gerade, man kann auch durch sein Schweigen lügen. Mancher heult eben mit den Wölfen oder schweigt. Und ich wette, dass er der Nachfolgerin des Schulleiters dann einen Beförderungsvorschlag gemacht hat, den diese nicht ablehnen konnte.

Personalratsvorsitzender Michael Dräng ist ein sehr netter Mann, unbestritten. Hält durchaus humorvolle Reden und kann gut Gitarre spielen. Zur Verabschiedung Frommholts hatte er sogar ein Lied komponiert und vorgetragen. Selbst die jungen Lehrerinnen machten bei diesem Altherrenkindergartenkram mit. Seltsame Welt. Es hätte nur noch gefehlt, dass Dräng nach Kindermanier dem Übervater ein Bild gemalt hätte.«

»Sie vermuten auch, dass er zur Versorgung seiner Ehefrau und der Kinder so handelte, wie er handelte, also aus nachvollziehbaren Gründen, nicht wahr? Und bei ihren uninteressierten Kollegen und Kolleginnen sei es ähnlich?«

»Schließlich wären keine Männer in dunklen Kradmeldermänteln im Morgengrauen gekommen, um ihn abzuholen, wenn er als Personalratschef eine Personalversammlung einberufen hätte in einer Angelegenheit, die potentiell alle angeht. Und raten Sie mal, wer im Verhör völlig ehrlich wirkend zu dem israelischen Vernehmungsoffizier sagte: ›Glauben Sie mir, ich bin kein schlechter Mensch‹? Und, nein, bitte, ich setze Dräng keinesfalls mit Eichmann gleich. Ich zeige nur ein Extrembeispiel auf.«

»Meinen Sie, dass Sie verzeihen könnten?«

»Verzeihen? Sicher. Wenn die Betreffenden zuvor alles richtig stellen, die Wahrheit aussagen, aufklären, um Entschuldigung bitten, ja dann –«

»Ich empfehle Ihnen, sich realistische Ziele zu setzen!«

Die Therapeutin blickt kurz auf ihre vorbereiteten Notizen.

»Schildern Sie doch bitte noch eine Phantasie, Sie haben doch sicher Phantasievorstellungen.«

»Mir geht die Beweihräucherung bei den alljährlich wiederkehrenden Verabschiedungen auf den Keks. Auftritt der Jubelknechte. Mir ist schon klar, dass das bei solchen Anlässen üblich ist. Aber ich sage Ihnen, dass ich in all den Jahren kein einziges kritisches Wort bei einer Verabschiedung gehört habe. Keinen Mucks über die Bildungsbürokratie, den Schulträger, die sagen wir mal neutral Veränderungen in der Schülerschaft und Elternschaft in den Jahrzehnten des Dienstes, nix! Das ist doch nicht normal!«

»Ihre Phantasie.« Sie nickt ermunternd.

»Ich visualisiere, was man will, soll man doch visualisieren, allein dieses Wort bringt einen dem Ziele schon näher, ich visualisiere also eine Verabschiedung der anderen Art. Nicht zu dem verlogenen Gequatsche gute Miene machen zu müssen und war ja alles nicht so schlimm, nicht wie die Jubelknechte«.

»Beschreiben Sie doch mal diese Feier, wie Sie sich das wünschen.«

»Wir befinden uns also im Lehrerzimmer oder in der Aula, das übliche Blabla, der erste Fachschaftsvertreter beginnt. – Der Scheidende macht eine Geste, tritt ans Fenster, sieht in die Ferne, also tut so, als ob er in eine Ferne blicken könnte. – Die Leute lachen. Weiter geht das Wortgedudel.

Er tritt wieder ans Fenster, wird gefragt, warum.

»Ich erwarte jemanden. Mehrere.«

Erneut Heiterkeit. Die Leute erwarten eine einstudierte lustige Szene.

»Ich halte Ausschau nach einem Schiff.«

Wieder Gelächter. Unsicher fährt der aktuelle Sprecher fort, von seinem Blatt abzulesen.

Wieder zum Fenster – Ärgerliches Fragen.

»Ja natürlich, Ihr fragt Euch, was das soll. Nicht nur Ihr, sondern auch ich habe was vorbereitet. Wenn ich darf – die Fachschaftssprecherin macht eine bejahende Geste – also das geht so:

Ja, jetzt liegt es dort unten bereit, das Schiff mit acht Segeln und mit fünfzig Kanonen. Und hundert Mann treten an Land.«

Gelächter. Den ersten Deutschlehrern beginnt allerdings ein Licht aufzugehen.

»Eine spannende Geschichte. Ihr und dieses lumpige Lernkastell seid mittendrin. Ich verrate jetzt nur so viel: Gleich um Mittag wird es still sein im Saale und Ihr fragt Euch, was wohl geschehen soll. Und wenn dann der erste Kopf fällt, sage ich ›hoppla!‹

I hate every inch of you. That's what I have to tell: May you rot and burn in hell. «

Die Therapeutin blickt von ihren Notizen auf.

»Ich möchte Ihnen die Weisheitstherapie von Michael Linden vorschlagen. Diese Therapieform wurde gerade für so eine Verbitterungsstörung, wie sie bei Ihnen vorliegt, konzipiert.«

Die Therapeutin erläuterte ihre Diagnose.

»Der Verbitterte glaubt, als Positivposten den Stolz zu besitzen, das Bewusstsein der Sonderstellung, er sieht sich als moralisch guter Außenseiter von den niederen Anderen abgetrennt. In der Rechtspflege ist diese Symptomatik übrigens schon lange als Querulantentum bekannt.

Ich bin mir mit der Diagnose bereits jetzt fast sicher. Denn schauen Sie, nur Sie haben ein Problem, nicht wahr, für Ihre Kolleginnen und Kollegen ist alles in Ordnung. Die Störung, verstehen Sie?, das deviante Verhalten liegt nur bei Ihnen. Aber das ist therapierbar.

Wir werden gemeinsam erarbeiten, wie Sie verstehen lernen, warum die Personen, mit denen Sie in Konflikte geraten sind und die Ihre Erwartungen nicht erfüllt haben, so handelten.

Außerdem werden Sie lernen, aufkommende negative Gedanken zurückzuweisen.«

Sie zeigte ihm dazu einen Artikel von einer Max-Planck-Forschungsgruppe. Die fand heraus, dass, wenn eine Erinnerung an negativ empfundene Ereignisse aktiv unterdrückt wird, diese Erinnerung dann weniger lebhaft auftritt, ruft man sie erneut ab.

Cruse dachte kurz nach. Dann sagte er: »Wo viel Weisheit ist, da ist viel Grämens, und wer viel lernt, der muss viel leiden.«

»Im Laufe der Zeit werden Sie schon noch positivere Einstellungen entwickeln.«

»Entwicklungsfremdheit ist die Tiefe des Weisen.«

Die Therapeutin machte deutlich, Herr Cruse sitze hier nicht im philosophischen Seminar.

»Ja, sicher, sorry.« Und fährt jedoch fort: »Was die Verbitterung angeht, haben Sie verdammt recht. In den Nachrichten kam vor einiger Zeit das mit dem Urteil des höchsten Landesverwaltungsgerichtshofes zur Beförderungspraxis in einem Landesumweltministerium. In Stichworten: Völlig intransparent, nach Gutsherrenart, es gab keine Regelbeurteilungen als glaubhafte Basis für die Beförderungen. Da hatten sie einen Einspieler, wo eine erboste kleine Führungskraft in einer Stadtverwaltung darlegte, sie schreibe brav Regelbeurteilungen und die da oben hätten das ja offenbar nicht nötig. Der Fisch stinke bekanntlich vom Kopfe.

Bei uns Lehrern ist noch nicht einmal Angabe des Beobachtungszeitraumes nötig, auf dessen Grundlage die Beurteilung erstellt wurde! Jedes Mal, wenn ich wieder an diesen Beförderungsskandal höre, der immerhin zum Ministerrücktritt führte, wird meine Verbitterung noch ein wenig bitterer!«

Du musst schon guten Willen zeigen, dass sich Thekla nicht

spontan mit Dir verabredet, dem Frommholt nachts die Scheiben einzuschmeißen, davon ist wohl auszugehen, ermahnte Cruse sich selbst.

Er werde sich in Ruhe zu Hause über diese Therapie informieren und sich dann eine Meinung bilden.

Wenn nicht von außen etwas Positives kommt, sich die Umstände zum Bessern wenden, hilft der ganze Optimismus nichts. Captain of his soul hin oder her, Mandela blieb eingesperrt!

Ging eigentlich der semantische Bereich von *Optimismus* über den von *Dummheit + Verlogenheit* hinaus?

Positiv denken, vergeben und vergessen, realistisch sein, Plattitüden. War das nicht ganz banale Selbsttäuschung? Die bittere Niederlage konnte man weder leugnen noch wegtherapieren. Er hatte sich gewehrt und war mit wehender Fahne untergegangen. Eine Therapeutin ist keine Rechtsanwältin, klar, verstanden. Könnte er dahin gelangen, mit der Misere zu leben? Einer, zugegeben winzigen Teilmenge der Unheilbarkeit der Welt? I sitt stilla sinne sah Cruse ein, dass es auch für Psychologen Grenzen gab und versuchte, ein optimistisches Gesicht zu machen.

»Gut, erwiderte die Psychologin, in der nächsten Sitzung finden wir dann gemeinsam heraus, ob wir konstruktiv an Ihren Problemen arbeiten können. – Ich sage Ihnen jetzt schon einmal, dass Sie zu viel allein sind, mit sich und Ihren negativen Gedanken. Suchen Sie sich eine Sportart aus und gehen Sie in einen Verein.«

Sie gab dann quasi noch als Hausaufgabe auf, Cruse solle sich zusätzlich einmal mit Epiktets Lösung für den Verbitterten vertraut machen.

Der Blitzgescheite war der Cruse nicht. Das wusste er selber am besten und hatte schon in der Grundschule Ausgleichsstrategien entwickelt. Und er hatte schon mit Schnelldenkern zu tun gehabt, die schlicht und einfach elementare Fakten nicht kannten. Gar nicht so wenigen. Gab man ihm ein bisschen Zeit, dann arbeitete er sehr gründlich und umfassend und baute außerordentlich robuste Positionen auf. Das gusseiserne Gedächtnis kam ihm dabei zugute.

Herr Cruse trug also bei der nächsten Sitzung die Hausaufgabe vor. »Auswege aus der Verbitterung: Stoische Ataraxie. ›I care not‹.« Und fuhr fort:

»Ich bin kein einsiedlerischer Mönch, will nicht atáraktōs leben, und als Modell für unsere Gesellschaft taugt das ebenfalls nichts«, sagte Andreas, »also weiter«.

»›Nicht wer Dich schmäht oder schlägt, kränkt Dich, sondern nur die Vorstellung, dass Du gekränkt würdest. Reizt Dich einer, so bedenke, dass es Deine Vorstellung ist, die Dich reizt.‹ Nach Epiktet ist demnach die Kränkung nur meine Vorstellung von der Kränkung usw. Mich kränkt nicht der selbstgefällige, arrogante Schulleiter, sondern meine Vorstellung des selbstgefälligen, arroganten Schulleiters? Das ist doch nur ein Taschenspielertrick!

Dann gibt es den Zynismus: Sofort denk ich an die ach so mitfühlende Kollegin, ja sorry, die wurde schon mit 35 Lenzen OStR 'in, ich sei so zynisch geworden, das sei sooo schade.

-Der alte Dr. Habedank kam gar nicht auf die Idee, mir seine Praxisnachfolge anzubieten, nur weil ich eine Frau bin!-

Von meiner zynischen Außenseiterposition heraus sage ich die Wahrheit über in meinem Falle die machtvollen Vorgänge auf meiner Dienststelle. Ich komme allerdings vom Mars. Ich verstehe sie nur zu gut, doch sie verstehen mich nicht: *Ich bin nicht der Mund für diese Ohren.*«

Die Therapeutin macht Notizen und bedeutet, Cruse solle fortfahren.

»Hallo Michael Linden, wo bleibt bei Dir die Wahrheit? Die Gerechtigkeit? Auf der Strecke. Unerwähnt, unwichtig; Du betreibst Täterjustiz. Deiner Ansicht nach ist der Verbitterte selber schuld an seiner Lage.

Und war Simon Wiesenthal also ein Querulant?

Oder die Me-too-Frauen, alles bloß Verbitterte. Die Weisheit zu wissen, warum sie vergewaltigt wurden, heilt? So wisset denn und geneset.«

Die Therapeutin hatte beim Mee-too-Beispiel doch tatsächlich ein wenig gezuckt.

Dabei wusste Andreas eine nicht zu unterschätzende Autorität auf seiner Seite:

›Sprecht Ihr wirklich Recht, Ihr mächtigen Schulleiter? Richtet Ihr Eure Leute gerecht? Nein, Ihr schaltet auf Eurer Dienststelle nach Willkür, Eure Hände bahnen den Jasagern und Blendern den Weg.

Doch wenn er die Vergeltung sieht, freut sich der Gerechte.

Höre diese Worte, wer Ohren hat, zu hören!‹

›Dans quel mince décor se joue ce vaste jeu des haines.‹ Meinte schon der kleine Prinz, pardon, Vicomte.

Frommholt hatte gelogen, als er alles abstritt, und andere Mitspieler durch absichtliches Schweigen. Nach vorne blicken!

Mit Zeit und Lexikon, konnte Cruse auch Latein lesen. Ausreichend.

»*Mendacium est enuntiatio cum voluntate falsum enuntiandi*, zu ergänzen ist, und zu schweigen, um die Wahrheit zu verbergen, veritatem occultandi oder so.«

Andreas teilt der fragend blickenden Frau Kleifoot mit, was das auf Deutsch hieß.

»Die Lüge verwehrt den Zugang zur Wahrheit; und auch schlichte Aussagen können wahr sein. Und sie wirkt ansteckend auf das Umfeld. Immanuel Kant.«

Die würde das composite Zitat ohnehin nicht prüfen, da war er sich sicher.

Cruse kam leider einfach nicht aus dem Ethikseminar heraus.

Frau Kleifoot-Toholte und Herr Cruse waren sich schnell einig, dass eine gemeinsame gute Therapiearbeit wenig wahrscheinlich sei.

Ach ja, ob er sich das mit dem Sport überlegt habe?

»Ja. Schießsport.«

Die neue Zielscheibe hatte er selbst gebastelt. Nach dem Aufmalen der Ringe mit zu flüssiger roter Farbe sah das Ding ziemlich nach Red John aus. Aber das sagte er Thekla nicht.

Er stand eine geraume Weile draußen vor der Tür auf dem Gehsteig. »Was nun«, fragte er, »was meinst Du, Odysseus? Wie? Nicht so schnell, bitte. Ah, verstehe, Logbucheintrag Gesang 21, 401.«

Und mit der rechten Hand versucht' er die Senne des Bogen; Lieblich tönte die Senne, und hell wie die Stimme der Schwalbe.

»Da sind wir uns über die Jahrtausende hinweg nahe«, sprach ο κύριος Ανδρέας ins Jenseits. Aber wenn man mit der Formel die Spannkraft für eine Frequenz von 4000 Hz Gezwitscher rechnete, kamen absurd hohe Werte für die Spannkraft T heraus; f geht im Quadrat ein. Meine schwingende Sehne, wieviel mögen das sein, 250 Hz? Mal 'nen Klavierbauer fragen, ging es dem Hobbyphysiker durch den Kopf.

Dann holte er wieder die Visitenkarte hervor. Drehte sie herum und herum. Konnte er die Karte als Joker einsetzen?

Silke Müller. Fachärztin für Neurologie und Psychiatrie. Psychotherapeutin. Termine nach Vereinbarung.

Und mal wieder ein kleiner Glücksfall.

»Kannst mir mal helfen. Und ich hab mit Dir was zu besprechen.«

Orchideen umtopfen. Andreas mochte diese Pflanzen nicht bzw. nicht die Arbeit, die sie machten. Es half aber nichts. Also erst mal jede vorsichtig, bloß nix abbrechen, aus dem blöden Substrat nehmen, richtige normale Blumenerde taugte ja nicht für Orchideen.

»Soll ich die toten Wurzeln abschneiden?«

»Die knipsen wir ganz vorsichtig heraus.«

»Und diese ledrigtrockenen Blätter, auch abknipsen?«

»Nein, wir warten, bis die sich ganz leicht von Hand herauslösen lassen.«

Vorsichtig wieder einsetzen und noch vorsichtiger frisches Substrat einfüllen.

»Und jetzt setzen wir die alle in die großen Schalen und füllen Wasser auf, nicht?«

»Nein, nicht, wenn sie frisch umgetopft sind. Du sprühst die Blätter ein. Orchideen nehmen Wasser in den Ursprungsländern hauptsächlich durch Nebel auf. Nein, nicht die Blüten einsprühen. Und nicht ins Herz sprühen.«

»Ich stell mir keine ans Fenster. Ach ja, zuviel Sonne mögen die ja ohnehin nicht. Keine Pflanzen für mich«, urteilte Andreas.

»Die Oma hat Dir doch damals die Wiesengrundstücke *An der Goorbeeke* geschenkt. Waren ja fast nichts wert. Und das ändert sich gerade. Ich kriege ständig Anfragen aus dem Ort, ob wir die nicht als Bauerwartungsland verkaufen würden. Das wird das neue Baugebiet. Was meinst Du?«

»Und wenn ich die behalte? Eigentlich ist das ja 'ne tolle Wohnlage.«

»Dann musst Du die Erschließungskosten tragen.«

Es klopft am Fenster.

»Ah, mein Freund Abraxas, er will sein Futter. Andreas, 'nen kleinen Augenblick, ich muss just den Raben ihr Futter rausstellen. Sind drei Stück. Die gehören wohl zusammen. Bin gleich wieder da.«

Andreas beobachtet vom Fenster aus, wie sein Onkel mit vorsichtigen, ganz kleinen Schritten, drei Näpfchen balancierend zur Mitte der Rasenfläche ruckelt. Die Vögel weichen ein paar Meter zurück, fliegen aber nicht fort. Kaum hat er die Näpfe abgestellt und sich ein wenig zurückgezogen, hüpfen sie auf ihr Futter zu.

»Ja, meine Raben erkennen mich, sie wissen, dass ich ihnen nichts tue. Die bleiben aber vorsichtig.«

Das sind Rabenkrähen, zu klein für Raben, denkt Andreas. Laut sagt er: »Und wie heißen die beiden anderen?«

»Ach, die sind alle Abraxasse.«

»Also Erschließungskosten, was käm denn da auf mich zu?«

»Mehr, als Du auf der hohen Kante haben kannst. Komm, Händewaschen, ich setze Teewasser auf, gibt noch 'n Stück Bienenstich für jeden, ich hätte da einen Vorschlag. Landbesitz ist bekanntlich durch nichts zu ersetzen außer durch noch mehr Landbesitz. Wenn Du ein einziges erschlossenes Baugrundstück verkaufst, kannst Du mir leicht das Privatdarlehen zurückzahlen. Und die anderen behalten. Die werden im Wert steigen. Lass uns mal in aller Ruhe ein bisschen rechnen.«

Und also geschah es. *Nach Golde drängt, am Golde hängt, doch alles.*

»Is noch was?«

»Du hast ein Diplom und ein zweites Staatsexamen, warst im Ausland. Zeig mal mehr Selbstbewusstsein!«

Beide dachten daran, dass Andreas eigentlich auch sehr gerne promoviert hätte, was die familiäre Katastrophe jedoch verhindert hatte.

»Das sagt sich so leicht. Und selbst für ein Jodeldiplom bekommt man mehr Anerkennung.«

»Was ist eigentlich mit Deiner Kollegin, die mal hier war. Die mir so schön bei den Weihnachtsgestecken geholfen hat. Und die verstand etwas von Gartenplanung. Sichtachsen, Licht und Schatten, die Sonnenbahn, und die Änderungen im Lauf der Jahreszeiten.

Ja, Architektur, Innen- Gebäude-, Garten- und Landschafts- war Elaines Leidenschaft. Andreas wusste das.

»Ach ja. Du warst da mit diesem Weihnachtsgesteck angekommen und hast in einem komischen Dialekt was zu ihr gesagt.«

»Komischer Dialekt? Versta je geen Hollands meer?«

»Das war geen Hollands, ganz seltsam.«

»Ach so. ›Nemt, frouwe, disen kranz! also sprich' ich z'einer wol getânen maget.‹«

»Und? Hat's das gebracht?« Andreas zuckte nur die Achseln.

»Wirklich eine ganz patente Frau. Und gutaussehend! Du wirst auch nicht jünger.«

»Die mich machet witze âne. Tolle Frau, durchaus. περίφρων. Maar verdwenen. Spoorloos verdwenen. So ist das wohl mit der Traumliebe.«

Ein politisches Wochenende

»Nein, die Punkte bleiben auf den Luftballons, also, Ihr habt anhand der aufgemalten Punkte gesehen, das Hubblesche Gesetz muss gelten. Legt, legt die entspannten Ballons, – wehrt einen auf ihn zusteuernden Flugkörper ungeschickt ab – dann sammelt sie jetzt auch bitte wieder auf!« Das geschieht. Brav.

»Überlassen wir das Universum mal für heute seiner rätselhaften Expansion.«

»Es ist höchste Zeit für das Freitagsumweltgebet.« Gestützt auf das 100 cm Zebrastreifenholzlineal verkündete Andreas den 10er—Griechen. »Freuet Euch, denn in Polen ist Euch die Greta erschienen. Merket auf und lauscht.« Und ab geht YouTube. Nochmal anhören.

Die Resonanz ist dünn, sehr dünn. Tee ist dünn, also schwach.

»Aller guten Dinge sind drei, Papier und Stift, key words mitschreiben, Mann, muss ich das denn immer wieder sagen?«

Wieder abspielen.

»Habt Ihr, ja, noch aus dem Gedächtnis, jetzt solltet Ihr aber, okay.«

Es klingelt und alles rennet, rettet, flüchtet.

»Nee nee nee nee! – er teilt schnell die Kopien aus – Hausaufgabe: Doch, das muss sein. Ihr sollt, bitte, s'wär echt lieb von Euch – er mochte die Truppe, auch wenn er sie gelegentlich Gurkentruppe schalt, und die Gurkentruppe mochte ihn wohl auch – mit modernsten Methoden unter Einsatz von KI diesen Antigretatext aus dem Internetz übersetzen und natürlich kritisch kommentieren.«

Er wackelt mahnend gegenläufig mit Haupt und Index: »Europaschule, Europa der Vielfalt, Europa der Sprachen. Und Eure Zukunft.«

Mädchen wimmern voll bekümmert. Oder protestieren lauthals.

»Ey Leute«, Gesa mit den Stahlarbeiterstiefeln hat's schon geschnallt, »Wir sollen den Google-Übersetzer nutzen, das is alles.«

Brief an Greta

›Hej Greta,

jag heter Christian och är lärare för naturvetenskap. Jag svarar på din åklagelse mot oss äldre:

För det första förtjänar Du naturligtvis stor respekt för din insats, tvivelsutan.

För det andra:

Vi alla är barn. Jag också. Min generation. Födda in ömständigheter och förhållanden, som vi icke valde och vilka vi, barnen, kunde inte ändra, måste acceptera. Vänjade oss vid. Punkt.

Nu vill jag tala om din generation, ur min sikt.

En tionde klass, et slags elitklass, eftersom de hinner med fyra års lärostoff i tre. Jag lät dem lyssna till och se din UN klimatal på you tube. Engelskan din går ju bra att förstå, no problem för eliten.

Två kicklade varandra. Två, tre andra sysslade under bordet med något, andra småpratade och lyssnade påtagligt icke.

Hej, de är av din generation, fjorton femton år gammal. Okej, den största delen var uppmerksam.

En flicka påpekade, om man bara en dag i veckan inte åt kött, så motsvarade det t. e. en inbesparing av en stor mängd bränsle, undvikande av metanutveckling osv. Du vet, att 4/5 av resourcerna är slösade bort och man skulle bättre äta grönsakerna direkt. Bortsett från djuretiska frågor osv.

Men nästa snillen stod upp och förkunnade leende, att man skulle icke oroa sig om den där vegetarismen eftersom det stod jo i bibeln att djuren var skapade av gud för att tjäna som föda så att människorna skulle och torde njuta av dem. Tja, om det står i bibeln kan man säga nix emot, eller hur?

Och alla båda menade det allvarligt!

Har inte unga människor också ett visst mått av ansvarighet? För sin lilla värld?

Allt detta vrålande och skrikande inomhus i skolhuset, lärare, handverkare, städerskor som måste klättra över slåssande barn på golvet; i strålande solskenet blir ljuset på korridorerna blixtsnabbt tänt igen när en vuxen har precis släckt det; vinduer som de öppnade för att halloa och kasta snöboll lämnar man förstås öppna vid minusgrader; all den söppel på golvet efter enbart en, två timmars undervisning, nej, det var inte jag, är inte min, jag har städat, varför skulle JAG hjälpa dem andra? Helst sitta och pladdra.

För mig är allt detta ett tecken av icke-ansvarighet i vardag.

Allt hänger med allt ihop, doesn't it?

Jag är ju ett slags yrkresmässig influencer.

Är ni snälla och löp icke omkring med den bristliga spetsen på era pasteurglaspipetter uppåt vänd, ja? Ni måste veta, kära ni, att antalet ögonen är begränsat, era ögon är en mycket känslig resurs, ja? Nej, tomma blickar.

Jag är den dåligaste influencer som jag känner till.

Och giv akt att inte tappa bort smådelarna för modellfordonen på golvet. Om inte, så kan de följande generationerna av elever inte längre bygga dessa fordon, ja? Nej, tomma blickar.

Jag är den sämste influencer som jag känner till.

Trorru verkligen att de elaka vuxna instruerar sina barn så här: se till, om den dumma spoil sporten, den där tråkige naturvetenskapsläraren inte ger akt, att ströa de viktigaste smådelar på golvet; och glöm inte att springa bort sen skrikande, med den bristliga spetsen på din pasteurglaspipett uppåt vänd, ja?

Att de elaka vuxna instruerar sina barn: undvik sorterandet, blanda ihop alla sorters söppel och avfall om återvinbar eller ej, ja, kasta begagnade pappersnäsdukar i korgen för returpapper, halv uppätna frukt i korgen för plastförpackningar, right so! Och slösa alltid bort kraftigt med energin, din lille slyngel!

Se till att städerskorna kan sopa ihop en massa av linealer, pennor, lunchboxar, radergummi, plastflaskor – tjufem cent pant spelar ingen roll – kläder! Mössor, sjalar, handskar, jackor varje vecka, så att vaktmästaren kan slänga den och vi kan köpa nytt efemärt krafs från Kina.

Jag är den dåligaste influencer som jag känner till. Och tror, att barnen och ungdomarna beter sig som beskrivet ur sin fria vilja, så fri som viljan bara kan vara!

Men, kanske beter sig ungdomarna i Sveas Rike icke så?

I, världens ungdomar, som samlen biljoner av triviala digitala bilder, visande er pizzatuggande, skicken oräkneligt många betydelslösa meddelanden att I förtären just nu en pizza, leken absurda datorspel på ständigt prestationsdugligare spelkonsoler –

Veten I ej att era high performance grejer behöver sällsynta jordartsmetaller i sina datorchips, metaller från konfliktmineralier som gräves ur jorden av sklaver, som bevakas av barnsoldater, som är lydiga mot warlords? Allt hänger med allt ihop.

Hemuppgift: räkna ut inbesparingen av den elektriska energin bara om det tog slut med den just beskriven lyx live stylen.

Inte så många av er är väl akutläkare som behöver super skarpa bilder i real time för att giva skjukvårdarna femtio mil borta anvisningar för att rädda liv?

Er verkligen viktig kommunikation ginge ock med en gammal erikson mobil så en som farfarbroren har?

Jag är den sämste influencer – but methinks that I have mentioned that before.

Men Du är populär! Det är du, som bestämmer! Så mycket finns att göra yourself and right now, oberonde av politikerna!

Ett förslag: först tar Du Sverige, nämligen dra försorg om

starkt reduktion av kött och mjölkprodukter i svenskarnas föda, bara en gång i veckan, slut på drickar i aluminiumburkar, onödiga plastförpackninger, kokosoljakosmetika? Det räcker med två blåvitt från konsum. No more nöjesshopping, kläder som man har på sig bara tre, fyra veckor, det går rätt bra med myrorna och begagnade militärcyklar, de goda gamla, men skämt åsida, I still have a dream of Sweden; and Lidl go home to Tyskland.

Sen tar Du Norge. Om jag får bedja dig, apropå Norge, om Du sysslar ändå med detta granland, be dem att sluta på slakta valar, är Du snäll.

Och sedan Danmark, Färöarna spelar ingen rol bortsett från valmord igen.

Under de sista åren var Skandinaverna med dryggt en miljon resenärer nummer tre efter Tyskland och Great Britain på de baleariska öarna ... de åkte väl inte tåg? Så mycket finns att göra yourself and right now, oberonde av politikerna.

Again: dra nytta av din popularitet! Tillgodogör dig av konsumen-
ternas marknadsmakt!

Mina förslag är så, att var och en kan personligen prestera varje
dag ett bidrag till världens räddning. Jag skämtar absolut inte.

Och sedan, när alla miljonerna som följer dig skall har redan
åstadkommit att det går icke längre t.e. att sälja, göra profit med
icke sustainable produkter, miljonerna som har ändrat sina liv, vil-
ken trovärdighet kommer din rörelse att stråla ut! Sen tar Du itu
med politikerna. Then you take Berlin. Oh Leonard.

Vem som är ingen revolutionär med arton har inget hjärta; och
vem som är revolutionär med trettio har inget förstånd.

Hej då

Christian‹

Selbstverständlich hatte Andreas sich anhand einiger Abschnitte
vergewissert, dass die Maschinenübersetzung verständlich war.

All dieses Gebrüll und Geschrei im Inneren des Schulhauses, Lehrer, Handwerker, Reinigungskräfte, die über kämpfende Kinder
auf dem Boden klettern müssen; bei strahlendem Sonnenschein
geht das Licht in den Fluren blitzschnell wieder an, wenn ein Erwachsener es gerade ausgeschaltet hat; Fenster, die man zum Begrü-
ßen und Schneeballwerfen öffnete, bleiben bei eisigen Temperaturen natürlich offen; Der ganze Müll auf dem Boden nach nur einer,
zwei Unterrichtsstunden, nein, das war nicht ich, ist nicht meiner,
ich habe geputzt, warum sollte ich den anderen helfen? Am besten
sitzen und plaudern.

Ich bin eine Art professioneller Influencer. Bitte laufen Sie nicht
mit der dünnen Spitze Ihrer Pasteur-Glaspipetten herum, okay? Ihr
müsst wissen, meine Lieben, dass die Anzahl der Augen begrenzt
ist, eure Augen sind eine sehr empfindliche Ressource, nicht wahr?
Nein, leere Blicke. Ich bin der schlechteste Influencer, den ich kenne.
Und achten Sie darauf, dass die Kleinteile für die Modellfahrzeuge
nicht auf dem Boden verloren gehen. Wenn nicht, dann können die
nachfolgenden Generationen von Studenten diese Fahrzeuge nicht

mehr bauen, oder? Nein, leere Blicke. Ich bin der schlechteste Influencer, den ich kenne.

Glauben Sie wirklich, dass die bösen Erwachsenen ihre Kinder folgendermaßen anweisen: Stellen Sie sicher, dass, wenn der dumme Spielverderber, dieser langweilige Naturwissenschaftslehrer nicht darauf achtet, die wichtigsten Kleinteile auf dem Boden verstreut werden; Und vergessen Sie nicht, schreiend davonzulaufen, mit der dünnen Spitze Ihrer Pasteur-Glaspipette nach oben, ja? Dass die gemeinen Erwachsenen ihre Kinder anweisen: Vermeiden Sie das Sortieren, mischen Sie alle Arten von Müll und Abfällen, ob recycelbar oder nicht, ja, werfen Sie gebrauchte Taschentücher in die Recyclingtonne, halb aufgegessenes Obst in die Plastikverpackungstonne, richtig so! Und verschwende immer viel Energie, Du kleiner Schlingel! Stellen Sie sicher, dass die Reinigungskräfte viele Lineale, Bleistifte, Brotdosen, Radiergummis, Plastikflaschen – zwanzig Cent Pfand spielen keine Rolle – Kleidung aufkehren können! Jede Woche Hüte, Schals, Handschuhe, Jacken, damit der Hausmeister sie wegwerfen und wir neuen, vergänglichen Mist aus China kaufen können.

Ihr, die Jugend dieser Welt, die Billionen trivialer digitaler Bilder angesammelt hat, die euch beim Pizzakauen zeigen, unzählige bedeutungslose Nachrichten posten, dass ihr gerade eine Pizza verschlingt, die absurde Computerspiele auf immer leistungsfähigeren Spielekonsolen spielen – Wussten Sie nicht, dass Ihre Hochleistungsgeräte Seltenerdmetalle in ihren Computerchips benötigen, Metalle aus Konfliktmineralien, die von Sklaven aus der Erde gegraben, von Kindersoldaten bewacht, die Warlords gehorsam sind? Alles ist mit allem verbunden. Hausaufgabe: Berechnen Sie die Einsparung elektrischer Energie nur dann, wenn diese mit dem gerade beschriebenen luxuriösen Lebensstil ausgeht. Nicht viele von Ihnen sind Notärzte, die in Echtzeit superscharfe Bilder benötigen, um Sanitätern in einer Entfernung von fünfzig Meilen Anweisungen zu geben, um Leben zu retten? Ihre wirklich wichtige Kommunikation ging auch mit einem alten Erikson-Handy, wie es der Großonkel hat? Ich bin der schlechteste Influencer – aber ich glaube, das habe ich schon einmal erwähnt. Aber Du bist beliebt! Sie entscheiden! Es gibt selbst und gerade jetzt so viel zu tun, unabhängig von der Politik!

Nicht nur verständlich, sondern verblüffend gut! Sogar offensichtliche Buchstabendreher und Tippfehler wurden richtig interpretiert.

Also nächste Woche mal hören, was Gretas eigene Generation dazu zu sagen hatte. Er fand immer wieder bestätigt, dass die Menschen kein Erkenntnis-, sondern ein Umsetzungsproblem hatten. Zumindest in der westlichen Welt.

›Na hör'n Sie mal! Wie soll ich denn den Blinker betätigen, vielleicht etwa noch beim Kreiselfahren, wenn ich doch dauernd am Handy rumfummeln muss! Das sehen Sie doch! Also Leute gibt's!‹

Dann stellte er sich vor, er würde die Fensterscheiben eines Parteibüros der Grünen mit Apfelkompott, vegan! beschmeißen, und, zur Rede gestellt antworten, nun, das sei doch offensichtlich, er schütze natürlich das Klima!

Solche Schüler wünscht man sich!

Fassungslos breitete Andreas die Arme aus. »Unglaublich« murmelte er immer wieder. »Dass ich das erleben darf!« Er saß noch über der Co-Korrektur der letzten Physik-LK-Abiarbeit. Moritz Schwartzmann hatte er sich bis zuletzt aufgehoben. Andreas hatte ihn schon in der Mittelstufe gehabt. Die beiden hatten sich gut verstanden. Das heißt, der Schüler hatte den Lehrer geistig ganz schön auf Trab gehalten. Wenn der Lichtweg immer umkehrbar sei, woher wisse der Lichtstrahl, der genau an der Grenzfläche entlang losgeschickt werde denn, wo er ins dichtere Medium abknicken müsse? Hm.

Moritz war natürlich in der Physik-und-Mathematik-AG, auf der Grundlage des Klettheftchens. Warum sollte man das nicht nutzen? Versteht sich, dass Krier die AG mit beißendem Spott überschüttet hatte. Doch Andreas war schon selbstbewusster geworden. Sollte der das erst einmal besser machen.

Ihm war dazu etwas eingefallen. Die Kontroverse um den *Karlsruher Physikkurs*. Er hielt bei passender Gelegenheit dem Krier eine Spiralfeder vor die Nase und hängte ein Massenstück daran. »Ach, wissen Sie, Herr Krier, da streiten sich drei Dutzend veritable Physikprofessoren darum, ob in solch einer Feder nun ein Impulsstrom ungleich null vorliegt oder nicht und werfen sich dabei gegenseitig elementare mathematische Fehler vor. Und können sich nicht einigen! Wenn mir als Hobbyphysiker da mal in meiner AG ein Fehlerchen unterlaufen sollte, mach ich mir keinen Kopp drum!«

Der junge Herr Moritz also wusste schon in der 11, was eine Stammfunktion und ein Integral ist und wie man diese ermittelt.

»Überprüf doch einmal, ob diese Passage beim Pynchon physikalisch korrekt ist. So'n 5 Minuten Kurzreferat, ja?«

Der Lehrer blättert und sucht die Stelle aus *Gravity's Rainbow*. » Doppelintegral, Doppelintegral ... *But in the dynamic space of the living Rocket.* Genau, dies hier: *The moving vehicle is frozen, in space, to become architecture, and timeless. It was never launched. It will never fall.*«

In der folgenden Physikstunde trägt Moritz vor. Richtig, von der Beschleunigung komme man durch Integration über die Zeit zur Geschwindigkeit und durch eine weitere zum zurückgelegten Weg. Das werde jedoch nicht durch ein Doppelintegral beschrieben. Das sei ein Bereichsintegral zur Volumenberechnung. Aber der Thomas Pynthon habe das wohl unbedingt so drehen wollen, dass die s-förmigen Doppeltunnel mit dem Raketenflug in Verbindung stünden.

Die Zeit falle nicht einfach so weg, sondern durch die Integration über die Zeit bekomme man die ständige Änderung (*rate of change*, eben die Ableitungen nach der Zeit) erst in den Griff. Die Rakete stehe doch nicht still, sondern sei zu jedem Augenblick woanders.

»Aber das ist eben ein Roman«, meinte Moritz lapidar. »N' bisschen wie bei Harry Potter, 'n Zauberspruch *duplex integratione immobilis* und alles steht still. Aber doch irgendwie 'ne originelle Idee.«

Moritz hatte noch darauf hingewiesen, dass Regenbögen kreisförmig seien, genauer gesagt, sie bestünden aus verschiedenfarbigen konzentrischen Kreisringen. Und vor allem jedoch sei bei diesem schiefen Wurf wegen der Luftreibung proportional zu v hoch n die Flugbahn der V2 eben keine hübsche, symmetrische, simple Parabel, sondern eine hübsch asymmetrische, ballistische Kurve.

Ah, dazu lag der *Gerthsen* auf dem Tisch; auch der wurde immer dicker. Tänkte Andreas Cruse.

Moritz legt eine Folie mit Parabel und tatsächlicher Flugbahn auf. So gehört sich das!

Das große Ding sei mit ca. Mach 5 geflogen. Also Newtonsche Reibung, mit n gleich oder sogar größer 2. »Selbst bei n = 2 sind die Integrale nicht geschlossen ausführbar«, liest Moritz vor.

Gott, habe Einstein gemeint, integriere empirisch.

Zwischenfrage aus der Klasse. Gut, nicht alles schläft. Na ja, eine Formel wie unser s gleich einhalb a t Quadrat gebe es nicht. Aber in der Natur laufe der Vorgang einfach ab.

Wir müssten dann z.B. mit dem numerischen Verfahren von Runge-Kutta und z.B. Excel ran, was ja auch im Klettheft beschrieben sei.

Und Interkontinentalraketen fliegen auf Ellipsen, war das nicht so?, dachte Andreas. Ellipse, Kreis, Parabel, alles Kegelschnitte, immerhin. Die Kegelschnitte Gottes.

Gott; kannte Gott alle Stellen von π?, fragte sich Andreas wieder. John F. Neumann hatte schon als Schüler gescherzt, der allmächtige Gott könne einen Stein erschaffen, der so schwer sei, dass ER ihn nicht hochheben könne. Oder konnte ER den gerade nicht erschaffen?

Moritz schloss überraschend: In einem richtigen Fantasyroman würden sich aber die Helden dann auf die Suche nach einem Planeten machen, auf dem die Flugbahnen perfekte Parabeln seien. Aber die Sexszenen in dem Buch von Python seien schon echt spacey.

In der AG hatten sie dann Bällchen abgeschossen, Federspannenergie ungefähr gleich kinetischer Energie des Balles usw. usw. und die Bahn versucht, zu berechnen. Ist die Mechanik auch nicht mehr das Rückgrat der Theoretischen Physik, ist sie doch eine bunte und anschauliche Spielwiese der Schulphysik.

Zu Cruses Bedauern wechselte Moritz noch in der 11 aus Cruses Physikgrundkurs, der ein gutes Niveau hatte, klar, saßen etliche Griechen drin und die waren es gewöhnt, sich durch Lernstoff durchzufräsen, in den Leistungskurs. Ein Verlust, aber natürlich eine sehr verständliche Umwahl. Und was machte der Knallkopp nach dem Abi? Nahm ein Jurastudium auf. Was für eine Verschwendung. Dachte Herr Cruse.

Cruse hatte sich mit dem Aufgabensteller der Abiarbeit schnell geeinigt, dass man nicht etwa vergessen habe, den Winkel ⬚ anzugeben, sondern dass dies eben Anforderungsbereich III sei.

Bis auf Schwartzmann war keiner auch nur in die Nähe einer Lösung gekommen. Der hatte die Endformel mit den Werten und alpha als Variable hingeschrieben. Einen physikalisch und apparativ sinnvollen Wertebereich für alpha abgeschätzt und dann noch den Graphen im Diagramm über alpha skizziert. Groß-ar-tig. Trotz der Schluderei zu Beginn von Aufgabenteil 1 gibt es 15 Points!

Frau Dr. Schwartzmann war Physikprofessorin, das war aber auch kein Wunder bei diesem Sohn.

So, Montag ist Ausgleichstag, also schulfrei, langes Wochenende. Den Kram für die vier Stündchen am Dienstag hatte er auch schon so gut wie fertig. Für die Kleinen stand ein sehr komplexes Projekt an. Die Leichtlaufmotörchen mit elektrischer Energie aus den kleinen Solarpanels zum Laufen zu bringen. Man geht ja auch bei den Energiequellen mit der Zeit. Ganz modern. Es war beständiges, sonniges Wetter angesagt. Spiegel zum eventuellen Umlenken hatte er aus dem 1 Euro Shop in hinreichender Anzahl besorgt. Demnächst dann die Schülerversuche zur Fliegerei aus dem alten NuT Band 2 von Velhagen und Clasing. Propeller an die kleinen Elektromotoren, die sollten dann ja fix laufen, und statt Kerzen nehmen wir die Räucherstäbchen, um den Luftstrom sichtbar zu machen. Nach der 4. Stunde wird der Raum nicht mehr bespielt, da kann's ruhig etwas aufdringlich parfümiert riechen.

Die 13er in Chemie bauen mir die Pendel aus kurzen Glasröhren, Neodymmagneten und Mangansulfat, kann man dann nächstes Jahr gleich im SV so einsetzten. Magnetismus ohne Eisen, Kobalt, Nickel, denk mal einer an! Der Neodymmagneten war ja nur einfaches Mittel zum Zweck.

Und solche nicht. Die Faulpuckel aus der 9! »Ihr schreibt mir den gleichen Test noch mal!« Andreas war richtig wütend. Haarklein, aber schon härchenfein hatte er die Aufgaben besprochen und zur Sicherheit das Wichtigste plus die Zahlenwerte der Lösungen als Kopie ausgegeben.

Ach Du unser holder Wagenschein! War Andreas exemplarisch punktuell mit Kombinationen von Spiralfedern beim Hookeschen Gesetz ein bisschen ins Tiefere gegangen. Ist wegen der Widerstände in Reihe und parallel später in E-Lehre auch ganz hübsch. Hübsch andersrum. Wegen der Begriffsstutzigkeit der musischen 9er hatte er schon zu viel Unterrichtszeit investiert, das musste einfach eine schriftliche Note einbringen.

»Heult Eurem Mathelehrer meinetwegen was vor, der hat Euch aber schon vor Jahren erklärt, was ein Kehrwert für ein Ding sei. Auf mich wolltet Ihr ja um's Verrecken nicht hören!« Erbost predigte Andreas der Wand vor ihm.

So, Hausaufgaben fertig!

Medien, Religion und Politik

Im Kulturradio auf dem Weg in die große Kreisstadt hörte Andreas schon die Livesendung über den *Jahrmarkt der Kulturen*. Sogar einen Ü-Wagen hatte der Landessender aufgestellt.

Während der Interimspladdermusik drehte er leise.

Heiß war es im Auto. Der alte Benz hatte ja nur die Klimaanlage zum Kurbeln. Die Hitze machte müde. An der Fußgängerampel *Am Neuen Markt* musste er anhalten. *Neuer Markt*, in diesem Kaff, klingt so nach Börse und Startup. Drei junge Frauen, schwanger und Kinderwagen schiebend.

Pram kommt von Perambulator, vom Perambulator zum Rollator, dette å vrenge ut av seg en unge, till tross for jordas jamrende milliarder, knyll ihop fler konsumenter, klar, wieder grün, aber die letzte kommt mit dem Kinderwagen den Bordstein nicht rauf, schimpft vor sich hin. Kotenwagen, Kotenbeis, eat my bais. Nativitati cum mortalitate. Eine sexuell übertragbare, tödliche Krankheit mit fünf Buchstaben? Leben. Death is a dept to nature due, I've paid the price and so must you.

Hinter ihm hupte es. Sorry, ich fahr ja schon. Optimistisch sein. Positiv denken. Und wieder lauter drehen.

Gerade liefen Ausschnitte eines Gesprächs mit Herrn Kermani vom letzten Jahr.

»Ich habe es an anderer Stelle schon gesagt«, sagte der, »und es ist immer wieder amüsant zu sehen, was sich gewisse Leute so angelesen haben, deren Surenpingpong spiele ich aber nicht mit. Das ist meinem Glauben unangemessen.«

»Ich hab schon deutsche Muttersprachautoren gehört, die stammeln ihre holpernden kurzen Sätzchen ins Mikro, der spricht wirklich perfekt, fehlerfrei, druckreif, und lange, lange Phrasen. Unglaublich. Ich kann nicht, dass ich Farsi Buchstaben schlage. Rostami, war doch so, man sagt üblicherweise *harf zadan* statt *goftan*? Wo die wohl alle sind, der schöne Ali und die schöne Şêrîn?«, sprach Andreas zu sich selbst.

»Dr. habil., Dr. h.c., Polypreisträger, sieht auch noch gut aus, der Kerl«, murmelte Andreas.

Kermani erzählt ruhig vor sich hin, der Interviewer hört auch gerne zu, die Großmutter, der Qur'an.

Andreas sitzt wieder einsam und verlassen da.

»Mensch, Ralf Mälzer, sach wat! Sag dem, er soll nich so rumeiern, meine Oma war die beste, der beste Mensch, nicht, weil sie Muslima war, nur so der beste Mensch, und die beste Muslima, also vielleicht doch und so weiter ad infinitum. Dann lass es doch raus, Navid, sprich mir nach: Meine Omma war der beste Mensch, weil sie Muslima war.

Ja, und qur'an-e kerime-ye to, die Haddstrafen hätten schon ihre Richtigkeit, meinst Du?

War es nicht so, dass gar nicht explizit gesagt wird, worin dieser *Ausweg* besteht? Oh Du Aqa-ye Doktor Navid, der Du so sehr klug und gebildet bist, 'ne ordentliche Portion *iǧtihād* ist nicht drin, wa? Das Tor des *iǧtihād* ist seit Jahrhunderten verrammelt.

Dr. phil. Mälzer, Du hast doch Philosophie studiert, warum lässt Du Dich so kritiklos berieseln vom kermanischen Wohlklang?«

Aber Andreas' Sprechakt bleibt wirkungslos. Ralf Mälzer fällt nix auf. »Und nun wollen wir über Ihr neuestes Buch sprechen.«

Würg. Radio aus! Islamophob? In der Tat lapidatiophob und dekapitierungsphob.

Auf der Bühne vor dem Ü-Wagen agierte eine wohldefinierte blonde, junge Moderatorin in blendender Laune und mit ausgezeichnetem politischen Bewusstsein. Nein, nicht Carmen Thomas. Den herumfliegenden Flyern zufolge, die erwartungsgemäß bereits zur merklichen Vermüllung des Terrains beitrugen, war es die Uli Zimmermann. Die Uli nickte immer wieder empathisch zum Bericht eines jungen, dunkelhaarigen Mannes mit dunklem Teint, der von seinen erlittenen Behinderungen durch das deutsche Schulsystem und dann dem harten Leben seines türkischen Großvaters als sogenannter Gastarbeiter in Deutschland erzählte.

Von seinen Gefühlen habe der aber nie gesprochen.

Andreas Gedanken schweiften zur eigenen Familie. Sein Opa musste in den Kaukasus reisen, aber was er in Schytomyr erlebte und in Charkow sah und fühlte, darüber hatte der auch nie gesprochen. Nur wie gepflegt alles in Jessentuki war und wie adrett und ordentlich die Konservatoriumsschüler in Kislowodsk ausgesehen hatten, das war der gesamte Bericht. »Da! sagte der lungenkranke Greis dann, zusammensackend und die Hände auf die Oberschenkel schlagend, »und schon krieg ich keine Luft mehr.«

Mein rückgratloser Vater wurde durch die Diktatur geprägt, und ich bin eigentlich auch ein epigenetischer Kriegsenkel, dachte Andreas.

Oft hatte er als Kind bei Oma und Großtante in der Stube gesessen.

Kein Licht anmachen, wegen der Tiefflieger.

Immer die gleichen Geschichten. Nachhauseweg von *Ruhrstahl*, den Bahndamm entlang. Beides beliebte Angriffsziele. Und erst die Eisenbahnbrücke! Lauschen, Beobachten, Hinschmeißen, Weiterlaufen.

Die alten Leute ängstigten den Jungen damit, dass einer der grünen army lorries – Bedford – der Tommies anhalten könnte, um seinen Vater und den Onkel abzuholen.

»Pass immer gut auf, ob die auch wirklich vorbeifahren!«

»Aber was soll's. Nicht zu ändern. *Geçmiş zaman geri gelmez*, das gilt für den Aydın und den Andreas. Und ich rede schon wieder nur mit mir selbst.« Er wandte seine Aufmerksamkeit wieder der politischen Bühne zu. Aydın hatte offenbar trotz allem Abitur gemacht und einen Hochschulabschluss erlangt.

Ein konservativ gekleideter Graukopf aus einer Gruppe ähnlich gewandeter Grauköpfe ruft:

»Wenn Ihr Großvater doch hierblieb und seine Frau herholte und mit ihr hier in Deutschland Kinder zeugte, dann war es in Deutschland für diese Türken oder waren es eigentlich Kurden doch wohl immer noch besser als in der Türkei, oder? Wenn er nicht antworten will, dann haken Sie doch mal nach, Frau vom deutschen Radio!«

Ein paar Buhrufe, aber gar nicht so viele, und die Freunde des

Zwischenrufers geben ordentlich contra um sich herum.

Alleine auf Posten zu stehen ist Scheiße, Freunde muss man haben, dachte Andreas. Man kan være praktiserende luftballong fetisjist, men man måste ha venner.

»Ja, meine lieben Zuhörer.Innen, Sie erleben jetzt selbst gerade den alltäglichen Rassismus, von dem Aydın berichtet«, spult die Moderatorin ab.

Andreas wurde mal wieder daran erinnert, dass seine Mitbürger ihm wohl anders begegnet wären, hätte das Schicksal ihm den Namen Krzysztof ∏urek oder Tsorahn Steuernack oder gar Chrząszcz verpasst oder wäre er nicht blauäugig und straßenköterblond gewesen. Oder z.B. ein Cornelis van Zadelhof, Andreas' Gedanken schweiften ein wenig ins Romantische ab. Aber seine Mitbürger und das in Grenznähe, machten sich nicht mal die Mühe, die holländischen Namen richtig auszusprechen zu lernen.

Aber auch zu begreifen, dass man nicht Ötztürk oder Ötzsoy sagt, war doch ganz leicht. Aber wenn man etwas nicht nötig hat –

Das Wetter war sehr angenehm. Andreas schlenderte weiter über den Theaterplatz mit seinen verschiedenen Buden und Infoständen Richtung Mühlbach.

Auf seinem politischen Spazierweg fällt Andreas ein Grüppchen auf. Das sind doch die grauhaarigen Supporters des Zwischenrufers von vorhin, denkt er. Sieh an, die haben einen eigenen Stand hier, mit Partytischchen und Sonnenschirm. Und sogar eine Videoinstallation; er ist nun mal auch ein Spötter, und bleibt stehen.

Eine Endlosschleife zeigt ein Interview mit einem arabischen Familienvater, der klagt, seine Frau und seine acht Kinder müssten wegen des Krieges seit Wochen in diesem Zelt hausen. Ihr Haus sei völlig zerstört worden.

Dann folgt ein Text auf dem Bildschirm:

»Wir hätten gefragt: ›Warum habt Ihr acht Kinder? Welche Möglichkeiten hättet Ihr ihnen denn geboten, wenn kein Krieg gekommen wäre? In diesem Landstreifen zwischen den verfeindeten Mächten, bei 50 % Arbeitslosigkeit? Welche beruflichen Pläne hattet Ihr für Eure acht Kinder geschmiedet? In diesem Gebiet, dessen

Bevölkerung für die Grundversorgung seit Generationen auf Hilfe von außen angewiesen ist?‹

Aber das fragt niemand. – Doch, wir wagen es.« Und wieder das Interview.

Nachdem Andreas offensichtlich die Botschaften rezipiert hatte, trat einer der grauen Herren hinzu und drückte Andreas einen Flyer in die Hand.

»Hier, junger Mann. Wir sind nicht die Ewiggestrigen. Wir haben die moderne Neurowissenschaft auf unserer Seite!«

Andreas, ohne Berührungsängste, las:

»Bündnis Liste Freie Bürger

›Wer mit hohem Testosteronspiegel zu uns kommt, wird mit großer Wahrscheinlichkeit harmlose Gesichter als Bedrohung interpretieren!‹

Liebe, unvoreingenommene Leser, Sie möchten eine Erläuterung? Bitte sehr:

Dies ist das Resultat der Hirnforschung: Die Erfahrungen aus Wochen, Jahren und Jahrzehnten bestimmen, ob ein Gehirn überall Bedrohungen sieht oder ob es fröhlich neue Informationen verarbeitet. Und diese Unterschiede können die Wissenschaftler auf ihren Gehirnscans sehen.

Frühkindliche Erfahrungen formen den Großteil der Gehirne und verändern sie und ihre epigenetische Gehirnregulation für immer.

Angst und Stress in der Kindheit führen zu epigenetischen Veränderungen, die ein Gehirn hervorbringen, das nicht gerade ideal geeignet ist, um die Welt zu einem besseren Ort zu machen.

Und nun überlegen Sie einmal selbst, welche Menschen überwiegend in sehr großer Zahl zu uns kommen? Woher diese stammen, was sie überwiegend, oft ein Leben lang erfahren haben?

Wer da glaubt, mit einem ›Wir schaffen das‹ und einem Hinweis auf die Meinungsfreiheit und die Gleichstellung von Männern und Frauen stelle sich ein friedliches Miteinander von selbst ein, ist ein gefährlicher Narr!

Die Destabilisierung der Bundesrepublik Deutschland durch eine fahrlässige Zuwanderungspolitik spielt nur den Feinden unserer freiheitlichen Demokratie in die Hände.

Haben wir Ihr Interesse geweckt? Diskutieren Sie mit uns! Besuchen Sie unsere Website oder kommen Sie zu unserem nächsten Infoabend!«

Hm, dachte Andreas schon wieder einmal. Diesen Bob Polsky sollte ich mal googeln.

Das »Rote Buchlädchen« hatte sich nach der Wiedervereinigung in ein piekteures Edelantiquariat verwandelt. Leninbärtchen und Kassengestelle waren verschwunden.

Die hatten die ältesten Schinken aus dem Keller rausgestellt. Jedes Buch für einen Taler.

Andreas sah die Kisten durch. Bei Büchern konnte er einfach nicht wiederstehen.

Engelmann und Wallraff – hat der eigentlich ein Bundesverdienstkreuz? – schlimme Wahrheiten über die frühe BRD, nee, Onkel Wilfried hatte die auch irgendwo im Regal stehen.

Ein trauriger Teilband der MEGA, sämtliche Exzerpthefte? Nur so zum Hinstellen und Angeben? Nee, lieber nicht.

Tuvia Tenenbom, *Allein unter Deutschen*. Politisch, kritisch, kontrovers. Mitnehmen.

Nanu, ein Irrläufer, Andreas blätterte, das kauf ich auch, *Gekrümmter Raum und Verbogene Zeit*. Mit eingelegten Kopien. Die Herleitung der Friedmanngleichungen für ein Modelluniversum mit Schulmathematik von irgendwelchen Heidelberger Astronomen. Darin Ŕ und R ist der Radius der Welt! Das wär doch mal was, um bei Herrn Krier Punkte zu machen, dachte Andreas, werd ich mal durcharbeiten.

Islamische Weltanschauung, hier bei denen? Ach so, vom Botschafter der PLO in der Deutschen Demokratischen Republik. Das gab's ja wirklich alles einmal.

Vom Grabbeltisch der bürgerlichen Buchhandlung ein paar Häuser weiter eine schöne Ausgabe von von Glasenapps *Weltreligionen*, Elisabeth Fremantles Roman *Im Schatten der Königin* und Ilija

Trojanow, *Macht und Widerstand*, ein paar Krimis von Karin Fossum sowie eine große Jutetasche, um all seine Schätze transportieren zu können.

Er setzte sich mit dem Tablett voll kulinarischer Köstlichkeiten an einen Tisch unter einer Dachplatane, schön schattig, direkt am Mühlbach, der hier schon ein kleines Flüsschen war. Der beste Platz weit und breit. Die Renaturierung war wirklich gelungen. Die hohe Ufereinfassung mit großen Natursteinblöcken, aber aufgelockert, mit freigelassenen Stellen für Pflanzen und am unten Wasser Flächen mit Binsen und Lampenputzern. Saßen sogar Enten drauf. Duft von Buddleja, sagt man Buddlejae? Sind gar nicht so nützlich für Schmetterlinge, wie man immer denkt. Dost, Mädesüß, Hortensien und Wildrosen. Darum summte und brummte es. Über dem Wasser mehrere Exemplare von Anax Imperator. Eine erste, vage Vorstellung bildete sich, wie er diesen Fleck als außerschulischen Lernort in NuT nutzen könnte. Sehr schön.

Mischte sich eine Cidreschorle, bekleckerte sich vorschriftsmäßig mit der Falafelsoße und blätterte in den Neuerwerbungen.

Die Schutzumschläge informierten Andreas Cruse darüber, dass Mary Grey sich immer noch nach Anerkennung im System und Bequemlichkeit darin sehnte, auch wenn sie das System als verlogen und verbogen durchschaut hatte und dass der Geradlinige derjenige sei, der es sich bequem mache, der Verräter aber die Qual der Wahl habe, denn der müsse sich ständig entscheiden – so argumentiere zumindest der Verräter.

Der Trojanow hat auch eine sehr ansehnliche Menge von Ehrungen und Auszeichnungen aufzuweisen.

Weit die Flügel spannender Geist, der er war, vollzog Andreas danach oberflächlich die astrophysikalische Rechnung nach, welche die Autoren eigens für den Schulunterricht konzipiert hatten. Stand nicht bei Muckenfuß, dass gerade die Mädchen sich so für Astrophysik interessierten? Ich würd's im Unterricht lieber nicht darauf ankommen lassen, dachte Andreas.

Um dem kulturpolitischen Arbeitsauftrag dieses Samstags gerecht zu werden, holte Andreas sich noch einen großen Pott Kaffee, dazu non modo Platenkuchen sed etiam saftigen Pflaumenkuchen mit viel Schlagsahne und vom Kinderprogrammstand lieh er sich einen Bleistiftstummel – reading without a pencel is daydreaming – und widmete sich seinen Islamstudien.

Der Qur'an sei das authentische, ewige Wort Gottes, die *šāri*[] das vollkommene, ewige und universelle Recht, das für alle Menschen und für alle Zeiten angemessen ist. Dementsprechend sei das islamische Recht ein Produkt der göttlichen Offenbarung, Regeln absoluter und ewiger Gültigkeit besitzend, dessen einziger Urheber eben Gott selbst sei. Es gelte die Unfehlbarkeit von Qur'an und Sunna und, nicht zu vergessen, die Zweiteilung der Welt in *dār al islām* und *dār al Harb*, das Haus des islamischen Friedens einerseits, in welchem die *šāri*ʿ gelte und das Haus des Krieges andererseits. Deutschland z.B.? Ah, schau'n wir mal die Fußnote nach. Ein gewisser Khorshide? Der politische Islam wolle Europa in 15 Jahren islamisiert, d.h. die *šāri*ʿ durchgesetzt haben.

Schnell mal mit dem Smartphone Google fragen, wer Khorshide ist. So, so, ein Ösi mit Professur in Ms. Heißen die nicht Pichler, Neuner, Hofer?

Ja, das hab ich doch schon mal gehört, erinnerte sich Andreas. Als Student damals im Grundstudium. Verdammt lang her, verdammt lang.

Šêrîn Bârân war zweifellos die rassigste Thekenfrau unten in der provisorischen Wohnheimkneipe gewesen, o zaman. In Cruse tauchten Erinnerungen auf, hard to remember, hard to forget, die furchtbar bittere, dicke, schwarze Sawarka in der kleinen Kanne auf Šêrîns Semaver, auch verdünnt kaum trinkbar, der nervöse Theo, der dauernd diese Stahlkugeln in der Hand drehte, Bogart für Arme oder was, Jenny immer mit diesem engen Chinesen-T-Shirt oder war's Che? Renate Wolff, die andere coole Thekenfrau, hatte er Jahre später einmal im Tierpark wiedergetroffen, beim Bärengehege. Na ja, lang war's her.

Šêrîn leistete bei vertrauenswürdigen Leuten ihre politische und religionskundliche Aufklärungsarbeit, wie sie es nannte. Bei Baklava und Helva und eben diesem ziemlich ungenießbaren schwarzen Tee. Sonst lief aber mit ihr nix, damit hier keine Gerüchte aufkommen. Die Jungs hätten schon gerne, aber noli eam tangere! *Wer sich in unsere Mädchen verliebt, verliebt sich in unser Messer.* War das Schnurre? Weiß nicht mehr. Sie segelte zweifellos unter der Flagge Ungarns mit der gelben Stachelsonne, war aber auch vorsichtig. So stellte sie sich zunächst immer als Ayşe vor und beließ es bei den meisten, auf jeden Fall den Öztürken, auch dabei.

Von ihr und Reza Manučehr Rostami, der aber nur ›Der schöne Ali‹ genannt wurde und auch sehr links stand, bekam Andreas Cruse einige Lektionen Islamkunde der anderen Art. Šêrîn hatte ihm auch das mit den Haddstrafen erzählt. Die Frauen? Philologisch sei gar nicht bewiesen sei, dass da wirklich *Verschleierung* stehe. Šêrîn studierte Linguistik. Hatte sie *hapax legomenon* gesagt? Und das Paradies? *Ist das Paradies denn eine Schenke? Ist das Paradies denn ein Bordell?* Rostami verehrte Chayyām.

Sıpas o taşakkor, Šêrîn o Ali.

Von der ziemlich akademisch geschriebenen *Islamischen Weltanschauung* ging Andreas zu Tenenboms konkretem Erlebnisbericht über. Interessant, auch ein lohnender Kauf.

Hier, das passte doch zu eben. Tenenbom referierte die Meinung eines jungen Deutschen mit türkischen Wurzeln: ›Klar werden wir hier diskriminiert. Aber ich würde auf keinen Fall in die Türkei gehen. Nehmen Sie allein nur das Gesundheitswesen. Das Gesundheitswesen dort ist eine Katastrophe. Ich möchte in der Türkei nicht krank werden. Nein, ich habe auch keine türkische Freundin. Die türkischen Mädchen reden sofort vom Heiraten. Und dann gibt es ja die vielen Verbote. Und sie fangen sofort an, zu überlegen, wie man diese Verbote umgehen könnte. Nee, keine türkischen Mädchen.‹

Den von Glasenapp schlug er beim einliegenden, vergessenen Lesezeichen auf. La Librairie Corman Bruxelles Ostende Le Zoute. Weitgereist. ›Alle Existenz ist leidvoll, vergänglich und wesenlos. Herrlich ist es, ein Wesen zu schauen. Furchtbar jedoch ist es, ein Wesen zu sein.‹

Ah, Buddhismus. Wie kommt es aber, dass eine wesenlose Existenz doch so intensiv leiden kann?

Aber hier, jetzt, an diesem Platz, ist meine Existenz ganz schön, so sollte es bleiben. La tendre indifférence du monde? Eine mäßige Dosis von Gier nach Leben durchströmte ihn.

Nimmt man das Dogma der Wiedergeburt fort, fällt das ganze Gebäude in sich zusammen.

So etwas wie Symmetriegründe könnten dafür sprechen, zugegeben. Aber dagegen spricht doch z.B., dass seit Jahrtausenden keine Seele als Mammut oder Säbelzahntiger wiedergeboren wurde. Schlichte Verhütung hielte *Samsara* auf. Dachte Herr Cruse.

Andreas überflog einige weitere Abschnitte. Im eigentümlichen tibetischen Buddhismus lese ein Lama dem Toten spezielle Texte vor, damit der Verstorbene die im Jenseits wahrgenommenen Erscheinungen als Erzeugnisse seines eigenen Geistes erkenne –

Ich frage mich immer häufiger, nicht, woher das Gute und Schöne kommt, sondern der Jenseitsglaube, weiß es nicht und muss irgendwann gehen; diese immensen religiösen Theorien, in feinste Verästelungen ausgearbeitet, isn't all that *but a dream within a dream*? Öffne die ältesten Gräber, und Du findest dort drinnen nicht Auferstehung, sondern nur Tod und Verwesung. Woher diese Sinnsucht des Menschen? Das Wissen, *dem Tode in die Arme zu tanzen und der Himmel bleibt stumm.* Dorther? Muss zu Hause mal das Zitat von Schopenhauer suchen. Herr Cruse wandte sich wieder dem Buchtext zu.

Der Buddhismus in Südostasien. Ach, sieh an. Ein hoher buddhistischer Mönch auf Serendip erschoss seinen Ministerpräsidenten. Serendipity, a fortunate chance?

Grausame Massenmorde an Hindus. Man soll auf dem nichtislamischen Auge nicht blind sein, schon richtig.

Um die Bücher nicht noch mehr zu bekleckern, wechselte er zur Lektüre des Ausklappflyers über. Von Uli Zimmermann wusste er ja schon.

Schon wieder Medienkompetenz. ›Desinformation folgt meist dieser Erzählung: Politische Eliten treffen Entscheidungen, die nicht im Sinne der Bevölkerung sind.‹

Aha, so ist das. Wie die deutsche Bevölkerung *Stuttgart 21* herbeisehnte, sechshunderttausend Millisekunden Zeitersparnis, phantastisch! Um das Heizungs(verbots)gesetz betete! Die Schließung kleinerer Krankenhäuser als Teil der erbarmungslosen Ökonomisierung des Gesundheitswesens; immer schärfere Abgasgrenzen für Holz-heizungen, völlig übertriebene Anforderungen an Schadstofffrei-heit bei Recyclingbaustoffen (Quellen: Onkel Wilfried, persönliche Mitteilungen), neun Jahre Bearbeitungszeit für Berliner Bauanträ-ge, danach entspricht das Genehmigte schon nicht mehr dem Stand der Technik – alles sehr im Sinne der Bevölkerung.

Sehr geehrter Herr Doktor Medienfritze, welche politischen Eli-ten sponsern denn Deine Professur, damit Du Deine Desinforma-tionen verbreitest?

Dachte Andreas Cruse.

Und dahinter kam eine konzise Darstellung von Forschungser-gebnissen eines Psychologieprofessors der Uni Münster, Mitja Back, das musste wohl der Name sein. Soo simpel war das also? Schwarz oder weiß, es gibt nur zwei relevante Einstellungen bzw. deren Ver-treter, Typ Entdecker vs. Typ Verteidiger? Der gebildete, städtische Entdecker gegenüber dem ungebildeten, oft religiös gebundenen ländlichen Verteidiger?

Andreas Gehirn produzierte unaufgefordert eine Assoziationsket-te: Aydın von vorhin, Aydıns Großeltern, Südostanatolien, ländlich, traditionell religiös …

Aha, da kam doch noch was. Eben, und Demokratie heißt, ande-re Meinungen zuzulassen, auch wenn es schwerfällt. Bitteschön, auch der Mitja möchte, dass alle dabei auf der Basis unserer frei-heitlich demokratischen Grundordnung stehen. Wie? Potztausend! Tatsächliche Probleme soll man nicht leugnen oder schönreden und Verteidiger nicht pauschal als xenophobe Schwachköpfe hinstellen.

»Wie ging der Satz noch mal«, Andreas hatte auf der Oberstufe Zettelkästen mit Fremdwörtern und Zitaten angelegt, der Luxem-burgs von Andersdenkenden war es nicht, was er suchte, ah ja:

I disapprove of what you say, but I will defend to the death your right to say it.

Andreas besaß durchaus eine gewisse Smartphoneinternetmedi-enkompetenz.

Dass viele öffentlich-rechtliche Meinungsmacher Demokratie und Meinungsfreiheit sofort sausen ließen, wenn's ihnen nicht mehr in den Kram passte, erzürnte Herrn StR Andreas Cruse immer auf's Neue.

Noch nicht lange her, dass man für oder gegen alles Mögliche sein durfte, Windenergie, Atomenergie, Tempolimits, PKW-Maut, die staatliche Gleichstellung homosexueller Lebenspartnerschaften, Rauchverbote, Feinstaubzonen. Nur gegen millionenfache, chaotische, unkontrollierte Zuwanderung durfte man als legitimer deutscher Staatsbürger oder auch als tschechischer oder ungarischer, mit mehrfach demokratisch legitimierter Regierung interessanterweise, jedenfalls nach Meldung deutscher Radiomoderatoren und Politiker, nicht sein bzw. dann war man automatisch ein troglodytischer, mondhinterseitenbewohnender, hinterwäldlerischer, xeonophober und natürlich rassistischer, dummer Hetzer. Das war zumindest ein gutes Jahr lang mal alternativlos bei den etablierten, durchweg im linksliberalen Milieu sozialisierten Verkündern von richtig und falsch.

So gümbel wie seine Phrasen war einer wie der Schäfer-Simpel natürlich nicht.

Schnell fand sich ein Professor Migrationsforscher, der die Frage nach der nationalen Souveränität, danach, worüber sozusagen »Das Volk« noch zu entscheiden habe, nach den Grenzen der Nationalstaatlichkeit überhaupt tendenziös stellte und für die Herausforderungen der Zukunft größere Einheiten als die überholten Nationalstaaten empfahl.

»Europa« etwa?, fragte sich Herr Cruse, denken Herr Professor in diese Richtung? Na, wie famos effizient die EU in Krisen agierte, dürfte auch dem Herrn Professor nicht entgangen sein.

Und was vor allem bedeutet Demokratie im Kern noch mal, mein lieber, lieber Migrationsforscher?

Oder Moment mal, vielleicht ein Professor staatlicher Drittmittel abhängig?

›Wie Forscher der Reynolds Tobacco University jetzt herausfanden, ist Rauchen bei weitem nicht so schädlich wie – ‹ – komm, lass stecken.

›Wir schaffen das?‹ Dass ich nicht lache! Auf meiner Dienststelle schafft es die Führung ja noch nicht mal in 10 Jahren, die vom

GUVV vorgeschriebene Handbrause anschaffen und montieren zu lassen oder gar dafür zu sorgen, dass die Heizungsregelung so eingestellt wird, dass in einem Unterrichtsraum weder Eiseskälte noch Gluthitze herrschen. Oh ja, wir A-15er tragen ein bisschen mehr Verantwortung.

Erst ein paar Jahre später durfte ein Professor für Politikwissenschaft davon sprechen, und wurde dabei vom deutschstaatlichen Radiointerviewpartner nicht mehr in transsilvanischen Spelunken verortet, dass Merkel-Deutschland die Osteuropäer, die Regierungen und die hinter ihnen stehenden Staatsvölker, was ein Wort, liest man sonst nur im Zusammenhang mit Paschtunen, brüskiert, vor den Kopf gestoßen und überfahren habe. Schon vor Jahrzehnten hatten Olov Svedelid und Leif Silbersky darauf hingewiesen, dass Geflüchtete nicht automatisch gute Menschen seien.

Dabei heißt die Devise Disunion! Small is beautiful. Das hatte Andreas von Blacky Wittkopp gelernt. Apropos small.

»Cruse, Sie können sich doch sicher auch noch erinnern, damals noch in Schwarzweiß, Professor Grzimek und Professor Heinz Haber wiesen immer wieder auf das Grundübel Überbevölkerung hin, nich? Und der wie hieß er noch, der mit dem Bart, mit der Tochter später, ach ja, von Ditfurth.«

»Ja aber, Herr Wittkopp, wir –«

»Weiß schon, was Sie sagen wollen, unser ökologischer Fußabdruck, stimmt auch.« Und dabei blickte er so bedröppelt und ratlos drein wie, wie heißt die Figur noch, der Girwidz. Und die Ruhrpottfärbung passte ja auch.

Jedenfalls, hatte Blacky gesagt, nur Föderationen seien leidlich stabil. Außer, ein Gebilde sei so homogen wie Finnland z.B. Der Geschichtskollege hatte den Balkan und den Vorderen Orient mit seinen Sunniten, Schiiten, Alawiten, Juden, Christen, Drusen, Jesiden – hoffentlich keinen vergessen – als Beispiele angeführt. War natürlich auch nicht auf Blackys Mist gewachsen, sondern stammte von einem ebenso gewissen wie vergessenen Leopold Kohr.

Es leuchtete Andreas jedenfalls sofort ein. Kaum war das möglich, tauschten die Leute z.B. das übergreifende gegen ein parochiales

Nummernschild aus. Damit Ihr's alle wisst, ich bin aus Neustadt an der Waldnaab, ole'.

Vielleicht schreib ich selber mal ein Buch, dachte Herr Cruse, unter seinem Platanenbaum meditierend, wenn ich pensioniert bin. Oder ich könnte ja schon mal wieder einen, nun natürlich elektronischen Zettelkasten anlegen, mit all dem Verrückten, Absurden, total Oberflächlichen und natürlich dem Verlogenen auf der Dienststelle. Und mein Sudelbuch durchsehen.

Ihm fiel ein, zum Unglücklichsein gehöre nach Watzlawick, Projekte auf die lange Bank zu schieben. Dieses lange, gekrümmte Wochenende sendet mir das verbogene Universum, um schon mal was zu Papier zu bringen. Bzw. in binäre elektronische Schaltzustände.

Cruse hatte es früher bei gelegentlichen Betrachtungen eines ziemlich Unpolitischen belassen. Er erinnerte sich auf einmal, wie er damals in jenem saukalten Winter, regelmäßig einsam und verlassen über den Dortmunder Weihnachtsmarkt bummelnd, ständig von diesem Seelenfänger der Europäischen Edgar Arbeiter Allan Poe Partei in absurde Diskussionen verwickelt wurde. Das musste eine haarsträubende Verschwörungstheorie gewesen sein, irgendwas mit 'nem holländischen Adligen und dass die Welt nach Poe durch einen Kometen untergehen werde, welcher der Atmosphäre den gesamten Stickstoff entziehe. Aber es war besser, sich mit einem gebildeten Spinner unterhalten als gar keine Kommunikation. »Die Ruhrunis sind wirklich die trostlosesten Unis Deutschlands!« urteilte Andreas laut vor sich hin.

Vor Verschwörungstheorien musste man sich hüten, stimmt. Doch Andreas war sich inzwischen sicher, objektive Muster entdeckt zu haben. Und das Handeln mehrerer Kanzlermenschen ließ einen zumindest wieder die Theorie der verborgenen Parameter in Betracht ziehen.

Er brauchte nur an die kommende Gesamtkonfi denken. Gabi würde sich als Mikrochefin aufführen, die wurde auch immer dikker; Dräng irgendwelchen belanglosen PR-Ausflugsscheiß vorstellen, herzlicher Beifall, statt z.B. zu thematisieren, ob die der Schulleitung so liebgewordenen Chinareisen in diesen Gretazeiten noch vertretbar waren, ökologisch und politisch. Tat es nicht auch Dänemark oder noch besser, Schweden? Mimm Zuch?

Zugegeben, einmal, die Chefin dürfte einen Wink gegeben haben, hatte auch Dräng protestiert, eigentlich der Mann für die Organisation der Kaffeefahrten nach Holland, gegen die von der Verwaltung angekündigte Erhebung von Parkgebühren für den Lehrerparkplatz.

Das schwache Ich hatte aufgemuckt, aber es rebellierte eben nur konformistisch im Einverständnis mit der Autorität.

Die Tobias-Fabri-Gedächtnisminute würde sicher auch wieder kommen. Und schon war die dünne therapeutische Schicht von ›Was soll's, is nich zu ändern‹ abgerieben.

Andreas überlegte, welche Grundsätze es zu beachten galt: Der Leser muss immer wissen, was der Autor will. Kriege ich hin, keine bange.

Verlierer sind immer wichtiger in einer Geschichte als Gewinner. Na super, ich werde einen Bestseller schreiben.

Conquered people tend to be witty. Danke, Bodo, Gabi und Ihr anderen, die Ihr mich zum Humoristen gemacht habt! O.k., *witzig* bedeutet hier nicht *lustig*.

Wie soll mein Protagonist denn heißen, überlegte Cruse. Kilgore Trout vielleicht? Nein, geht natürlich nicht. Ob das überhaupt je was wird?

Er war ein wenig schläfrig geworden nach dem Essen und ließ die Gedanken laufen. Von Cidre wird man doch nicht dune? Wie war das, die Zeitableitung des Radius der Welt, man braucht die Massendichte, die Gravitationskonstante, Einsteins Eselei, Tenenbom heißt doch wohl Tannenbaum, Zadelhof entspricht Sattelmeier, was Elaine wohl so treibt? Ob sie auch mal an ihn dachte?

Wärme, Blätterrauschen, Stimmen kommen näher und entfernen sich wieder, der Bach gluckert, Andreas döste vor sich hin.

Auf dem Friedhof von Mariefred:

Der Herr Direktor sah stolz auf die festlich gekleidete und feierlich gestimmte Schar seiner Abiturienten, die mit leuchtenden Augen vor dem Podium standen, herab.

Ja, Pustekuchen. In deren Augen leuchten höchstens die Displays ihrer Smartphones. Wer zeigt uns, wer beschreibt uns das deutsche Gymnasium, wie es wirklich ist?

Was darf Satire, Kurt? – Danke Kurt, wenn das so ist, mach ich's. Andreas, gut. Du weißt ja, was ich immer sage: Schreib das auf, Cruse! Aber das Politische muss man verstecken, denn der Leser will sich unterhalten. Und nur ein Tor schüttet all seinen Unmut aus.

Nein, nein und ich weiß auch schon, wie es ganz unpolitisch und harmlos beginnt Då går vi vidare. Wer beschreibt uns die deutsche Polizei, wie es dort wirklich zugeht ... ?

»Entschuldigung, ist hier noch frei?«

»Klar, sicher.«

Dat Lüt es wirklich wacker. Van achtern un van vorn.

»Oh, ich will Sie nicht beim Lesen stören.«

Frau Zimmermann greift unbekümmert zum Tannenbaum.

»Das mit dem Aydın, warum haben Sie den Zwischenrufer so mit dem blöden Rassismusvorwurf abgebügelt?«

Die Uli überlegt. »Wer? Ach so, das. Ich bin Freelancerin und brauche auch weiterhin die Aufträge vom Rundfunk. Jede muss sehen, wo sie bleibt, und da läute ich eben die Glocken der Regierung. Ist doch nichts dabei. Also persönlich mochte ich den Eidihn überhaupt nicht.«

»Hier, der Tenenbom, den Sie da in der Hand halten, berichtet bedenkliche Dinge über den WDR. Ich hol uns noch was zu trinken und dann vertellen Sie mir ein bisschen über die Arbeit für den Sender. Darf ich mal? Hier, das mit den Befestigungssteinen.«

»Sorry, mein Handy« – Die Medienfrau steht auf und geht mit dem Handy an der Ohrmuschel grußlos fort, ohne sich auch nur umzudrehen. L'indifférente indifférence du monde.

Schade. Die Gier nach Leben hatte nicht abgenommen. War vielleicht fokussierter geworden.

Die Macht der Musik – Zadelhof die dritte!

Es war, wie nicht selten, drückend schwül in der Domstadt. Das machte wohl der große Fluss. Cruse war den ganzen Tag auf der Bildungsmesse Didacta rumgerannt und k.o. Ob es nicht vielleicht hülfe, ließe man im Dome je und je eine Bildungsmesse lesen, spintisierte er vor sich hin.

»Schauen Sie mal, was es für Ihre Fächer Neues gibt«, hatte die Chefin gesagt.

Viele schöne Spielzeuge hatte er geschaut, aber wie ein armes Kind, das zur Weihnachtszeit sehnsüchtig vor den Schaufenstern steht. Mit dem kümmerlichen Fachschaftsetat konnte man nicht einkaufen gehen.

Immerhin hatte man ihm die Ausgabe des Mittelstufenbuches für Lëtzebuerg, auf Französisch, geschenkt. Danach hatte zuvor noch niemand gefragt.

Nun wartete er auf den Zug. Es würde bestimmt noch ein Gewitter geben. Na, hier saß er im Trockenen.

Ach, sieh an, haben die hier auch öffentliche Pianos? Cruse schlendert unauffällig zu dem Klavier. Setzt sich. Sieht sich um. Brendan Kavanagh is not around. Japanische Touristinnen mit Fotohandys oder so auch nicht.

Richtig, und schon setzt ein starker Regen ein.

Wenn ich nur besser auswendig spielen könnte! S'Regentropfen Prelude. Aber keine Chance, ohne Noten.

Als moderner homo interretialis könnte ich ja, hier ist doch W-Lan, mit dem I-Pad, ach, nee, nachher fällt's noch runter, geht auch so ein bisschen –

Oh Johnny I hardly knew ye. Technisch Kinderkram, aber es machte Spaß.

They are rolling out the guns again, hm, mh. Und glücklicherweise beachtet ihn niemand.

Ich bin ja auch nicht gerade Joan Baez, dachte er. Nun noch ein bisschen *Fluch der Karibik.*

Und etwas später zieht ein Kind seine Mutter her. »Hör mal, alle meine Entchen!«

Die getrokken Gekommene scheint Zweifel zu haben.

Wasservögel auf einem Fluss in *Värmeland Du sköna*, der für *Die Hoffnung* steht. Nicht ganz so einfach zu erkennen.

Was konnte ich denn noch immer? Ach ja, *House of the rising sun*. Wieder ein bisschen mitsummen, mitbrummen. Man müsste Klavierspielen können, wer Klavier spielt hat Glück bei den Fraun.

Ah, der Schauer ist schon wieder vorbei.

Ich bleib hier noch ein bisschen sitzen, mit dem Klavierhocker hin und her drehen, der leichte, kühle Luftzug ist angenehm. Die Leute beobachten. Schöne Frauen. Schon Herrn Walther ging's genauso.

Mir ist von ir geschehen, daz ich disen sumer allen meiden muoz vast under d'ougen sehen.

Das ist doch, das war doch gerade –

Cruse, deine Chance. Vermassele sie nicht!

Mary Hopkin, steh mir bei. *Once upon a time there was a tavern, Where we used to raise a glass or two* – Lauter, sicherer: *Those were the days, my friend* –

Der Bass des langen Kerls erreichte sein Ziel.

Surprise, souriante, épanouie, ravie, ruisselante läuft sie auf ihn zu.

»Mijnheer Cruse, U verrast me.«

»Hm, ich mich auch. Elaine, hör mal, sollen wir … Ich möchte … «

»Du, mein Zug, ik heb vreselijk haast. Hier, bel me«, sie kramt in ihrer Handtasche, blickt zum Bahnsteig, »ach hier, blättert, kritzelt in ein Buch und wirft es ihm zu. Ik wacht op je telefoontje, niet vergeten, hoor!«

Ihr Buch in den Händen haltend. *The Colour of Magic*. Was die so liest! Hatte sie wirklich ihre Telefonnummer reingeschrieben? Oder 110, sehr witzig?! Herzklopfen.

Blätter, blätter, Eselsohr: *The air between them crackled with small explosions of charisma as their gazes sought for a hold.* Plus Mobilnummer.

Ausstieg

Die Versetzung samt Altersteilzeit wurde erstaunlich geschwind bewilligt.

Die Hilgen schickte Schattemans, Dr. Haases Nachfolger vor, wegen der Verabschiedung auf die neue Dienststelle am letzten Schultag, das gehöre sich so trotz eventueller früherer Unstimmigkeiten mit der Schulleitung und dem Personalrat, aber auch das sei ja eigentlich nur der Herr Dräng gewesen.

Andreas hätte nur zu gerne gewusst, wie und für welchen Preis Dräng seine Weigerung, eine Personalversammlung einzuberufen, seiner Chefin verkauft hatte. Schade, sowas erfährt man eben nicht.

»Schattemans, wie Du sicher bemerkt hast, komme ich vom Mars. Ich verstehe deren Sprache nur zu gut, doch ich spreche deren Sprache nicht und mein Mund ist nicht für jene Ohren.

Regel 45, Left a mess, I gotta clean up. Hab ich gemacht so gut wie möglich.

Regel 11, when the job is done, walk away. Geh einfach. Werde ich tun. Ach, erinnere sie bei Bedarf daran, dass Herr OStR Geelhaar sich die Freiheit nahm, uns allen Einsteins Zunge ins Postfach zu legen und an seinem letzten Tage gar nicht erst zum Dienst zu erscheinen. Und so einer wie Krier verschwand vollkommen sang und klanglos. Ich würde das dann, sollte sie auf dem Theater bestehen, nach dem verlogenen Blablabla der Fachschaften und des PR als Mobbing meiner Person thematisieren, zum Einstieg.«

Damit war die Sache erledigt. Schattemans war schwer in Ordnung.

Auf der neuen Dienststelle war Cruses Vorgeschichte durch die Personalakte und persönliche Briefings natürlich bekannt. Egal. Er duzte sich mit keinem mehr. Die paar Jahre noch. Etwas muffelig und wenig mitteilsam. Für dumm verkauft eben. Sowas kommt von sowas.

Er wusste natürlich, dass man ihn zumindest im A15er Kreis den

»Leicht Behinderten« nannte. Was soll's. An jeder Schule gab es diese Außenseiter. Overberg, den Feuerlöscher, Krier, Bentien, Cruse.

Regel 3. Never believe, what you are told. Double check. Er hatte also wieder ein bisschen recherchiert, alte Gewohnheit, zur Vorbereitung des ersten Gesprächs mit seiner neuen Schulleiterin; natürlich einer Frau.

Sieh an, Diana Delius, seine neue Chefin, war früher StD 'in an der Schule, an der Druger OStD gewesen war. Überlegt einmal, liebe Kinder, wessen wohlwollender Beurteilung verdankte also Frau Delius ihre Amtsstufen?

Als Druger in die Schulaufsicht wechselte, wurde Frau Delius erst mal kommissarische Schulleiterin.

Man kennt sich. Duzt sich. Ganz objektiv und unparteiisch.

Für die Geschichtsinteressierten: Inquisitoren war es erlaubt, sich gegenseitig für ihr Handeln die Absolution zu erteilen. Und sed quis custodiet ipsos custodes?

Mitbestimmung von unten und echte Kontrolle von unabhängiger Seite und nicht vom Freundeskreis Schulleiter? Ich bitte Sie, warum sollte es so etwas Unpraktisches gerade im Schulwesen geben?

Er musste Kommissarin Gabi, Personaloberratsvorsitzendem Dräng, Sonnenschein Fritzi und all den anderen Helden und Heldinnen nicht mehr ständig über den Weg laufen. Hier hörte er das Wolfsgeheul nicht mehr so laut. Nichts für ungut, Madame Grimaud.

Etwas Seelenfrieden. Weniger Fahrerei. Lebenszeit.

Unter Larven die einzig fühlende Brust. Was die Hammerhaie natürlich ganz anders sahen. Na, wolln ma nicht übertreiben. Einige mochten ihn vielleicht. Irgendwie. Weil seine ironischen Bemerkungen lustig waren. Besiegte neigen bekanntlich zum Witz. Weil er ihre eigenen, ständig unterdrückten Gedanken offen auszusprechen wagte, aber ernst nahm ihn keiner.

Aber das ist ganz subjektiv natürlich. Nachdem ihm klar war, dass er auf keinen Fall irgendeine Anerkennung, Fairness, Gerechtigkeit von der Obrigkeit erfahren würde, dass der einzige positive Respons einzig und allein von seinen Schülern kommen könnte, da veränderte sich sein Unterricht. Anders, freier, lockerer, immer witzig, selbstironisch und wohl auch ein bisschen verrückt.

Das Goethe-Curriculum z.B. war seine ureigenste Erfindung. Gut, der Impuls kam durch *Goethe und Einer seiner Bewunderer*. Konnte man in der Beobachtungs-, Mittel- und Oberstufe nutzen. Fächerübergreifend wurden natürlich Chemie und Physik mit Deutsch und Geschichte verbunden. Der Grundarbeitsauftrag lautete: Arbeitet eine Erklärung aus, mit deren Hilfe Goethe folgendes Gerät/folgende Erscheinung verstehen könnte. Baut dazu so weit wie möglich Experimente ein.

Man begreift dabei die unglaubliche Tragweite der elektromagnetischen Induktion.

Leider gab es auch hier doch keinen Neuschnee und Cruse musste bitter zur Kenntnis nehmen, dass ein Frankfurter Physikdidaktiker die gleiche Grundidee gehabt hatte.

So it goes.

Und der Cruse meint, er habe nie besseren Unterricht gemacht als in seinen allerletzten Jahren. Ja, wär' natürlich 'ne perfide Folge böser Verarsche, schon klar. Trotzdem. Wer's nicht glaubt, kann ja seine letzten Schüler selber mal fragen.

Sehr hilfreich war ihm eine reiche geistige Gegenwelt jenseits der Schule.

Onkel Wilfried war immer dankbar für Hilfe im Blumenladen, den er noch aus Spaß betrieb. Und bei den recht umfangreichen Renovierungsarbeiten konnte Andreas ordentlich mit anpacken. Zumindest bei den destruktiven Tätigkeiten. Für den Einbau der neuen Sachen musste man das echt gelernt haben! Überall kam es auf das exakte Maß an, Türsprechanlage mit Bus-System, Heizungssteuerung per App, ›haben Sie hier unten W-Lan‹, Schallschutzdezibel, Wärmedurchgangswerte, Dachneigung, Hausausrichtung, Leistungspeak, allein die verschiedenen Kleber und Dichtungsmassen, Spezialanstriche und Spezialzement, Spezialmörtel, und Tempo Tempo, denn Arbeitszeit ist Geld! Überall war das von gewissen

Pädagogen so gering geachtete Verfügungswissen gefragt und das nicht zu knapp. Weltbegegnung und Weltbemeisterung fanden in zünftiger Schutzkleidung mit dem struthio-camelus-Emblem und mit der Hilti® in der Hand statt.

Elaine hatte Andreas einen sehr langen und motivierenden Brief aus großer Ferne geschrieben.

»Du kannst die Taste noch so oft und heftig drücken, ab einem gewissen Zeitpunkt rollt die Kugel nur noch unaufhaltsam ins Loch. Wir müssen einfach zusehen, dass wir Dich rechtzeitig aus dem Laden herausholen. Sonst gehst Du ein. Rollst ins schwarze Loch.«

Und noch ein paar sehr nette, sehr private Dinge. Reisevorschläge und anderes.

Andreas nahm also Kontakt zu Walter Müllers psychotherapeutischer Schwester auf.

»Hallo Silke.«

»Andy, lange nicht gesehen. Walter hat mir schon so einiges erzählt. Du neigst nach wie vor zu philosophisch-literarischen Ausführungen. Irgendwie bist Du immer noch der einsame Andy von damals, oder?«

»Geht so. Einsam? Ich hatte doch meine peer group.«

»Ach ja. Du, Walter, der John F., Mann, der war echt witzig, hat mich aber auch total genervt. Und dieser ganz Stille mit dem seltsamen Familiennamen –

»Paldrammes.«

»Ja, genau. Der konnte richtig gut zeichnen, auch Lehrerkarikaturen. Was konntest Du eigentlich gut, Andreas?«

»Ich konnte immer schon gut zuhören, nachdenken, recherchieren und ein X von einem U unterscheiden!«

Beide schwiegen eine Weile.

»Also ich war ja schon mal bei einer Therapeutin. Ist schon eine Weile her. Die kam mit dieser Weisheitstherapie um die Ecke.«

»Damit wäre ich Dir jetzt nicht gekommen. Wir gehen das Ganze einfach pragmatisch an.«

»Gut! *Pragmatisch* hört sich sehr gut an. Und ich würde schon sagen, dass ich an mir gearbeitet habe. Gewissermaßen hast Du dabei auch mitgewirkt, durch Deinen Bruder als Medium.«

Die aufmerksame Psychologin lächelt sympathisch und fragt: »Und was ist Dein Arbeitsergebnis?«

»Wenn ich darf, würde der einsame Andy sich gerne ganz kurz auf Shakespeare beziehen, ja? The embittered Timon of Athens findet Baugrundstücke in seinem Grundbuch und ist dadurch ein bisschen well-to-do. Das macht sehr viel aus. Schafft Distanz. Und das ist das notwendige Quentchen Glück, das von außen kommen muss! *I hate* kann sich zu *I care not* abkühlen. Diese Einstellung ist mir erst jetzt immerhin vorstellbar. – Ich muss dazu aber raus aus dem System. – Es heißt doch: Don't fight the system, use it. Aber wie?«

«Ein Arztkollege sagte mir einmal: *Es gibt keine wahre Menschenfreundschaft ohne Pessimismus und ohne Skeptizismus.* Das geht in Timons Richtung, nicht? Du musst Dir nichts vorlügen. Aber, wie gesagt, lass uns pragmatisch vorgehen. Don't fight the system, use it. Für die usable Diagnose *rezidivierende depressive Episoden* ist reichlich Material da. Und/oder *posttraumatische Verbitterungsstörung.* Ungerechtigkeit und mangelnde Anerkennung am Arbeitsplatz machen krank. Und nicht nur Lehrer, versteht sich. Und mit dieser Diagnose ist eine sehr ungünstige Prognose verknüpft. Das akzeptiert *das System.* – Wie lang soll's denn noch dauern?«

Ein kurzer Rückblick, hauptsächlich in anger

Vermissen? Was denn? Den schweren, süßen Duft des Lehrerzimmers während einer Gesamtkonferenz, den herben Geruch eines frischen Klassenbucheintrags? Nein.

Der erzieherische Einfluss *Rettet Eure Welt* auf die Jugend? Machen Sie sich nicht lächerlich. Der frustrierte Kollege Christian hatte die Fruchtlosigkeit solcher Bemühungen in seinem Brief an Greta anschaulich geschildert.

Cruse hatte Prof. von Weizsäckers *Faktor Vier* vom Wuppertal Institut, Prof. Braungarts *Cradle to Cradle* Konzept vorgestellt, die negativen Folgen des hohen Fleischkonsums thematisiert, schon in der Klassenstufe 6 – die Resonanz war sehr enttäuschend.

Die regelmäßigen Extraferien, vulgo Klassenfahrten etwa? Mal überlegen. Nehmen wir die grauenvolle Kursfahrt nach Ungarn. Drei Kurse, zwei Lehrkräfte als Aufsicht, ein Kollege kürzestfristigst erkrankt. Also was sagt die ständige Rechtsprechung? Die korrekt geführte aktive Aufsicht bestehe aus den drei Elementen Belehrung und Ermahnung, Kontrolle und Eingriff bei Fehlverhalten. Dazu ein Beispiel. Schriftliche Belehrung der Siebzehn- bis Neunzehnjährigen Reiseteilnehmer und ihrer Eltern, Kenntnisnahme mit Unterschrift. Juristisch ist diese im Falle eines Falles übrigens wertlos. Mündliche Ermahnungen vor Ort. Zimmerkontrolle zur allabendlichen Belustigung anderer Hausgäste durch das Lehrerteam von 23 bis 23.30 Uhr. So spät, so lange? Die jungen Herrschaften machen sich selbstverständlich einen Spaß daraus, nicht auf ihren eigenen Zimmern anwesend zu sein. Ja, und dann? Und dann? Das Fehlverhalten besteht im nächtlichen Aufenthalt außerhalb der Jugendherberge, des Landschulheims, des Hotels und speziell Aufenthalt am und im sagen wir mal Balaton.

Mal angenommen. Eine Siebzehnjährige betrinkt sich nächtens zuerst am Ufer. Na klar, what else.

Aber: Ertrinkt anschließend im See. Ein Kinderspiel für den

Staatsanwalt, ein schweres Dienstvergehen nachzuweisen, denn die verantwortlichen Lehrkräfte haben es versäumt, bei Fehlverhalten einzugreifen, schuldig. Das lässt sich mühelos von Steppenseen auf Meere, Flüsse, Teiche, Freibäder, Hallenbäder, Neuschnee, Altschnee, Schlepp- und Sessellifte, Autostrade, Bundesstraßen, Landstraßen, Dorfstraßen, Bahnübergänge und Discotheken übertragen. Ein Urteil gefällig? S 6 U 2726/03.

›Dann hätte die Schulleitung eben so viele Lehrkräfte für die Aufsicht während der Klassenfahrt bereitstellen müssen, dass z.B. eine permanente Außenwache in Wechselschichten eingeteilt werden konnte. Es liegt also ein Organisationsverschulden vor, was zu einer Überlastung der konkret handelnden Amtsträger führte!‹

›Herr Verteidiger, machen Sie sich doch nicht lächerlich. Das haben wir noch nie so gemacht und da könnte ja jeder kommen!‹

Ja, es hatte auch ein paar großartige Schüler und Schülerinnen gegeben.

Schrieb man in der richtigen achten Klasse in der Anfangsphase zum Thema Bewegung

το βέλος oder o Αχιλλέας και η χελώνα an, wurde unaufgefordert und ertragreich am Smartphone recherchiert, die unterrichtsbezogene Nutzung war in dieser Achten pauschal erlaubt worden.

»Ja schon, das sind aber auch unendlich viele Abschnitte«, gab Adrian beim Wettlaufparadoxon zu bedenken. Eben, dahinter steckt die Kontinuumsproblematik.

Schattemans hatte Andreas einen Reliaufsatz Evas zu lesen gegeben. *Das Klonen von Menschen als erste Stufe der Auferstehung.* Darin hatte sie, ganz gute Bio-LK-Schülerin, die genetische und reproduktionsmedizinische Seite ausgesprochen gut und allgemeinverständlich beschrieben und den kühnen Versuch unternommen, das Ganze auf Hiob 19 25-27 zu beziehen. Der Molekularbiologe als goʻel.

Oder Ngozi, in der Zehnten fast so lang wie Cruse selber, die zu verspäteten, türknallenden Entrées à la Clawdia Chauchat neigte, ihre Antworten flüsterte und mehrmals hintereinander Jahrgangsbeste war.

Sean und Govinda, die er mal auf einer Zugfahrt zufällig traf, versicherten ihm, dass sie nun als Ingenieursstudenten sehr zu schätzen wüssten, dass er so intensiv auf dem Thema *Schwingungen und Wellen* herumgeritten habe.

Ob seiner Erinnerungen musste Herr Cruse sogar schmunzeln. Auf Besuch in seiner alten Schule hatte Kilian, nun im ersten Chemiesemester, der führende Kopf von Cruses letzter Chemie-AG, scherzhaft *Die Methylgruppe* genannt, den Lehrer gebeten zu erklären, was es mit dem Herumrechnen des Physikprofs mit Differentialen, wo doch nur dy/dx eine Bedeutung habe und ohnehin bloß eine überholte Notation von anno tuck darstelle, wie sie im Mathekurs gelernt hätten, auf sich habe. Ein berechtigter Arbeitsauftrag. Cruse nahm sich seiner auch an.

Aber was ihn lächeln machte, war dies. ›Benny der Aufwandslose' hatte es ein wenig damit übertrieben, keinerlei Aufwand zu betreiben, und nun fehlten ihm einige Punkte bis zur Abiqualli. Und Benny schrieb tatsächlich eine Facharbeit zum Thema *Differential*.

»Kennst Du das Photo mit den frühstückenden Arbeitern auf dem Eisenträger hoch oben im Rohbau eines Wolkenkratzers in New York?«, hatte Cruse gefragt. Benny hatte ohne große Anstrengung genickt.

»Ein Differential ist so etwas Winziges wie ein Staubkörnchen auf diesem Träger. So hätten wohl noch Nernst und Schönflies gesprochen.« Cruse drückte Benny das alte Buch in die Hand. »Der große Richard Courant war dem Differential gegenüber, zumindest was dessen Verwendung in der Physik angeht, versöhnlich eingestellt, geh dem mal nach. Der englische Wikipediaartikel ist recht gut. Auffüllen kannst Du immer mit der Historie, Cauchy usw. Ach ja, klar, die Hauptsache, bring schöne physikalische Beispiele. Bei der Herleitung der Raketengleichung macht z.B. der Metzler ganz stickum Gebrauch vom Differentialkalkül.«

›Liebe Kollegen und Kolleginnen der Physik, wenn Ihr dies lest, fasst euch ein Herz und bereitet Eure LK-Schüler und Schülerinnen, gewiss auch die, auf die Physikermathematik vor! Ihr dürft ruhig beim Benny abgucken.‹

Zugegeben, wenn man sich lange besann, fielen einem doch einige schöne Unterrichtsmomente ein.

Dr. Gräwe hatte damals Recht gehabt. Von allen schlechten Möglichkeiten war der Dienst als Lehrer die am wenigsten schlechte gewesen. Vermutlich. Wenn man's ohne Experimentier-, Sport- oder sonstige Unfälle oder falsche Anschuldigungen von Schülern und Eltern etc. pp. hinter sich gebracht hatte. Es gibt nun einmal kein zweites Leben, das man ausprobieren und das bessere dann wählen könnte.

Ankunft

Er war nun schon 36 Stunden unterwegs gewesen. Schneesturm in Dallas. Nochmal 8 Stunden delay. Die Area 51 im Terminal 4 war wenigstens ein bisschen zum zentralen Gang abgeschottet. Sitze so konstruiert, dass man sich partout nicht drauf langmachen konnte. Wegen der scheiß Zwischenlehnen. Egal. Auf'n Boden also. Nur schlafen. Vor der Trennwand der betende Mann mit der Kippa störte ihn nicht und er nicht den frommen Juden. Nur schlafen. Im 15 Minuten Rhythmus. Dann kam wieder ›Welcome to Los Angeles international Airport ... Don't leave your items unattended. Thank you for your cooperation. – Bienvenido a Los Angeles aeropuerto ... .‹

Mitternacht Ortszeit. Etwas feucht, aber angenehm warm. Unspektakuläre, blütenlose, rankende Grünpflanzen vor Betonwänden. Nicht viel eindrucksvoller als der Gütersloher Busbahnhof. Dachte Andreas Cruse trotzig.

Winston wartete mit dem Escalade. Schwarz. Langversion. Innen cremeweißes Leder.

»This luxury car and that you had to drive all the way through the night to the airport just to pick me up.«

»That's my job, Sir. It's perfectly o.k. Sir, you're on vacation! Enjoy!«

Wasserläufe, Springbrunnen, indoor! Marmor, Mosaiken. Captain Cook Gobelins, riesige. Blumenkränze. Ein sehr angenehmer, leichter, warmer Nachtwind.

Knock knock. »Excuse me, it's very late, I know, I'm looking for Mrs. Van Zadelhof?«

Lachend *lief sie hinzu und fiel mit offenen Armen*
ihrem Freund *um den Hals und küsste sein Antlitz und sagte*:
»Da bist Du ja endlich! Du musst müde sein, ruh' Dich aus.«

By Jove, Kingsizebed, rundidum *des Gevierts war ein weitumschattender Baldachin,*
Stark und bunten Gewebes; die Füß' glichen Säulen an Dicke.
Doch, dies war schon das Paradies.

Irgendwann am nächsten Tag öffnete Elaine die hölzernen Shutter. Andreas glaubte seinen Augen nicht zu trauen. Sie lenkte seinen Blick über Bougainvilleas, Hibiskus, Oleander, Frangipani, Strelitzien, rotblühende Tulpenbäume und die Wasserläufe und Springbrunnen hinweg, zwischen den Palmen hindurch.

»Da ganz hinten auf dem Wasser, nein, weiter links, siehst Du diese Fontänen? Da sind die Wale.« – Glücklich sein.

Endlich im dreißigsten Jahre vom Schuldienst zurückgekehrt.

Intermezzo

Schule des Lebens

Cruse und Elaine hatten einen dieser Tage gemeinsam verbracht, die es ja auch gibt. Rundum schön und harmonisch. Glücklich.

Vor dem Wanderurlaub auf den Balearen waren die beiden mal wieder ordentlich marschiert. Um etwas für die Kondition zu tun und um die frisch besohlten hohen Schuhe gut einzulaufen.

Nun ist es Abend. Während Elaine das Abendbrot bereitet, räumt Andreas die Wanderklamotten fort und pult mit einem Hölzchen den Lehm aus dem groben Sohlenprofil ihrer Wanderschuhe. Und da es etwas Überbackenes geben wird, hat Andreas noch ein wenig Zeit und blättert im Internet.

Und dann fühlt Andreas sich ein wenig ertappt. Wie der berühmte Schuljunge. Elaine war unerwartet in sein Arbeitszimmer getreten. Schon von der Türe aus konnte sie auf seinen Bildschirm blicken. Ein Auftritt von Cher vor Matrosen.

Elaine trat näher und studierte die Szene.

»Das ist die USS Missouri, BB 63. Die liegt in Pearl Harbour. Hawai'i. Ich war schon drauf. Da müssen wir beiden zusammen unbedingt noch hin. In diesem Leben! Doch ich will Dich nicht weiter stören. Aber Essen in 5 Minuten, wird sonst kalt!«

»Uff«, machte Andreas, als Elaine wieder fort war. Und ließ die Phantasie ein wenig laufen. Also Beckett würde Castle in der US-amerikanischen Dramedyserie am Ende der Episode in so einem Gewand aus sehr viel Nylon mit ein paar ziemlich schmalen Lederstreifen an gewissen Stellen überraschen!

Andreas musste an Dr. Mallard denken, der konstatierte, dass jeder Mensch drei Gesichter habe. Eines für die Allgemeinheit, eines für die engen Freunde und eines ganz allein nur für sich. Das galt insbesondere *in eroticis*, meinte Andreas.

»Elaine!«

»Ja, was gibt's? Komm essen!«

Bildschirm bereit, Tür auf, Blick.

Und zwar auf eine karge, trockene, mediterran wirkende Landschaft. Olivenbäume und eigentümliche Sandsteinformationen mit glatten Wänden. Darin spähend umhergehend eine sportliche junge Frau, behangen mit einer Art Berberschmuck über einem Brusttuch, bewaffnet mit einem Kılıç und bekleidet mit hochgeschnürten Sandalen, einem Mittelding zwischen Kopftuch und Mütze in RAL 3003 sowie einem dünnen, langen, sandfarbenen Lendenschurz.

»Träum weiter«, sagt Elaine nur. »Das heißt, wenn Du einen Teil der Serra de Tramuntana mietest und weiträumig absperren lässt, lasse ich eventuell mit mir reden.«

Beim Essen meint sie: »Apropos Tramuntana. Kannst Du ein wenig katalanisch?«

»Nö. Nur ein paar Floskeln. *Bon dia. Bona tarda. Bona nit. Moltes gràcies. Fins més tard. Tancat* heißt geschlossen.«

»Aber Du hast doch einen Sprachführer Katalanisch. Liest Du Deine Bücher denn gar nicht?«

»Ja, ich hab das kleine Büchlein von Radatz. Und doch, einmal durchgearbeitet. Ist aber kaum etwas hängengeblieben. Katalanisch ist ein bisschen wie Französisch, aber kastilisch ausgesprochen. Den Radatz nehmen wir mit.«

Elaine ist skeptisch.

»Du und Deine ganzen teach-yourself-books!«

»Was sollen wir introvertierten Brillenmenschen denn tun, bitte schön? Man kann alles Mögliche aus Büchern lernen, doch!«

Er sieht sie vielsagend an.

»Nee, ne? Echt, *Teach yourself, How to make love to a woman?*«

Elaine schüttelt sich vor Lachen.

Cruse geht zum Bücherschrank. »Die Sendung mit der Maus hatte mir nicht recht weitergeholfen. Hier, in der Abteilung praktische Ratgeber, wo hab ich's nur gleich?

Fahrradreparatur, Elektronikbasteln, kleine Näharbeiten, ah ja, hier: *Bei Frauen auf die richtigen Knöpfe drücken.* Wieso steht denn das bei den Reisetipps? Na ja, eigentlich gar –«

Sie bewirft ihn ausgesprochen treffsicher mit den Sofakissen.

Er kann sie immer noch zum Lachen bringen. Das ist wichtig. Und leicht, denn Besiegte neigen bekanntlich zum Witz.

Elaine ist in einer weichen, gelösten und ausgeglichenen Stimmung. Sie sind einander sehr zugewandt.

»So, jetzt ernsthaft. *Our Bodies, Ourselves* in deutscher Übersetzung. Ein paar wertvolle Hinweise fand ich überdies beim *Märchenprinzen*, dem von Merian und dem von Venske.«

»Andreas, wo wir schon irgendwie beim Thema sind, heute habe ich den Spiegelbestseller zu Ende gelesen. Du, das war der Favorit der independent jury, wurde ins Tschechische übersetzt und wird demnächst verfilmt.«

»Aha.«

»Da geht's um falling in love for the first time.«

»So so.«

»Ach komm schon. Wie war das, als Du das erste Mal richtig verliebt warst. Nicht die Geschichte mit Miss Gothenburg. The very first love. Bitte, erzähl mal.«

Sie schenkt ihnen beiden noch einmal vom schweren, roten Weine nach.

Er sieht seine schöne Freundin eine ganze Weile schweigend an. Überlegt.

»Man hatte meinen Eltern von pädagogischer Seite nahegelegt, mich am Schüleraustausch mit England teilnehmen zu lassen. Das sei gut für meine Entwicklung. Ich sei so introvertiert. Und also geschah es. Wir befinden uns jetzt bereits in Hertfordshire.

Dieser neue, blaue Jeansanzug und natürlich der schwarze, extrabreite Gürtel dazu mit der sehr großen, runden Messingschnalle sollten mich dort zu einem anderen machen. Einem lässigen Jungen, der dazu gehörte. Ich könnte mir vorstellen, dass ich die ganzen drei Wochen in England diesen Anzug trug. Ja, wird so gewesen sein.«

»Blau steht nun wirklich jedem«, spöttelte Elaine. »Damit warst Du nicht wirklich originell.«

»Weißt Du – , ich sag Dir mal was! Ich habe wirklich so Anwandlungen, mir noch einmal so einen echten, blauen Jeansanzug zu kaufen. Mach ich vielleicht wirklich.

Ein braver Haarschnitt, im Vergleich zu mir heute natürlich eine

ziemlich dichte, längere Angelegenheit, aber so eine Rockmusiker-
mähne hatte ich nie. Hörte auch keine Popmusik. Lernte Sonaten
der Wiener Klassik beim alten Telgmann. Mit gelegentlichem Vorspielen im Musikunterricht bei Conradi.

Ich war zu dieser Zeit vermutlich schon in die lange Haferlschuh-
periode eingetreten, zwiegenähte Alpenschuhmode mit starker
Profilsohle, die gaben festen Halt. Damit konnte man schon mal
sicher eine unverhofft auftauchende Geröllmoräne überwinden.
Ich glaub, das ist doppelt gemoppelt. Ausgedehnte Gesteinsschutt-
flächen sind im urbanen Milieu nicht anzutreffen, aber ich mochte
diese schweren, soliden Schuhe.

Alle Crusemänner schleppten übrigens diese klobigen Treter mit
sich herum.

Die Engländer waren im Frühling bei uns gewesen, also war es
englischer Sommer. Einige Stunden an einem Sommertag in London. Das war's. Und das reichte aus.

Es muss geregnet haben. Aber dazu gleich.

Übrigens, Du hast mich doch neugierig gemacht, ich habe nun
auch Deinen Spiegelbestseller, dieses sehr erfolgreiche Sommerbuch des Genres adolescence Schrägstrich young romance aufmerksam gelesen; das spielt ungefähr in der Zeit, von der ich erzählen soll. Redeten meine Mitschüler so wie die Figuren in diesem
preisgekrönten Werke? Ich vermag mich einfach nicht zu erinnern,
wie wir damals redeten. Ich war nun ohnehin nicht der Jugend-
sprachensprecher, klar. *Cool* und *geil* sage ich bis heute ja nicht. Was
fällt mir ein, *Zichte*, *Fluppe*, *Tonne* für Schultasche, Neumann verfügte über die Spezialbezeichnungen *Ische* und *Schickse*. *Pölen* oder
quarzen sind ja wohl Regiolekt.

Wir fahren also an jenem besonderen Tage mit British Rail von
Hemel Hempstead Station nach London Euston. Diese Züge kennst
Du ja auch. Mit diesem lebensgefährlichen stromführenden third
rail. »Er bremst sich so langsam voran«, spotteten wir.

Ich spiele Schach mit Ulrich. Trotz seiner Jugend schon ein ziem-
licher Bär, mit dunklem Vollbart. Ein ruhiger, vernünftiger Mensch.
»Spielst Du, um zu gewinnen oder um zu verlieren?,« fragt er mich.
Das lass ich jetzt mal so stehen. Das kleine Reiseschachspiel habe

ich immer noch. Ein pawn ging uns im Zug verloren und ist durch einen kleinen, passend zurechtgeschnitzten Kegel ersetzt.

Der Typ neben mir – hätte ich damals Typ gesagt? Mir scheint, Mädchen, will mal sagen reife Mädchen nannten die Jungs, mit denen ihre Freundinnen was hatten, deren Typen. Diese Typen mit reellen Chancen hatten keine Mofa, nee, auch besser keine Kreidler oder Zündapp, sondern eine Kawa oder Yamaha. Ich hatte ein Fahrrad mit Dreigangschaltung.

Und denke daran, dass wir damals noch eine reine Jungenschule waren. Die Soziae für die Kawas kamen zum Ende des Nachmittagssports der Oberstufenmänner.

Zurück ins Zugabteil. Dieser Nebenknabe also informiert uns darüber, dass seine »Unterhose in die Arschrille gerutscht ist«. Und dass der Igel »Irren ist menschlich« sagt und von der Bürste steigt. Ich konnte es damals nicht so benennen, ich fremdschämte mich jedenfalls.

Wie unser Gespräch dann von einfachen Säugern auf zwischenmenschliche Beziehungen kam, ist nicht zu rekonstruieren. Der abgeklärte Ulrich sprach einen Satz, der sich mir für immer einprägte: »Making love makes babies.«

»Kommt das in Deiner Geschichte noch irgendwie zum Tragen?«, fragte Elaine gut gelaunt und ein bisschen erwartungsvoll.

»Nicht so ungeduldig. Ah, fast hätte ich es vergessen. Danke. Auf dem Plan stand eine gemeinsame Stadtführung. Dann durfte man in Dreiergruppen nach Zielangabe auf eigenes Fäustchen losziehen. Ich wollte unbedingt ins Imperial War Museum und auf die HMS Belfast. Das ist ein Museumsschiff. Der Oma hatte ich versprechen müssen, auch ins Natural History Museum zu gehen. Über ihre holländischen Verwandten und Mr. Roberts, den Hotelkönig, » damals in der schlechten Zeit, als es nichts gab«, war sie in London untergebracht worden. Am Regent's Park, ungeheuer vornehm und luxuriös, ich hab alte, bräunliche Photographien gesehen, die Oma, kaum zu glauben. Nebenbei bemerkt, die englische Sprache hatte sowohl Omas Deutsch wie Niederländisch nur weiter destabilisiert. Und, mir waren die Dinosaurierskelette, die sie so ungeheuer beeindruckt hatten, völlig piepe.

Was wollte ich sagen, zum Tragen. Ja, Herr Zamek, unser Englischlehrer, hatte verkündet, wobei ein geheimnisvolles Lächeln seine Lippen umspielte, einige von uns würden ja nach den großen Ferien Shakespeares *A Midsommer nights dreame*, also *Ein Sommernachtstraum* mit der Theatergruppe einstudieren. Wir könnten uns ja hier im englischen Sommer schon einmal einstimmen. Sein Lehrerkollege vom Alexandrinum und Tischtennisvereinskamerad, Herr Pabst, sei mit seiner Klasse auch zufällig jetzt auf Austausch in England und wir würden dessen Gruppe am Themseufer bei den *Bürgern von Calais* treffen und gemeinsam den Stadtrundgang machen.

Zur Erinnerung. Wir waren damals noch ein Jungengymnasium. Auf dem Alexandrinum aber waren die Mädchen.

»Ich hab Dich schon von da ganz oben gesehen. Ich war nämlich auf der Galerie, siehst Du? Ganz allein. Die anderen kommen nicht auf so eine Idee.«

Sagte eine von Herrn Pabsts Schülerinnen zu mir unter der großen Kuppel in der St Paul's Cathedral. Ab da blieben wir den ganzen Tag in London zusammen. Herr Zamek und sein Tischtenniskumpel hatten ohne zu zögern unsere Zweiergruppe genehmigt.

Es hatte geregnet und überall waren noch Pfützen. Wir gingen eine ganze Weile unmittelbar hinter Herrn Zamek her. Seine feuchten Sandalen quietschten zweitönig bei jedem Schritt. Die Sohlen atmen ein und wieder aus. Nora und ich finden das lustig. Nora Niemeyer, das hatte ich schon durch die Zurufe ihrer Klassenkameradinnen aufgeschnappt.

Ein kurzes Kennenlerngespräch. Sie aufm Alexandrinum, klar. Die Päbstinnen waren eine Klasse über uns. Wir hatten wohl keine gemeinsamen Bekannten. Sie wohnte mit ihren Eltern und ihren Schwestern in der Stadt in diesem Blumennamenstraßenviertel mit den neuen Flachdachbungalows. Ich wusste ungefähr, wo das war. Die Jugendmusikschule hatte eine Flötenhanselspieleinmalzweigstelle dort.

Ihre Mutter nannte sie *meine Mutter*, den Vater jedoch immer nur *Helmut*. Mit Helmut kam sie offenbar nicht gut klar. Also ich hätte von meinem Vater damals doch nicht als *Werner* gesprochen!

Sie hatte keinen alten Opa wiederbelebt oder einen Welpen gerettet. Ich weiß bis heute nicht, wie es kam. Out of the Blue. Spellbound.

Dabei hatte sie schon während unseres Rundgangs durch das MoMA – »Das soll Kunst sein? Das könnte ich auch.« – klargestellt, dass sie nie einen Jüngeren heiraten würde. Es war also schon vom Heiraten die Rede. Und ich glaube, dass ich sofort versuchte, sie von dieser Altersbegrenzung abzubringen.

Wieder draußen, setzen wir uns auf ein Mäuerchen mit Blick auf die Towerbridge. Sie holt eine Coladose aus ihrer Umhängetasche.

»Hier, willst Du 'n Schluck?«

Ich passte genau auf, wo am Rand ihre Lippen gewesen waren und setzte meine Lippen dort an. Musst Dir das mal vorstellen! Dass sich eine Hormonstörung so schnell entwickeln kann!

Sie musterte mich.

»Sieht mistneu aus, Dein Anzug. Und Blau steht eh jedem.«

Sie trug einen schwarzen Cordanzug, geschnitten und mit Nieten und diesen Metallknöpfen wie ein Jeansanzug, aber eben Cord und schwarz. Ich hatte damals zwar, wie Du sicher gut verstehst, noch nicht den geschärften, bewussten Blick für solche Sachen. Die schwarze Robe saß auf alle Fälle sehr gut, war aber nicht aufdringlich oder gar eindringlich. Dazu abgetragene, schwarze Adidas mit den weißen Streifen. Eine rot-weiß karierte Bluse mit ziemlich großen Karos. Nicht durchgeknöpft, sondern vorm Bauch zusammengeknotet.

»Weißt Du vielleicht auch noch, was sie für Socken anhatte,?« fragte Elaine ein klein wenig schnippisch.

»Tennissocken mit blau-rotem Bündchen.«

»Ach, war es so warm?!«

»Nur ruhig. Sie hatte Steinchen im Schuh!«

Dann besuchten wir das Naturhistorische Museum. Mein Ding war damals schon die Chemie, ihres die Biologie. Sie war fasziniert von den Saurierskeletten. Das hatte auch sein Gutes. Ich kaufte für die Oma die Postkartenserie mit allen Motiven der Knochengerüste. Eine gute Tat. Mein ursprüngliches Interesse für das Feuerleitsystem eines leichten Kreuzers der Royal Navy und ähnlich gelagerte Sujets ließ ich unerwähnt.

Und ich handelte wenigstens einmal schnell. Es gelang mir tatsächlich unbemerkt, im Museumsshop einen großen Anhänger an einer Kette zu kaufen. Was dieses Souvenir mit dem Naturkundemuseum zu tun hatte, weiß ich nicht. Aber das war mir auch egal. Ein prachtvolles Stück, die Replik eines Amuletts von Tut-Ench-Amun, golden und lapislazuliblau. Das ist dieses sehr intensive Ultramarinblau. War übrigens 'ne Prüfungsfrage im Vordiplom. S_3^- Radikalanionen sind für das Blau zuständig, musste man bei Prof. Möller unbedingt draufhaben. Doch fahren wir fort.

Sie nahm mich einfach bei der Hand. »Und jetzt gehen wir in den Zoo.« Sie holte einen Stadtplan und einen Busfahrplan aus ihrer großen, rot-weiß-blauen Umhängetasche und dirigierte uns souverän ans Ziel. Herr Pabst hatte sicher gewusst, dass Nora schon ein großes Mädchen war.

Sie wollte auf jeden Fall zu den Papageien. Sie war dann enttäuscht, dass sie keine neuseeländischen Keas hatten.

»Na ja, ich geh sowieso bald nach Kanada oder Neuseeland. Vielleicht als Au-pair. Helmut wird mich nicht vermissen.«

Nordamerikanische Fischadler und pazifische Bergpapageien waren mir völlig gleichgültig. Ich konnte bestimmt nichts Gescheites dazu sagen. Heute wundere ich mich immer noch, dass sie bei mir blieb. Diesen einen Tag.

Bei den Erdmännchen, auf Englisch heißen die *meerkats*, wusstest Du das, wollten wir einen Imbiss nehmen.

Bah, die Gastschülermutter hatte mir graues, labberiges, fettiges Hühnerfleisch aufs Sandwichbrot gelegt. Und reichlich davon. Unauffällig warf ich die Fleischstücke den Raben hin, die auf uns zugehüpft kamen.

»Das sind keine Raben, sondern Rabenkrähen. Das kann man leicht an der Schnabelform und der Größe erkennen. Ich finde es einfach unglaublich, dass die Vögel von den Sauriern abstammen. Diese Riesenviecher in der Museumshalle eben, phantastisch!«

Dann mustert sie mich wieder eingehend.

»Die linke Brusttasche deiner Jeansjacke ist verdächtig ausgebeult. Du rauchst?«, fragte sie erstaunt.

Ungeniert knöpfte Nora die Brusttasche der Jacke auf und zog meinen Erste Hilfe Schokoladenvorrat heraus. Das wirkte so nah, so vertraut, verstehst Du?«

»Kein Raucher, sondern ein Süßer.«

»Ja nein. Aber mein englischer Austauschschüler. Die Engländer bekommen Ärger durch ihre Lehrer, wenn sie mit Zigaretten erwischt werden. Die Deutschen werden aber nicht kontrolliert. In der Schule transportiere ich tatsächlich oft John Players N°. 6 in der Jacke. Und da gibt's so'n indisches Mädchen, das mich immer deswegen ausschimpft.«

Weiter geht die Inspektion.

»Die Gürtelschnalle ist wirklich nicht zu übersehen. Soll das 'ne message sein?«

Unvermittelt zog sie heftig daran.

»Was machst du da?«, rief ich.

»Ach, ich bin nur neugierig, was die Leute so drunter tragen.« Ganz nonchalant.

Zog erneut, ganz sachte, und guckte hinunter.

»Gaaf! Ist das 'ne rote Badehose? Das ist echt nicht oldschool! Die Überraschung wär Dir echt gelungen. «

Damals verstand ich nicht so recht, in welchen Kontext diese Überraschung gehört hätte.

»Meinst Du, wir schwimmen nachher in der Themse oder so?«

Ich atmete tief durch. »Wenn ich vielleicht hier in London ohnmächtig oder angefahren werde und die mich untersuchen, habe ich wenigstens nicht so eine blöde weiße Unterhose an.«

»Meneer de voorzitter, dit is honderd procent mijn Andreas.« Der Anflug von Ernst ist aus Elaines Gesicht wieder verschwunden.

»Schwarzer Cordanzug, gute Figur, ich hab 'ne Vorstellung. Wie sah sie denn aber aus? Her face?«

»Unter den uns vertrauten Gesichtern kommt ihr vielleicht Leonie Brandis, die Schauspielerin einigermaßen nahe. Viel attraktiver als die Brandis, versteht sich. Plus die ganz junge Joan Baez. Als Komponente einer Gesichtsrekonstruktion am Computer würde ich heute vielleicht auch Bérangère McNeese hinzufügen. Die Neese vor allem.

Aber das war es. Bei den *Bürgern von Calais* kamen alle wieder zusammen. Nora ging schnell zu ihren Freundinnen. »Tschüss, Andreas.« Nichts weiter. Und ich und Tattenkämmen fuhren wieder zurück nach King's Langley und nach Deutschland.

»Das war ja eine dolle Story. Der Coladosenkuss und die Entdeckung der roten Badehose«, wollte Elaine zusammenfassen.

»Ab da habe ich übrigens Schluss gemacht mit weißen Doppelfeinripp-y-Front –Briefs. Und Nora habe ich nie vergessen.«

Elaine stellte die naheliegende Frage: »Aber warum unternahmst Du nichts?«

Andreas zuckt nur die Achseln.

»Sie war so bestimmt gewesen wegen des Altersunterschiedes, vielleicht. Und ich erkannte mich in Préverts Chanson *Barbara* wieder. Die verpasste Chance. Brels *Ne me quitte pas* bezog ich auf mich, obwohl von Verlassenwerden natürlich keine Rede sein konnte. In dem Sommer, in dem der Coladosenkuss geschah, war *Tu te reconnaîtras* von Anne-Marie David populär.«

Andreas geht zum Piano. Spielt.

»Damals konnte ich noch weniger Französisch als heute. Einige Sätze verstand ich aber.«

Spielt und singt. »hmm ... Dans la ville où commence la première aventure de la vie. Dans celui qui doute, dans celui qui croit. Tu verras, tu te reconnaîtras hmm ...

Elaine, wie fragtest Du, ob da noch was zum Tragen komme?

Helmut und Helga Niemeyer, Lilienweg 1. Das hatte ich sofort nach unserer Rückkehr aus England ganz einfach mit dem Telefonbuch herausgefunden. Die Nummer kenn ich heute noch auswendig.

Eines schönen Frühsommertages, wohl im 3. Semester, sitze ich in der UniBib und lerne für ein Abschlusskolloq oder ein Antestat. Ich blicke aus dem Fenster. Packe meinen Kram und verlasse die Bibliothek, schließe meine Unterlagen im Spind ein, schwinge mich aufs Rad und fahre ins Blumenstraßennamenviertel.

Ohne vorheriges tagelanges Gegrübel oder so. Als ob mich jemand an Fäden gehalten und gelenkt hätte.

Eine junge Frau, barfuß, in einem gerippten, grauen Unterhemd und einem bunten, langen Wickelrock, der aussieht, als sei er aus vielen Kaffeekannenwärmern zusammengenäht worden, öffnet die Tür. Das ist sie nicht. Klar, warum sollte Nora nach all den Jahren auch noch dort wohnen? Sehr unwahrsheinlich.

Ich frage nach Nora. Wir hätten uns vor langer Zeit mal kennengelernt, auf einem Schüleraustausch in England.

So was Irres. Am liebsten hätte ich mich wieder umgedreht und wäre weggelaufen.

»Kein Problem. Klar. Komm rein. Ich rufe meine Schwester. Willst Du 'n Kaffee? Is oploskoffie o.k.? – Nora, Besuch für Dich«, ruft sie in den Gang nach hinten.

Und wieder zu mir: »Magst Du vielleicht die Straßenschuhe ausziehen, ja?«

Was meinst Du, was bei uns losgewesen wäre, wenn da auf einmal eine fremde junge Frau nach mir gefragt hätte. Ihre Eltern waren übrigens zum Einkaufen in Enschede, erfahre ich von der Schwester.

Ich stehe da, ein Fremder in Socken. Sehe mich um. Ess- und Wohnzimmer gehen ineinander über. Auf dem Esstisch liegt ein dicker Teppich. Putzig.«

»Tafelkleed«, wirft Elaine ein.

»Ja klar, aber das kannte ich damals nicht. – Ich kann diesen Raum mit der Eckbank und den großen Holzrahmenfenstern zum Garten, mit den Klivien, den Schusterpalmen und dem Bogenhanf auf der niedrigen Fensterbank immer noch vor mir sehen.

Sie kommt barfuß aus dem hinteren Trakt des Winkelbungalows ins Wohnzimmer. Sie trägt ein schlabbriges, etwas fleckiges, weißes altes T-Shirt und eine weite, verwaschene, altrosafarbene Trainingshose. Die Haare durcheinander. Ich nehme an, dass sie geschlafen hatte. Das tut dem alten Zauber nicht den geringsten Abbruch. Au contraire. Ich bin ein junger erwachsener Mann. Nora hat sich nicht viel verändert. Ihre Brüste sind groß.

»Und wir sollen uns kennen?«

Ich erzähle von dem Schüleraustausch, dem Tag in London.

»Du meinst bestimmt meine Schwester Jutta. Die war mehrmals in England. Bestimmt Jutta.«

»Nein. Nora, Du. Du wolltest nach Kanada und Neuseeland, zu diesen Bergpapageien, den Keas. Verblüffend intelligente Wesen. Und alles Nachfahren der Riesenechsen. Warst Du dort? «

Ihr freundlich-gleichgültiger Gesichtsausdruck veränderte sich. Nach einer Weile sagte sie:

»Wir saßen bei den Erdmännchen und Du warfst Deinen Sandwichbelag den Rabenkrähen hin. «

Die Schwester im Wickelrock, nicht Jutta, sondern Ina, verfolgt unseren Dialog mit unverhohlener Neugier.

Aus einem der hinteren Räume des Winkelbungalows kommt ein Geräusch. Nora verschwindet in den Gang dorthin.

»Rollo will bestimmt sein Fläschchen haben«, verkündet Ina.

Nora kommt zurück und sagt zu mir: »Hier, nimmst Du ihn mal gerade? Ich mach sein Fläschchen warm.« Sie geht in die Küche.

Ich steh da, Rollo auf dem Arm, ganz vorsichtig das Köpfchen haltend, und Ina sagt, schadenfroh? und mich kritisch musternd:

»Ja, ja, making love makes babies.«

Elaine hat ihre Heiterkeit verloren.

»Andreas, ich glaube, ich hätte besser nicht nach Deinem ersten Mädchen gefragt.«

»Verliebtheit ist eine Hormonstörung, ein transientes Ungleichgewicht. Auch wenn man vollkommen genesen ist, vermag man sich doch gut an die Symptome einer Krankheit zu erinnern.

Und ich glaube, in jenem Wohnzimmer, erinnerte sie sich eigentlich nicht an mich, sondern an all die unerfüllten Träume, die sie einmal gehabt hatte.

Elaine, es gibt keine Zauberei. Aller Zauber ist nur eine Illusion.«

Andreas, Andreas, woher weißt Du, dass Noras Träume unerfüllt waren; warst Du wirklich nur dieses eine Mal in dem Wohnzimmer, an das Du Dich so gut erinnerst? Aber das sagte Elaine nicht. Das dachte sie nur.

Opa Cruse hatte geknurrt, wenn es nach ihm gehe, hätten sie den

Bengel wegen der Frau mit dem Blaag rausgeschmissen. Ganz einfach. Aber die Angelegenheit hatte sich ziemlich schnell erledigt. Die Frau mit dem Kind hatte nach wenigen Monaten befunden, dass ihr der mittellose Student, der noch nicht einmal eine eigene Wohnung oder wenigstens ein Auto hatte, in ihrer schwierigen Situation nicht den notwendigen Rückhalt geben konnte. Andreas wusste, dass sie damit Recht hatte. Auch wenn's verdammt weh tat. »Dreams are ten a penny.« Die Sache mit Nora, dieses frühe Scheitern auf der ganzen Linie war ein dickes, dickes Minus im Hauptbuch seines Lebens.

Ja, zugegeben, viel später hatte er im Internet gelegentlich nach Nora gesucht. Und wurde schließlich fündig. Im Mittelbau der Universität Innsbruck war eine Dr. Nora Niemeyer im Forschungsbereich alpine Ornithologie tätig. Keas sind Hochgebirgspapageien, nicht wahr? Andreas ging aber dieser Spur ganz bewusst nicht weiter nach.

Und von all dem sagte er Elaine nichts. Vielleicht später einmal. Doch, das würde notwendig sein.

By the way, Andrew never knew his first love.

Das Leben ging weiter. Seinen ruhigen, voraussichtlich ereignisarmen Gang. Andreas sollte immerhin die Jungs von der Nachtwache und den Herrn mit dem Goldhelm treffen. Und vollkommen unerwarteterweise bekam er ein paar grundlegende Stunden in Alltagsschwedisch.

Zunächst stellte John F. für Andreas das auf Aristoteles zurückgehende Konzept der *vita activa* dem der *vita contemplativa* gegenüber. Dabei sah er Andreas nicht an, sondern schien einen nur ihm sichtbaren Text von der weißen Wand abzulesen. Ein großer Trost war das für Andreas nicht gerade.

Thomas Eicher meinte: »Sowas is echt Schitte!« Dann hörten sie melancholische Cohensongs. *One last time, from a distance I saw you, you looked so much older. And now, if you ever came by here, what could I tell you, what could I possibly say? That sometimes I miss you, sure I don't blame you, sure I'm not glad I stepped in your way. I thought it was there for good so I never tried – did someone ever take the trouble from your eyes? Sincerely, A Cruse.* Dabei tranken sie Sherry und drehten sich in Eichers roten

Schaumstoffsesseln, deren Material unwiderstehlich zum daran Rumknibbeln einlud.

»Branco, das ist der kroatisch-amerikanische Gastwissenschaftler in der PC, hat mir erzählt, wenn man sich in Kroatien zutrinkt, sagt man: »Pustimo oči da govore. Lassen wir die Augen sprechen.««

»Nochmal, wie?«, fragte Andreas.

»Pustimo oči da govore.«

»Hm, ja, *oczy* sind die Augen. Jedenfalls, danke.«

Und dann *Susan takes you down*. »Das ist rhythmisch gar nicht so einfach, wie Du vielleicht meinst«, bemerkte Tommy Guitar.

In Michael Paldrammes- wer damals nicht Andreas hieß, war eben oft ein Michael – altem, blauen VW Typ 3 Stufenheck rasselten Michael und Andreas für ein paar Tage nach Amsterdam. Keine Bange, der Schwerpunkt lag eindeutig auf mehrmaligen Besuchen im Rijksmuseum.

Walter Müller war irgendwie erfreut. »Jemand in Deiner Situation, das wär genau das Richtige für meinen Vater gewesen.« Der seelsorgerische alte Herr war aber leider pensioniert und nach Basel, in die Stadt seiner exilischen Studentenjahre zurückgekehrt.

John ermöglichte dann einige Monate später Andreas eine Art der Teilnahme an der *vita activa*, die Aristoteles nicht primär im Sinn gehabt hatte. Und ob John davon etwas mitbekommen hatte – *Ioannes tacuit et philosophus mansit*.

»Komm doch mit zur Semesterabschlussfête im Wohnheim in der Mackensenstraße. Da kommen alle möglichen Leute hin, auch aus der literaturwissenschaftlichen und philologischen Fakultät«, hatte er Andreas vorgeschlagen.

John F. kam dort sehr auf seine Kosten. Er lernte einen ebenso gelehrten wie gut gelaunten philosophischen Herrn aus Ghana kennen, mit dem er sich äußerst angeregt, teils auf Deutsch, teils auf Französisch, über die Zusammenarbeit mit Höffe unterhielt oder darüber, was in aller Welt in Tugendhat gefahren sei, dass der sich wieder mit Heidegger befasste. Was einen eben so interessiert. *Suum cuique.*

Andreas war also bald sich selbst überlassen. Es waren einige ihm bekannte Gesichter da. Ah, die. In ihrer orientalischen

Kostümierung. Grüne, glänzende Pluderhosen und eine ebensolche, mit Stickereien und Pailletten verzierte Weste, dazu eine dunkelrote Bluse, rot und grün perfekt komplementär. Schwarze Gymnastikschuhe. Sie kellnerte oft freitags und samstags im *Cafe Oktober*. John nannte sie die *Odaliske*. Woher kannte er solche Wörter? Sein außerordentlicher Wortschatz verschaffte ihm allerdings auch keinen näheren Zutritt.

Hinter der Theke spülte Renate Wolff Gläser und himmelte dabei ein bärtiges Ungetüm an, das sich an ihrem Tresen lümmelte. Na ja, das Ungetüm hatte immerhin Geschmack, Renate, die rote Wölfin, leider nicht.

Jede liebt den Falschen, dachte Andreas. Ich bin der richtige.

Renate hatte er vor einigen Wochen in Aktion erlebt. Auf einem studentischen Musikabend. Sie trat zusammen mit Achim Flaskämpper, diesem bleichen Mathemittelbauer auf. *Footstompers Stagefright*. Das Stück für sich ist schon ziemlich hinreißend. Und verdammt nicht einfach.

Also Achim wie üblich in seiner dunkelgrauen Nadelstreifenhose und dem schwarzen Hemd.

Und dann Renate. Kontrastprogramm. In engen Bluejeans. Die Fransenjacke über dem karierten Hemd. Westernboots zum Footstompen und dann dieser Hut! So ein schwarzer Kavalleriehut mit gelber Hutkordel, und die rote Mähne darunter wurde gehörig geschwungen.

Ein Erlebnis, das ihm noch sehr klar vor Augen stand. Bloß weg damit jetzt. So was gehört verboten. Na, Quatsch.

Er lieferte bei Ŝêrîn am provisorischen Büffee eine goße Schachtel *Mon Cherie* und ein 360 g Prisma *Toblerone* ab und erhielt dafür eine ansehnliche Portion cacık mit pidde. Und ein Pils.

Der nervöse Theo hatte außer seinen Captain Queeg Kugeln den pummeligen Wolfgang dabei. Ein monströses, unverwüstliches Kassengestell auf der Nase und dann dieser blaue Teddy! Das ist der Stoff, aus dem man Grobiköstüme macht.

Andreas setzte sich erst mal zu den beiden in die Ecke aufs Sofa. Die scheinen sich über Literatur zu unterhalten. Ein kurzes Nicken, eine gemurmelte Begrüßung. Man kennt sich irgendwie. Ja, ein bisschen wie die Stammbesatzung aus dem Comicbuchladen.

»So wie Joyce im *Ulysses* so viele Sätze benötigte, um auch nur den Verlauf eines Tages glaubhaft darzustellen?«, fragt Wolfgang seinen Kumpel Theo.

»Genau. Das ganze Buch von Pynchon schildert auf seinen 760 Seiten einen nicht enden wollenden Alptraum. Die riesige Textmenge soll den Leser diesen Horror möglichst intensiv erleben lassen. Er soll hineingezogen werden in diesen infernalischen Ereignisstrudel. Jedes Detail wird grell beleuchtet. Man könnte jede Seite sofort verfilmen, so exakt ist alles beschrieben. Nichts Positives, woran man sich halten könnte, nichts Tröstliches. Eine einzige Abfolge von Stumpfsinn, Gewaltherrschaft und Diktatur, Zerstörung, Tod, Sex, Pornographie, raffiniertem Wahnsinn, eine technologische Hölle.«

Im Halbdunkel der Sofaecke dreht sich Andreas unvermittelt Theos knochige Fratze zu: »Wir, klickklick, die Teufelsbrut, werden die Erde so zugrunde richten, dass demokratische Gesellschaften mit ihren komplizierten, langsamen Entscheidungsmechanismen alle von der Bildfläche verschwinden, klickediklick. Wir sind zu schlau, und gleichzeitig zu blöde, und vor allem zu viele. Also Menschen.«

»Theo schreibt nämlich gerade eine Seminararbeit bei Bohrer über *Die Ästhetik des Bösen*«, erläutert der pummelige Wolfgang.

»Ist Renate – Andreas macht eine Kopfbewegung hin zur Theke – nicht auch in dem Seminar?«

»Ja, ist sie. Aber siehst ja selbst«, meint Wolfgang und seufzt schulterzuckend. »Ich hab eben das Graue-Maus-Gen, Pech gehabt.«

Andreas bringt ein: »Der Pessimist ist ein Mist, auf dem nichts wächst, und der Optimist ist ein Mist, auf dem alles gedeiht« vor, dann treibt es ihn schnell zurück an den Tresen, noch ein Bier zu holen.

Glaub ich das selber?, fragt er sich. Handelt es sich bei Wolfgang nicht um eine ganze Graue-Maus-Gengruppe? Und dann stellt er sich vor:

- Renate fragt Šêrîn, ob die mal für eine Viertelstunde alleine die

Theke machen könne und geht zum Sofa. »Ej, Theo, rück mal 'n Stück. Hi, Wolle. Wie geht's? Du, nee, so geht das nicht weiter. Also, Montag gehn wir beide zu Fielmann und ich such Dir 'ne geile Brille aus! Und als nächstes verbrennen wir gemeinsam diesen Blauteddy und ich kauf Dir dann 'ne super sportive Jeansjacke! Na, abgemacht? Du, ich muss wieder zu Šêrîn. Aber Du bist ja nachher noch da, dann hab ich mehr Zeit.« –

Nee, never ever passiert das, sorry, sagt er sich dann.

Jemand prostet ihm zu.

»Skål!«

»Prost! Skål is Swedish, isn't it?«

Mirjana Meštrović hatte einige Spezialvorlesungen besucht und würde demnächst nach Schweden zurückkehren. Ihre Eltern kamen zwar ursprünglich aus Jugoslawien, die Familie lebte jedoch schon seit langem in Göteborg.

Sie arbeitete über Tucholsky, der bekanntlich in Mariefred begraben liegt. Unter den ortsansässigen Fêtenteilnehmern war, auch das Unwahrscheinliche geschieht eben gelegentlich, Andreas Cruse der ausgemachte Tucholskyspezialist. Weil Mirjana die zehnbändige Rowohlt Taschenbuchausgabe in ihrem Wohnheimzimmer griffbereit hatte und weil sich das Gespräch mit den Texten bei der Hand dort so viel fruchtbarer und ganz ungestört führen ließ und weil sich Mirjana und Andreas sehr sympathisch waren, begab man sich eben dorthin.

»Ähm, pusztamy oczy da govore«, sagte Andreas.

»Ja, jetzt tun wir das. Aber *pustimo*, vollendeter Aspekt.«

Och Mirjana var den första kvinnan Andreas låg med. Hon stönade högt, när det gick för henne. Han blev rädd och frågade: »Har jag gjort dig illa?!« »Nej, inte alls, tvärtom, din dumbom!«

Auf Schwedisch heißt es nämlich nicht *Du Dummkopf*, sondern *Dein Dummkopf*.

Der Lehrer als Autor

Hinweis: Eckige Klammern kennzeichnen Äußerungen von Andreas und Elaine über den Buchtext, wo dies zur Strukturierung notwendig erschien.

[»Und, wie und womit willst Du Dein großes Werk beginnen?«
»Han var född i Göteborg och steg på vid djurgårdsbron. Dafür gab's immerhin den Edgar Allan Poe Award.«
Elaine verdrehte nur die Augen.
»Schon gut, schon gut. Selbst für einen Groß-Autor wie mich wär's a too long way to Tipperary.
Denne forunderlige By, som ingen forlader, før han har faaet Mærker av den, auf meinen Dienststellen gibt und gab es viel Wunderliches, jemand weist Kratzspuren auf, geht fort. By muss man natürlich deuten. Mir gefällts! Und hier, lies mal diesen etwas älteren Text. Irgendwo muss man ja beginnen.«]

Edward Bentien to Bexten mit seinem Prof. Bertholdbart und den dünnen, langen, grauen Haaren, trug immer ausgebeulte Cargohosen, dazu aber Oberhemd und Sakko, schrieb in den Konferenzen, bei Dienstbesprechungen etc. erstaunlich viel mit. War doch bekannt, dass er in Daueropposition zu dem ganzen Betrieb stand. Die neben ihm Sitzenden konnten seine krömmelige Schrift mit vielen selbstgemachten Kürzeln, die insgesamt auf karolingischen Minuskeln basierte, überhaupt nicht entziffern.

Dieser Bentien also kotzte, als der Schulleiter den Raum betrat.

Bislang hatte er in der Fachkonferenz mit unbeweglichem Gesicht dagesessen und von sich aus kein Wort zu den Diskussionen um das neue Schulbuch beigetragen. Wenn eine der jungen Lehrkräfte, die ihn noch nicht kannten, Bentien nach dessen Meinung fragten, drückte er knapp seine Inkompetenz bezüglich der Beantwortung der Frage aus. Angesichts seiner einfachen Dienststellung. Im Laufe der Jahre hatte er ein erstaunlich großes Repertoire an Ignoranzwendungen aufgebaut, er sei sehr, gänzlich, völlig, über alle Maßen, ganz und gar, total überfordert. Angesichts seiner dienstlichen Beurteilung wundere es ihn selber, dass er in der Lage sei, den richtigen Klassenraum zu finden und die Uhr zu lesen.

Es galt nun mal der Satz von Lansburgh: ›Wer mit Dreck beschmissen wird, der ist dreckig.‹ Mit der Erweiterung: ›Und ein Beamter, der für dumm verkauft wurde, stellt sich ab Verkaufsdatum auch dumm an.‹

In letzter Zeit hatte er besonderen Gefallen an *exorbitant* gefunden. Die permutative Kombination der Verstärkungswörter mit Ausdrücken des Nichtwissens etc. ergab einen ungemein reichen Schatz an Antwortmöglichkeiten. Da war wohl jemand ein klein wenig nachtragend.

Bentien konnte beim Erscheinen des Chefs wie auf Kommando, jedoch auf exorbitant natürlich wirkende Art dauerniesen, minutenlang bellend husten und sogar in Schweiß ausbrechen und dabei puterrot anlaufen. Wie er das anstellte, hatte noch niemand herausgefunden. Zum Erbrechen hatte er es bislang nicht gebracht, diese neue Fertigkeit bewies, dass er sich durchaus noch neue Kompetenzen anzueignen wusste.

[»Bist Du verrückt geworden? schrie Elaine, nachdem sie dies gelesen hatte. »Das darfst Du nie publizieren, hörst Du? Du machst Dich unglücklich damit«, fügte sie in netterem Ton hinzu.

»Nee, das wird mich erst richtig glücklich machen! Und Dr. jur. Tucholsky hat mir bei dem Projekt sehr weitgehende Freiheiten eingeräumt«, fügte er hinzu. ›*Und würde das Buch bei Einem gefunden, so muß er gestehen, daß er es eben der guten Schul-Policey habe bringen wollen*‹. Ich muss das machen.«

»So à la Wenn ich nicht wirke mehr, bin ich vernichtet?«

»Sie kennen Ihren Schiller! Aber im Ernst. Der mit den Tücken des Tageslichtprojektors kämpfende Elferrat ist auch bis zum BGH durchgekommen.

Pestalozzis Erben haben übrigens drei Auflagen erlebt. So etwas lesen die Leute und glauben's. Die Vorstellung vom faulen Lehrer, der am Vormittag Tennis spielen geht, ist im deutschen Volksglauben fest verankert. Dabei macht der Schulleiter die Dienstpläne und Du stimmst mir sicher zu, dass mal einer versuchen sollte, sich vor der Aufsicht zu drücken. Der hätte aber ruck zuck ein Privatissimum beim Chef!«

»Schon, aber denk dran«, meinte Elaine, »der Mahlmann war großer Oberstudiendirektor, einer von denen da oben, ein Funktionär, wie Du sagst – Du bist nur einer von uns hier unten. Um mal durch Deine Brille zu gucken.«

»Klar, Schule ist Politik und zwar reinsten Wassers. Ich kenne eine sehr junge Biofachleiterin, der ich erstens schon mehr als ein Mal hinterher geguckt habe und von der ich der zweitens weiß, dass sie noch nie selber einen Bio-LK durchs Abi geführt hat. Und die darf jetzt für Jahrzehnte über berufliche Schicksale mitentscheiden. Die hatte eben die richtige Einstellung.«

»Wer soll das sein?«, fragte Elaine misstrauisch.

»Unwichtig«, winkte Andreas ab, und erläuterte, er habe ewige Treue, aber nicht Blindheit geschworen und fuhr fort:

»Es ist wirklich lustig, lies das mal nach, der Bernatzki beim Mahlmann ist ein Zwilling zu Wörmann und Wörmann-TV.

Noch ein hübsches Detail. Ein wirklicher, deutscher, gymnasialer Oberstudiendirektor beschreibt ganz unbefangen, wie eine Lehrkraft, ich meine die Geschichte mit Lausbach und dem *english breakfast*, trotz schweren Mängeln, denn es wurde von den Schülern kein einziges Wort Englisch in der Hospitationsstunde im Englischunterricht gesprochen, eine gute dienstliche Beurteilung bekommt.«

Andreas hob die Stimme: »Und zwar um eine vor der Hospitation bereits bestimmte zukünftige Verwendung zu ermöglichen.«

»Und überleg mal, in Pestalozzis Erben sind die Lehrer doch ganz einfach zu identifizieren gewesen. Man fand schnell heraus, welche Schule in welcher Stadt. Beim schlaufaulen Nottbeck und dem mit den Peckhaaren z. B. wussten doch alle, wer gemeint war. Aber bei mir können sich höchstens *isti dramatis personae* selbst identifizieren.

Also, ich stelle den Mahlmann vom Kopf auf die Füße, und auch ich schreibe im Namen der Kunstfreiheit. Du glaubst doch selber nicht, dass ich eiternde Wunden in die deutsche Gesellschaft schlagen werde. Ich komm auch nicht auf die Longlist.«

Andreas blickte versonnen. »Vermutlich ›dry up like a raisin in the sun‹. Oder doch in Hilgens feinem Näschen ›stink like rotten meat? Or does it‹ … ?«

Elaine warf ihm soo einen Blick zu.

»Come on, Langston Hughes, das ist große US-Lyrik. Du solltest damit doch vertraut sein, Frau van Zadelhof. Ähm, eine Liebesgeschichte gibt's auch beim Kah … «

Elaine ließ ihn reden.

»Im Übrigen darf Satire bei uns fast alles. Ich diffamiere niemanden, Leute wie Dräng verletzen ihre Würde höchstens selbst und ich weise auf gesellschaftliche Missstände hin. Ich schreibe für ein besseres Deutschland. Try to change the system from within, as it were. First we take – «

»Ja, ist ja gut. Und musst Du selber wissen. Nur, diese hübsche Formulierung hab ich kürzlich gelesen, Dein analytischer, soziologisch, sozialgeschichtlich und psychologisch und was weiß ich wie geschulter Blick auf die Schuhsohle, die Dich tritt, verhindert nicht, dass Du getreten wirst.«

Das saß. Andreas schwieg.

Nach einer Weile fragte sie: »Und wer ist nun Robert Bentien to Bexten?«

»Das ist natürlich nur ein nom de guerre. Edward Roberts war ein englischer Hotelkönig, mit dem meine eine holländische Großtante verheiratet war und von dem sich mein stolzer Großvater 1946 keine Häuserzeile für tausend Pfund kaufen lassen wollte. Echt schade. Eine meiner Urgroßmütter war eine Bentien. Bentien, die grauhaarigste aller Bestien. Gefällt mir. Bentien, Bestien, gut, 'ne?«

»Du spinnst! Und no more wine for you tonight.«

Woraufhin er sich noch einmal eingoss.

»Wie gesagt, auch eine Liebesgeschichte gibt's. Und schwupps, Cruses Freundin, ein paar keys drücken und ihre Haare sind noch röter, ihre Nase noch krummer und Dein Gesicht noch länger. Praktische Sache, die dichterische Freiheit.«

Er wird ordentlich in die Seite geboxt.

»Zugegeben, Du kannst einigermaßen unterhaltsam schreiben,

wenn es um amouröse Verwicklungen aus Deiner Studentenzeit geht, à la Mirjana van Gotenburg«, meint Elaine.

»Das hört der Dichter doch gerne. Und itzt geht es erst mal weiter mit harmlosen Sachen, klick mal auf:«]

Der ältere Lehrer bückt sich gespielt mühevoll. Bekommt den dicken Gummistopfen scheinbar zu fassen, doch der rollt weiter, wird gegriffen, entkommt erneut und hopst auf chaotischer Bahn umher. Der Lehrer blickt übertrieben enttäuscht und entrüstet in die Vielvölkerklasse und wählt eine Ethnie.

»In Ostanatolien wären jetzt alle 27 aufgesprungen und hätten sich überschlagen, dem Hoca den lastik tapa aufzuheben.«

»Zu wenig.«

»Wie, zu wenig?«

»In Ostanatolien wären's mindestens 50 in 'ner Klasse.«

»Ja, ach so.«

»Und zu weit.« Cengiz machte nie viele Worte.

»Wie, zu weit?«

»Ich meine, Ostanatolien ist auch zu weit weg.«

[»Dein Buch wird man Dir aus den Händen reißen. Preisverdächtig! Angenommen, Du realisierst das wirklich. Wie willst Du diesen heterogenen Stoff anordnen?«

»Heterogen, ja. Wer vieles bringt, wird manchem etwas bringen, wie Du weißt. Eben ein Buch für alle und keinen. Die Anordnung? Nun, nach den ganz großen Vorbildern. Für die 114 Einheiten der *Lesung* ist die Länge maßgeblich. Die *Lehrreden* wurden ebenfalls als kürzere, mittellange und längere überliefert. Im Sûtrapitika. Monoton aufsteigend, dachte ich?«

»Hast Du schon mal erwogen, dass Dich niemand verstehen wird? O.k., das *Sûtrapitika* ist ein Hinweis und die 114 Einheiten ein anderer.«

Andreas nickte erst mit dem Kopfe und zuckte dann mit den Schultern. »Dieses Buch wird vielleicht nur der verstehen, der die Gedanken, die darin ausgedrückt sind – oder doch ähnliche Gedanken – schon einmal selbst gedacht hat. – Es ist eben nicht *Ein*

Sommer auf Samos. Nicht fantasy, romance oder adolescence. Ein Lese- und Arbeitsbuch, wie es sich für einen Lehrerautor auch gehört. Jedenfalls kan me dat niet schelen. Einige wenige werden es schon mit Interesse und Verständnis, vielleicht sogar mit Vergnügen und Befriedigung lesen. Apropos Vergnügen, meine Leser sind ausdrücklich dazu angehalten, sich an den entsprechenden Stellen die dort erwähnten Musikstücke anzuhören! Diese gehören zu den vielen Wirklichkeitselementen, mit denen ich meine Erzählung verspanne und welche dem Leser prinzipiell zugänglich sind. Beachte dabei, dass Lieder wegen ihrer relativen Einfachheit und Unmittelbarkeit besonders effektiv wirken. Und hier ein Beispiel für ein lokales Wirklichkeitselement. Nach einem Rundgang durch den Ort z. B. sollte der Leser konstatieren: »Nein, die Helenisierung von Angelmodde war wirklich keine angemessene Erwartung.« Das wollte ich nur gesagt haben. – Hier, das ist total komisch:«]

Anfangsunterricht E-Lehre in der 10. »AC DC, weiß jemand ? – Ja, Felix, das ist Deine Lieblingsband, wie wir alle gelernt haben, ja, ein schönes AC-DC-T-Shirt trägst Du. Danke Felix.«
Rufe aus der Klasse.
»Was ist nun Gleich- und was Wechselstrom? – Ja, das sind englische Bezeichnungen. Vielleicht kennt jemand die Bedeutung? Ja, Sue?«
»Ich glaub, das is' vor und nach Christus.« Einige in der Klasse lachen. Sue auch. »Ja, nein, falsch, ich weiß jetzt: C ist Celsius, nich? Über null oder unter null!«
»Darf ich das in meinen Lebenserinnerungen verwenden, Sue, is' echt lustig.«
»Ja klar.«
Dificile est satiram non scribere.

[»Ja mei, is des luschtick, ich roll mich weg«, meinte Elaine. »Aber im Ernst. Bei Dir fallen irgendwelche Personen vom Himmel. Bei einigen gibt es erst später ein paar Informationen. Ein grober struktureller Fehler, mein Lieber?!«
»Wie meinen Gnädigste?«

»Na ja, gewaltsam aneinander gepappte divergente Handlungs-
fragmente, grob an den Hauptfaden geknotete Episoden, Sprüch-
lein, die Du aufsagen willst, irgendwelchen Figuren in den Mund
gelegt –

So eine Shakespearetheatergröße, Sir Rupert Otis Whoever sagte
mal über seinen Theater Director:

›What I loved about him was his obsession with theater. What I
hated about him was his lack of talent‹. Ich meine vielleicht, wie
bei Twain's Aunt Polly, what you write is built from the ground up
of solid science stuff, but welded together with a very thin mortar
of originality? Aber das Wort faszinierend ansetzen, das können Sie
oder das können Sie nicht, nicht wahr?«

Sie macht eine fragende Geste.

»Müsste ich das erkennen? Ist das Benn? Ja, 'ne?«

Er überlegt ein bisschen. »Und dafür haben wir Dich nun moderne Literatur studieren lassen? Tante Hettwich hät jümmer schon
jesacht, dat dat nicks döcht. Das ist die Postmoderne! Das macht
man so! Und hat eine sehr ehrwürdige Tradition. In jedem großen
Epos werden Motive verschiedener, noch älterer Sagenkreise ver-
schmolzen. Und in aller Bescheidenheit, ich bin verdammt originell!

»Ach was, die Postmoderne. *Auf dem nichtislamistischen Auge?*
Dein Kurt würde sagen, das sei »Grammatik in Latschen«!«

»Nobody ist perfect, dear. Aber weiter. Der Goldstandard für
Personenzahlen? Ist Pynchon. 400 Personen auf 760 Seiten, das
macht 0,526315789 Personen pro Seite. Breve. Ob Parabel oder Ellipse –

Und jeder Mensch ist ein Künstler. Das nehme ich auch für mich in
Anspruch. Bei Bedarf ziehe ich mir beim Tippen eben eine Angler-
weste an. Was fällt Dir ein – «

»!!?«

»Nur ruhig, zuallererst, wenn Du an die Konzerthalle denkst?«

»Rostiges Elend?«

»Geee-nau! Der einzige Künstler, der dabei am Werke war, war
der Kranführer, der die Monstren so genau aufgestellt hat, dass
sie nicht umfallen und Gott behüte den »Künstler« platt machen.
Liest Du aber die zwanzig Seiten Kommentar dazu, ah, das alles

bedeutet diese Ansammlung von wasserhaltigen Eisenoxiden auf Eisenplatten, Donnerwetter, wer hätte das gedacht.«

»Und die Mayonnaise?«

»Ein Forscher wie ich muss die Literatur kennen.«

»Du und Forscher!«

»Wäre ich ein landsbarn gewesen, hätte meine Forscherei zu einer Dissertation gereicht; das eine Institut bekam vom Staat femtitusen kroner für jeden einheimischen Promovierten. Aber so, de föste meg bort. – O.K, o.K., wegjagten sie mich.«

»Was hat das jetzt mit der Öl-Eier-Essig-Schmiere zu tun?«

»›Mayonnaise I poured on the plums thinking it was custard‹. Bzw. Vanillesoße, although they all shouted ›No‹!«

»Lass mich raten. School lunch at *Saint Albany's Grammar School*, wo das indische Mädchen Dir die Zigaretten wegnahm, die Du für die English boys bei Dir tragen solltest, weil der Deutsche nicht kontrolliert wurde?«

»Du kennst mich inzwischen gut. Leopold und mir ist offenbar genau dasselbe passiert, merkwürdig.«

»WelchemLeopold?«

»Bloom.« Aber auf so etwas geht sie gar nicht mehr ein.

»Kennen, geht so. Woher stammen Deine Kenntnisse darüber, um was Euer PR sich kümmert und um was nicht?«

»Ein anständiger Investigativjournalist gibt seine Quelle nicht preis.«

»Manchmal bist Du so ein Spinner!«

»Hier spiiiinne ich,

ich kann auch anders,

wenn die Lage es verlangt.

V'yotsya, v'yotsya znamya polkovoe,

Komandiry vpere – »

Auch böse Menschen haben ihre Lieder.

Sie hält ihm den Mund zu.

Sie ist der größte Glücksfall seines Lebens.

»Soll ich ein Nonsensegedicht einbauen? Here we go:

Ich Klein Willy sein,
doch groß binninumal,
drum kaui Kau-
Gummis ohne Zahl.«

»Oder einen Song? Ein Lied, im dem Schulamte zu singen:
Wer hat das geschrieben
wer ist so frustriert,
wer hat so viel Zorn im Leibe
wem ist das passiert?«

»Oder in der für die süddeutschen Bundesländer genehmigten Fassung:
Ei, wähn hätt denn des geschribbe?
Dähn hätt werklisch Wut äm Bauch.
Matt dämm hammers luschtick driwwe,
Bei soo Typpe asts uhsen Brauch!
Tä tä – tä tä – tä tä!«

»Ist ja gut, nur nicht aufregen. Es ist höchste Zeit für Deine Ergo-
therapie. Koch uns mal Dein Broccoli-Kartoffel-Cocos-Curry, ja?
Mit schön viel Baharat und Ra›s el Hanout. Darf ruhig ein bisschen
scharf sein.«

Elaine sprach: »Es darf scharf sein«, und es ward scharf.

Kauend muss er es später noch loswerden:

»Da erzählt der Allwissende nüchtern, mal wird der Leser mehr
oder weniger direkt angesprochen, mal liest man offensichtlich die
Gedanken des Protagonisten, das ist heute doch nicht mehr strafbar.
Da wirkt das lebendige Präsens des Gesprächs und der szenisch dar-
gebotenen Episoden, auch an Christopf Martins Briefform wurde
gedacht. Gut, Christoph.

Ein abendländisches Epos wird tangiert, und die Heimkehr, gewiss, sie ist eine bedeutende Kategorie, und auch Homer lässt, nach
geschehenem Recht, den Vorhang fallen.

In souveräner Wurschtigkeit werde ich mich um den ganzen Rezensionsbettel überhaupt nicht scheren. Der Prophet gilt
bekanntlich nichts im eigenen Land. Und für die Kindle unter den

Lesern ist mein Buch natürlich ohnehin nichts.

Aber, meinetwegen, her name is L.i.A. Elaine van Zadelhof. She is wrapped in a fluffy jogging suit of black and orange. Just beside her, one feet apart, Andy Kraus is about to kiss his mistress und so weiter und so fort. This sentence is pynchoned, by the way. Zufrieden?«

»Waar blijft het kusje?«

»Ordern är förstått och skall verkställas!«

»Hä?«

»Te besaré mucho!«]

Schließlich wenden sie sich wieder den Eigentümlichkeiten des Buches zu.

[»Ich hab mir mal Dein *Gravity's Rainbow* Exemplar ausgeliehen und ein wenig drin gelesen. Liest Du das Sommerbuch, les ich Dein Schreckensbuch.«

»Das hör ich gern. Fair. Und?«

»No problem, weiß gar nicht, was Du immer am Jammern bist.«

Sie wusste, dass er wusste, dass sie sehr wohl wusste, wie schwierig die Lektüre für einen Nichtmuttersprachler war. Aber ein bisschen Stichelei musste sein.

»Danke, Elaine, danke für diesen Hinweis, sehr aufmerksam von Dir.«

»Keine Ursache. Graag gedaan. Aber, ist das Dein Vorbild, die Personensintflut in one of the greatest novels from 1923 to 2005 as they say, exemplarisch nenne ich mal Darlene, Mrs. Quoad, Pumm, Easterling, Dromond, Lamplighter, Thomas Gwenhidwy, Glimpf, Rózsavölgyi, Lt. Morituri, sehr subtil – o.k. Major Marvy hat zwei Auftritte. Diese Liste ist, wie Du weißt, natürlich viel, viel länger. Dein Personenzahlgoldstandard?«

»Die gehören bis auf Marvy mehr oder weniger zur Komparserie. Es ist zum einen einfach anschaulicher, wenn all die Figuren Namen tragen und macht den Bericht auch glaubwürdiger«, meinte Andreas.

»Aber Du bist nicht wirklich ein Jahrhundertautor. Deine Probeleser, soweit ich das mitbekommen habe, vermissen Erklärungen und Einordnungen, wer z.B. Renate Wolff oder der Cafetendirektor sind und welche Rollen sie im Gesamtwerk spielen, nicht wahr? Unser Dozent dozierte, es sei kein Qualitätsmangel, wenn ein Autor es seinen LeserInnen leicht macht. Und umgekehrt sei Unverständlichkeit kein Qualitätsmerkmal. Sein Paradebeispiel war der Satz: ›Her name was Brenda, her face was the bird under the protecting grin of the car in the rain that morning, ... ‹«

Andreas nickt. Die exquisite, komplex komponierte Köstlichkeit aus einem selbstgebackenen Schokokeks mit dicker, dunkler Schokokuvertüre, einem Walnusskern, drei Rosinen und zwei getrockneten Cranberries, die er sich just administriert hat, hindert ihn momentan am Sprechen.

»Und Übersetzbarkeit«, bringt Elaine einen Gedanken ein, »ich frage mich, ob man aus Übersetzbarkeit etwas ableiten kann? Was ich meine, so eine Geschichte mit einem Panther, einer alten P 08, einem Krankenhaus, Eltern, Großeltern, Schulkram, einer Clique, Sauferei, einer verfallenen Ziegelei, einem schrottreifen Baukran, einem Fluss, knapper Badebekleidung und Tanz in den Mai, eben zomer zotheid, die kann man ohne große Verluste nicht nur ins Tschechische, die kann man ins Chinesische übersetzen. Aber Dein Reden in Zungen – «

Sie sieht ihn fragend an. Andreas macht nur ein zufriedenes Gesicht.

»Nochmal zum Pynchon. Figuren wie diese Mrs. Quoad mit ihren ekligen sweets and toffees – sie mustert ihres Freundes noch tätige Mundwerkzeuge – beleben vermutlich einfach nur punktuell die Szene und Renate oder dieser Gitarrist oder – Du hast da Schokolade.«

»Hmm, lecker. So, ich bin wieder bereit. Ja richtig, und sie waren tatsächlich da und, zum anderen, viel mehr, als ich im Buch mitteile, weiß ich schlicht auch nicht über sie. Ich weise ausdrücklich darauf hin, dass ich kein Komponist, sondern ein Chronist bin. Das mir vorgesetzte Stück habe ich vielleicht transponiert und gelegentlich mit ein paar *fioriture* versehen. Und mir ist e. g. wirklich nicht bekannt, wie die Odaliske hieß. Unser Leben ist aber voll von solchen Menschen, Randfiguren, Leuten, die man teilweise sogar nur vom Sehen kennt. Leiche, Brüller, das Reh, Acatenango, das kleine und das große Tier, Möbius face, der war irgendwie so verdreht, is egal, Der große Pynchon strickt zu jeder Nebenfigur ein Extraöhrchen, Teddy Bloat und Osbie Feel und die bananas, apropos, als ich meine Diplomarbeit zusammenschrieb, hatte ich einen Bürokollegen am Schreibtisch gegenüber, der kompostierte seine Bananenschalen in der Schreibtischschublade, im Hochsommer, ein echter Ökospinner, wie das roch. Ça suffit. Ich Reisebericht durch Schulsystem.«

Und nach einer Pause: »'S wäre echt schwierig zu übersetzen. Viele Szenen könnte man aber durchaus verfilmen.«

»Gravity's Rainbow ist selbstverständlich nicht wie *Ein Sommer auf Samos*. Du Zwerg versteckst dich hier hinter einem Riesen. Egal. Ich verstehe ja, was Dein Antrieb zu den *Schulweisheiten* ist. Mir scheint, dass viele Deiner Figuren bis zu einem gewissen Grade austauschbar sind, was zusammengeht mit deren skizzenhafter bis gänzlich fehlender Ausgestaltung. Im Prinzip sind Deine Figuren stimmig und der Protagonist geht beruflich mit wehenden Fahnen unter. Du willst ja die Funktionsweise eines Systems aufdecken. Das gelingt schon glaubhaft. Ich wollte Dir aber eigentlich sagen, dass sich die romantischen bis amourösen Passagen, die *Schule des Lebens*, schon gut und glatt lesen lassen.«

»Klar, die Leute lieben ja auch den Walzer Nr. 2, den spielt sogar André Rieu, den großen Rest vom Schostakowitsch jedoch mögen sie nicht. Leicht machen kann ich's dem Leser einfach nicht. Die Verhältnisse, die sind nicht so.«

Er läuft schon wieder auf höheren Touren.

»Thomas und Heinrichvon, kommt einmal her zu mir! Es ist immer wieder dasselbe mit Euren Texten! Viel zu lange Sätze, zu verschachtelt, zu schwierig zu lesen!

Thomas, Du machst aus jedem Deiner Sätze vier, Heinrichvon, Du acht handliche, einfache Sätze. Und wegen der Sujets kommt Ihr vorher zu mir. Ich sag Euch schon, was die Leute gerne lesen. Dann werden vielleicht doch noch Schriftsteller aus Euch.«

»Das ist wieder so 'n Ding wie mit Russel und Whitehead. Ein paar Nummern kleiner hast Du's einfach nicht, wie?«

»Ja, hab ich nicht. Und für's Protokoll: Mir ist z. B. Mendelssohn auch lieber. Soll ich mal die Schottische auflegen?«]

Demokratiedystopie

Um sich besser im deutschen Schulsystem zu verankern, arbeitete Elaine daran, die kleine Fakultas in Sozialkunde zu erwerben. Ihr gegenwärtiger Dozent war vermutlich ziemlich links.

[»Hat Dein Bentien schon auf die Allokationsfunktion des Schulsystems hingewiesen? Schelsky und so? Darum ist der Unterricht auch nicht nachhaltig gestaltet. Man will zwar seit dem Bologna-Prozess, dass möglichst viele formal das Abitur erwerben, aber die Filterfunktion bleibt natürlich eingeschaltet.«

»Jupp, danke, ist notiert«, meinte Andreas, ein P-Zettelchen für die E-Kartei schreibend.

»Kuck ma, aus der Bayrischen Staatsbibliothek, original mit Stockflecken. Hat nix mit meinem Hausarbeitsthema zu tun, aber der Dozent hat das erwähnt und da dachte ich an Bentien.«

Sie blättert.

»Hier, ab Seite 519, das müsste dir doch gefallen, was?«

»Französisch?«

»Ja, natürlich, der Alexis war Franzose. Du hattest doch Französisch. Ich dachte, wir machen uns in aller Ruhe mit einer guten Tasse Tee daran. Ich mach den Tee schon mal.«]

Tja, Herr Strothmann, gestand Andreas sich ein, über ein ›schwach befriedigend‹ bin ich ja nie hinausgekommen, aber die blöden Akzente, die Sie mir angestrichen haben, den Subjonctif und all diesen Ballast hat der Alex ja schon richtig gesetzt.

Passiv, beim bloßen Lesen, ging's ja halbwegs. Keine Frage, das war gar nichts im Vergleich zur Reiterei von Asper und Lenis, Akut, Circumflex und Gravis, Apostroph und Koronis.

Andreas griff am liebsten erst einmal zum P-Book und holte den Weis/Mattutat, der ihn noch nie im Stich gelassen hatte und, um ein wenig vor Elaine anzugeben, auch den Sachs-Villatte von 1882.

Herr Strothmann war ihr Französischlehrer gewesen. Andreas sah ihn wieder vor sich. In Sakko und Rolli, schwungvollen Schrittes und mit kraftvollen Gebärden, immer souverän, ein wenig Embonpoint legte Zeugnis ab von gutem französischem Essen und gutem Wein, lebhaft im Klassenraum, der machte damals schon Raumregie, stand einmal hier und einmal dort, las, mit angenehmer Stimme, schon mal im Stehen, lässig angelehnt, einen Abschnitt vor.

Bei Andreas und seinen Freunden hatte Strothmann hoch im Kurs gestanden. John F. und Paldrammes korrespondierten später regelmäßig mit Strothmann bis an dessen Lebensende. Aber Paldrammes bekam ja auch schon als Schüler wegen herausragender Leistungen ein Stipendium und Strothmann hatte das irgendwie vermittelt.

[»Was hast Du recherchiert, Elaine?« – »Stimmt, sorry, das Iotagedöns gab's ja auch noch. Und jetzt und hier erkläre ich vorsorglich, dass ich mir die, wenn auch anachronistische Freiheit der monotonischen Orthographie nehme.«

»Ganz wie Du meinst, Schatz.«]

*Je pense donc que l'espèce d'oppression dont les peuples démocratiques sont menacés ne ressemblera à rien de ce qui l'a précédée dans le monde ... *

[»Und?«

»Es geht um Unterdrückung in der Demokratie. Danke, *glaukōpis Elénē*, das kannte ich bisher nicht!«

»Wenn Du glaubst, dass mich das antörnt, irrst Du Dich aber. Klingt wie eine Krankheit.«

»So spricht der Reisende seine Göttin an! Aber jetzt mal weiter hier. Jedenfalls eine bisher nie dagewesene neue Art der Unterdrückung, die den demokratischen Völkern drohe.«]

*Je veux imaginer sous quels traits nouveaux le despotisme pourrait se produire dans le monde: je vois une foule innombrable d'hommes semblables et égaux qui tournent sans repos sur eux-mêmes pour se procurer de petits et vulgaires plaisirs, dont ils remplissent leur âme. Chacun d'eux, retiré à l'écart, est comme étranger à la destinée de tous les autres, ses enfants et ses amis particuliers forment pour lui toute l'espèce humaine; quant au demeurant de ses concitoyens, il est à côté d'eux, mais il ne les voit pas; il les touche et ne les sent point; il n'existe qu'en lui-même et pour lui seul, et s'il lui reste encore une famille, on peut dire Du moins qu'il n'a plus de patrie. *

[»Er skizziert diese neue Art des Despotismus: Kaum unterscheidbare Menschen, strebend nach ihren kleinen Freuden, mit sich selbst und der Familie beschäftigt, und total unpolitisch.«
»Mehr steht da nicht?«
»Warte mal.«]

*Au-dessus de ceux-là s'élève un pouvoir immense et tutélaire, qui se charge seul d'assurer leur jouissance et de veiller sur leur sort. Il est absolu, détaillé, régulier, prévoyant et doux. Il ressemblerait à la puissance paternelle si, comme elle, il avait pour objet de préparer les hommes à l'âge viril ; mais il ne cherche, au contraire, qu'à les fixer irrévocablement dans l'enfance. *

[»Und über dieser riesigen Menge einander ganz ähnlicher Leute ist so 'ne Art Vormund, *tutelage*. Eine immense Gewalt, die für die Leute sorgt, irgendwie milde ist und, ja, was bedeutet das, die Menschen nicht erwachsen werden lässt.«]

*C'est ainsi que tous les jours il rend moins utile et plus rare l'emploi du libre arbitre; qu'il renferme l'action de la volonté dans un plus petit espace, et derobe peu à peu chaque citoyen jusqu'à l'usage de lui-meme. *

[»Arbiter, Schiedsrichter?«, warf Elaine, die ihm *cheek-to-cheek* über die Schulter sah, ein. »Ein freier Schiedsrichter?«
»Nee, freier Wille. Dessen Ausübung mehr oder weniger überflüssig wird.«
Elaine überlegt etwas anderes: »Im Adjektiv *arbitrary* steckt dann das Element des Willens drin, hm.«]
Er überfliegt noch den nächsten Absatz und freut sich.
»Ich hab doch das mit den *mampfenden Eloi*. De Toqueville hat

die Vision von *Herden ängstlicher, emsiger Tiere.* Gefällt mir.«
Elaine ist sichtlich zufrieden, dass ihr Geschenk so gut ankommt.
»So. Nun nutzen wir den Fortschritt und geben das Ganze in eine
Übersetzungsmaschine. Was dann übrig bleibt, mache ich zu Fuß
mit den Dictionnaires. – Wann hat der das geschrieben? 1840? Ver-
blüffend!«
»Ich wusste doch, dass Dir das Spaß machen würde«, ruft Elaine.
»Andreas, eigentlich gibt es auch fertige deutsche Übersetzungen
davon im Internet, ohne Stockflecke, das ginge am schnellsten ... «

Agenten, Eliten, Dependenten, soziale Stratifikation, dialektisches
Klassenmodell, funktionales Schichtungsmodell und strukturales
Segmentationsmodell und all deren analytische Komplettierung
im übergreifenden soziologischen Modell – Elaine schien erstaun-
licherweise etwas mit diesen Begriffen anfangen zu können, die sie
aus ihrer sozialkundlichen Fortbildung mitbrachte.
Als gelernte Marxisten hatten Šêrîn und der schöne Ali auch
immer mit Klassen argumentiert. Als schlichter Chemiker wollte Andreas gesellschaftliche Vorgänge mit dem Teilchenmodell erklären. Es handeln nicht Klassen oder Schichten oder Segmente,
sondern Menschen. Es ist ja der Mensch, der den Menschen bedroht. Haddsch oder love parade, ab einer bestimmten Teilchen-
dichte übernimmt ohnehin die Fluiddynamik, sexuelle Orientierung oder Glaube spielen keine Rolle. Zugegebenen ist das nur ein
Sonderfall.
Elaine belächelte seinen «Ansatz« als naiv.
»Na ja, nimm mal die Dienststelle. Modell Festkörper, geordnet,
hierarchisch. Fast alle sind fest auf ihren Plätzen. Es gibt ganz klare
Kraftwirkungen. Und die Handelnden sind identifizierbare Menschen. Und heraus kommt unser Schulsystem. Setz doch als Gedankenexperiment mal z.B. mich in verschiedene Positionen ein.
Chemie- oder Pysikfachleiter Cruse. Oder Schulleiter Cruse, der vor
den Fünftklässlereltern spricht. Das wäre schon was anderes, oder?«
»Du hättst es nie zu so etwas gebracht!«
»Aber als Gedankenexperiment! Ich bleibe dabei. Letztlich folgen
auch Millionen einem. Weil eine Handvoll Gefolgsleute ihr Schicksal

mit dem des einen irreversibel verbunden hat und ein paar hundert ihres mit dem der Handvoll und so weiter und so weiter. Nimm doch nur diese beiden, Mr. bzw. Gospodin President.

Das ist das Führerprinzip. Keine wirksame Mitbestimmung von unten und keine echte Kontrolle von unabhängiger Seite statt vom Schulleiterfreundeskreis.«

»Hm, das ist in Deutschland Ländersache. Man müsste wirklich mal untersuchen, wie diese Strukturen in den verschiedenen Bundesländern sind.«

»Sieh zu, Elaine. Und bitte um eine kurze Danksagung an Frau Prof. van Zadelhof für die Überlassung des Forschungsthemas. Und gleich noch eins wüsste ich. Soziale Massenbewegungen als Resonanzeffekt. Viele Schwinger in starker Resonanz auf eine ständig wiederholte Anregung, und sei diese noch so abwegig und der Impulsgeber auch alt, unansehnlich, plump und ungebildet, führen zum Sturm auf das Capitol, Spaziergängen gegen Koronarerkrankungen oder dem Holocaust.«

»Ist gut jetzt damit. Ich bin müde«, sagte Elaine. »Kommst Du?«
Ende si cussedet hem voer sijn mondecijn roet.

AfD

»Warum bewahrst Du denn einen Wahlkampfflyer der AfD auf?«

»Ja, den, den habe ich an so einem politischen Wochenende in der Kreisstadt von einem AfD-Stand mitgenommen. Ich dachte, ich könnte etwas davon in meinen Schriften verarbeiten.«

Er blättert darin.

»Ehrlich, wer wird schon gegen gute Schulen, gute Krankenversorgung, zufriedene Polizisten, Krankenpfleger und Lehrer, heile Straßen und Brücken sein? Ich fand das damals gar nicht so schlecht. Ich erkl-«

»Nicht schlecht? Die AfD?«

»Ich erkläre es ja. Das waren konkrete Ziele. All die anderen, lass mich mal überlegen, hatten Riesenplakate. So viel Fläche wie möglich und so wenig konkrete Aussagen wie nur möglich.

Ein zerknitterter alter Bio- und Chemielehrer mit Bürstenhaarschnitt: ›Sie kennen mich‹, andere waren auch nicht diskursiver: ›Wir mit ihm‹, ›Sie für uns‹, ›Er mit Ihr‹, ›Hier ist Zukunft zuhause‹, was soll denn der Quatsch, die Zukunft ist unausweichlich! So 'n leerer Blödsinn. Oder: ›Von hier an Zukunft‹; sozialromantische Kompositionen, die bestenfalls auf ein naives Gemüt der Grünen schließen lassen. Und ein zugegeben gutaussehender Bartträger neben einem Aktenberg auf dem Schreibtisch, hat der noch nicht mal einen PC? Hallo Digitalisierung?! Oder einfach nur ein riesiges rotes Feld und mitten drin ein Wort: ›Verantwortung‹ oder ›Zutrauen‹. Oder eine große grüne Fläche, ein einziges Wort in Gelb darin: ›Vielfalt‹. Der Verfolgung, der Unterdrückung, der Diskriminierung?

›Bitte, bitte, beruhigen Sie sich, wir bieten Ihnen eine große Vielfalt an Hinrichtungsarten? Ganz Multi Kulti, wir haben sogar verschiedene Steinigungen im Programm? Das ist nun einmal unser Narrativ!‹

Hauptsache Vielfalt? So etwas ärgert mich. Nein, kotzt mich an!«

Elaine überlegte. »Hatten die nicht auch so Plakate mit *Heimat* und Holz-vor-der-Hittn-Dirndlfrauen und so'n Treckerpinupgirl?«

Kleinlaut murmelte Andreas Bestätigung. »Die fand ich natürlich nicht gut.«

»Da ist doch noch was. Los, sag es!«

Andreas sucht einen elektronischen Zettel aus dem PC-Kasten.

»Working Title: My foeman's foe is my friend.«

»Aus welchem Jahrhundert war Euer Englischlehrer?« fragte Elaine sofort.

»Alles mit f und nix lateinisches. Nein! Das hat nichts mit völkischer Gesinnung zu tun! Sondern damit, dass Übersetzungen wie *Hringa-dróttinssaga* oder *Ringenes Herre* für mich schöner als das englische Original die authentische Farbe der Fremdheit zeigen. Basta!«

»Ihre Gedanken, Herr Cruse, sind manchmal ziemlich krause, scheint's mir.«

»Hör sich einer das an, het klompenmeisje wagt ein deutsches Wortspiel.«

Das neckt sich.

Er fuhr fort.

»Durch die unreflektierte, bemerkenswert unkluge Gesinnungs-rhetorik der grünen Spitzenpolitiker wie Roth und Göring-Eckardt gegen die AfD und Horst Seehofer und dessen CSU manövriert sich die Partei in den Flächenländern immer weiter ins Abseits.

Ihr braucht da erst den renommiertesten deutschen jüdischen Historiker, um zu erfahren, dass es mit ›wir schaffen das‹ nicht ge-tan ist und simple Nazivergleiche auf die AFD nicht passen, sogar ausgesprochen kontraproduktiv sind?

Und ich würde auch weiter Michael Wolffsohn anführen, der schreibt, dass die AfD sich offen an heiße Eisen wagt, welche die Medien und die traditionellen Parteien nicht den Mut haben auf-zugreifen.

Und solange sich das nicht ändere, würden die mit ihrer Ratten-fängerei weiterhin Erfolg haben.

Und das stimmt. Die homogen stramm linksliberal sozialisierten Journalisten haben 20 Jahre lang heikle, schwierige, unangenehme Themen von den Rezipienten, wie nett gesagt! ferngehalten.

Dabei hat der Journalist aber die Aufgabe, die Wahrheit der Be-völkerung und der Geschichte bekannt zu machen! Meine Wahr-heit gilt den festen, undemokratischen Strukturen im sekundären Bildungssektor.«

»Meinetwegen, aber ist das nicht schon längst überholt? Doch. Die AfD ist immer weiter nach rechts gewandert bzw. nur das Rechtsaußen bleibt übrig. Genau, heute würde Wolffsohn das so nicht mehr schreiben. Ich denke, die AfD ist tatsächlich ein Beispiel für den Andorra Effekt.«

Elaine machte ihm doch tatsächlich auf eigenem Terrain noch etwas vor. Das kam von dieser SoWi Ausbildung.

»Weißt Du denn nicht, wessen Rubel in die Kassen der AfD rollen? Dass der Höcke gar nicht so ungern die Westerweiterung Russlands sähe, wenn er nur der Statthalter davon wäre?

Und guck Dir doch mal die Lebensläufe an! Der Chrupalla, der Kallbitz, was haben denn die für Ausbildungen? Was beruflich auf die Beine gestellt?«

»Höcke ist Oberstudienrat. Dr. Weißmann auch, übrigens.«

»Ne, und das wurmt Dich doch schon ein wenig, nicht? Dabei bist Du doch überzeugt, dass die Amtsstufe nur sehr lose mit Leistung verbunden ist!«

Cruse bleibt eine Antwort schuldig.

»Das Frauenbild der *Jungen Freiheit* ist doch nicht Deines!«

»Nein, natürlich nicht, weißt Du doch«, murmelt Andreas. Seine wenigen früheren Freundinnen waren sehr selbständige, auch ein wenig exotische Frauen gewesen. Vermutlich auch intelligenter als er, wie er sich in ehrlichen Momenten eingestand.

»Ja, die Co-Vorsitzende ist lesbisch, o.k.«

»Und promoviert mit Chinaerfahrung. Eben keine langweilige Trutsche. Nur der Ordnung halber. Und Le Commandant hatte es mit dem Typen mit der wilden Frisur, es sei überhaupt ’n Wunder, dass sie den nicht schon abgeknallt hätten … »

»Bei der AfD?«

» Nein, bei Euch, der Fractieleider in de Tweede Kamer der Staten-Generaal, ach klingt das schön!«

»Geert Wilders?«

»Ja, eben der. Na, jedenfalls, xenophob soll der sein. Durch und durch. Der ist so fremdenfeindlich, dass er als junger Mensch ein Jahr in Israel im Kibbuz gearbeitet hat. Denk mal einer an, durch und durch. Und als ob das nicht genug sei mit der Fremdenfeindlichkeit, heiratet der auch noch 'ne Ungarin! Unbelehrbar. Oder sollte man hinzufügen: Eine ungarische Jüdin?

Und fliegt immer mal wieder in die USA auf Einladung irgendwelcher governors und hält dort Vorträge, am Ende gar noch auf Englisch. Ach ja, Jan Hendrik schlug sich immer vor Vergnügen auf die Schenkel, und der hat 'ne indonesische Mutter! Völlig verderbt und durchtränkt mit Xenophobie!

Ich wollte nur sagen, dass sehr unsympathische Personen, die z. T. sehr abstoßende politische Programme vertreten, im Einzelfall nicht dem Klischee entsprechen.«

»Fertig jetzt? Diejenigen in der AfD, mit denen wir zumindest noch hätten diskutieren können, sind raus: Der relativ harmlose Wirtschaftsprofessor Lucke, dann die Petry, is 'ne promovierte Chemikerin, ich weiß, und zuletzt Meuten.«

Elaine kommt nahe und fasst Andreas bei den Schultern.

»Mein armes, kleines Wirrköpfchen, ich will auch ein anderes Deutschland, aber diese Leute werden doch unsere Schulleitungen nicht demokratisieren. Die doch nicht! Das ist keine Träumerei, that's a nightmare!«

Δηλητηριώδη μικρά πιάτα

Leckere, kleine Häppchen für Zwischendurch

[»Es gibt doch wirklich nette, lustige kleine Episoden aus dem Unterricht. Und lustige Sachen aus dem Schul- und Lehrerumfeld.«] Andreas reichte Elaine das Notebook zum Lesen:

Anerkennend, dass die beiden Schülerinnen den Modellversuch viel schöner hinbekommen hätten als er selber neulich bei der Vorbereitung.

Gemurmel aus der ersten Reihe: »Die sind ja auch viel schöner als Sie ... «

Auf Grund meiner Beobachtungen im ganzen letzten Schuljahr hatte ich angenommen, in der 6e sei niemand zu Hause. Ich habe meine Meinung geändert. Zwar kommt immer noch niemand an die Tür, immerhin sehe ich zuweilen, dass drinnen doch gelegentlich Licht brennt. ...

Wenn wir im Sinne des Richterspruches vom OVG, dass die Alimentation wegen der Konkurrenzfähigkeit mit Konditionen der freien Wirtschaft auch eine qualitätssichernde Funktion habe, weiterdenken, dann hat die genderpolitisch motivierte Beförderungspraxis qua kompletter Demotivation eine qualitätsmindernde Funktion, dass das mal klar ist.

Eintritt Eva verspätet, höflich, sympathisch, klug, ein Ärztekind.
»Entschuldigen Sie, Herr Cruse, aber ich musste erst noch zu Herr Klöfer.«
»Zu wer musstest Du?«
»Zu Herr Klöfer.«
»Eva, das macht Herr Cruse richtig, richtig traurig.«
»Aber ich musste wirklich erst zu Herr Klöfer!«

Versmaß hmtata, hmtata, hmtata … Seines Schulleiters kritische Vorschläge umsetzen muss man; leitender Reg.Rätin weltfremder, nutzloser Ratschlag; fortan dann folgsamen Sinnes beachte Herr K. also dieses:

Zeige keine Stunden, deren Themen der fachfremde Herr für überflüssig erachtet.

Nimm immer alle dran!

Und streng Dich nicht so an!

Lokalteil, Glückwunsch, strahlende Gesichter, frische PHM ernannt, ›ja heute geht das streng nach Leistung!‹ 6 Monate lang fährt der Vorgesetzte im Streifenwagen mit, begleitet die Fußstreifen, bewertet und bepunktet, Hochgeschwindigkeitsverfolgungen, Bürgergespräche, Tatortaufnahmen, Protokollführung. Die Punktzahlen in der Rechtskundeklausur, beim Reiten, Schießen, Fechten, 100-Meter-Lauf, Liegestütz und Klimmzug hängen für alle aus, objektiv und Glasnost. Die haben's gut!

Die gute, alte Zeit – »Ach, Herr Hochstedter, entschuldigen Sie, ich habe erst gestern bemerkt, dass ich Sie schon längst hätte anhospitieren müssen. Wegen der fälligen A-14-Beförderung. Das tut mir wirklich leid! Passt es Ihnen heute nach der ersten großen Pause, ich komme dann zu Ihnen für eine Viertelstunde in den Englischunterricht in der 8d.«

»Ja, gerne, dann bis gleich.«

Denken Sie doch an die Feuerzangenbowle! Der Physiklehrer ist ein resignierter Clown, die Klasse treibt Allotria. Der Geschichtslehrer ist streng und benotet hart, die Klasse ist diszipliniert. Im Chemieunterricht wird der gutgemeinte lebensweltliche Bezug, die Fruchtweinherstellung, von den Schülern missbraucht, und die authentische Situation, die bei den Schülern Neugier weckt und zu weiterem Lernen anregt, entsteht erst, als Pfeiffer die jungen Damens vom Lyzeum herüberholt.

Es wird nirgendwo so viel getäuscht wie in der Schule. Das ist doch auch in weiten Kreisen der Bevölkerung gesellschaftsfähig. Wie sagte jener aus dem Dorfe unter der Guttenburg im Interview, die Kappe in der Hand drehend wie im Bauerntheater, verständnislos bzw. sehr verständnisvoll? »Haben wir nicht alle mal ein bisschen gemogelt?« Was dem Doktortitel recht ist, ist dem Amtstitel doch wohl billig, oder? Ein bisschen Reusenheben, was ist schon Schlimmes dabei?

»Weißt Du noch auf der einen Fortbildung, der von der Gewerkschaft, der Hauptschullehrer? Hatte der dreimal seinen Schulleiter verklagt, nicht? Zweimal gewonnen und ein Vergleich.«

»Ja, der sagte dann aber auch, dass sein Schulleiter das beanstandete Verhalten doch nicht geändert habe, ne.«

»War das nicht auch der, der erzählte, sie hätten versucht, eine bestimmte Kollegin von gewissen Teilen der Personalratssitzungen auszuschließen, weil sie ein intimes Verhältnis mit dem Chef hatte und ihm alles zutragen würde?«

Er wollte schon nach den im Lehrerzimmer ausstehenden Keksen greifen, hielt inne und fragte: »Oder hat hier etwa schon ein Fachleiter seine Griffel dran gehabt?

Apropos Fachleiter: Was ist der Unterschied zwischen Terroristen und Fachleitern? Terroristen haben Sympathisanten.

Und die Gemeinsamkeiten von Haremswächtern und Fachleitern? Beide wissen genau, wie's geht, können's aber nicht mehr vormachen.

Schließlich der mutmaßliche Unterschied zwischen Gott und einer Vachleiterin? Gott hält sich wahrscheinlich nicht für eine Vachleiterin.«

(Wie das aussieht, mit »V«, nich?)

»Als der alte Schnippenkötter noch Chef der Physikfachleiterkonferenz war, ist lange, lange her, damals gab's das noch, da führte ein Referendar seine Stunde, mit Schülern vor, Schnippenkötter sagte keinen Ton, und die Fachleiter mussten jeder für sich eine Note mit aussagekräftiger Begründung auf einen Zettel schreiben und abgeben. Mit Namen. Da wurden nahezu ausschließlich Dreier vergeben. Man war ja vorsichtig.«

»Woher weißt Du das denn?«

»Ich kenn' eben 'ne Menge Leute. Und bin schon alt. Und ich habe ein gutes Gedächtnis.«

[»Andreas, lass mich auch einmal einen kleinen Text einschieben!«]

Es begab sich nun zu der Zeit, dass Fürst Vladimir der Menschenkenner, nachdem er erfreut eine Zeitlang den Streit der Parteien studiert hatte, seine Wahl traf und Prinzessin Sarah von Persien und Herzog Björn von Thüringen zu sich in seine Festung einlud.

Die beiden warteten gemeinsam in einem Vorzimmer auf die Audienz und stritten und beleidigten sich nach Herzenslust, doch genügte ein Blick des eintretenden listigen Herrschers, sie zum Schweigen zu bringen.

»Es ist doch genug Beute für Euch beide da«, sprach er. Und vor allem für mich, dachte er bei sich. »Ich mache Euch folgendes Angebot, das Ihr gar nicht ablehnen könnt.«

»Wieso das denn?«, maulten beide unisono.

»Weil ich es bin, der das Angebot macht natürlich«, herrschte Fürst Vladimir sie an. Und fügte schnell in gewinnendem Ton lächelnd hinzu:

»Weil es so vorteilhaft für Euch beide ist«, versteht sich.

Das traurige Ende der Geschichte ist bekannt.

»Sagen wir mal, jemand wird mit 29 zwecks Lebenszeitverbeamtung vom Schulleiter beurteilt und besteht. Tritt dieser jemand oder diese jemande niemals zum Beförderungswettbewerb an und begeht kein offensichtliches Dienstvergehen, dann kann er oder sie ca. 38 Jahre bis zur Pensionierung schalten und walten, ohne dass jemals wieder eine Kontrolle dieses Tuns stattfände.«

»Das ist doch ein Schweinesystem!«

»Oui, c'est de la saloperie, mais de l'autre coté sans controlle – gewissermaßen ein système saloperie-laissez-faire, c'est pas si mal, hein?«

»Ja, ja, jetzt reitert sie wieder op ihre Bildung herum, le francais, c'est sa langue culturelle.«

Beim nächsten Tag der offenen Türen konnte man die Zeichen an der Wand sehen. Das heißt, die Zeichen an der Wand wurden fortgewischt. Das gab's noch nie zum ToT, sagten die Putzfrauen. Dass wir sogar die Wände abwaschen mussten!

Die Türen der naturwissenschaftlichen Sammlungsräume, die sich stets einladend wieder selbsttätig öffneten, wurden von einem Schülerspezialkommando mit Tesa zugeklebt.

Und der dunkelblaue Zweireiher, den der überaus machtvoll-unnahbar wirkende Herr trug, mit dem die Hilgen, ins Gespräch vertieft, keinen ihrer anwesenden Untertanen auch nur eines kurzes Grußes würdigend, im Biovorführraum erschien, wirkte schon sehr teuer.

Ja, die Hilgen hatte noch Ambitionen, das war mal sicher.

»Die daddeln an ihren Smartphones herum, liegen auf dem Boden, spielen Ball oder Packen, schubsen einander usw. Glauben Sie, die würden auf ihren materialienbepackten Lehrer achten? Fehlanzeige!«

»Sie als Autoritätsperson müssen Ihre Schüler und Schülerinnen zu angemessenem Verhalten erziehen, und gegebenenfalls muss bei einem Fehlverhalten selbstverständlich sofort die Sanktion folgen«, entgegnete der Coach auf der Fortbildungsveranstaltung *Sozialverhalten in der Schule*. Aha. Der Pädagoge schreitet rüstig fürbass, die brodelnde Schaar vor ihm teilend wie jener seinerzeit das Rote Meer. Folgt man Coaches Aufforderung jedoch, prallt unausweichlich die eine und der andere unter den jungen Solipsisten an der Lehrperson Beine.

»Martin, gut dass Du da bist. Stell Dir vor, der Cruse hat Florian getreten. Florian, erzähl mal … und leg endlich das verdammte Smartphone weg! – Sag mal, hörst Du nicht, wenn jemand mit Dir spricht?!«

»Ich hab schon mit Dr. Anwalt telefoniert, der ist darauf spezialisiert. Du, das kann den Cruse die Pension kosten! So etwas wird sofort sanktioniert, hat Dr. Anwalt gesagt.«

Also tiptoet und tanzt man doch lieber ganz behutsam zu seinem nächsten Einsatzort.

»Wenn die Hilgen tatsächlich Dienst für alle am ToT anordnet, dann setze ich mich eben den ganzen Nachmittag ins kleine Lehrerzimmer und lese den Spiegel«, schäumte Ellermeier. »Die Bastler von Chemie und Physik sollen einfach ihre Spielsachen vorführen und aus. Wo kämen wir denn da hin. Von der Wissenschaftspropädeutik der Sozialwissenschaften und der Geschichtswissenschaft verstehen die Viertklässler und deren Eltern doch ohnehin nichts, was sollte ich also dort?«

Ellermeier musste dann doch von 17 bis 18 Uhr am Viertklässler *lost and found* Stand im EG Dienst schieben. Und als er herausgefunden hatte, das er dort, ganz Grandseigneur, sehr angenehm mit den flott zurechtgemachten Viertklässlermüttern plaudern konnte, war er gar nicht mehr wegzukriegen, sieh einer an.

Eine schwere Zeit lag hinter der Schule. Fast wäre das Bildungsschiff ganz untergegangen, nur einen Notbetrieb hatte man aufrechterhalten können. In geradezu übermenschlicher Anstrengung.

Die Stelle des Mittelstufenkoordinators war nämlich volle einenhalb Jahre unbesetzt geblieben. Den alten hatte die Obrigkeit am Poldi geparkt, bis für ihn die passende Schulleiterstelle an der deutschen Auslandschule in Palma frei wurde. Aber nun war Rettung nah. Denn sehet, ein neuer Mittelstufenleiter ist uns erschienen! Ob zum Parken oder Arbeiten, würde man sehen.

Es hatte auch eine Hausbewerbung auf diese Stelle des Mittelstufenkoordinators gegeben. Vom Chefmusiker des Hauses, übrigens einem lokal sehr bekannten und beliebten Pianisten, der das Schulensemble zu begeistert aufgenommenen Konzerten geführt hatte. Doch die hohe Kommission der Regierung schrieb ihm eine vernichtende Unterrichtskritik, die besorgt fragen ließ, ob der Mann seinen Unterrichtsraum ohne fremde Hilfe finden konnte.

Schon auf der knarrenden Treppe hört Andreas die vertraute Titelmusik: ta, tatatatata, ta, tatatatata ... »Besuch ist heute angesagt! Hab Dich erwartet und extra das teure bairische Bier gekauft, das Du so gerne magst. Ich schneide Brot, Du Tomaten oder ein Birnchen, vom eigenen Baum?«

»Los, mach's ruhig wieder an!«

»Weißt Du, Andreas, ich bemühe mich wirklich, mich in der modernen Welt zurechtzufinden. Aber manchmal gönne ich mir die alten Krimis. Ich tauche ein in eine Welt, die ich so gut wie vollkommen verstehe. Telefonzellen, Schnurtelefone, so einen Ford Affenschaukel hatte ich auch mal und der *W 108* war mein Traumauto. Und der Toningenieur sorgte damals dafür, dass man die Dialoge wirklich verstehen konnte. Gut, ein bisschen waren die Dialoge wie auf der Theaterbühne. Aber in den modernen Filmen … «

Curd Jürgens, halb wahnsinniger Psychiater, Helmut Lohners dunkle Playboyaugen, große Namen des Deutschen Films.

Die schäbigen Armeleutemietshäuser, der abblätternde Putz, scheppernde Mistkübel im Hof, und dann das ständige Gequalme. Auch der kleine Andreas kannte diese Welt gut.

Natürlich geht ein Becherglas zu Bruch. Ehe Andreas was tun kann, hat Turgut die Scherben schon aufgesammelt und trägt sie in der Hand zum Papierkorb. »Gib sie lieber mir, wenn ich mich schneide, ist das was andres«, sagt Andreas zu ihm. »Wieso ist das was andres?«, mischt sich Maren ein. »Ach so, ich weiß, antwortet sie selbst, Sie sind schon alt und haben Ihr Leben gelebt. Wenn Sie sich schneiden und bluten, da kommt es nicht mehr so darauf an.« Diese Erklärung machte irgendwie die Runde. Bei Gelegenheiten ganz unterschiedlicher Art – keine Kreide da, kein OHP, das interaktive, touchsensitive Bright-Board, auch Dark-Board genannt, war nicht interaktiv oder nicht touchsensitiv oder beides nicht – klang es Cruse unisono aus der Klasse entgegen: » ›S kommt doch eh nicht mehr so drauf an, Sie haben ja Ihr Leben schon gelebt.«

Ein heißer, aufreibender, getriebener Job war der des Bibliotheksleiters. Und noch hektischer musste der sogenannte Verwalter agieren. Er hatte die komplexe Aufgabe zu bewältigen, den Fachschaftssprechern einmal im Jahr zu Inventurzwecken einen kopierten Vordruck ins Postfach legen zu lassen, worauf diese Zu- und Abgänge an Lehrmaterial einzutragen hatten. Die Sekretärin leitete die Bögen dann an die zuständige Stelle bei der Stadt weiter.

Alle diese Leute wurden nach A 15 bezahlt. Bei der Bundeswehr kriegen das Offiziere im Rang eines Oberstleutnants, nur mal so zum Vergleich.

Dabei läuft der Betrieb mit den normalen Lehrkräften plus Stundenplaner und Vertretungsplaner. Auch als die Schulleiterstelle über ein Jahr vakant bleib, lief der Betrieb reibungslos weiter.

Die sonstigen A15 Funktionäre sind nur da als loyale angepasste Oberschicht, die die Ausarbeitungen der Politik in den Schulen etablieren. Und den vorsortierten Pool für die Stelle des Schulkommandeurs bilden.

Aber Gnä'Frau, saan'S doch net glei so bös. Nehmen'S des nur einmal aaan. Bloß als Hypothese: Von Beginn an lernt der Referendar, dass er ein eigenartiges Stück immer besser aufzuführen hat. Ein Stück, das zwar auf raffinierte Weise mit der Lehrerrolle verknüpft ist, jedoch überhauptsgarnicht alltagstauglich ist. Was alle auch wissen.

Ist Unterrichtsbesuch beim Referendar, wechseln die betreuenden Fachlehrer die Seiten, werden zu Nebenklägern und bringen all den methodisch-didaktischen Plunder aus ihrer eigenen Zeit auf der Anklagebank vor. Die sind ja aber auch gekniffen. ›Mensch Liselotte, das möchte ich aber morgen gleich mal sehen, wie Du das in Deinem eigenen Unterricht umsetzt!‹

Nun ist diese einzustudierende Posse paidagōgik□ aus Wolkenkuckucksheim verhältnismäßig harmlos. Immerhin, da war der verständige Mensch, für den nicht der Militärdienst, sondern der Vorbereitungsdienst die schlimmste Phase seines Lebens war. Aber nun substituieren Sie einmal dieses Schultheaterstück durch etwas anderes, dass dem Beamten von oben zur Umsetzung heruntergereicht wird.

Was wollten Sie sagen? Der Cruse steht ganz alleine da mit seiner Sichtweise, und die vielen anderen können sich doch nicht irren? Richtig! Wenn wir eins aus der deutschen Geschichte gelernt haben –

Nachdenken müssen Sie schon selbst, gell bittschön!

Der ehemalige Mittelstufenkoordinator war zurück von Mykonos. Auslandsschuldienst. Vielleicht war es inzwischen in Griechenland zu ungemütlich geworden. Jedenfalls bewarb er sich und musste seine Befähigung zum Dirigieren und etwas mehr Verantwortung übernehmen in diesem unseren Bundeslande erneut unter Beweis stellen. Da kennen wir nix, da sind alle gleich.

Er könnte seine Konferenzleitungsbegutachtungsprobe tanzen und trommeln, der gewesene Herr Studiendirektor im Auslandsschuldienst würde die Stelle bekommen. Er könnte seine Anmerkungen auch bellen und blöken und miauen, der Herr Studiendirektor im Auslandsschuldienst würde die Stelle bekommen. Guten Freunden gibt man ein Pöstchen. Dachte Andreas Cruse.

Ja, der. – Und in Wirklichkeit?

Die Schulaufsichtler Statler und Waldorf beißen sich auf die Lippen, um halbwegs ernst bleiben zu können. Die Schauspieler im aufgeführten Stück *Leitung einer Konferenz* sind handverlesene peers des Kandidaten und die üblichen treuen Schluffen aus dem alten Kollegium. Dem deutschen.

Aber die Probehospitation für die Schulleiterweihe? Da wird natürlich ein verlässlicher, saturierter Kollege anhospitiert, der ganz gewiss keine unvorhergesehenen Widerworte gibt.

Auch dieses Jahr rief StD Klöfer allen, die mit dem schriftlichen Abi daran waren, die einschlägige Vorschrift in Erinnerung: »Ihr gebt Eure Aufgaben aus und verlasst den Saal. Ohne irgendwelche Erklärungen oder Erläuterungen.«

Am Prüfungsmorgen ruft eine laute, selbstbewusste Stimme in den Saal: »LK Meier mal alle zu mir.« Und OStR Meier erläutert, was ihm bei seinen Abituraufgaben dann plötzlich doch wohl erläuterungsbedürftig erschien.

Und das geht so in Ordnung. Wieso eigentlich?

Gesamtkonferenz, es geht um das neu zu gestaltende Konzept Oberstufenfahrt. »Also der LK Meier fährt nach München«, ruft OStR Meier sofort.

Nun gäbe es im Prinzip zwei Möglichkeiten. Der Schulleiter: »Herr Meier – aufwachen, Herr Kollege! – hat soeben vorgemacht, wie es in Zukunft nicht mehr laufen soll. Wir sind heute zusammengekommen, um die in der Schulfahrtenverordnung vorgeschriebene enge Verzahnung des Faches mit Ziel und Art der Stufenfahrt zu gestalten.«

Oder das geht so in Ordnung.

Denn entweder ist der Meier ein niemand, womöglich nicht aus dem Ort, der Gegend oder noch nicht mal aus dem Bundesland. Oder der Meier organisiert für's Sommerfest den Wagen mit der Zapfanlage und das Bier und die Bühne für die Band. Sehr preiswert. Er hat da so seine Beziehungen. Immer schon.

Also sprach die kritische und kluge Kollegin. »Es mag ja alles genauso gewesen sein, wie Du es darstellst. Ja, das System ist ungerecht und die Schulleiter sind allmächtig und das wird auch so bleiben.

Ich will aber Lehrerin sein und bleiben und ich brauche dazu eine grundsätzlich positive Einstellung zu meinem Arbeitsumfeld, ja, das ist die Trennlinie zwischen uns beiden, da unterscheiden wir uns.«

Ihr lest ein Buch über Kassandra, aber ihre Schreie hört Ihr nicht. In China, wohin die Schulleitung neuerdings so gerne fliegt, ist das ein Haftgrund: Streit schüren und Unruhe stiften.

Also bitteschön eine positive Einstellung ... ›Zum nächsten Mal bearbeitet ihr bitte die andiskutierten Aufgaben zum Höhensatz; schönes Wochenende und natürlich – Heil der Partei und ihrem Führer!‹ Like it anyhow? Aber das dachte Andreas nur.

War ja auch maßlos übertrieben. Wie schreibt Werner Fink? Hatte Andreas brav gelesen. Dass er die Lage völlig falsch eingeschätzt hatte. Sich gefürchtet hatte. Vollkommen grundlos. Er hätte sehen müssen, dass jene Leute, vor denen er sich fürchtete, nur harmlose Mitläufer waren, wie später sogar gerichtlich festgestellt wurde. Harmlose Mitläufer, die sich dermaßen verstellt hatten, dass sie sogar Gauleiter wurden.

»Herr Schulze, die Schülerin vorne links, die im Jogginganzug und die mit der Glitzerjacke, ja und der Knabe mit den langen schwarzen Haaren, die haben in ihren Wortbeiträgen elementare Grammatikfehler gemacht. Und Sie sind kommentarlos darüber hinweg gegangen. Und weiter, was war noch ganz inakzeptabel, ach ja, (der Schulleiter liest flüssig aus seinen Notizen vor): *Un échantillon de la roulante allemande.* Das heißt nicht *Eine Erfreutheit der rollenden Deutschen,* sondern *Eine Kostprobe aus der deutschen Gulaschkanone.* Das haben Sie sogar noch falsch an der Tafel notiert. Diese Fehler hätten Sie korrigieren müssen! – Was gibt es denn da zu lächeln, Herr Schulze?«

»Herr Meier, verzeihen Sie, Sie sind im falschen Film. Die Hospitation, in der Schulleiter Meier des Französischen mächtig ist, läuft nebenan. (Die Stimme dessen, der hier redet, wird stetig frecher.) Sie, Herr Meier, können hier in dieser Wirklichkeit jedoch kein Wort Französisch und infolgedessen die sprachliche Richtigkeit gar nicht beurteilen und also obige Mängel nicht kritisieren.«

»Ah, ja, richtig, stimmt, Tschuldigung. Hm, wenn das so ist, war das ja 'ne runde Stunde mit viel Schüleraktivität. Und der Schulze in der anderen Wirklichkeit kann sich auf etwas gefasst machen. Ich gehe gleich rüber!«

»Ach Wagenschein, Wagenschein, das war kein Lehrer, sondern ein Guru, und er hatte keine normalen Schüler, sondern Internatsschüler.«

»Na, na.«

»Ja, ist doch wahr, der redet immer von Stundentafelkürzung und Stoffauswahl, ach ja, exemplarisch, exemplarisch. Dabei hatte er mehr Zeit zur Verfügung als jeder Physiklehrer an einer normalen staatlichen Schule damals. Von heute ganz zu schweigen. Bekam Zeit und Mittel, um in aller Gemütsruhe seinen Unterricht mit dem neuen Schulteich aufzubauen –Brechung und Auftrieb und Hebel usw. – und dann ging er noch mit seinen Schülern gemeinsam heim und setzte dabei seinen Unterricht fort.

Und eine Art Oberjünger hatte er dann später auch noch. Der Prophet des allein selig machenden sinnstiftenden Kontextes. Hier, der Becker, Dein Fachleiter, hat selber mal gesagt: ›Der einzige sinnstiftende Kontext, an dem ein Schüler in der 8., 9., 10. Klasse interessiert ist, ist sein eigener Körper und wahrscheinlich noch der Körper seiner Nachbarin. Und umgekehrt.‹ Ach, ist doch wahr. Male ein Atommodell an die Tafel, und die fünfzehnjährigen Mädchen erwachen aus dem Tiefschlaf und plärren sofort los *Eizelle, Eizelle*, und das in Chemie!«

»Stimmt nicht ganz!«

»Hä?«

»Das geht schon in der 7. Klasse los!«

Also Quantenphysik im Grundkurs am Nachmittag, 10. Stunde.

Schülerinnen sortieren ihre Kosmetikprodukte auf der Tischplatte. Fachkundige Vergleiche werden angestellt. Die Blonde flicht der Dunklen das Haar; dafür wickelt die Dunkle die Blonde dann später mit bunten Bändern ein. Hübsch eigentlich. Und ein friedvolles Nippen am coffee to go. Cruse fragte sich, ob das nicht bedeutete, dass er für ein wirklich angstfreies, positives Lernklima sorgte?

Bei den Zombies kam's sowieso nicht so darauf an.

» Berechnet doch mal als Anwendung das Gehirn im Kasten quantenmechanisch mit der Heisenbergschen Unschärferelation und der Annahme, dass wegen der Gehirngröße die Seele bis auf 14 cm in x-Richtung unbestimmt ist, die Größe der menschlichen Freiheit in x-Richtung.«

Die zwei, drei Nichtzombies begannen zu lachen.

Cruse wollte gerade wieder zum Ernst des Unterrichts zurückkehren, als sich Eva-Lena meldete: »1,1003 mal 10 hoch minus 42 Meter.«

Verblüfft blickte Andreas in das buntblonde Gesicht.

»Dass Sie uns doch gesagt haben, dass man mit E und t auch so 'ne Unschärfe ausrechnen kann und dass wir im Bio-LK gerade Reaktionszeiten und Zellpotentiale hatten, also«, sie blickte auf das TR-Display, »1,1003 mal 10 hoch minus 42 Meter. So lang ist die menschliche Freiheit.«

Ein vermutlich irriger, so doch kreativer Ansatz. Er trug Eva-Lena jedenfalls ein dickes Plus für sonstige Mitarbeit ein.

Einerseits will die Politik, aus welchen dunklen, gegen alle klare Argumentation tauben Trieben heraus auch immer durchsetzen, dass auf dem Papier die Abiturientenquote beträchtlich ansteigt. Weil in den USA eine Krankenschwester als Akademikerin gilt. Dorthin müsste Deutschland auch kommen. So lautet etwa die »Begründung«.

Der gewünschte Zustrom von Kindern an die Gymnasien, deren Eltern keinerlei Kenntnis der Unterschiede zwischen den Ansprüchen z.B. von Gymnasium und Hauptschule haben, passt genau ins Bild. Für einen erschreckend großen Anteil dieser Kinder ist Deutsch die Zweitsprache, die zu Hause oft nie gesprochen, weil von einem oder beiden Elternteilen kaum beherrscht wird.

Und dann verlegen genau die gleichen Politiker den Beginn der 2. Fremdsprache von der 7. in die 6. Klasse. Damit machen sie es den Kindern mit Migrationshintergrund noch schwerer. Einen gewissen Ruhm erlangte Elżbieta Kaczmarek aus der 6d mit dieser Ausführung: »Sollen wir nun lernen, wie man die französischen Wörter ausspricht, wie man sie schreibt oder was sie bedeuten? Alles zusammen ist nämlich unmöglich.«

Missversteht mich nicht falsch. Ändert die Umstände, die vor Beginn der Schulzeit dieser Kinder dazu führen, dass sie nie über die Sprachbarrieren hinübergelangen. Dazu müsstet ihr aber die Kinder beim Namen nennen, d.h. an die Parallelgesellschaften herangehen und dazu seid ihr zu feige.

Und wer umgekehrt einmal versucht hat, sich durch das polnische Konsonantenverhau zu einer angenäherten Aussprache durchzukämpfen, wird nicht ohne Mitgefühl für Elżbieta sein.

»Es wird schon gelegentlich gejammert über die ständige Niveauabsenkung, dass wirksame Disziplinarmaßnahmen sind nicht zulässig sind usw., doch die beamtete Lehrerschaft hat sich, abgesehen von ein wenig Genörgel, nicht gewehrt, und welche Leute haben das überhaupt durchgesetzt? Die Oberbeamten der Studienseminare, die Seminarleiter und Fachleiter: Die Referendarausbilder. Referendare, erzeugt mehr Abiturienten, in Schweden absolvieren 90 % das Gymnasium (was wieder unter uns gesagt die einzige weiterführende Schule und zwar eine Berufsschule mit einem stärker auf Allgemeinbildung ausgelegten gymnasialen Zweig ist).

Alle Schülerinnen und Schüler tragen zum Gelingen des Unterrichts bei, so lautet das Dogma, denn alle vermögen dies, Dogmafortsetzung und können dazu bewegt werden. Sonst hat eben der Referendar versagt. Was eigentümlich ist. Ist doch ein Referendar kein Kind und kein Teenager, dessen Gehirn mal gerade komplett umstrukturiert wird, sondern ein junger Erwachsener, der sich ganz bewusst für das Studium von zwei oder drei Fächern und deren Didaktik entschied und etliche Jahre seines Lebens diesem Tun widmete. Referendarausbilder hingegen versagen nie. Vielleicht, weil sie kaum ausbilden, sondern nur bewerten. Kleiner Scherz. Aber im Ernst. Ist doch seltsam, es gibt schlechte Schüler, schlechte Referendare, schlechte gewöhnliche Lehrer; schlechte Fachleiter, schlechte Funktionsdirektoren und schlechte Schulleiter hingegen existieren nicht.«

»Also hörn Se ma, wenn das anders wäre, dann wäre doch das ganze Beurteilungssystem der Referendare und einfachen Lehrkräfte verkehrt. Weil nicht sein kann, was nicht sein darf.«

»Verzeihung, aber auch in der deontischen Logik ist das kein gültiger Schluss.«

Eine Ermunterung

Michael Dräng war an sich ein eher ängstlicher, scheinbar harmloser Mann. Gelegentlich rutschten ihm Bemerkungen über seine kulturbeflissene Gemahlin, eine Dame aus besserem Hause und seine beiden Töchter heraus. Offenbar schien sich der Nachwuchs, im tertiären Bildungssektor angelangt, in der Brotlosigkeit der Studien zu übertreffen. Kunstgeschichte war sozusagen noch bodenständig brotlos. Anders als Tanz und Choreographie bei Prof. Joan van der Schwing in Amsterdam. Ein übrigens überaus passender Name für eine akrobatische Tänzerin. Jedenfalls gab es da Ansprüche zu erfüllen. – Ein unbedeutender Mensch, der sich durch eilfertige Dienstbarkeit den Mächtigen gegenüber seinen schäbigen kleinen Vorteil auszurechnen wusste.

Seit über 10 Jahren führte Dräng die AG Lebensraum

Waldrandwiese durch. Als Biolehrer musste er nicht eine Zeile Neues dazu erlernen. Immer dienstags von halb zwei bis halb drei. Keine Wettbewerbsteilnahme, geschweige denn eine Platzierung, keine Aufführung am Tag der offenen Tür, immer nur Pflanzen und ihre Bestäuber, Haselnuss, Buchecker und Co., jahraus, jahrein Spaziergang am Dienstagnachmittag – überaus nachhaltig.

»Herr Dräng, warten Sie doch mal einen Moment. Unser kurzes Gespräch von neulich. Wegen der Personalversammlung. Also ich glaube, Herr Frommholt hat Ihr Potential nicht richtig erkannt. Sie machen doch diese Bienchen und Blümchen AG schon seit- sind es 10 Jahre?«

»Meine *Die Waldrandwiese als Ökosystem* AG meinen Sie.«

»Ja genau. Damit leisten Sie einen ganz, ganz wichtigen Beitrag zu unserem MINT-Profil. Sie sollten sich ruhig bei der nächsten Runde auf A14 bewerben. Und die Vergangenheit tatsächlich ruhen lassen. Schauen Sie nach vorn. Das zeichnete Sie auch als PR-Chef aus, soweit ich informiert wurde.«

Junger Stern

Frommholt hatte die Dernbusch ausgeguckt, einige Punkte vorzutragen, welche die Juristen des Schulamtes in Erinnerung gerufen wünschten. Herr Dernbusch war inzwischen Hauptseminarleiter und seine Gemahlin musste wohl allmählich auch zu Höherem aufgebaut werden. Die pauschale Hausaufgabensechs war unzulässig. Sehr bekannt und sehr nicht beachtet. Keine automatische Kursaberkennung bei mehr als 50, 60, 80 % Fehlzeiten. Man verliere vor jedem Verwaltungsgericht. Frommholt bestätigte dies sorgenvoll nickend. Hatte die Schülerin/der Schüler der Oberstufe innerhalb einer angemessenen Frist – nein, eine Festlegung auf z.B. Krankmeldung vor Unterrichtsbeginn, bis 8 Uhr 15 oder dergleichen sei nicht justiziabel – das richtige Formblatt mit z.B. dem Entschuldigungsgrund »Schwindel« vorgelegt, lag ja eine ordnungsgemäße Entschuldigung vor.

Die junge Kollegin Kießwetter stellte dann ihr Antirassismusprojekt vor. Nicht ungeschickt baute sie mehrmals die Wörter

Schwarzafrika und Kolonialismus ein. Schwarz-Weiß-Rassismus war nun wirklich kein ernstes Problem am Leopoldinum und in der ganzen Gegend. Antisemitismus schon eher. Jedenfalls war das eine sichere Karte. Schirmherren des Ganzen waren Bundesorganisationen, alles safe. Vermutlich hatte ihr Frommholt vorher einen Wink gegeben, so vorbehaltlos begeistert wie er jedenfalls war. Natürlich sollte der Projektvorschlag diskutiert werden. Schließlich pflegte man ja den offenen und ehrlichen Diskurs am Poldi.

Bentien konnt's natürlich wieder nicht lassen. »Großartig, ganz großartig, junge Kollegin. Endlich packt jemand dieses brennende Problem an, man weiß ja schon nicht mehr wohin, vor lauter Rassismus hier an der Schule. Nicht dass wir etwa ganz andere Sorgen hätten wie ein viel zu kleines Budget, die hohe strukturelle Unterrichtsunterversorgung, zu große Klassen, zu laute Klassen, zu heterogene Klassen, Erziehungsmängel durch das Elternhaus, zu kleine Räume, zu wenig Toiletten ... .«

Fürsorge

Waren seine chronischen Schmerzen und das gelegentliche Gehen mit dem Krückstock im Referendariat schnurzpiepegal, machte der Arzt bei der amtsärztlichen Stelle ein höchst bedenkliches Gesicht. Und auch noch Migräneanfälle?!

»Wenn Sie vor Antritt des regulären Dienstes schon Rückenschmerzen haben, wie soll das denn erst während des Dienstes werden?« Viele Lehrer würden gerade wegen solcher Sachen frühpensioniert.

Andreas versuchte, dem Manne klarzumachen, dass nach den vorliegenden Befunden mit einer weiteren Besserung zu rechnen sei.

»Nein, nein, das kann ich nicht verantworten. Wer weiß, in ein paar Monaten sitzen Sie im Rollstuhl?«

Verbeamtung nicht befürwortet wegen schmerzhafter, chronischer Erkrankung aus dem orthopädischen Formenkreis mit psychosomatischen Interferenzen.

Also blieb Herr Cruse für längere Zeit LiA, Lehrer im Angestelltenverhältnis.

Glücklicherweise trat tatsächlich die prognostizierte deutliche Besserung ein. Herr Cruse kam zurecht. »Vermeiden Sie Malrotationen vor allem der Lendenwirbelsäule und überhaupt hektische, hastige Bewegungen, vermeiden Sie Stress, denn der ist ein häufiger Auslöser für besagte Malrotationen, die zu den Ihnen bekannten schmerzhaften Blockaden führen. Alles Gute.« So lautete der gute Rat des Orthopäden.

Viel, viel später erfolgte eine Zuerkennung von GDB 20 %. Schulleiter Frommholt nahm die Bescheinigung im Flur vor seinem Raum entgegen, überflog das Schreiben und, jeder weiß ja, was Wunders der Staat für seine Beamten an Wohltaten bereithält, sagte so herrlich fürsorglich, wie der Dienstherr nun mal ist: »Sie wissen ja, ab 25 % würden bestimmte Unterstützungsmaßnahmen für Sie im öffentlichen Dienst zu ergreifen sein, aber das betrifft Sie ja nicht.«

Sprach's, drehte sich um und verschwand in seinem Dienstzimmer.

*Ohgott, wie wir uns verachteten. *

Was macht eigentlich einen guten Schulleiter aus?

Mündliches Abitur

3-er Gruppenprüfung: Derjenige, welcher im Prüfungsstoff am weitesten gekommen war, bekam die schlechteste Note. Und die blonde, zierliche Schulleiterin, die gar nicht vom Fach ist und natürlich nicht zur Prüfungskommission gehört, teilt erst mal allen mit, dass das blonde, zierliche Mädchen bei ihr auch in Erdkunde die Beste sei. Redet dann von hinten, aus den Reihen der Zuschauer, laufend der Kommission bei der Notenfestlegung drein. Und das blonde, zierliche Mädchen bekam die beste.

Und die Protokolle passten wasserdicht zu den Noten. Und was nicht passt, wird passend gemacht. Alles bestens. Alles justiziabel.

Ach ja. Das blonde, zierliche Mädchen hatte dooferweise nicht kapiert, dass beide Themen im schriftlichen Abi zu bearbeiten gewesen waren. Obwohl die allerhöchste Frau Schulleiterin persönlich Kurslehrkraft war. Jedenfalls, kam die Kandidatin auch bei sehr guter Bearbeitung des einen Themas nur auf 50 % der erreichbaren

Gesamtrohpunktzahl. Naturgemäß. Und nicht naturgemäß, sondern gemäß der Abiturprüfungsordnung gibt's bei 50 % der Rohpunkte die Note *glatt ausreichend*. 5 Punkte.

Aber keine Angst liebe Kinder. 1 und 6 ist 7 und 7 geteilt durch 2 ist 3,5 und das ist, wenn Chefin will, ne drei, befriedigend minus. 7 Punkte. So macht man das.

Insgesamt hatten bis Freitag 12.00 29 Kandidaten noch nicht das Abi sicher, oh Mann, oh Mann. Doch dann schien die Sonne, der Himmel war blau und die Vöglein zwitscherten; bis auf einen Fall (der hätte in 3 Fächern dreimal 15 Punkte machen müssen) bestanden in den Nachmittagsprüfungen alle Wackelkandidaten das Abi.

»Also, das muss ich sagen, sprach der Abiturprüfungsausschussvorsitzende Klöfer, mit Ergebnissen, die vorher niemand für möglich gehalten hätte.«

Ein Mirakel, was sonst.

Elaine blickte fragend.

»Nee, nicht bei mir, aber aus zuverlässiger Quelle.«

Träumerei, Utopie, Dystopie?

»Ach, Herr Cruse, guten Morgen, hab gesehen, Sie haben jetzt eine Springstunde, ich würde gerne etwas, nun, ja, gewissermaßen, ja, erläutern, erläutern.«

Beide nehmen beim Chef im Dienstzimmer auf dem gemütlichen Sofa Platz.

»Tee, Kaffee, ein Wasser? Die Kekse sind gut, greifen Sie nur zu!«

Der Schulleiter überlegt und scheint sich dann entschieden zu haben.

»Also, Herr Kollege, die Sache ist doch die. Vor 30, noch vor 25 Jahren, da hätte ich Sie kurz anhospitiert, ich meine, Ihre AG-Arbeit, was Sie als Sammlungsleiter nun schon so viele Jahre organisiert und aufgeräumt haben, Ihr Kampf mit der Bauverwaltung, ich weiß auch ein Lied davon zu singen, ich hör auch immer wieder von Eltern, wie sehr die gerade Ihren Anfangsunterricht in NuT schätzen, wir haben ja auch einige Chemiker und Physiker und Ingenieure unter den Eltern und die merken sofort, wofür Sie die Grundsteine schon in der 5. Klasse legen, prima. Ähm, also früher wären Sie problemlos, routinemäßig Oberstudienrat geworden.«

Herr Kollege blickt erfreut auf. Der Chef fährt fort.

»Aber, Herr Kollege, wir haben den Beförderungsstau, ich kann auch nix dafür, plus die gesetzlich vorgeschriebene Frauenförderung, also die bevorzugte Einstellung und Beförderung, das ist nun einmal so. Ähm, ich habe gehört, Sie würden sich gerne in der kommenden Beförderungsrunde mitbewerben?«

Herr Kollege nickt.

»Tun Sie das nicht. Ich sach Ihnen, wie's is. Ich müsste Sie gewissermaßen durchfallen lassen. Und zwar sehr deutlich. Es wird sozusagen erwartet, dass diesmal Frau Priförd und Frau Fördragen drankommen. Mit großem, nämlich klagefesten Abstand zu den Mitbewerbern. Und das liegt allein in der Hand des Schulleiters, und der bin quasi ich. – Ja, ich weiß, die sind 'ne ganze Ecke jünger als Sie.«

Der Schulleiter zuckt mit den Achseln. »Und leider auch auf absehbare Zeit – Nich, Sie verstehn mich? Nehm Se doch noch 'n Keks! Und nehm Ses nicht persönlich.«

Gewissermaßen lautlos legt Herr Kollege so schnell wie irgend möglich die AG-Arbeit und die Sammlungsleitung nieder und überdenkt seinen Einsatz insgesamt aufs Gründlichste.

[»Das böse Erwachen begann mit TIMSS von 1995 und PISA von 2000. Deutschlands Schulsystem stand im internationalen Vergleich schlecht da, oft deutlich unter dem OECD-Mittelwert.

Nehmen wir NRW als bevölkerungsreichstes Bundesland. Über zwei Jahrzehnte waren die Herren Girgensohn und Schwier Kulturminister, dann ab 1995 beginnend mit Frau Behler nur Frauen. In der letzten PISA-Studie schnitt auch NRW ausgesprochen schlecht ab. Vielleicht könnte man konzedieren, dass auch jahrzehntelang frauengeführte Ministerien nicht mehr zustande bringen als von Männern geleitete?«

»Hast Du mal wieder mit Ludger telefoniert?«

Andreas und Ludger kannten sich seit dem Studium. An Dick-schädeligkeit übertraf Ludger den Andreas um mindestens zwei Größenordnungen. Die Coronapandemie, eine unaufhaltsame Naturkatastrophe, hatte sein Leben erheblich aus der sorgfältig geplanten und mit Disziplin, hoher Kompetenz und Fortbildung-statt-Urlaub-Maßnahmen aufgebauten Bahn geworfen. Ludger suchte nun Schuldige für sein Unglück. Da kamen doch vor allem die Feministinnen und Emanzen in Frage, Frauen überhaupt, die alle 7 Jahre länger lebten und schöne Renten bezogen, anders als die hart arbeitenden Männer. Der überaus intelligente Ludger, eine veritable Bestie bei Skat- und Pokerturnieren, verrannte sich dummerweise immer weiter. »Das nimmt kein gutes Ende mit Deinem Kumpel«, hatte Elaine schon vor einiger Zeit gemeint. »Hohe Intelligenz ohne Expertise verliert schon gegen mittelmäßige Intelligenz mit Expertise.«

»Nun, audiatur et altera pars.«

»Ach, lass doch dieses blöde Latein sein!«

»Dieser Rechtsgrundsatz kommt in Deinem Sommerbuch vor, bitteschön.«

»Deins ist Dein Ich-therapier-mich-selbst-Buch, aber jenes nicht mein Sommerbuch.«

»Gut. Das bedeutet, dass man auch die andere Seite anhören soll, und man könnte doch tatsächlich mal bei den einzelnen Länder-kultusministerien untersuchen – »

»Frag mal Ludger, ob er vielleicht konzedieren würde, dass die politischen Massenmörder, Hitler, Stalin, Mao, Pol Pot, die Warlords, die Clanchefs, die Drogenbarone allesamt Männer waren bzw. sind? Und der Gendergap ist eine Erfindung von EMMA und Alice Schwarzer?«, fiel ihm Elaine ins Wort.

»Mach ich. Apropos kultivierte Streitkultur, ein altes Unrecht rechtfertigt kein neues, und hat Ludger nicht in dem Punkt vielleicht Recht, dass Frauenquoten nichts bringen?«]

Elaine war schnell wieder ruhig und besonnen.

[»Die großen Börsenunternehmen mit Frauenquote wie Siemens, SAP, Allianz, Mercedes, Linde, Beyer gaben bekannt, dass die Unternehmen dadurch profitabler wurden. Finden sich nur quasi zufällig vereinzelt Frauen in Entscheidungsfunktionen, so verpassen die Unternehmen nach eigenen Analysen wichtige Chancen. – Ceterum censeo, wo Du ja Latein so liebst, dass wir zu viele Bundesländer haben.«

»Da kann ich jetzt auch nix dran ändern. Was ich eigentlich meine ist, ›meine Herren, beachten Sie bitte §7 LGG‹, dann soll man eben sagen, auf die nächsten 10 Jahre werden Männer nicht zu den Beförderungsverfahren zugelassen. Statt einen so abzuwatschen!«

»›Niemand darf wegen seines Geschlechtes benachteiligt oder bevorzugt werden‹. Und um zu verhindern, dass möglicherweise ein Mann bis in die letzte Instanz geht, weil vielleicht doch §7 LGG mit Art. 3 Absatz 3 GG unvereinbar ist, you get abgewatshed.

Noch ein Stück Kuchen? Andy Darling, Du kannst es Dir leisten!«]

Besuch in Weimar

Susi aus dem Geschi-LK, wie immer streng in Schwarzweiß gekleidet, wartete im Foyer auf ihre mündliche Prüfung. Andreas selbst hatte Geschichte als 4. Fach gehabt. Bei Sieglinde Ruschhaupt. Für die rote Sigi, Latein und Geschichte, mit ihren kurzen Hippiekleidern hatte er als Oberstufenschüler geschwärmt und begeistert für diese Prüfung und auch für Frau Ruschhaupt gelernt. Er hatte sie schon in der Unterstufe als fachfremde Mathelehrerin gehabt. Die harte Frau war sehr überzeugend in dieser Rolle gewesen. In Geschi war sie ebenfalls sehr anspruchsvoll.

Wehlers Sozialgeschichte von Kaiserreich und Weimarer Republik war seine Basislektüre in der Zeit vor der Mündlichen gewesen.

Und haargenau dieses alte Zeugs wurde anscheinend, wie Cruse jetzt von Susi erfuhr, immer noch im Geschichtsabi abgeprüft. Reichskanzler, Reichspräsident, Reichsverfassung und Notstandsgesetzgebung, nix Neues. Als ob danach nichts Wichtiges mehr passiert wäre. Seltsam.

Es konnte doch nicht schaden, geschweige denn verboten sein, der sehr nervösen Susi noch mal zu erzählen, was sie selber auch sicher wusste.

»Für das Scheitern der Demokratie gab es eine Vielzahl von Gründen, klar. Herausstellen solltest Du auf jeden Fall diesen, dass eben der große Beamtenapparat, der unangetastet schaltete und waltete, den demokratischen Bestrebungen bestenfalls gleichgültig, überwiegend jedoch ganz ablehnend gegenüberstand.

Ach, aus Staudtes Untertanfilm habt Ihr die Gerichtsszene und die Hurraszene mit Hessling und dem Kaiser angeguckt und interpretiert? Na, dann bist Du ja rundum im Bilde. *Denn Diederich war so beschaffen, daß die Zugehörigkeit zu einem unpersönlichen Ganzen, zu diesem unerbittlichen, menschenverachtenden, maschinellen Organismus, der das Gymnasium war, ihn beglückte, ... *«

»Öh, meinen Sie, dass ich das mit dem Organismus auch in meiner Prüfung brauche, Herr Cruse?«

»Nein, sorry. Also viel Erfolg. Wird schon gutgehen«. – »Danke, Herr Cruse.«

Gedankenverloren blickte Andreas auf das nächsthängende Frommholtbildnis.

Arbeitsumfeld

Andreas unterhielt sich über den Zaun mit dem Nachbarn; IT-Industrie. »Auch mal wieder im Lande?« »Ja, komme gerade aus Palo Alto zurück, die entwickeln dort ganz tolle Sachen, die haben jede Menge junge Designer angestellt und diese jungen Wilden haben schon verrückte Ideen, aber wenn wir das jetzt schnell umsetzen und noch zu Q4 auf den Markt bringen könnten, das wär'n echter Knüller. Muss deshalb auch gleich weiter zum Innovation Center nach Berlin.« Fast ein wenig schuldbewusst sah der Nachbar Andreas an. »Aber Sie erleben bestimmt auch spannende Dinge in der Schule mit all den neuen Medien und Hauptsache, es macht Spaß, nicht wahr? Und mit all den Laboranten, die nach der Pensionierung in den Schulen helfen, haben Sie auch viel Entlastung, nicht wahr?«

Ja, das hatte in der Zeitung gestanden. *Wirtschaft hilft Schule.*

Bislang ist es bei dem einen Pensionär vom Chemieriesen geblieben, der sich in einer einzigen Kusener Schule nützlich machte. Letzteres hatte so deutlich nicht in der Zeitung gestanden.

Dass der Mann nur neue Medien sagte, wies auf eine gewisse Sachkenntnis hin. Denn er hatte ja nicht funktionierende neue Medien gesagt.

»Doch, ja, sicher, muss ja.« Wenn er so sein ruckelndes und quietschendes Laborwägelchen, dessen Tischfläche durch das ehrfurchtgebietende Alter faltig und rissig geworden war, mit Rädern, deren Vollgummilaufflächen allmählich zu Staub zerfielen, durchs Physikmuseum schob, zwischen den schätzungsweise seit den frühen 90ern nicht mehr schließenden, schiefhängenden, durch die Schwerkraftwirkung überall in den ohnehin recht knappen Raum ragenden Schranktüren, so gut es ging hin und her steuernd, und das nächste Experiment in den Unterrichtsraum bugsierte, in dem die Untoten aus dem 12er Grundkurs saßen, das war schon spannend, Junge Junge! Aber das dachte Andreas Cruse nur.

Linnenbrügger strahlte. Dieses Mal war seine Versetzung genehmigt worden. Demnächst konnte er mit dem Fahrrad zum Dienst rollen.

Linnenbrügger und Andreas waren beide mit dem Aufbau ihrer Experimente für den nächsten Unterricht beschäftigt. Der stets gut gelaunte Linnenbrügger erzählte:

Die Hilgen habe sich am Vortage im Lehrerzimmer neben ihn gesetzt, ihre Hand sanft auf seinen Arm gelegt und zum Ausdruck gebracht, wie sehr sie seinen Weggang bedaure.

Noch sei nichts passiert, er könne sich immer noch umentscheiden.

Er habe geantwortet, er verliere weniger Zeit zum und vom Dienst und habe jetzt u.a. noch mehr Zeit für die Unterrichtsvorbereitung.

Linnenbrügger zog mit dem Finger das rechte untere Augenlid herunter und grimassierte Andreas an.

Die Hilgen sei darauf gar nicht eingegangen. StD Berkenbrink gehe doch demnächst in Pension. A 15? habe sie gefragt.

Er sei doch nur erst Studienrat, A 13, so Linnenbrügger.

Das sei alles kein Problem, meinte die Hilgen. Und als Berkenbrinks Nachfolger müsse Linnenbrügger im Wesentlichen nur dessen Aufgaben als Archivar der Schule weiterführen. Und wie alle A 15er einmal im Jahr beim Fortbildungstag des Kollegiums eine Arbeitsgruppe leiten. Sie meine es ernst, er solle es sich doch überlegen. A 15.

»Und dann rutschte sie doch tatsächlich mit ihrer Hand von meinem Arm auf meine Hand!«

Wieder ein tiefer Blick von Linnenbrügger.

»Ja, ja, und dann braucht sie jemanden, der die bis jetzt chaotisch verlaufende Schulbuchausleihe dauerhaft übernimmt. Und die extrem störanfälligen interaktiven Tafeln immer wieder für ein paar Tage zum Laufen bringt. Und einen Koordinator für die Betreuung der Praktikantenmassen, die neuerdings die Schulen überrennen. Nee, nich' mit mir.«

»Hm«, machte Andreas. »Glaubhaft. Gabi war auch nur das eine Pflichtjahr auf A 14. Und dass die Hilgen so einen athletischen Sonnenscheintypen wie Dich in ihrer Schutztruppe haben will, kann ich gut verstehen.«

Und legte auch ganz tenderly seine Hände auf Linnenbrüggers breite Schultern.

Führung

Andreas las immer mal wieder gerne die stehengebliebenen Tafelanschriebe anderer Fächer. Zum Teil schon fortgewischt und durch krakelige Bruchrechenaufgaben ersetzt, war im Klassenraum, in dem er seit ein paar Wochen Fachunterricht erteilte, was immer mal wieder vorkam, die Bude platzte ja aus allen Nähten, in flüssiger, schöner, irgendwie sogar eleganter Handschrift zu lesen:

› ..und ordnete die Organisation den Entscheidungen des jeweiligen Führers dieser Stufe unter. Mehrheitsentscheidungen fanden nicht statt. Entscheidungen wurden stattdessen von einer einzelnen Person, eben dem Führer, getroffen.

Der Führer wurde nicht von der zugehörigen Organisationseinheit gewählt, sondern von der höheren Instanz eingesetzt. Dabei wurde zwar oft ein zeremonieller Ritus eingehalten, welcher der Vortäuschung einer Legitimation diente. Immer jedoch ohne Möglichkeit der Einflussnahme durch die untergeordnete, beherrschte Gruppe. Insbesondere ließ sich in sämtlichen, straff dem Führerprinzip gehorchenden Organisationseinheiten die Auswahl bzw. die Promotion von Amtsträgern stets bis zum jeweiligen Führer zurückverfolgen, während in demokratischen Systemen immer eine echte Kooperation von oben und unten wirksam ist. ‹

›Das Wort Führer darf man in Deutschland nicht benutzen. Es ist aber ein notwendiges Wort.‹ Hatte einmal Schmidt-Bergedorf festgestellt, während er Herrn di Lorenzo etwas vorqualmte.

Und das war ja nun doch mal ein bemerkenswerter Text. Fand Andreas. Und wurde neugierig. Wer hatte hier seinen Kurs? Der Raumbelegungsplan neben der Türe gab bereitwillig Auskunft. Ja, klar, LK Sozialkunde bei Berkenbrink.

»Wieso Präteritum, Herr Kollege? Bin ich wirklich der Einzige, der diesen klitzekleinen Transfer hier schafft?« Fragte sich Andreas Cruse.

Nutzen wir doch mal die neuen Medien! Suchbegriffe *Schulleiter*, *Führerprinzip, intransparent, undemokratisch*, mal sehen, ja, das schien was herzugeben. Andreas las murmelnd die Textseite mit den meisten Hits für seine Suchbegriffe:

›Autoritäre, undemokratische Schulreform ... für alle Fragen, auch sämtliche personalrechtlichen Aufgaben wie Beförderungen, – eben, bin ich doch nicht ganz alleine! – unter Aufgabe der bisherigen, bewährten engen Abstimmung mit den Personalvertretungen ... das ist gut, völlig intransparente Allzuständigkeit des Schulleiters. ‹

»Mal gucken, von wem ist dieser Text, hm, nee, ne? DKP Ortsgruppe Mannheim?! Ist das eigentlich Hessen oder Rheinland-Pfalz?« Erdkunde war noch nie Cruses starke Seite gewesen.

Gedenkstunde

Die Baronesse war gestorben, fast hundertjährig. Dorothea Louise Wilhelmine und noch viel mehr. Aus dem Hause derer von Löjborg auf Löjborg. Entstammte einer, wenn nicht der dominierenden Familie der Gegend. Hatte am Poldi ein sehr gutes Abi hingelegt.

Nun, so was kommt vor, das hatten Dr. Joseph und Prof. Uta auch. Hatte einen sehr wichtigen CDU-Mann geheiratet und war später selber Landrätin. Sehr beeindruckend.

Andreas der misstrauische recherchierte während des Lobgesangs diskret am Smartphone. Mit zarten 24 Jährchen hatte die einen 35 Jahre älteren Herrn geehelicht. Ah ja, der trug das große BVK am Bande. Was den Silberrücken für die junge wohl so anziehend gemacht hatte?

Aber honi soit qui mal y pense. Denn die Liebe ist nun mal eine Himmelsmacht.

Dem Poldi hatte sie drei durch Kriegswirren gerettete kolorierte Prachtbände geschenkt. Irgendwas mit lokaler Architektur, Wasserschlösser oder so. Die lagen vorne, von wo der Elferrat die Konferenz leitete, zum gebührenden Bestaunen aus.

Hätte mal lieber dem Poldi 'nen Satz isolierverglaste Scheiben schenken sollen oder 100 m heile Vorhänge. An den verschlissenen, zerrissenen Halbmastsegeln hatte sie wahrscheinlich selber noch im Reichsarbeitsdient gebastelt. Na egal.

Hatte in den späten Neunzigern als Zeitzeugin bezeugt, dass jüdische Schüler zur Ermordung aus dem Unterricht geholt worden waren. Keine Heldentat, aber anständig.

Eine geschlagene halbe Stunde lang schon lief der Bericht über das Leben der hohen Frau.

Ah ja, und die schrieb der Hilgen seit deren Amtsantritt stets zu Neujahr eine stilvolle Grußkarte auf Bütten. Die letzte verlas die also Gegrüßte persönlich: » … so und so … Ich wüsste mir keine bessere Führungspersönlichkeit zur Bewahrung der jahrzehntelangen Kontinuität als Sie für mein geliebtes Poldi.« Die Hilgen war selig.

Und auch das noch, als Überraschungsgast erschien Herr Frommholt a. D. und überreichte als Geschenk der Familie Löjborg einen

Band mit Photographien, das Kollegium und die Oberprima von 1942, in der Art.

Und alle konnten es sehen, Frau Hilgen umarmte und küsste ihren Vorgänger. Falsche Welt, dein schmeichelnd Küssen – Deutsche Kontinuität.

Da kannsch neist maachen. Doch wenn man die Vergangenheit kennt, versteht man immerhin die Gegenwart besser.

Einschlägige Verwaltungsvorschrift

In der Verwaltungsvorschrift des Ministeriums für Bildung und Frauen zur Dienstlichen Beurteilung der staatlichen Lehrkräfte an Schulen und Studienseminaren vom 29. Februar 2002, Az.: 667259 A Tgb. Nr. 1602177/126 heißt es:

1 Beurteilungsgrundsätze

A In Einklang mit stehender Rechtsprechung des BVG werden Besoldung und Beförderung dem Beamten nicht für konkrete geleistete Dienste gewährt, sondern sind Teil des komplexen Fürsorge- und Treueverhältnisses zwischen Beamten und Dienstherren.

Besoldung und Beförderung erfolgen logisch also nicht leistungsbezogen.

Die Auswahl der zu Befördernden beruht auf unserem reinen, hierarchischen Machtanspruch, welcher an die Schulleiter und Schulleiterinnen zur freien Ausübung delegiert wird.

Die Beförderung der beamteten Lehrkräfte erfolgt demnach durch Gnadenwahl. Der Herr entscheidet, wessen Bewerbung er annimmt und wessen nicht, ohne jede offengelegte Begründung. Notate bene, auctoritas non veritas facit legem!

Auf unbedingte Intransparenz und Nichtüberprüfbarkeit der Entscheidung ist zu achten.

Insbesondere die konkret mitgeteilte Beurteilung der Hospitationsstunden ist auf keinen Fall zu verschriftlichen, um jedweder juristischer Anfechtung die materielle Grundlage zu entziehen.

Die Beförderung darf niemals als etwas erscheinen, das kalkulierbar erarbeitet werden kann. (Vgl. den allgemeinen Grundsatz oben.)

Dies als natürlich hinzunehmen, fällt Frauen viel leichter als Männern. (Siehe Absatz B) Die Beförderung sollte stets als Gunsterweis empfunden werden, der die Bindung der Erwählten an die Dienstvorgesetzten und damit das System verstärkt.*

Die Unterrichtsqualität zählt an sich 50 %. Mittelmäßige Unterrichtsqualität ist kein Hinderungsgrund für überdurchschnittliche Bewertungen, sofern übergeordnete Aspekte (siehe allgemeinen Grundsatz oben und Absatz B) dies erforderlich erscheinen lassen.

B Weibliche Kandidaten sind grundsätzlich zu bevorzugen. Die aus taktischen Gründen empfehlenswerte formale Einkleidung in eine höhere Punktzahl o.ä. ist durch die Ausgestaltung der Schulleiterposition stets möglich und vom männlichen Mitbewerber nicht überprüfbar.

Ausnahmen davon sind rätlich, wenn Funktionsstellen zu besetzen sind, die sog. hard skills erfordern. Hierzu gehören die allgemeine Arbeitsorganisation, Stunden- und Vertretungsplanung sowie der gesamte Computerhard- und Software-Bereich, Internet und moderne Medien. Dies ist in der Regel konfliktfrei möglich, weil 80 – 90 % der Oberstudienrätinnen sich niemals auf Funktionsstellen bewerben.

Irrelevant für das Verfahren sind Aspekte wie Frustration, Demotivation, innere Kündigung etc.

* Näheres siehe bei Balek und Waage, Die kriteriengeleitete Abwägung als Steuerschaftsinstrument der Schulführung, Köln 1953, Heinrich Boëll Verlag.

Leistungsmessung

Ein lästiges Übel ist bekanntlich oft der Drittelparagraf, der besagt, dass Lehrer und Schülervertreter vom Schulleiter zu hören sind, wenn 1/3 oder mehr der Arbeiten einer Klassen- oder Kursarbeit oder vergleichbarer Überprüfungen in den Nebenfächern schlechter als ausreichend sind.

Lassen wir einmal erfahrene Schulpraktiker zu Wort kommen:

A: »Also ich lasse gar keine Halbstundentests mehr schreiben, denn die muss ich ja ankündigen. Dann fällt das viel zu gut aus, und ich bekomme kein Bild, das den echten Leistungstand der Klasse widerspiegelt. Ich schreibe nur noch unangekündigte Fünfzehnminüter.«

B: »Also ich lasse auch gar keine Halbstundentests mehr schreiben, obwohl die ja angekündigt sind, fallen die immer so schlecht aus, da müsste ich immer zum Chef rennen. Die Physiknote ist mehr als einem Drittel der Schüler doch schnuppe, die freuen sich schon in der neunten Klasse darauf, dass sie Physik nach der 10 abwählen können ... Ich schreib auch nur noch unangekündigte Fünfzehnminüter.«

Der pensionierungsnahe Studiendirektor: »Für die Halbstundentests gilt die Drittelregelung auch? Das wär' ja das allerneuste.« .... . (Neu hin oder her, hier sei verraten: Das steht in der Schulordnung.)

D: »Ja genau, und deshalb schreibe ich zwei angekündigte Tests kurz hintereinander über denselben Stoff, also na gut eigentlich zweimal denselben Test. Meist hab ich ja beim ersten Mal mehr als ein Drittel Fünfen, aber für die Drittelregelung nehm ich immer den zweiten Test, und damit komm ich immer hin.«

»Aber in Nebenfächern ist doch nach Schulordnung nur ein längerer Test pro Halbjahr erlaubt?«

»Kein Problem, meine Schüler vertrauen mir.«

E: »Also rein formal, ein Drittel kann man doch immer unterschreiten. Man muss eben die Grenze zwischen vier minus und fünf tief herunterziehen.«

Alle anderen: »Die vier minus liegt bei 50 % der erreichbaren Punktzahl!«

E: »Wo steht das?«

Verschiedene: »Das steht in der Schulordnung!«

E: »Und wo da bitteschön? Etwa Paragraph Leistungsmessung oder so? Irrtum, nichts steht geschrieben! Für's Abi gilt die Abiturprüfungsordnung, da steht's drin, das ist aber das Abi und nicht die Klassenarbeiten und so. Die Schulordnung ist maßgeblich und sie gibt nichts her. Ich pflege in Wetten immer einen Kasten Andechser oder zwei Kästen Krušovice zu gewinnen, wer hält also dagegen?«

Δύσπεπτα κύρια πιάτα

Hauptspeisen

Urlaub

Herrlich, die ganz frischen, großen, großen Ferien, fast unverbraucht. Noch kein banges Tagezählen, bis es wieder losging.

Fürst Lichnowskys Ferienwohnung durfte er nutzen. »Du musst mal raus aus dem Trott, was anderes sehen.« Fahrrad mitgenommen. Lichnowsky selber in Schweden wie jeden Sommer, besaß seine eigene Insel dort. Hatte ihn damals, in jener Zeit auch einmal besucht. Det här kommer paradiset mycket nära. Ja Mückenparadies! Torfplumpsklo.

Unter dem Nussbaum im Schatten auf der Bank, scheint hier so üblich, hier und da ein Nussbaum in den Weinbergen. Ein Vogel singt ganz nah, doch nicht zu sehen der Bursche. Elaine hatte immer alles gesehen. Die Augen ein Teil des Gehirns, sie war ohnehin viel klüger als Andreas. Kein Kunststück, dachte er.

Ging ganz gut mit dem Radfahren, wenig Schmerzen. Kein Stress, keine Malrotation. Steinharter furchiger Lehm, so schnell den Wingertsweg hinunter, dass das Schutzblech aus Plastik brach. Wieso lässt sich Kunststoff mit Kunststoff eigentlich so schlecht kleben?

Blicke von der Höhe gab's im Münsterland wirklich nicht. Schön hier im Sommer, wolkenlos blauer Himmel. Berge in abgestuften Blau- oder Grautönen voraus und schräg rechts hinter ihm. Wenn man soo herum saß, klar.

Ferner Einzelberg, diffus. Als Keltenfürst hätte ich auch dort mein Oppidum angelegt.

Wirklich sehr weiter Blick. Reben wohin man sah; wer trinkt das bloß alles? ›Nicht aus jeder Heulsuse wird eine Weinkönigin‹. Von wem war das noch mal?

Arno Schmidt gefiel's hier aber nicht. Was hatte er denn zu nölen? Gut, s'war damals und er nicht auf Urlaub hier.

Oder hinunter an den Fluss sausen, das war leicht. Nur nachher die Terrasse wieder hinauf schnaufen oder schieben.

Am Altarm, lesen und sich vorstellen, es sei die Duna und flussabwärts, nach den grünen Hügeln hin, läge Budapest.

Oder das Dampferchen dort drüben wäre die *Sydfart* auf dem trägen, schmutzigbraunen Fluss, der eher wie ein Teich wirkte.

Erste Getreidefelder waren abgeerntet, der Geruch des Strohs in der Sonne. Viel Obstanbau hier, die Kirschen waren schon reif und Himbeeren. Sind das Maulbeeren? Sehr süß. Sommer.

Ortschaften mit Geld, das sah man. Gepflegt, eine riesige Platane vor gelber Kirche, Ordnungsgemäß mit plätscherndem Brunnen, Bacchantinnen euhantes, Wasserworte jubelnd. Es war Markttag. Zwischen den Ständen herumschlendern. Die Gerüche aufnehmen. Appetit bekommen auf ein Stück Obstkuchen. Und noch 'n Hefeteilchen!

Ein Hinweisschild *Altobberhemshemer Woistubb*: Was für ein Dialekt. »Ich hab gerad gedenkt, ich hab mal einer troff, der hat genauso ein Dialekt gesproch wie Sie«, bemerkte die Wirtin zu Andreas.

Mochte Bergländer eigentlich nicht besonders, jedenfalls nicht den breiigen, genuschelten Dialekt ihrer Bewohner. Litt unter dem oberdeutschen Präteritumsschwund. Der auch noch massiv von den Sprecherinnen des Hesslichen Rundfunks vorangetrieben wurde. Nichts war eben perfekt.

Ein Chefinnengespräch

Ob Herr Kurse nicht wieder die Chemie-AG übernehmen wolle?

Andreas täuschte Nachdenken vor.

Nein, er lehne dankend ab, bereits 2 Jahre alleine und 4 weitere Jahre ganz eng im Team lägen hinter ihm. Hehe, Teamarbeit, werde in der neuen Dienstordnung itzt ja auch ganz groß und feste vorgeschrieben. »Werden Ihre Leute jetzt auch immer teamweise befördert? Nee, wa?«

Die Oberdirektorin rührt sich nicht.

»Zuerst mit StR Fabri, dann mit, Moment, wie hieß er noch?

OStR Fabri und zuletzt mit –Kunstpause – StD Fabri! Mein Arbeitszimmer ist mit Teilnahmeurkunden von *Jugend Forscht* tapeziert!«
Auf Ironie kann die Hilgen schon gar nicht.

»Das hat so was von gar keine Anerkennung gefunden, noch nicht mal nanotechnologisch, jedenfalls nicht, was meinen Anteil an dieser außerunterrichtlichen Tätigkeit angeht jedenfalls. ›Unterstützung bei Schülerprojekten‹ notierte Herr Frommholt in seiner Beurteilung, noch weniger geht kaum. Die Heldenlieder von des Fabri AG-Großtaten hingegen werden immer mal wieder angestimmt!«

»Das war unter Herrn Frommholt«, sprach die neue Chefin. »Vor meiner Zeit.«

»Gesungen wird auch jetzt noch. Und es ist meine Lebenszeit, die ich reingesteckt habe. Und außerdem«, Andreas kramte eine verkleinerte Kopie hervor, die er stets bei sich trug, »aus der ersten von Ihnen zu verantwortenden Poldipost.«Andreas las vor. Sorgfältig recherchiert, die Namen der Schüler, die vielen, vielen, ihre Themen und die erreichten Wettbewerbsplatzierungen, die vielen, vielen. Nur fehlt da nicht was?

»Nachdem Frommholt mich abgewatscht hatte, nicht wahr, konnten Sie ja nicht gut veröffentlichen, dass der olle Cruse zusammen mit StD Fabri sooo viele AG's und Wettbewerbe betreut und gewonnen hatte? Das hätte schon blöd ausgesehen, oder?«

Die Hilgen, blaugrauer Basiliskenblick, verzichtet weiterhin auf eine Stellungnahme.

»Wo wir dabei sind, im Jahre meiner Nichtbeförderung war es, als ich angeregt hatte, wir könnten aus dem Gerümpelraum 023 ein Schülerforschungszentrum machen. Ich hätte über eine Freundin, Dr. Valentine Meier, ist Abteilungsleiterin bei ASF-Chemie, wegen Standortschließung, 'ne komplette Laboreinrichtung bekommen, Labormöbel, Mikroskop, Heizbäder, 'n Rot, bergeweise Laborglasgeräte, gebraucht, aber tadellos, für uns wär's super gewesen, für umme! ›Nee, 023 wird demnächst anderweitig gebraucht, viel zu viele Umstände, ein SFZ wo denken Sie hin! ‹ Hätt ja auch noch blöder ausgesehen, wenn der Beförderungsverlierer so was auf die Beine gestellt hätte!«

Die Hilgen, nun wieder heiter, ganz Chefin im Ring, faltet sorgfältig die Kopie, legt sie beiseite und spricht: »Dann übernehmen Sie die AG wohl nicht wieder. Schönen Tag noch.«

[»Du solltest Deine Figuren vielleicht doch besser beschreiben.«
»Ich lasse der Phantasie meiner Leserinnen Freiraum. Und das ganze Ding ist ja ohnehin eher eine Collage oder vielleicht auch ein Putsel. Who is Who? Nach der kompletten Lektüre sollte man sich alles korrekt zusammenbauen können.«
»Musst Du wissen. Aber es ist nicht immer deutlich, wer spricht oder wessen Gedanken Du vorträgst. Vielleicht mehr direkte Rede?«
»O.k. ›Macht's Dich nervös, Serinissime?‹ Was von Arno Schmidt exproprit sein dürfte und klar wie Kloßbrühe ein Gedanke Cruses ist.
»Aber ich finde«, fuhr Cruse fort, »dass der bemühte Gebrauch der Verben des Sagens, Meinens und Denkens so schulfibeln und steif ist.«]

Aufsicht

Nadezhda Friedman war hinter einer Schülergruppe hergerannt. Natürlich vergeblich. Die hatten vor Unterrichtsbeginn hier nix zu suchen und schon gar nicht mit den Smartphones zu hantieren. Das war ja so was von verboten.

Nadezhda schimpfte vor sich hin. Wozu haben wir die neue Schulordnung verabschiedet, wenn sich niemand daran hält? Wozu führ ich hier Aufsicht? Ich könnt jeden Tag zig von den Dingern konfiszieren!

Andreas, der erfahrene zweite Wachhabende, hatte ein wenig über die junge Kollegin in Erfahrung gebracht. Das zu tun, lag an seinem Sternzeichen.

»Damals im Sozialismus.« Andreas lachte. Das sagten seine Schüler immer, wenn sie merkten, dass er mal wieder ein bisschen plaudern und vom Thema abkommen wollte.

»Togda pri socialisme. Oder so. Wiesz co mam na myśli. Schließen Sie die Augen. Es ist wieder 1984. Februar, bitterkalt. Sie haben den ganzen Tag für die ausländische Wirtschaftsdelegation gedolmetscht. Nun geht es endlich zurück, es ist weit nach Mitternacht. Sie sitzen im Touristenbus vorne beim Fahrer. Draußen ist es stockfinster. Irgendwo auf der Landstraße zwischen Vladimir und Moskau. Da vorne, eine Funzel beleuchtet schwach die Straßenkreuzung. Doch was ist das? Da steht ein Milizionär, mutterseelenallein, dick eingemummelt, die Füße stecken in zentimeterdicken geteerten Filzstiefeln oder gefilzten Teerstiefeln. Was tut er da? Nun, er versieht seinen Dienst, tut seine Pflicht und regelt den Verkehr.«

Nadezhda sah Andreas misstrauisch an, hörte jedoch aufmerksam zu.

»Ein paar Jahrzehnte später, frühmorgens, ein deutsches Gymnasium, lange vor Unterrichtsbeginn. In allen Stockwerken, auf allen Gängen und Fluren kichert und gluckst und giggelt es. Zwerge und Gnomen flitzen treppauf und treppab.

Im Erdgeschoss, am Haupteingang, eine Lehrperson einsam wacht. Was tut sie dort bloß? Nun, Sie stehen da, wo man Sie hingestellt hat, Sie tun Ihre Pflicht und führen Aufsicht. Dass die Schüler ja nicht vor dem Läuten das Schulhaus betreten.«

»Merke.« Er klopfte an die meterdicke Wand. »Patjomkinsche Dörfer sind durchaus nicht immer flüchtige Buden aus bemalten Holzbrettern. Sie können auch aus Stein und hundert Jahre alt sein!«

Was macht eigentlich einen guten Schulleiter aus?

[»Apropos slawisch, wie gut kannst Du eigentlich die Sprache Deiner –

»Sehr rudimentär. Men min Mordormoders språk vill jeg ikke ta i munnen. Nur wenn ich sehr gut gelaunt bin.«]

Elaine konnte sich halbwegs zusammenreimen, was das heißen sollte.

[»Du kannst froh sein, dass ich nicht ständig Amsterdamse Straattaal in den Mund nehme!«

»Auch bekannt als Smurfentaal, nicht wahr?«

»Pass bloß op, Du!«]

Elaine wurde doch wieder ernster.

[»Was meinst Du mit ›falsche Frau‹?«

»Die wollte eigentlich den schneidigen Rosselenker. *Der Staub wallt auf, der Hufschlag dröhnt.* Kaltblutrappen, sechsspännig, donnern zum Radetzkymarsch durch die Warendorfer Arena. Doch sie wählte den fleißigen, gut verdienenden, naiven Langweiler, der vermutlich einmal einen gutgehenden Betrieb erben würde. Diese Ehe eiterte dann auch so vor sich hin.«

»Verstehe. Wo wir schon mal dabei sind. Irgendwo schreibst Du: *Schabbat Schalom* – «

»Adventisten z. B. sind sabbathaltend, wusstest Du das?«, gab Andreas zurück, um ein wenig Zeit zu gewinnen. »Ich weiß es nicht. Zerbombt, verbrannt, verschimmelt, verfault, vom Wind der Geschichte verweht. Identität, persönlich, national oder kulturell, hängt auch vom glücklichen Zufall ab. Ich habe blaue Augen, a fair complexion, dark blond hair, und, dem niederländischen Genpool sei Dank, ich bin groß und schlank. Apropos, wusstest Du, dass die Niederländer die durchschnittlich größten Menschen stellen?

»Ja«, sagte Elaine gedehnt. »Hast Du Dir mich einmal etwas näher angesehen?!«

»Hm, und bin recht zufrieden. Eigenartig, Deutsche und Polen wiederum sind im Schnitt gleich groß.«

»Ist o.k. Nicht wichtig«, sagt Elaine schließlich. »Das mit den Adventisten merke ich mir.«

»Elaine, ich bin der Enkel vom alten Cruse. Frag die Leute in der Bauerschaft. »Der Andy Cruse? Das ist genauso ’n westfälischer Dickschädel wie sein Oppa, war der schon als Kind. Immer mi’m Kopp durch’e Wand. Un siene Grootmooder kommt uut Winterswijk.«, werden die sagen. Und mehr Genealogie brauch ich nicht.«]

Personalführung

»Mal was anderes, Herr Cruse, es gibt da gewisse Irritationen beim 12er LK. Ab jetzt übernehmen Sie!«

Was war los? Wörmann knötterte etwas von ständig sinkendem Niveau etc., das Übliche eben. Frustriert vom ganzen Betrieb unterrichtete er unter extremer Zeitoptimierung seines Arbeitseinsatzes. Dieser Kurs war aber auch ein sehr unangenehm zu handhabendes, vom Finanzminister gezeugtes Zwitterwesen. Aus Kostengründen hatte man mal wieder einen GK und einen LK zusammenlegen müssen. Das hieß für Wörmann, immer so zu unterrichten, dass für die Leistungskursleute ein vollwertiges schriftliches Abi komponiert werden konnte, bei klarer Trennung von den Grundkursleuten. Viel ärgerliche Zusatzarbeit. Kurs und Lehrer waren unzufrieden miteinander und mit den Rahmenbedingungen.

Wörmanns Unterricht wurde intern Wörmann- TV genannt. Zu nahezu jedem Unterrichtsgebiet hatte er einen Lehrfilm parat. Der rundliche Pädagoge lehnte mit gefalteten Händen dann vorne am Pult, gab wie bei einer Filmmatinee eine kleine Conference zu dem Streifen und dann hieß es ›MAZ ab‹.

Andreas hatte mal ganz zaghaft dieses Vorgehen in Frage gestellt.

Er sei, brummte Wörmann, zunächst einmal nun schon im 6. Lebensjahrzehnt und entschlossen, den Dienst ohne Tinnitus, psychosomatische Rückenschmerzen – Seitenblick – , Schrei- und Weinkrämpfe wie bei der Maierschen, burn out oder sonst was zu beenden.

Und gerade ein junger, na ja, jüngerer Pädagoge wie Cruse müsse doch wohl wissen, dass ein moderner Chemie- oder Biologieunterricht eben ohne zeitgemäßen Medieneinsatz stümperhaft sei, nich?

In sehr klarer Artikulation fuhr Wörmann fort.

»Und wenn diese Arschlöcher da oben mir eine proppenvolle Klasse mit 32 pickelgesichtigen pubertierenden Bauernrüpeln vor die Nase setzen, alle die Narrenkappen auf, die Hose hängt so, dass der halbe Hintern rausguckt, mit denen man nun wirklich keine sinnvollen Schülerversuche machen kann, auch noch in Einzelstunden, hehe, ich hab mal 'nen Berufsschulkollegen gesprochen, der wollte nicht glauben, dass wir in 45 Minuten Schülerübungen durchführen sollen, sie hätten grundsätzlich Doppelstunden, na egal, dann zeige ich eben meine Filme.«

»Das ist nun nicht meine Diktion«, meinte Andreas.

»Diktion, das finden Sie Diktion? Da hilft keine Hühnerkacke mehr, nur noch retro futuere cum aborto immediate sequens, das ist Diktion!«

Hühnerkacke? Andreas überlegte. Ach so, gegen die Pickel, der Rest war ja klar.

Was tat Frommholt im konkreten Falle nun? Sollte er sich auf einen Kampf mit der alten Bulldogge Wörmann einlassen? Sich dessen Aufzeichnungen zur Unterrichtsvor- und Nachbereitung wochenlang vorlegen lassen, Fernsehverbot erteilen, bei Wörmann hospitieren, einen anderen Unterrichtsstil einfordern? Was einfordern, durchsetzen! Oder einen jungen Kollegen, der nicht verbeamtet war, zwingen, den Karren aus dem Dreck zu ziehen? Natürlich, Cruse musste einspringen. Wörmann wurde so, nebenbei bemerkt, durch das Vorgehen des Chefs in seinem gesamten Verhalten und Unterrichten bestärkt. Was Frommholt persönlich nicht wehe tat. Ein armes Würstchen zum Verheizen fand sich doch immer.

Als Cruse sein Unglück Lorentz erzählte, fragte dieser nur: »Ist Stolz nun eine positive oder negative Charaktereigenschaft?« Andreas dachte an zu Bentien und antwortete sehr ausweichend.

Alltag

Schülerversuch in Klasse fünf Natur und Technik, Stromkreis mit Glühbirnchen. 1 Lehrer gegen 29 Kinder. Die den Lehrer erbarmungslos mit Fragen und Problemen bombardieren. ›Ich kann nicht … Ich weiß nicht … Wo ist … Wo sind die … .Der hat einfach meine … ‹ Egal, ob der Lehrer schon drei Frager um sich hat und einer 4. Gruppe beim Experimentieren hilft.

»Nein, mehr geladene Flachbatterien habe ich nicht«. Auch um die Birnchen stand es nicht zum Besten.

Elektrische Energie gibt es doch auch von der altertümlichen Schalttafel an der Wand. Doch die Lämpchen leuchten nicht. Ach ja richtig, die Schalttafel, es war ja damals, war das beim Umbau 1989 gewesen, vergessen worden, eine Leitung zu den Schülertischen zu legen. Also stöpselt Andreas kurze Kabelstücke aneinander, lange sind aus und kommen auch nicht wieder 'rein, um die gut 3 Meter von der Schalttafel zum Lehrerpult zu überbrücken. Unter ständigem Fragebeschuss durch seine Klasse. Lernt dabei, dass die eine Hälfte der Schülertische elektrisch tot bleibt. Bei der anderen klappt's. So. Glöckchen anschlagen, rotes Tuch schwenken. Zu wenige stellen das Reden, Schreien, Rumrennen ein, keine Ansage möglich. Also doch wieder brüllen, brüllen, brüllen.

Tja, Augen auf bei der Berufswahl, mag manche Leserin nun denken, hat er sich doch selbst ausgesucht, stand doch keiner mit der abgesägten Schrotflinte hinter ihm und zwang ihn, Lehrer zu werden. Zwischen der Lupara und dem hier gibt's ja wohl noch was mittendrin!

»Leute, geladene Batterien bitte an die Mitschüler auf der Wandseite geben, für euch – nein, ihr dürft nicht selbst an die Kontakte an den Schülertischen – stecke ich gleich die Kabel.«

Der 1. Tisch auf der Fensterseite hat nun wieder elektrische Energie am Experimentiertisch, wie es auch vorgesehen ist im Experimentierraum. Bei der 2. Gruppe wird das Lämpchen schon weniger hell. Beim dritten 2,4 V Glühbirnchen knallt die Sicherung raus.

Also, was kommt? Glöckchen anschlagen, rotes Tuch schwenken. Zu wenige stellen das Reden, Schreien, Rumrennen ein, keine Ansage möglich. Also doch wieder brüllen, brüllen, brüllen.

Ach, Wilhelm Flörke und Karl Hahn, was wusstet Ihr schon von Schülerübungen! ›Strenge Zucht und straffe Zusammenfassung aller Kräfte?‹ Hat die Klasse mehr als 16 Schüler, muss sie geteilt werden? Und trotz allen Anstrengungen konnten dem Schüler nur die allereinfachsten Dinge erklärt werden? Ihr Stümper und Nichtskönner! Ihr hattet doch nicht den blassesten Schimmer von den outputputputorientierten, kompetenzbasierten naturwissenschaftlichen Unterrichtsphantasien unserer heutigen Fachleiterinnen.

Was burrt und hustet der Skinner: Für den Schüler sei es ganz unmöglich, irgendeinen wesentlichen Teil der Weisheit seiner Kultur selbst zu entdecken?

Aber wie dem auch sei.

Für die Batterien und Birnchen war seit Jahren unsere frischgebackene Oberstudiengabi zuständig und für die gesamte Elektroreparatur?

›Tun Sie nie das, wofür andere Leute bezahlt werden‹. Irgendwann sieht man das ein. Auch, wenn's schwerfällt. They get what they pay for.

Später merkt Andreas, dass er schon letztes Jahr, und auch davor das Jahr, das Problem im Reparaturbuch eingetragen hatte. Hatte er nur vergessen.

Überaus nachhaltig defekt. Und bei der Leistungsbewertung ist nachhaltiges Wirken ja so wichtig!

Was macht eigentlich einen guten Schulleiter aus? Nicht in einem potëmkinschen Dorf, sondern an einem Bildungsstandort einer Exportnation?

Ach mein Kleiner, das macht doch nichts, das merkt doch keiner.

Personalvertreterin

Klar, Nadezhda war sehr engagiert und beliebt, hatte sich von Andreas' pessimistischem Vortrag zum Thema Aufsicht natürlich nichts angenommen, war in den Personalrat gewählt worden und ging Andreas kurz vor Schuljahresende auf dem Hauptgang im EG um die üblichen 20 Euro für die PR-Kasse an. Andreas lehnte ab.

»Warum sind Sie denn immer so negativ, Herr Cruse? Das ist doch für eine gute Sache, den PR.«

»Auf dieser Dienststelle gibt es keinen PR.«

»Doch, natürlich!«

Andreas entschied sich, seine persönlichen Erfahrungen mit Dräng und Co. außen vor zu lassen.

»Nö. Die Truppe, zu der Sie gehören, kommt noch nicht mal der gesetzlichen Vorgabe nach, mindestens einmal im Jahr eine Personalversammlung abzuhalten! Wir haben keinen PR, der diesen Namen verdient!«

Nadezhda führte nun entschuldigend an, letztes Jahr sei doch PR-Wahl gewesen.

»Ja, drei Wochen vor Schuljahresende! Ihr kommt also eurer gesetzlichen Pflicht nicht nach, weil Ihr es in 11 Monaten nicht schafft, eine Personalversammlung zu organisieren? Ihr seid nicht fähig zu etwas, was ich von einer Grundschulklasse erwarte?«

»Was wollen Sie denn? Nur, weil's irgendwo steht? Es gibt doch eigentlich auch nichts zu besprechen. Läuft doch alles gut hier. Sie wollen einfach nur schlechte Stimmung machen.«

Inzwischen war große Pause, und der Lärm der die beiden umspülenden Schüler ohrenbetäubend. Gesang, bejohlte Bitchfights, Ballspiel, völlig ungehemmtes Gekreische und Gequieke, ein Schalldruck, der Marko Marković neidisch gemacht hätte.

Die Widerhalleffekte der gefliesten Wände und der hohen gewölbten Decken waren fantastisch! Andreas, der Physiker misst und vergleicht, hatte hier schon über 110 dB(A) in den Pausen gemessen.

»Gehörschutz!« Brüllte Andreas seinem Gegenüber zu. »Unser Dienstherr muss uns Gehörschutz zur Verfügung stellen, nicht kann, sondern muss! Und Ihr habt die gesetzliche Aufgabe, auf die Einhaltung der Arbeitsschutzbestimmungen zu dringen! Steht auch nicht irgendwo, sondern im Personalvertretungsgesetz.«

Er machte eine einladende Geste.

»Gehen wir doch durch diese Fluchttür, auch wenn sie nicht die vorgeschriebene Mindestbreite von 1,50 m hat, dorthin, wo es ruhiger ist? Nein, bitte dieser Türflügel, bei jenem ist der Schiebemechanismus total verbogen. Sitzt fest. Na, der PR ist sich sicher sicher, dass keine Panik ausbrechen kann. – Ist er das?«

»Schöne alte Holztüren in den Fluren. Taugen nur überhaupt nicht als Brandabschnittstüren oder wie das heißt. Holz, Sie verstehen? Noch mehr gefällig? Alle Fenster in den UG-Unterrichtsräumen gelten als Fluchtwege. Haben Sie mal versucht, diese verzogenen riesigen Metallrahmen zu öffnen? – Ja, richtig beobachtet, bei einigen ist der Hebel festgeschraubt, damit dat Ding beim Öffnen den Kinnern nich auf'n Kopp kracht. Reicht das?«

Frau Friedman knabberte leicht an der Unterlippe und knibbelte am rechten Daumennagel. Frau Rätin dachte nach.

»Ich weiß, Sie sind in einer Diktatur aufgewachsen, Sie können mich gar nicht verstehen.«

Andreas war schon ein bisschen gemein, konnte aber nicht widerstehen.

»Sie mussten das Loblied der Führung singen und durften nichts kritisieren. Aber hier in diesem unserem Lande war das ursprünglich mal anders gedacht! Also früher einmal. Und wir sind doch das Poldi, die Schule mit Courage«, murmelte er noch.

»Sie, Sie holländischer Gulaschpole, Sie haben ja keine Ahnung, Sie wissen gar nichts von einer wirklichen Diktatur! Ihr hier im Westen, Ihr hattet es doch … «

Die erboste Nadezhda wurde von einer jungen Kollegin unterbrochen, die strahlend angehüpft kam und ihr einen 20-Euroschein in die Hände drückte. »Hier, Nadja, mein Beitrag für den PR. Wohin geht der nächste Personalausflug? Der letzte war echt toll! Käsemarkt in Enschede!«

Und Nadezhda ging, ein erneuerter, sicherer Mensch.

Gulaschpole? Die panslawische Bewegung mochte noch angehen, aber pörkölt Polak?

Und was fallen will, das soll man auch noch stoßen.

[»Du bist unzufrieden? Überleg doch mal: Welche Biographie passt zu einer jüngeren Frau in Deutschland, Lehrerin, die Nadezhda Friedman heißt? Vorschlag: Du liest noch ein bisschen, ich hab mir doch so viel Mühe gegeben und Du als Sprachlehrerin bist quasi vom Fach, ich armer homo faber hingegen, ich habe aber nun mal meinen eigenen Kopf – So, und ich koch uns was Leckeres. Deal?«]

Elaine nickte.

Es muss ja nicht immer Kaviar sein, dachte Andreas und holte das dicke, goldene Kochbuch.

Medienkompetenzkonferenz

Das Schulhaus war wieder gut aufgeheizt. Herr Cruse ist müde. Es war wieder ein anstrengender Schultag. Im Mittagstief beginnt die Konferenz. Herr Cruse ist so viel und so wenig bei der Sache wie die meisten anderen auch. Einträge im Notenbüchlein werden gemacht, da drüben korrigiert jemand, na, ob dazu die Konzentration ausreicht, leise Unterhaltungen, Scrollen am Ipolster und Wischen am klugen Telephon, und von dort riecht es nach Essen vom Thailänder.

Auftritt der Referent des Ministeriums ... »Das *Werkbuch Medien* führt zum *Landesgütesiegel Medienkompetenz* ... Sie sehen auf der nächsten Folie unser Kompetenzportfolio ... ... wichtig, wichtig ... verpflichtender Beschluss der KMK.«

»Digitalisierung, Standort Deutschland, Plattform, ich zeig Ihnen mal an diesem, nein besser an jenem Beispiel, Moment ... wird laufend ergänzt ... äh nein, bis jetzt nur für die Primarstufe ... wie gesagt, Sie haben gar keine Wahl ... KMK.«

»Die Schüler legen dann ihr Kompetenzportfolie, das im *Werkbuch Medien* dokumentiert ist, potentiellen Arbeitgebern vor, die sehen dann sofort, entscheidender Vorteil ... «

»Auf der Plattform des Landes individuell für jede Schülerin und jeden Schüler von der jeweiligen Fachlehrkraft zu dokumentieren und zu bewerten ... nein, vereinfachtes System, + 0 – . Die Software erlaubt selbstverständlich auch Änderungen einmal vorgenommener Einträge, weil z.B. ein Schüler bereits geübte Kompetenzen wieder verloren hat ... «

Frager: »Wie stellt sich das Ministerium das konkret vor? Wir müssen also für 25 – 32 Schülerinnen und Schüler übers Jahr sagen wir mal 4 Tests zur Medienkompetenz schreiben lassen und individuell bewerten? Sie haben gerade darauf hingewiesen, dass das Landesgütesiegel Medienkompetenz für Arbeitgeber aussagekräftig sein soll.«

Der Referent hub an und legte nochmals dar, dass es keinen Spielraum für die einzelnen Schulen gebe. Das Programm müsse umgesetzt werden, das sei ein bindender Beschluss der KMK. Sicher, er könne das durchaus nachvollziehen, man wünsche sich als Lehrer, er sei ja selber Lehrer in der Schulleitung gewesen, man könne, aber wie gesagt, kein Spielraum, und das sei letztlich auch gut so, denn die Medienkompetenz heutzutage in unserer sich so schnell ändernden Welt mit ihren immer neuen und sich erweiternden beruflichen Herausforderungen auch und gerade im IT und Medienbereich, Sie wüssten das selbst, wie viel Mobbingfälle es jede Woche auf Facebook gebe ... »Aber ich verstehe Sie, ich bin da ganz bei Ihnen.«

Fragerin: »Ja und es müssen mindestens zwei Kollegen für diesen Kram freigestellt werden und wir müssen von denen dann geschult werden. Nachhaltig. Sonst machen wir wieder einen Studientag dazu und tag's darauf ist alles wieder vergessen. Und dieses Medienzeugnis mit unserem Schulwappen und Stempel und meiner Unterschrift ist nur ein Müllpapier mehr!«

Bevor der Referent die Nadel ein weiteres Mal in die alte Rille setzen konnte, sprang StD Klöfer ein:

»Wenn Sie einem Schüler eine 1 oder 2 für eine Leistung in Ihren normalen Fächern gegeben haben, wissen Sie doch auch nicht, ob er oder sie das nach einer Woche noch kann.

Machen Sie zu einem Kompetenzmatrixelement eine Stunde mit der Klasse und dann haben es alle mal gehört, und setzen Sie dann alle auf *plus*. Machen wir uns doch nicht vor, dass wir andere schulische Leistungen besser bewerten könnten.«

Da trägt man dann Hunderte von Einzelnoten im Laufe eines Schuljahres zusammen. Da predigt der Abiturpunkteobererbsenzähler Klöfer jedes Jahr bis ins kleinste Detail, wie vorzugehen ist, dass nicht die krumpeligste Erbse verloren gehet, denn wehe uns, wenn das Verwaltungsgericht …

Dabei könnte man doch alle gleich auf *plus* setzen …

Ist das Doublethink?

Immer wieder diese verdammte Unehrlichkeit.

Und die Oberstudienhilgen? Sie schweigt. Pokerface. Kluges Kind.

Und Sankt Potemkin ließ auch dieses Mal sein Antlitz leuchten über der Konferenz.

Ziemlich ausgeliefert

Im Vereinshaus, einem ehemaligen Forsthaus, wegen des undichten Dachs stets ein wenig feucht, was den muffigen Geruch erklärt, der einfach nicht wegzulüften ist, sitzt der Vereinsvorsitzende 'Olli the Big Boss' oder auch 'Olli the Dick Boss' genannt und friemelt mit seinen Wurstfingern an einem Kleinteil herum.

»Ah, Andy, auch mal wieder dabei.«

»Machst denn da?«

»Die Gruppierung war immer noch sehr gut, aber die Zentrierung war futsch, immer daneben. Bis ich endlich dahinter gekommen bin, woran das lag! Musste lange ausprobieren. Schließlich dachte ich – «

Im Vorbeigehen bemerkt Lady Marian: »Die Buttonfeder ist gebrochen, nicht? Du, sag mal, ich hab gleich die Jugendgruppe, weißt Du, wo der Arsch mit Ohren ist?«

Olli weist mit dem Haupt nach hinten und murmelt etwas Mundartliches.

»Sag mal Andreas, wie kann das nur soweit kommen? War ständig in den Nachrichten.«

»Ich kann natürlich nur spekulieren, und *ein Kerl, der spekuliert, ist wie ein Tier auf dürrer Heide, vom bösen Geist herumgeführt.*«

»Mensch Cruse, Du und Deine Zitate! Von wem war das, Grzimek?«

»Das passt jedenfalls zu meinen Erfahrungen. Im vergleichsweise Harmlosen. Dem Bericht der Kollegin Anita zufolge wurde ein, wie hieß der noch, etwas Russisches, ja, Sergej aus einer siebten Klasse auf unserem Schulhof so verprügelt, dass er aus den Augen blutete. Anita wollte das bei der Polizei anzeigen, aber der Chef hat das untersagt. Dass bloß kein schlechtes Licht auf seine Amtsführung falle.

Inzwischen ist Anita Studiendirektorin.

Dann hatten wir die Polizei im Haus zur Beratung bei Amokankündigung, –gefahr, –verdacht usw. Es gab vier oder fünf Sitzungen. Als Sicherheitsombudsmann war ich immer dabei. Das war eine wirklich gute Sache. Zuständigkeiten wurden festgelegt, Vorgehensweisen diskutiert, Beschlüsse gefasst. U.a. dieser: Bei Verdacht, Gewaltankündigung oder so sollte die Polizei informiert werden. Die hatte uns versichert, sie könnten sehr diskret, ohne das die Betreffenden das mitbekommen, Hintergründe überprüfen, Zugang zu Waffen durch Jäger im Umfeld oder Sportschützen.

So. Und dann hatten wir einen Schüler, der ständig ausflippte, echt vor innerer Unruhe klitschnass geschwitzt war, massive Drohungen ausstieß, der Genosse Sicherheitsombudsmann fragte bei der stellvertretenden Schulleiterin nach, was die polizeiliche Hintergrundrecherche ergeben habe – Nö, Polizei wird nicht informiert, macht sie nicht, der Schüler sei ja erst in der sechsten Klasse. Ende der Durchsage.

Oder Malik Williams. Vierschrötiger Sohn noch viel vierschrötiger Eltern. Seit der fünften Klasse gab's nur Ärger mit ihm.

Ich weiß noch, ich hatte was mitbekommen und fragte den Mittelstufenleiter: »Warum wechselt Dominic denn zum neuen Schuljahr ans Stadtgymnasium? Der ist doch richtig gut!«

»Ja, schon, aber seine Eltern meinten, sie würden das nicht noch einmal mitmachen. Im kommenden Schuljahr würde Dominic nämlich wieder mit Malik in eine Klasse kommen und ihr Sohn habe unter Malik schon in der fünften und sechsten so gelitten.«

»Ach, und dann muss Dominic gehen?«

Achselzucken.

Eines von Maliks Prinzipien lautete: »Eine Frau muss sich meinen Respekt erst einmal verdienen.« Sein Prinzip wandte er insbesondere auf weibliche Lehrkräfte an unserer Dienststelle an.

Allein die ständigen Klassenbucheinträge: Malik stört, beleidigt, beschimpft auf üble Weise, lässt sich nicht –, stiftet an, weigert sich, und das penetrant, ständig, unablässig, trotz wiederholter – usw. usw.

Nach der Mittelstufe schickten die Williams ihren Sohnemann auf ein anderes Gymnasium, »wo er nicht so unter Rassismus zu leiden haben« würde.

Dazu fällt mir ein: Zitat: »Ich bin kein Rassist, ich könnt aber einer werden!« Zitat Ende.«

»Umm wmmwd nich duchgegffnnn?«

»Bitte?«

Olli nimmt den kleinen Schraubenzieher aus dem Mund.

»Warum greift Ihr denn in solchen Fällen nicht ordentlich durch? In diesem jetzt so gelobten Lehrerzimmerfilm werden die verdächtigen Schüler sogar gefilzt. Meine Tochter war im Kino, hat's mir erzählt.«

»Wenn man mal Schaum vorm Mund benötigt, ist wieder nix da! Das kommt drin vor, weil der Herr Regisseur das selber mal so erlebt hat. Damals. In der Türkei. Als Schüler dort. ›Dir das Fleisch und mir die Knochen.‹ Mit diesen Worten übergibt der Vater dem

Lehrer seine Söhne. Diese Szene ist echte Propaganda. Bei uns wird einfach die Rassismuskarte gezogen. Siehe oben. Fertig. Und Durchgreifen, pff! Heilige Einfalt! Die Vorschrift lautet nämlich: Erst müssen sämtliche pädagogische Maßnahmen ausgeschöpft werden, bevor Ordnungsmaßnahmen ergriffen werden dürfen. Bei normalen Schülern ist das mit dem Pädagogischen ja auch angebracht und versteht sich von selbst. Aber bei denen, die einem den ganzen Unterricht kaputtmachen, die denken, super, ich darf hier tun, was ich will –.«

»Das Kultusministerium oder wer das nun bei Euch zu bestimmen hat erlaubt also solchen Schülern, Euch Lehrern auf der Nase rumzutanzen!«

Herr Cruse zuckt die Schultern. »Ich geh dann mal schießen.«

Neue Medien

Er zog den Stecker, um im roten Physikraum – wegen der Farbe der Bestuhlung – nicht über das OHP Kabel zu stolpern. Prompt kam die wieder Fassung der Steckdose mit. Die Schüler schadenfroh wie immer: »Sie haben's kaputt gemacht. Müssen Sie das jetzt auch bezahlen?«

Dabei hatte er nur sichtbar werden lassen, was hier kaputt ist.

In der 5. Stunde hatte er dann NuT und zwar sogar im NuT- Raum. Weil Hospitationsbesuch von der Realschule angekündigt war, hatte er sein Stundenkonzept für die Gäste kopiert. Ein klein wenig Vorführstunde ist so etwas ja immer. Medieneinsatz hatte er jedenfalls drin. Die Schüler sollten ein Internetvideo anschauen, Arbeitsaufträge dazu erledigen, wie man das so macht.

Die reale Kollegin kam, allein, etwas verspätet und brachte beim Eintreten gleich den äußeren Türgriff mit. Gegenseitiges Anlächeln. Dann folgte scheppernd der defiziente Modus der kompletten Zuhandenheit auf der Innenseite der Schwerkraft. Egal jetzt. So, als erstes mal den PC einschalten, der das Bright-Board steuert. Kein blaues Lämpchen geht an, kein Kringel dreht sich. Auch ein patenter Schüler darf sein Glück probieren. Probiert alles aus, was die scheinbar fachkundige Menge hinter ihm in die Klasse hineinruft. Nein, PC und Board bleiben tot. Die Kollegin von der Realschule lächelt wieder.

Zum Glück hatte Andreas das Wichtigste auch auf altmodischen Transparenten. Allein, auch der OHP versagte den Dienst. Stromausfall? Die Deckenbeleuchtung brannte doch.

Die Kollegin von der Realschule lächelt still vor sich hin und macht sich Notizen. Gleich fängt sie an, Arbeiten zu korrigieren, dachte Andreas.

Gut, dass noch ein normales Whiteboard in Reserve stand, wenn auch mit nicht mehr wegzubekommenden Schreibspuren. Die Schulleitung hatte daran sicher ihre Freude, wo sie doch so großen Wert auf Nachhaltigkeit legte. Man erzeugte unweigerlich Palimpseste, doch besser war es doch als gar nichts.

Der erste ausliegende Whiteboardstift war leer, der zweite dito, egal, heute erfolgte der Anschrieb eben mal in Gelb. Sowas habe der gute Lehrer immer parat in der Tasche? Bunte Kreide aber ja doch.

A15er Riege, wenn Ihr auf Biegen und Brechen trotz guten Gegengründen die Kreidetafeln abmontieren lasst, sorgt auch dafür, dass für die Whiteboards stets in jedem Raum ausreichend Stifte bereit liegen. Wir haben doch erfahren, dass Ihr A15 kriegt, weil Ihr mehr Verantwortung übernehmt als wir!

»Wir können das in Gelb nicht lesen«, quäkte es prompt ab der zweiten Reihe.

Irgendwie ging aber auch diese Doppelstunde zu Ende.

Andreas murmelte zur Kollegin entschuldigend etwas von: »Komme nicht an den Sicherungskasten am Ende des Flurs«, und verabschiedete die lächelnde Realschulkollegin.

Andreas packte seine Unterlagen zusammen, und auftrat die Bioreferendarin, die in dem Raum hier gleich ihren ersten Unterrichtsbesuch absolvieren sollte. Genervt überließ Andreas sie zunächst ihrem Schicksal. Erledige nicht die Aufgaben, für die andere bezahlt werden.

Na ja, kehrte dann doch um und guckte ihr zu.

»Mapple TV? Ist hier nicht auf VGA 2 sondern auf HDMI gelegt … Das wird Dir aber nichts nützen, die Videos ruckeln ganz fruchtbar, nur nicht des Nachmittags, wenn sonst keiner das System nutzt, kannstes aber ja versuchen.«

Sie versuchte es … Ja, ja, dann dunkelgrauer Bildschirm und Mapple teilt mit, dass es deine persönlichen Daten verarbeiten möchte … Fortfahren oder mehr Informationen? Wie? Kein Cursor, kein gar nichts, also muss sie wieder fragen. »Nee, da ist dann nix zu machen, zum Wegdrücken braucht man die spezielle Fernbedienung und die ist, Moment, nicht mehr da.«

Also fortlaufen und die Biofrau endgültig ihrem Schicksal überlassen? Hm. Genauso.

Die Landesregierung wünscht, dass Lehrkräfte sich auf ihre Kompetenzen beschränken und nicht z.B. an der Medienbetreuung arbeiten. Die Landesregierung arbeitet an einem Konzept zur Etablierung eigens ausgebildeter Medienwarte ohne pädagogische Aufgaben und wird dieses Konzept demnächst den Schulleiterinnen und Schulleitern vorstellen. Geplant ist die landesweite Einführung schon zum übernächsten Schuljahr.

So sieht das nämlich aus, wenn Medienkompetenz Schule macht.

Er holte dann aber doch noch schnell bei der Sekretärin Whiteboardmarker, Folien und Folienstifte, drückte alles der Referendarin in die Hände und riet ihr, sich schnell und unauffällig in der Pause den OHP aus dem Nebenklassenzimmer zu holen. Vorher ausprobieren!

Die Referendarin schrieb dann mit den Markern leider auf die interaktive Brightboardfläche. Gut gemeint ist eben nicht gut gemacht.

Das selbstorganisierte Schüler-projekt

Thiesbeimdiecke war des Kämpfens müde und hatte der neuen Chefin nur gesagt, ihm sei nun wirklich kein Projektthema eingefallen. Vielsagender Blick dazu. Das reichte. Er musste nur seine Zeit absitzen und eine Gruppe von Gaunern, I'am sorry, Gamern aus den 10. Klassen beaufsichtigen. Die neue Königin war zu schlau und zu abgebrüht, um sich auf Scharmützel mit alten Zauseln einzulassen, die nichts zu verlieren hatten. Bei jungen Kollegen, die Kinder zu ernähren und Häuser abzubezahlen hatten, war das etwas anderes.

Theodor Thiesbeimdiecke war Philologe von hohen Graden. Fakultas für Latein, Griechisch und Hebräisch. De facto konnte man ihn natürlich nur noch für den Lateinunterricht einsetzen, und Ethik. Für Ethik durften die Schulleiter außer christlichen Religionslehrern ja alle zwangsweise heranziehen.

Thiesbeimdiecke hatte fast zwei Jahrzehnte lang in Zeitschriftenbeiträgen und auf Altsprachlerkongressen versucht, Griechisch als Schulfach auf breiter Basis wiederzubeleben. Dass die Sprache Homers so gut wie nirgends mehr an den Mann zu bringen war, damit hatte er sich schließlich abgefunden. Angeregt durch Eideneier, mit dem er persönlich bekannt war, wollte er dann eben Neugriechisch als stark abgespeckte Variante, die auch einfacher strukturierten Geistern nahezubringen war, als dritte Fremdsprache, also Wahlpflichtfach etablieren. »Aber es gibt immer noch ein nicht periphrastisches Passivum«, hatte er geworben.

Seine Fachkollegen reagierten bestenfalls amüsiert, die meisten verspotteten ihn und das Neugriechische gleich mit. Der Itazismus disqualifizierte diese Sprache für sie vollkommen. Und deren Fürsprecher nannten sie verächtlich den Thisbimdikí.

Bosma war mit seinem Projekt für heute fertig und guckte bei Thiesbeimdieckes Truppe rein. Da stand Kemal aus der 10a und redete und redete. Schien eine Art Einführung in Spieltaktik zu sein. Was bei Bosma ankam, hörte sich etwa so an:

»Mit diesem Pravadon und einem Littspenser kann Du quinken und maximal drei Wörsts platzieren, ohne hypercarry, es sei denn, ihr seid tanky, weil Du ja Kailie bist, so kannst Du noch mehr Schaden auf Dein Item ziehen. Der Börst ist dann auch besser. Solche Supports sind auch ganz gute Side Storms. Hauptsache, ihr habt die Magiedurchdringungsschuhe. Das gilt natürlich nur für Season drei, da seid ihr ja gecapped! Sonst versucht ihr die Lane einfach zu stranen, zumindest im early Game. Wenn ihr auf der Midlane gut gefeeded seid, solltet ihr kleine Kämpfe baiten, die Spitbushes in die Q balancen und die Boots finishen.«

Kein Bild dazu, kein Tafelanschrieb, nix. Absoluter Frontalunterricht. Bosma schätzte, dass insgesamt mindestens 30 Spezialbegriffe verwendet wurden. Und keine einzige Rückfrage, doll!

»Mensch, O Thisbimdikí, was ist denn das?« fragte Bosma. Er durfte ihn so nennen.

»So genau kann ich das nicht sagen, nur dies eine ist mir klar geworden:

Ich bin zweifelsohne nicht tanky, kein bisschen, noch nicht mal squishy, dafür aber underfeeded. Mensch, Bosma, bin ich underfeeded! Und müsste es nicht underfed heißen?«

»Und das bedeutet?« »Alles, was ich als Lehrer versuchte zu vermitteln und, wie mir scheint, was die Menschheit wob und wog, the vanyte of vanytees, and alle thingis ben vanite.

»Benn und King James?« Nö, a common enough mistake, Wyclif, kannste mal googeln.

Am Tage vor der Präsentation der Projektergebnisse ließ Theo die Jungens mal machen. Sie waren hier die Fachleute. Ein paar gaben sich Mühe, andere dösten vor sich hin, die meisten drückten sehr smart auf der Tastatur ihrer Handys, Phones, Pads oder was auch immer es genau war herum.

»Leute, wie wär's, wenn Ihr Eure Anwesenheitsverteilung für den Präsentationstag mal an die Tafel schriebet statt nur herumzureden?« Er konnte nicht widerstehen. Weder dem Konjunktiv Präteritum noch der kulturgeschichtlichen Einlassung.

»Tafeln, wisst ihr, gab es schon im antiken Griechenland. Auf

Tafeln, die im Prinzip so funktionierten wie unsere Kreidetafeln schrieben die Griechen ein Weltbild nieder, das uns bis heute prägt. Philosophisch und philologisch.«

Die Jugend zeigte sich kultureller Kontinuität gegenüber aufgeschlossen und nutzte die Tafel.

»Und wie wollt Ihr Euer Projekt den Besuchern morgen vorstellen?«

»Na, wir erzählen eben, worum es bei dem Spiel geht und so, dass es nix kostet oder dass nur die Special Appearences richtiges Geld kosten.

Der weißhaarige alte Lehrer war über sich selbst erstaunt: »Solltet Ihr Euch nicht einen Projector und ein schnelles Notebook besorgen und Euer Computerspiel auf einem Computer vorstellen?«

Zwar war man diesem verblüffenden Vorschlag gegenüber zunächst sehr skeptisch eingestellt, und mit Technik kennten sie sich nicht aus, doch schließlich trabte ein Fähnlein besonders Mutiger ab zu Bosma oder Bentien, um die mobile Medientechnik der Chemie zu leihen.

Die Präsentation wurde ein voller Erfolg. Donnerwetter, Kemal Denktaş und Hervé Alexandre Maurer *of all names* erwiesen sich als erstaunlich patente junge Redner, die den Eltern das Killerspiel auch noch als Schulung der Auge-Hand-Koordination zu verkaufen wussten. ›Doch, doch, hinsichtlich der Strategieanforderungen dem Schach zumindest ebenbürtig.‹

Thiesbeimdiecke bekam auch einige Appearences zu sehen. Hm, dachte er, für die Special Appearence von Foxy Apache würde ich wohl auch was bezahlen. Und sah sich um. Hatte keiner gemerkt.

[Der Bosma vom Schülerprojekt ist Euer Bosma? Andreas nickte. Und Thiesbeimdiecke, gehörte der auch zu deinen Ahnen?

»Nij, hij was de vriend van mijn oude oudtante. Zij was leraresse op en hogere meijsjesschool, duits en engels of iets dat op de engelse taal leek, en hij – eens zijde ik iets in het duits en hij, boos, tegen de tante:

Spreekt ie geen nederlands meer? En tegen mij: Jongen, hier spreken wij nederlands! Ik kan naturlijk ook met latijn of oudgrieks dienen. Dabei konnte der Deutsch wie Du und ich, weil sein Vater Deutscher war.«

Dann eine dieser urplötzlich entstehenden Pausen.

»Is schon spät. Ich sollte mich allmählich verabschieden.«

»Spielst Du mir noch was vor? Bitte!«

»Ich könnte eher was singen!«

Sie macht eine gewährende Geste.

»Met de greuten frechen Sniuten simserimserimsimsim, keumen mool veel Kerls van biuten, simseri-«

»Hör auf, das ist ja furchtbar!« Und nach kurzem Nachdenken: »Ist dir eigentlich nicht klar, was für ein reaktionär nationalistischer Bockmist das ist? Gruppenbezogene Menschenfeindlichkeit.«

»O.k., darüber habe ich nie nachgedacht.«

»Aber dafür hast Du ja mich.«

Sie schiebt ihn zum Piano.

»Das gehörte meiner Mutter. Du weißt doch, Haager Bildungs-bürgertum. Bitte, sei lieb zu Elaine!«

Andreas überlegte. Ich muss meine sehr begrenzten pianistischen Fähigkeiten sparsam einsetzen. Johannes Kreisler passt jetzt gar nicht. Hab auch zu viel intus. »Andreas, sei nicht immer so düster«, hatte sie damals im Biergarten gesagt. Also nicht *St. James Infirma-ry*. Sie soll's jetzt aber auch nicht missverstehen. Also nur das Timing nicht missverstehen.

»*El Choclo*, das ist einer der Großen Drei unter den Tangos. Die englische Version heißt übrigens *Kiss of Fire*.«

Die erste Strophe würde er *en español* wohl hinbekommen. Die hatte ihm Gaby Moreno oft genug vorgesungen.

»Das kommt mir bekannt vor«, meinte Elaine. »Ein leidenschaft-licher Song. So mit

The flame grows higher, your kiss of fire, my soul within me bur-ning, kommt das nicht auch bei Poes Raven vor?, love me tonight, regardless of tomorrow – irgendwie so. Hm?«

Herr Cruse reflektierte schweigend und so konzentriert, wie er es müde und etwas beschwipst nur vermochte, das soeben Ver-nommene. Epimētheús, denk doch mal voraus!, dachte er da-nach.

Elaine geht in die Ausgangsstellung und blickt ihn auf Argentinisch an.

»¡Adelante!, Señor Choclo!«

»Nein, ich kann jetzt nicht Tango mit Dir tanzen. Zu gefährlich, wir würden wahrscheinlich in die Möbel krachen und uns wehtun. Und ich sage jetzt definitiv tot ziens en welterusten en ik houd van jou.«

»Ich weiß«, sagte Elaine sanft. »Eben. Und keine Angst wegen der Möbel.«]

Einige Jahre nach dem Termin beim Rechtsanwalt

Oh Ihr zufriedenen, früh beförderten A14 Frauen! Es gab ja auch verdiente alte Kolleginnen mit A 13 auf Ewigkeit. Für die jungen war alles kein Problem gewesen, super gelaufen. Sie machten die 26 Monate irgendwas Buntes, Auffälliges, möglichst mit Presseartikel, Mitgestaltung der Projektwoche z.b. ging immer ganz gut, die waren rundum zufrieden, kein bisschen kritisch und kein bisschen solidarisch. Auch Nadezhda Friedman war bekanntlich nun natürlich selbst im PR.

Man weiß nicht, aus welcher Laune des Geschicks heraus das geschah, der PR wollte tatsächlich ein echtes PR-Thema anpacken: Die Lage der Teilzeitkräfte. Unter den Beamten, wohlgemerkt.

Tischvorlage des PR war 'ne uralte Verwaltungsvorschrift des Landes. Auf der Grundlage dessen, was das BVG einmal vor langer Zeit für Recht erkannt hatte. Man wird sich erinnern.

Andreas Cruse, gründlicher Westfälischer Dickkopf, der er war, recherchierte. Sieh an, sieh an! Jo is denn aus Recht afoima Unrecht gwurdn?

Auch für teilzeitbeschäftigte Beamte gelte, Teilzeit sei Teilzeit, jede in temporären Vollzeittätigkeiten verrichtete Mehrarbeit müsse ausgeglichen werden. Bei Klassenfahrten beispielsweise bestehe Anspruch auf zeitlichen Ausgleich des Mehraufwandes.

Und das brachte Andreas zur Sitzung als seine Tischvorlage mit. Trug vor.

Hm, ja, einerseits, vielleicht, man müsse aber die Frau Hilgen verstehen, Lehrkräftemangel, allein schon der erhebliche strukturelle Unterrichtsausfall, dies und das, da dürfe man nicht unrealistisch sein.

Also sang jene voll Anmut. Heißes Verlangen fühlt' mancher, weiter zu hören der Sirenen Gesang.

Immerhin erbat sich die neue, junge, natürlich noch nicht geavierzehnte PR-Vorsitzende und Drängnachfolgerin die Fundstelle.

»Das alles ist nicht unser Problem«, erwiderte Andreas. »Fakt ist: Unser Dienstherr hält sich nicht an geltendes Recht. Basta. Änderungen zu seinen Gunsten wie das neu eingeführte Mitbestimmungsrecht der Elternvertreter (also GEGEN die Lehrer) bei bestimmten Beschlüssen der GK z.B. setzt die Obrigkeit ruckizucki um.«

»Ja aber Frau Hilgen ... «

»Setzt geltendes Recht nicht um. Aus und Schluss. Und das ist über Frau Hilgen angesiedelt.«

Weissagung: Bis die Sonne sich zur roten Riesin aufbläht, würde unser PR das Thema Pflicht des Dienstherrn zum Ausgleich von Mehrarbeit bei Teilzeitkräften nicht wieder aufgreifen.

Mal langsam.

Ist nicht wahr! Andreas war fast ein wenig enttäuscht.

Da hatten sie doch tatsächlich –

Gemach. Ach so. Alles klar. Als Referenten jemanden von der *Vereinigung* eingeladen. Außerdem saß der noch in der erweiterten Schulleitung des Stadtgymnasiums. Warum nicht gleich direkt einen Vertreter unseres Brotherrn? Sauron's mouth? Ja nee, so war es klüger.

Geht mal auf eine Landeslehrerverbandstagung und guckt Euch an, wie vertraut die oberen Lehrerfunktionäre mit den hohen Ministerialbeamten und –beamtinnen sind.

Ganz nebenbei erinnerte der Referent daran, dass Beamte ihre Besoldung nicht für ihre Leistung bekämen. Auch sie, die A 15er bekämen nicht ein wenig mehr Geld, weil sie mehr leisteten, sondern weil sie mehr Verantwortung trügen. Hört hört.

Jeder im Saale konnte doch nun selber in Sekundenschnelle selber im Internet recherchieren und musste unweigerlich auf Massen von Beiträgen stoßen, die genau das aussagten, was der Cruse den Personalräten damals schon vorgetragen und soeben gerade in der Konferenz erneut vom Laptop vorgelesen hatte? Jede in temporären Vollzeittätigkeiten verrichtete Mehrarbeit müsse ausgeglichen werden. Mit dieser Wortmeldung hielt Cruse im Übrigen seine Pflicht für erfüllt. Darin glich er dem Propheten Hesekiel. Seine Kollegen auf den rechten Weg zu bringen, wurde von ihm weder erwartet noch gefordert.

Woher nahm Herr Std. Thomas Schwindmann diese Chuzpe? Waren die Lehrer, die da unten vor ihm saßen, keine ernstzunehmenden Menschen? Woher diese Apperzeptionsverweigerung? Glaubten diese eher an eine Sinnestäuschung als daran, dass der Referent da oben sie hinters Licht führte? Bicameral minds waren doch wohl auszuschließen. War die Immersion in die Friede-Freude-Eierkuchenwelt so tief? Woher kam nur diese Mutlosigkeit der gebildeten Masse? Aber es steht schon in Machiavellis Principe: A scuola con coraggio, solo cu e sordu, orbu e taci, campa cent' anni ,mpaci e riesce devenire la preside o vicepreside!

Gerade, klare Menschen, wär'n ein schönes Ziel.

Oder so 'ne Art Backfire-Effekt. Die tatsächliche aktuelle Rechtslage, die Cruse verlesen hatte, hätte sie emotional belastet. Denn dann steckte ja hinter der Hilgen flottmunterer stets gesprächsbereiter integrativ geführter Fassade und weit schlimmer noch auch hinter den supernetten jungen Kolleginnen vom PR, die so oft Kuchen und Kekse die Fülle bereitstellten, etwas ziemlich Hässliches – ja, es wäre die grundsätzlich positive Einstellung zum Arbeitsumfeld in Gefahr und Gefahren muss man abwehren. Die Sicherheit wird der Wahrheit vorgezogen. Identifikation mit der Macht beschert Selbstvergewisserung.

Oder angesichts der Macht verflüchtigt sich einfach der Verstand. Und wenn die Lüge dann auch noch so schön zum heilen Bild passt ... *Gott, sind die Deutschen dumm! (D.h. die Anderen sind auch nicht besser: laßt nur erst mal die Amerikaner ihren Hindenburg wählen!)*

Das Kulturradio schenkt dazu kluge Analysen in Hülle und Fülle. Wie dem auch sei.

Die PR-Vorsitzende dankte Direktor Schwindmann ... ›vorher nicht so klar gewesen‹ ... und lachend, man müsse sich eben gut stellen mit dem PR, um Unterstützung zu bekommen beim Bittgang zur Chefin.

Seitenblick zur Riege der A-15er, deren wohlwollendes Nicken.

Ein wirklich kluger Zug der jungen PR-Frauen. Sie hatten sich bemüht. Konnte jeder sehen. War eben nichts zu machen. Die Teilzeitkräfte mussten eben härenen Gewandes barfüßig als Bittsteller zur Dienststellenleitung pilgern.

[»Apropos Sprache.«

»Noch viel allgemeiner geht es nun wirklich nicht.«

»Du bist doch vom Fach, hör mal: Ich habe über das Gendern nachgedacht. *Frau* statt *man* liest man ja schon seit Jahren. Zu *jemand* wäre *jemagd* lautlich schön, aber selbstverständlich nicht annehmbar. Vielleicht *jemand* und *jemande* mit Betonung auf dem a? Oder wir machen Anleihen bei anderen germanischen Sprachen. *Jemand* und *jekvinde*. Sonst reden wir Männer wie überkommen, und Ihr Frauen nutzt konsequent die weibliche Form in geschlechtsneutraler Bedeutung. Wenn Männer Schülerinnen meinen, sagen sie Schülerinnen. Und Frauen sagen beispielsweise: ›Die männlichen Schülerinnen erhalten Werkunterricht, und die weiblichen Schülerinnen lernen Nähen und Stricken.‹«

»Nur ein Narr schüttet all seine Torheit aus!«

»Hast Du's bemerkt, man zitiert mich bereits!«]

Pubertät

Wie andächtig hatten sie nicht der Schulpsychologin gelauscht. Diese eine große Jugendkrise machen alle mit. Die Pubertät. Die damit verbundenen Umwälzungen können gar nicht überschätzt werden. Es erfolgt ein völliger Umbau der Strukturen des Gehirns usw.

Großer Applaus. Viele Blumen. Große Danksagung. ›Wichtige bla Impulse. Unterricht bla neu bla überdenken. In Zukunft bla bla bla.‹

Und alle gehen dann in ihre 7. und 8. Klassen und machen Unterricht wie eh und je. Wat isse ne Dampfmaschin und morgen wird Prof. Crey den Wasserstoff darstellen oder die servitude grammaticale. Und jammern in der großen Pause, wie mühsam und zäh es in der 8d mal wieder ist.

Zeigt schon wieder ein Beispiel dafür, dass die Gesellschaft kein Erkenntnis-, sondern ein Umsetzungsproblem hat.

Und was soll man tun?

Die Kollegin Hansen hat es vor einiger Zeit mal auf den Punkt gebracht. Ich sehe sie vor mir, wie sie schon wieder genervt und wütend aus einer 8. Klasse kommt.

»Einfach ein Schild dran hängen, wegen Umbau z.Z. geschlossen!«
Das 7. und ein Teil des 8. Schuljahres fände kaum in der Schule
statt, mit dem normalen Unterrichtstrott. Gut, Kernfächer bleiben,
Deutsch, Englisch, Mathe.

Und stattdessen?

Ein richtiges Praktikum, mehrere echte Praktika, etwas Greifbares
jedenfalls, mit viel körperlicher Arbeit, wo die Jugendlichen im täglichen Umgang das lernen können, im Hauptfach, was sie in dieser
Phase so brennend interessiert. Wer bin ich und was will ich? Wie
wirke ich auf andere? Das geht auf gesunde Art ja nur durch andere Menschen, in Gruppen. Kurz gesagt, eine gute Umgebung schaffen, die das oft zitierte ganze Dorf darstellt, welches zur Erziehung
eines einzigen Kindes nötig ist. Und sich auspowern, müde werden
nach des Tages Arbeit. Müll aus der Landschaft holen. Du meine
Güte, was liegt überall ein Abfall herum, all die Wodkaflaschen
an den Ausfallstraßen. Vom Borkenkäfer befallene Bäume identifizieren, invasive Neophyten ausreißen. Oder schickt die Knilche in
die Altersheime.

Wen vertritt denn der PR?

Gleich nach dem Gespräch mit Frommholt sprach Andreas den Personalratsvorsitzenden Dräng an und berichtete kurz.

Zur Bekräftigung verwies Andreas auf das PV-Gesetz, dass Mitbestimmung bei Personalfragen vorschreibt, auch wenn kein Wort darüber im sogenannten Rechenschaftsbericht des Poldi-PR zu finden sei.

Dräng machte schon mal ein wenig zufriedenes Gesicht. Das hörte sich nicht gut an. Sah nach Schwierigkeiten aus. Nun, er machte mit Andreas einen Nachmittagstermin zur Besprechung der Sache aus.

Vom Personalrat waren dann Dräng selber als PR-Chef, die frischbeförderte Gabi und Frau Wiebke dabei. Frau Wiebke stand kurz vor der Pensionierung, unterrichtete Kunst und Theater, war sehr beliebt und wurde allgemein mit ihrem grauen Dutt als der mütterliche Typ angesehen, den alle gern haben müssen.

»Da kann man nichts machen. Frommholt muss sich an die 26 M-Regel halten. Das steht so in der Verwaltungsvorschrift.«

Dräng hatte vor langer Zeit selber mal einen Beförderungsversuch unternommen, natürlich erfolglos und jedenfalls war ihm Frommholt mit der 26-M-Regel angekommen.

»Das hat er bei mir auch so gemacht«, erzählte Gabi, noch gut gelaunt und munter. »Wir hatten uns mit meiner E-Mail, in der ich meine außerunterrichtlichen Aktivitäten aufgelistet hatte, zusammengesetzt ... «

Ach, sieh mal einer an, macht man das so? Fordert Frommholt spezielle Leute auf, so eine Liste zu erstellen? Dachte Andreas Cruse.

» ... und er drohte mit dem Finger. Frau Gitschel, Sie haben schon wieder Sachen aufgeschrieben, die älter sind als 26 Monate. Hat er aber nicht übel genommen.«

»Diese Regel gibt es aber nicht. Davon steht kein Wort in der Verwaltungsvorschrift.«

Andreas berichtete ausführlich. Die Ohrfeige für Frommholt vom Ministerialrat am Telefon.

Betretenes Schweigen.

»Also bitte beruf eine Personalversammlung ein. Ich weiß, dass zum Beispiel der Rainer sich sehr beklagte, dass Frommholt sich gnadenlos auf die Regel berufen hatte und dem Rainer seine Aufbauarbeit, was die Studiendirektoren vor ihm so schlüren ließen, rausgestrichen hat, weil ein viertel Jahr zu alt. Es muss ja jede Menge Leute geben, die das betrifft. Also bitte, Personalversammlung. Da wird sich das schon klären. Da kommen auf jeden Fall genug Leute zusammen.«

Dass Dräng nicht der Superheldentyp war, wusste Andreas natürlich. Aber der ließ sich immer wieder zum PR-Vorsitzenden wählen und beklatschen, von der Chefin für sein emsiges Wirken und die überaus vertrauensvolle Zusammenarbeit loben und nun musste er eben mal ran mit was anderem als dem Kollegiumsausflug zu den vleeskroketten.

»Da bist Du ja ganz schön in die Scheiße getreten!«

»Wieso denn ich, ich bin derjenige, der das herausgefunden hat, dass das nicht stimmt. Nach Jahrzehnten!«

»Diese Beförderungen sind überhaupt nicht wichtig. Hauptsache ist doch, dass wir uns gut verstehen und es geht doch um unsere Schülerinnen und Schüler und unsere Schule, das ist es doch, worauf es ankommt.«

Obertantenrätin Wiebke, die gute Seele! Und sie versuchte es wie 1944:

»Wirklich wahr und wichtig sind doch nur die glücklichen Erinnerungen, die wir mit uns tragen; die schönen Träume, die wir spinnen, und die Berufung, die uns treibt. Damit wollen wir uns bescheiden.«

»Wieso glaubst Du eigentlich, dass Du gleich auf Anhieb befördert wirst? Wir machen alle unsere Erfahrungen. Deine persönliche Frustration lass bitte nicht an uns aus, stiehl uns nicht unsere Zeit … .«

Gabi ist schon jetzt ziemlich giftig.

»Das ist nicht der Punkt. Frommholt macht seit Jahren einen formalen Fehler! Die kommen doch immer an mit dem Verwaltungsgericht von wegen Formalien!«

Dräng hat sich was überlegt. Er war zu der Einsicht gelangt, dass das Grundverhältnis des Menschen zur Wahrheit nun einmal ein geschichtlich-praktisches sei.

»Andreas, das ist nicht zu ändern. Du hast einfach Pech gehabt. Ich werde keine PR-Versammlung einberufen. Das bringt doch nichts. Außer Ärger.«

»Hallo, unten im Foyer prangt eine brandneue Tafel, *Poldi, unsere Schule mit Courage*?!«

»Das ist doch was ganz Anderes!«

»Und übermorgen, Dienstbesprechung in der 7. Stunde, Vorstellung des Programms der Landesregierung, Demokratie macht Schule – Schule macht Demokratie oder wie das heißt. Demokratie? Demokratie ist uns aufgegeben, nicht gegeben. Indem man einfach eine Tafel anschraubt.«

Aber Andreas spürte mit jeder Faser, aus, vorbei, erledigt, keine Chance auf Hilfe vom PR.

»Was wühlst Du da überhaupt in den Verordnungen herum? Wir anderen haben Herrn Frommholts Vorgehensweise immer so akzeptiert. Du bist doch nur neidisch auf die, die erfolgreich sind!«

Mon dieu, quel esprit! Von so viel geistreich souveräner eleganter Argumentation war Andreas denn doch überrascht.

Gabi war schon sehr karrierebewusst und ließ sich ihren vom Schicksal vorgesehenen Aufstieg auf keinen Fall blockieren. Dieses Machtstreben, diese Fähigkeit, ernste Hindernisse aus dem Wege zu räumen, kurz diese Führungsqualität hatte der Chef vermutlich bei Lt. Kendrick gespürt. Dachte Herr Cruse.

Dräng hatte schweigend dagesessen und schließlich eine hübsche Formel gefunden.

»Wir lassen die Vergangenheit ruhen und blicken nach vorne. So ist es für alle am besten. Das ist eine ganz einfache und praktikable Lösung.«

Gabi musste es doch wissen: »Wirst Du nun klagen oder nicht?

Denn in dem Falle hätte Andreas nicht nur seinen Dienstvorgesetzten, sondern auch die Konkurrentin mitverklagen müssen.

Man ging auseinander. Andreas hatte sich keine Freunde gemacht. Wer solche Personalräte hat, der braucht keinen Schulleiter. Und übers Jahr, liebe Kinder, wurde, wer hätt's gedacht, der

Personalratsvorsitzende befördert, Gabi stieg noch weiter auf und Tante Wiebke, der gute Geist des Kollegiums, die für jede und jeden immer ein offenes Ohr hatte, mit ganz großem Bahnhof unter dem Singsang glockenheller Kinderstimmen in den wohlverdienten Ruhestand verabschiedet.

Einer blieb in der Scheiße. Selber schuld. Das Schicksal hat gesprochen und gegen sein Urteil gibt es keine Berufung.

So it goes.

[»Also bist Du das und nicht der geheimnisvolle Bentien?«

»Good point, muss später mal überlegen. You know, there are more things in heaven and earth, Helena, than thou hast dreamt of. Aber lies mal erst weiter:«]

Recordemur. Ne obliviscamur. Omnia animalia sunt paria, sed quaedam animalia quibusdam magis sunt paria.

»Das kannst Du überspringen.«

Bemerkungen zum Bildungssystem.

Wer schon viel weiß, wenn er zu uns kommt, kann mit dem neuen Lernstoff mehr anfangen als einer, der keine Ahnung hat. Das ist nun mal so und geht immer so weiter von Klasse zu Klasse, der Abstand wird dann immer größer. Wenn die Kinder mit 10 Jahren zu uns kommen, ist alles Entscheidende schon gelaufen bzw. vermurkst. Na ja, bei mir in Latein fangen alle bei null an. Jaha, klar, wer in der Grundschule die Gelegenheit bekam, am Beispiel des Deutschen ein grammatisches System in sich aufsaugen zu können, geht ans Lateinische ganz anders ran als einer mit: ›Hä, wieso wird »dass« jetzt mit Doppel-S geschrieben?‹

Ach, Umgang mit Heterogenität, ich kann's nicht mehr hören. Da kommt man nicht mit Hokuspokus weiter, sondern nur mit kleinen Lerngruppen. Weil man sich nämlich um jeden einzelnen kümmern muss. Aber da findet sich immer ein junger Professor, es gibt sogar welche für Bildungsökonomie, der unseren Bildungspolitikern bestätigt, dass ein guter Lehrer guten Unterricht auch in sehr großen Klassen geben kann. Verständlich, auch junge Professoren wollen leben und ihre Bachelors auch, und zwar von Forschungsaufträgen. Raten 'Se mal, von wem die kommen. Gymnasiale Eingangsklassen mit 30 Kindern und mehr und Stundendeputate, gegen die sogar ehrwürdige kaisertreue Gymnasialprofessoren protestiert hätten.

Nochmal zur Heterogenität. So'ne Klasse wächst nicht etwa zusammen, sondern wird immer heterogener, die Russen klicken zusammen und die Türken, beleidigen sich in ihren jeweiligen Sprachen, ach, Sie haben das auch schon so erlebt?

Sie werden es noch oft genug erleben, junger Mann. All die Unterrichtsschwierigkeiten, den Lärm, die Unaufmerksamkeit, das Zerfließen Ihres Unterrichts, das Gebrülle dagegen an, der notdürftige Hilfsweg der schieren Bedrohung der Klasse mit Strafarbeiten, all das wird in der Fortbildung in das Kästchen Arbeitsatmosphäre als Sache ihrer persönlichen Professionalität gesteckt. Und das ist sie eben nicht, sondern eine vorrangig gesellschaftliche Aufgabe bzw. Fehlentwicklung.

Da wird an Effekten 2. Ordnung herumgebastelt, nur dass erfolgreicher Umgang mit Heterogenität zuallerst mal die intensive individuelle Betreuung erfordert, also kleine Klassen mehr Lehrer, Teamteaching, davon darf natürlich mal wieder nicht gesprochen werden. Wie, ich wiederhole mich? Musik ist geradezu eine Kunst der Wiederholungen. Auch die Pädagogik hat ihre Leitmotive. Sorry, mein Gehirn funktioniert so.

Machen Sie mal schön ganz offenen Unterricht und vergessen Sie die Ergebnisse der Hattie-Studie über die Effektivität des Frontalunterrichts. Sie kennen die Hattie-Studie gar nicht? Aber den Wunder-Klippert, brav!

Ich mach wieder rüber in den Osten. Oder an die dänische Grenze. Ich seh' doch, wie das hier laufen soll. In Cecilienveen an der Grundschule haben sie 80 % Migrantenkinder, da gab es sogar im *Landboten* eine Art Hilferuf der Grundschullehrerinnen dort. Schon klar, man kommt auch ohne Latein durchs Leben, aber ich will's weiter unterrichten, aber hier an dieser Schule werden wir das in spätestens drei Jahren, glauben Sie's mir, nicht mehr anbieten. Die Schüler können ja noch nicht mal mehr einen deutschen Satz korrekt von der Tafel abschreiben. Wie sagte Geelhaar kürzlich nach dem mündlichen Abi: ›Und wieder haben wir keinen einzigen ganz richtigen englischen Satz gehört!‹ Nee, Latein wird abgeschafft und dann das Niveau in Französisch ganz, ganz niedrig geschraubt. Und ich habe sogar Fakultas für Griechisch, das muss sich mal einer vorstellen. Ich, ein Mensch der Jetztzeit. Ja, ich weiß, pro Jahr wachsen ca. 30 von uns nach und in Süddeutschland gibt's ein paar altsprachliche Gymnasien mehr. Na, ja, zugegeben, unterrichten könnte ich das so aus dem Stand auch nicht mehr. Ist schon 'ne schwierige alte Sprache.

Wittkopp, genannt Blacky, war einer der ersten Lehrer aus dem Westen, dem tiefen Westen, gewesen, der nach der Wende in der ehemaligen DDR Dienst tat.

Dort hatte er sich prompt allseits unbeliebt gemacht. Bei den einen durch unverblümte Kritik an der Diktatur im real existierenden Sozialismus, bei den anderen durch seinen unermüdlich wiederholten Verweis darauf, wie effizient das DDR Schulsystem bei der Stoffvermittlung und wie lernbereit seine Schüler gewesen waren.

Ein ziemlich hektischer Schnellsprecher, bei dem man die Herkunft aus dem Pütt deutlich hörte, der sich exzellent in der politischen Geschichte der Bundesrepublik auskannte. Auch unaufgefordert sowohl Wahlprognosen als auch Anlagetipps herausgab. Na ja, jeder Jeck ist anders.

Andreas sah Blacky oft in den Pausen oder nach Schulschluss auf dem Gang stehen, umringt von Schülern, Referendaren oder Praktikanten, eifrig diskutierend, seine Rede stets mit ein- oder beidarmigen Handkantenschlägen, doch nur in die Luft begleitend.

Andreas wusste, dass auch Wittkopps Unterricht von Frommholt in Grund und Boden verurteilt worden war. »Nee, nie wieder Tabledance, das ist mit meiner Selbstachtung nicht vereinbar«, hatte er mal zu Andreas diesbezüglich gesagt. »Wer bin ich denn? Weiß ich noch, der große Gehrke, damals noch ausgeliehener Privatdozent vom althistorischen Seminar in Göttingen, hatte mir unter meine Proseminararbeit *Geschichtstheorie am Beispiel von Theodor*

Mommsens Römischer Geschichte – auch Blacky hatte offenbar ein ziemlich gusseisernes Gedächtnis – geschrieben: ›Wer, wenn nicht Studenten wie Sie soll denn immer wieder diese grundlegenden, kritischen Fragen an die geschichtswissenschaftliche Methodik stellen‹ – irgendwie so jedenfalls, konnt's nicht wiederfinden. Und Frommholt stellt mich hin als den letzten Hohlkopp!«

»Herr Wittkopp, Herr Wittkopp, ich seh Sie so oft im intensiven außerunterrichtlich fortgesetzten Gespräch mit Schülerinnen und Schülern, das scheint mir eine nachvollziehbare Konsequenz Ihres, wie sagten Sie, hatte Herr Oberfrommholt geruht zu urteilen? Betulichen, langweiligen, ganz und gar unzeitgemäßen Unterrichtsstils zu sein.«

»Ja ja, unzeitgemäß. War ich neulich auf dieser Fortbildung zum Umgang, Früherkennung, Therapie, Sie verstehen schon, religiöser Extremismus. Von unserer Schule? Mutterseelenallein. Meinen Sie, auch nur einer aus der A15er Artusrunde wäre da gewesen?«

Gasalarm oder Schnell wie die Feuerwehr

Sport, vor allem Fußball ist ja was Schönes, doch. Für ein Stadtoberhaupt, vor die Wahl gestellt, den viertklassigen Fußballverein und vermutlich auch seine Stammwählerschaft mit einem nagelneuen Stadion mit allem Drum und Dran zu verwöhnen, oder das immer baufälliger werdende Gymnasiumsgemäuer zu sanieren, denkt nicht lange nach. Ob überhaupt? Jedenfalls war der Zustand des neoklassizistischen Baus inzwischen richtig schlimm geworden.

Die Schüler brachten sich im Winter diese langen dünnen Stofftiere mit, um die undichten, aber denkmalgeschützten uralten Fenster unten wenigstens notdürftig gegen die eisigen westlichen Winde, im Volksmund *böse Holländer* genannt, abzudichten. Vermutlich würden in nicht ferner Zukunft ein paar Öfchen aufgestellt werden, und die Schüler müssten wie anno dunnemals pro rotgefrorener Nase zwei Kloben Holz zum Unterricht mitbringen.

Im Sommer wurde es zum Ausgleich unerträglich heiß. Angeblich hatte sich ein Lehrer mal im August an ein offenes Fenster im Lehrerzimmer gestellt und auf die Straße hinaus gebrüllt: »Hey, städtische Gebäudeunterhaltung, Isolierverglasungen gibt es seit 1950!«

Die Leute unten auf der Straße waren lachend stehengeblieben.

Die zuständigen Bauleiter wechselten rasch. Kaum hatte sich der Kummer gewöhnte Hausmeister an die neue Telefonnummer gewöhnt, war der Betreffende schon nicht mehr zuständig. Diese Wechselei schien zudem System zu haben.

Einmal wurde sogar eine Gesamtkonferenz einberufen, auf welcher der oberste Stadtarchitekt, Diplomingenieur Meier mit dem Kollegium ein Konzept zur Energieeinsparung erarbeiten sollte. Das hörte sich im Prinzip eigentlich gut an, endlich schien Bewegung in die Sache zu kommen. Frommholt hatte sogar eine Arbeitsgruppe gebildet, die eine Liste sinnvoller, nachhaltiger Maßnahmen erarbeitet hatte, Austausch der undichten Fenster gegen moderne

Doppelverglasungen, eine vernünftige Außenisolierung des Altbaus, Sonnenschutz. Sogar eine realistische Kostenabschätzung hatten sie mit Hilfe einiger Elternvertreter, die vom Baufach waren, durchgeführt.

Nachdem der herzliche Empfangsapplaus geendet hatte, hub der städtische Architekt an und begann also: »Also, bevor das hier völlig aus dem Ruder läuft, sage ich Ihnen gleich, dass wir nur kostenneutrale Maßnahmen im Auge haben.« Ruf aus dem Kollegium: »Beispiele?« Architekt: »Na ja, das ist doch nicht so schwer, selbst für Lehrer. Sorgen Sie etwa dafür, dass während der Heizperiode nicht unnötig Fenster offen stehen und dass das Haupttor zugemacht wird. Irgendwelche abstrusen Baumaßnahmen wie Dämmungen oder neue Fenster können Sie vergessen.« Der Kollege Adler hielt das nicht aus. »Aber das ist nun wirklich nicht mehr akzeptabel! Im Winter frieren die Schüler und wir natürlich auch und im Sommer ist es vor allem im Südflügel vor Hitze nicht auszuhalten. Ja genau, und dann stinkt es aus den Jungentoiletten im Untergeschoss Altbau ganz erbärmlich. Das ist vermutlich auch nicht ungefährlich.«

»Und«, fiel ihm ein, »die Chemikalienausdünstungen in der Chemie, weil's da immer so warm ist. Die Chemiekollegen berichten, dass die Chemikaliensammlung der wärmste Raum im ganzen Gebäude sei. Das hat irgendwas mit der defekten Heizungssteuerung zu tun. Ich meine, die Stadt steht hier ganz klar in der Verantwortung!«

Daraufhin sprach dieser kleine Bauleiter jene großen Worte, die von nun an am Leopoldinum gern zitiert wurden. »Sie können hier so viel meinen, wie Sie nur wollen. Das höre ich mir ganz ruhig an. Ihre Meinung ist uns von der Verwaltung nämlich ganz egal.«

Selbst Frommholt hatte nachher sichtbar Mühe gehabt, dem Sendboten städtischer Gleichgültigkeit dem Bildungshaus gegenüber die üblichen Dankesworte zu sagen.

Eines schönen, heißen bzw. schön heißen Tages war es dann soweit. Obwohl Mitte September, waren die Temperaturen draußen noch bis an die 30 Grad Marke herangekommen. In der Chemikaliensammlung bullerte die Heizung auf vollen Touren. Klar, in den großen Ferien war die Heizungssteuerung optimiert worden. Ein früher Fall von Digitalisierung, internet of things, wer weiß. Der vorhergesagte Ausbruch fand jedoch eben woanders statt.

Die Faulgase im Jungenklo im UG brachen sich endlich mit einem lauten Knall Bahn. Die Stinkfront arbeitete sich mit erstaunlicher Hurtigkeit in die oberen Stockwerke voran. Chemiekollege und Fachbereichssprecher Sander hatte früh Schluss. Er schnupperte und sah zu, dass er wegkam. »Hä, hä, Adler hatte ja recht. Nun haben wir den Klogasalarm.« Und raus war er.

Nun ereigneten sich bemerkenswerte Dinge. Frau Schomaker hatte was aufgeschnappt. Chlorgasalarm! Der Sander hat gesagt, Chlorgasalarm, er als Chemielehrer musste es ja wissen.

Die Schomaker rannte ins Sekretariat, sagte Chloralarm, die Sekretärin wählte 112 und wenig später war die Brandwehr vor Ort, mit 3 schweren Drehleiterfahrzeugen und einem Kommandantenwagen. Räumung der ganzen Schule, 5 Spezialisten in Raumanzügen drangen unerschrocken ins Gebäude vor.

Zur Konsultation wurde ein Giftgasexperte von *Beyer Leverkusen* per Hubschrauber herangeflogen. Dass die so was überhaupt hatten?

Sander hatte etwas vergessen, er musste ja noch unbedingt den Medienraum für morgen buchen. Damals musste man dazu noch in personam hinstiefeln. Verblüfft von den Fluchtbewegungen weg vom Leopoldinum fragte er nach. Und nachdem er ausgelacht hatte, wollte er die Sache beim Feuerwehrhauptmann aufklären. Und entging mit genauer Not der Verhaftung. Da er ja wusste, dass keinerlei Kampfgasgefahr drohte, jedenfalls bevor die riesigen Stromgeneratoren, welche die Feuerwehr zum Betreiben von Gebläsen dröhnend laufen ließ, ihre giftigen Dieselabgase in die gute Luft abgaben, lief er auf direktem Weg zum Kommandowagen. Und stieg dabei über die Flatterbandabsperrung. Wurde vom Einsatzleiter angebrüllt. Gab Widerworte und versuchte, den Irrtum aufzuklären. Es folgte ein stürmischer, ein wenig unstrukturierter Gedankenaustausch der beiden Männer. Nach »Und wenn Sie nicht sofort hinter die Absperrung zurückgehen, rufe ich die Polizei« gab sich Sander geschlagen, ging heim und dachte sich seinen Teil.

Frommholt stand in der Nähe und ließ sich mit Branddirektor Meier vom Fotografen der Lokalredaktion ablichten. Sagte was von hervorragender Zusammenarbeit und Sicherheit als oberstem Gebot.

Die Einsatzkosten beliefen sich auf knapp 6000 Euro.

Netter Kollege und Personalrat

»Herr Frommholt ist gehalten, den Unterschied zwischen den zur Beförderung vorgesehenen und den Konkurrenten deutlich zu markieren.«

»Nee, kann er gar nicht sein. Davon steht in der einschlägigen Verwaltungsvorschrift kein Sterbenswörtchen. Er ist verpflichtet, objektiv und unparteiisch zu beurteilen, sonst nichts. Ich hab Frommholt auch darauf hingewiesen.«

Das PR-Mitglied lachte sich nun halb tot. »Das hast Du ihm gesagt, dass in der Verwaltungsvorschrift steht, er müsse objektiv und unparteiisch beurteilen? Womöglich noch bevor er dir sein fertiges Gutachten ausgehändigt hatte? Mann, Mann. Diese Beförderungsbeurteilungen sind doch bloße Politik. Das war bei Tobias so und diesmal war es eben MINT Science-Mathematics-Informatics.«

»Bringt uns das Extralehrerstellen?« fragte Andreas, obwohl er die Antwort wusste, den Personalräter.

»Nein.«

»Bringt uns diese Wunderformel denn wenigstens reichlich Geldmittel für Anschaffungen?«

»Neihein!«

»Aber dann gewiss direkt jede Menge Sachmittel, you know, MINT bringt ssforx, science stuff for experiments, jedes Weihnachten bestellbar direkt aus'm Phywekatalog?«

Linnebrügger sah den Quälgeist nur noch schweigend an.

»Don't look at me, Du bist der Personalrat, nicht der Schulleitungsschutzrat!

Ja, Gabi. Gabi war die minimale Zeit auf A 14 und wird jetzt auf A 15 gehoben. Die verdämmerte ihre erste Hospitationsstunde und mir sagte er, ich sei zu nervös für A 14.

Verständlich übrigens, Gabis nervöser Panikanfall, standen doch die schönen 15-er Bezüge und die beruhigende lebenslange Pension auf dem Spiele, die Absicherung einer ganzen Familie, schon klar. keine Frage.«

»Das mit der Nervosität geht Dir echt quer, nicht?« Linnebrügger war froh, wenigstens von MINT losgekommen zu sein.

»Klar. Und ›wider das Vergessen‹, so heißt es doch immer. ›Wir wollen es nicht verschweigen, in dieser Schweigezeit! ‹ Um den Herrn Bundesverdienstkreuzträger Dr. phil. Biermann zu zitieren.«

»Ich sag doch, das Ergebnis stand schon vorher fest. Wenn ich daran denke, was mir Schüler so erzählen, wie Gabi im Unterricht ist oder Tobias erst. Frommholt brauchte aber eben einen wie Toby, der echt fix ist und seine Sache wirklich versteht. Also Vertretungsplan und allgemeine Organisation.

Nimm doch diesen ganzen Kram nicht ernst. Das ist Politihik ! und gehört eben zu unserem Beruf dazu. Du hast doch auch wieder die Kleinen, und das ist doch immer richtig nett mit denen.«

»Ex abundantia cordis loquitur eben mein Mund.

»Hä?«

»Na Luther, wes das Herz voll ist, Du weißt schon.«

»Ich bin katholisch!«

»Kein Problem. Vergiss es. Jedenfalls, Du hast gut reden, für Dich ist noch alles drin.«

»Nee, ich bin genauso verbrannt wie Du. Für alle Zeit. Ja, nee, mal sehen.«

Und erzählte. »Ich beende jetzt dieses Gespräch. Sie sind Beamter und haben zu tun, was ich Ihnen sage. Haben wir uns verstanden?«

»Das hat sie zu Dir gesagt? Die Hilgen mit Ihrem integrativen Führungsstil, ihren fürsorglichen Mitarbeitergesprächen?« ›Kommen Sie zu mir, wenn sie etwas bedrückt‹?«

»Ja, hat sie. Und meine Chefin zu Hause erinnerte mich, die richtigen Prioritäten zu setzen. Die Girls sind mal erst 13 und 15, die ältere ist gerade klebengeblieben. Dann haben wir letztes Jahr das Haus gekauft, da zahlen wir dran ab bis wir in Pension gehen. Noch mehr darf ich mir bei der Hilgen nicht erlauben. Ich will nicht ewig so lange fahren. Wenn ich jetzt schön abtauche, lässt sie mich hoffentlich doch bald gehen. Solange muss ich dann, falls nötig, immer mal wieder mit den Wölfen heulen.«

»Wenn Ihr schon für ein paar Leckerchen mit den Wölfen heult, was erst, wenn es Schläge und Hiebe von der Obrigkeit gibt?«

Keine Antwort mehr. Aber Linnenbrügger war wenigstens ehrlich. Unter vier Augen.

»Ich weiß, da kommt noch ganz schön was auf Euch zu. Die Hilgen will hier ein Vorzeigegymnasium so schnell wie möglich. Demnächst geht die Ministerialdirigentin vom Dezernat Gymnasium in Pension. Die Stelle ist im Amtsblatt schon ausgeschrieben. Als ich mich noch ganz gut mit der Hilgen verstand, hat die mal so 'ne Andeutung gemacht. Die MinDig sei ja auch gelernte Lehrerin und keine Juristin, man müsse ja nicht bis zum Ende in der Schulleitung bleiben usw. Die Hilgen ist Mitglied in einer der Regierungsparteien, alles bestens.

Und jetzt arbeitet sie nach Leibeskräften – nee sie delegiert vielmehr nach Leibeskräften – für so viel positive Presse wie möglich. Und darum kommen sie und ihre Entourage auch immer mit den sinkenden Schülerzahlen und deren ach so verheerenden Folgen bei uns daher. Das ist natürlich kein Aushängeschild. Denn im Hause Erlauer steigen die Anmeldungen in dem Maße, wie sie bei uns sinken.«

»Da fällt mir ein, wie sagte unser Oberstufenkoordinator, Schulleitungsmitglied StD Klöfer neulich auf der Gesamtkonferenz?«

›Es stimmt schon, ich habe früher immer gesagt, ich sei strikt dagegen, dass wir unser Anspruchs- und Leistungsniveau senken‹ – das war doch nur eine wehmütig-romantische Reminiszenz an längst vergangene Zeiten, also fuhr dieser hohe Würdenträger dann fort – ›aber letztlich müssen wir unsere Schülerinnen und Schüler dort abholen, wo sie stehen!‹

Tu ich doch, dachte Andreas. Und wie beim Murmeltiertag kehren die auf geheimnisvolle Weise nachts genau dorthin zurück, von wo wir ein nur kleines Stückchen vorwärts geschlendert waren. Das war doch irgendwie lustig. Er lächelte vor sich hin.

Zack! Plötzlich wurde Andreas etwas anderes klar. Eine beängstigende Möglichkeit. Dass die kreislaufschwache Gabi StD 'in werden sollte, war offenbar schon vor Jahren beschlossene Sache. Als sie auf Frommholts Geheiß den Karnevalsorden MINT für's Poldi bestellen sollte. Bei dem chronischen Bewerbermangel auf Schulleiterstellen? Vielleicht wurde noch mehr vorherbestimmt?

Die Hilgen ins Ministerium und Gabi neue Chefin am Poldi? Auch seine neue Chefin? ›Andreas, Du bist Beamter und ich bin deine Vorgesetzte und Du hast zu tun, was ich dir sage. ‹

Während sich die meisten dull und dankbar im allgemeinen Schulbetrieb so treiben ließen, hatte Gabi echten Machtinstinkt und natürlich Machtwillen. Die könnte es bis ganz nach oben bringen.

Es ist ja der Mensch, der den Menschen bedroht.

Eine äußerst üble Vorstellung. *A star is born*? So siehst Du aus!

Pädagogisches Kolloquium

Bosma hatte offenbar nun auch herausgefunden, wie man im Vorbereitungsraum ins Internet gehen konnte. Er hatte eine Freistunde und verfolgte lachend, was der Kabarettist zusammen mit einem gewissen Mucki Nowaček im Partykeller erlebt hatte.

Eine freundliche Geste, Platz zu nehmen.

»Welche Thesen planen Sie denn im pädagogischen Staatsexamen zu vertreten, erzählen Sie mal.« Bosma war wie immer sehr kollegial und hilfsbereit. »Ich mache Ihnen den Probedoofen.« Ein wunderbarer Ausdruck, der von nun an zu Cruses festem Wortschatz gehörte.

»Schüler sind oft nicht gut. Drum hau sie auf den Hut. Hast Du sie auf den Hut gehaut, dann werd'n sie vielleicht gut.«

»Stimmt schon. Aber das wollen diese Armlöcher da oben ja partout nicht wahrhaben. Die einzige stumpfe Waffe, die uns bleibt, sind eben die Noten.«

»Ja, Herr Bosma«, erwiderte ihm Cruse, »sagen wir mal besser, jungen Menschen muss man Grenzen setzen, und das zu tun, sind uns wirkungsvolle Mittel nicht gegeben.«

»Das haben Sie aber schön gesagt. Aber den Brecht werden Sie doch nicht vortragen, hoffe ich?«

»Würd schon gerne. Und auch Alice Coopers schöne Weise *School's out for ever* oder Pink Floyds *Teacher, leave them kids alone, all in all, you're just another brick in the wowll*. – Keine Panik, mach ich nicht.«

Herr Cruse trug Bosma nun seine Skizzen für das Examenskolloquium vor.

»Beim Spazierengehen, ein Hund mit seinem Frauchen. Das Tier lief hierhin und dorthin, schnupperte überall, nur folgte es dem Frauchen nicht, das zügig ein bestimmtes Ziel anstrebte. Was tat nun das Frauchen? Es holte die Leine heraus und band den Hund daran an. Nun kam der Hund gut mit.

Und dann lasse ich folgen, was ich aus der einschlägigen Literatur zusammengetragen habe. Ach ja, apropos Hund. All die Hunde, die da so laut bellen, Dewey, Kerschensteiner, Parkhurst, Gaudig,

Wagenschein, Meyer, Montessori, wie sie auch hießen und heißen, it ürür, kervan yürür.«

»Die Karawane bellt«, übersetzte Bosma nicht ganz korrekt.

*›Was soll Schule und wie soll sie das?

Es gibt schlechterdings gewisse Kenntnisse, die allgemein sein müssen, und noch mehr eine gewisse Bildung der Gesinnungen und des Charakters, die keinem fehlen darf.‹*

Danke, Herr von Humboldt, darauf wird man sich einigen können.

Was soll das Gymnasium leisten?

Euklid und Kegelschnitte, Weltbegegnung und Weltbemeisterung durch die großen Epen und Dramen in alten und modernen Sprachen? Man darf sich bei passender Gelegenheit aus diesem Fundus bedienen, wäre das konsensfähig?

Traun fürwahr, lese ich denn richtig, Frau Ministerin? Schule wird geradezu definiert als wesentlicher Bestandteil unseres Wirtschafts- und Gesellschaftssystems, zuständig dafür, den Schülerinnen und Schülern die fundamentale Bedeutung mathematisch-naturwissenschaftlich-technischer Kompetenz bewusst zu machen, einer Kompetenz, auf der das dauerhafte Funktionieren unserer Industriegesellschaft beruht?

Aber en vogue sind Forderungen nach Orientierungswissen für den Menschen im Kosmos statt minderwertigem, bloß technischen Verfügungswissen.

Der fruchtbare, entscheidende Lernmoment sei zu finden in der ›Ursituation der erlebten und durchlebten Weltbegegnung und Weltbemeisterung‹, im Ernst, Professor Hartwig? Zugegeben, ein wirklich ein herrlicher Ausdruck, ganz ehrlich, der Moment der erlebten und durchlebten Weltbegegnung und Weltbemeisterung, hoch oben auf dem Felsen über dem Nebelmeer.

Dabei ist die Vorstellung, Lehrkräfte könnten Schülerinnen und Schüler auf einfache und direkte Weise zum Lernen motivieren, doch unrealistisch. Meinen wiederum die BLK Gutachter um Baumert.

Damen und Herren der Fremdsprachen! Wie sie ergriffen werden, Ihre Schülerinnen und Schüler, von der metaphysischen Strahlkraft der sequence of tenses in the conditional clause, ain't they, oder der existentiellen Kluft zwischen imparfait und passé composé, n'est-ce pas? Oder dürfen Ihre Schülerinnen und Schüler die Behandlung der Regeln zu past tense versus present perfect schlichtweg ablehnen, wegen des Mangels an ursprünglicher Weltbegegnung und Weltbemeisterung?

Die Weltbegegnung, die Verortung am heutigen Tage an dieser Stelle in Deutschland wird vorgenommen, unabhängig vom Schulwissen über die Veränderung globaler Luft- und Meeresströmungen, die Solarkonstante, Immunbiologie und Virengenetik, Korrosivität des Wasserstoffs und Problemen des Transports elektrischer Energie über große Entfernungen und und und.

Mein Herr, meine Dame, wo, an welcher Stelle, fehlt Ihnen die Physik zum Menschsein? Da sind vermutlich sogar Shakespeares Königsdramen noch etwas näher dran, oder?

Weltbegegnung und Weltbemeisterung? Unsere Schule trifft auf die Alltagsbühne unserer Schüler, die bunte, sexualisierte Glitzerwelt der TV-Shows, Shopping Queens und Magermodels, Frauentausch und Djungelcamp, Inflünzer und youTube-Kanaler; Teenagemillionäre.

Der Medienkonsum, das stundenlange, tagelange, hochartifizielle Gamen am PC bzw. an der Konsole zeigt sehr deutlich, wie unwichtig das Ansprechen des ganzheitlichen Menschen, die vielbesungene Kombination von Herz und Hand sein kann. Gamer sind verrückt nach dem Verfügungswissen, wie man den nächsten Level erreicht.

Das angebliche Verlangen nach Orientierungswissen zur Positionierung des Schülermenschen zum Kosmos, nur eine romantische Phantasie?

Insbesondere die Physik, auch die Chemie, bekommen durch ihre Exaktheit, die Quantifizierung, die sogenannte, aber doch sehr bescheidene Mathematisierung, ihren oft von der Alltagssprache abweichenden Wortgebrauch, die Schärfe der Begriffe etwas sehr Fremdes, das im täglichen Leben, in der Alltagskommunikation nicht vorkommt. Das wirkt fremd, artifiziell, abstoßend und auch uncool.

›Alle meine Freunde sagen Stundenkilometer, und mein Pappa

und mein Onkel und die im Fernsehen auch! Und von Masse redet nur der Physiklehrer, wir sagen immer Gewicht.‹

Und der Mensch erzählt seit 50000 Jahren, lebt in einer narrativen, integralen Welterfahrung, doch er rechnet erst seit vielleicht 5000 Jahren.

Zeigt uns die Harry-Potter-Begeisterung nicht, dass die Menschen eine magische und keine wissenschaftliche Welt(sicht) wünschen?

Naturwissenschaftliches Denken zu erlernen und zu erfahren, ist kein lockeres Unterhaltungsspiel für Kinder. Es erfordert harte intellektuelle Anstrengungen. Tönt kühn der Physikdidaktiker aus Gießen.

Oder schlimmer noch. Die wissenschaftliche Chemie mit ihrer Fachsystematik sei aus der Alltagserfahrung, dem lebensweltlichen Kontext, wie es immer so schön heißt, womöglich gar nicht zu vermitteln? Ihre Konzepte müssten also in Alltagsphänomene hineingedeutet werden, insbesondere, wenn man an den sinnstiftenden Kontexten als chemiedidaktisches Wundervehikel festhalte. Am Ende habe die wissenschaftliche Chemie an allgemeinbildenden Schulen gar nichts verloren?«

»Und die Physik?«, warf sein Zuhörer ein.

»Die Physik hat zwar eine viel größere Erklärungstiefe, jedoch ist sie in der Schule oft das weitaus anschaulichere Fach. Die Chemie ist durch ihren ständigen Bezug zum Teilchenmodell und ihre Erklärungen durch stets unsichtbare Vorgänge, Protonen-, Elektronentransfer, []- und π-Komplexe, wir kennen Beispiele noch und nöcher, eigentümlicherweise oft abstrakter. Aber wenn man diese ganzen Modelle fortließe, bliebe nur eine Art Stoffkunde übrig. Also Physik macht weniger Probleme, ok?«

Bosma nickt und Herr Cruse fährt fort.

»Macht die Klassen kleiner, macht sie kleiner. Wo bleibt die Schülerindividualität in den großen Klassen?

Und es gibt sogar physikalische Bedingungen des Lernens: Wenn die Klasse so groß ist, dass die hinten Sitzenden die Tafel und die Experimente nicht mehr sehen können, nutzt der beste Unterricht nichts. Oder wenn der Geräuschpegel, zu dem sich auch die leisen Gespräche summieren, die der sozialen Hygiene der Schülerinnen und Schüler dienen, wegen der Klassengröße so hoch wird, dass man sich nicht mehr versteht.

Pädagogische Hilfestellung? Teamteaching? Ja, gerne. Aber bitteschön keine Ratschläge von sachunkundigen Leuten aus völlig anders strukturierten Fächern, von Allgemeinpädagogen der Hochschulen mit ganz anderen Interessen als Mathnatschullehrer.

Gerne sozialintegrativ, ja doch, aber erzähl mir nicht bloß, wie schön das ist und welche lieblichen Folgen das zeitigt, komm in meine Klasse, hilf mir, mach ein Halbjahr lang mit! Ich will erleben, wie Du den verbindlichen Stoff vermittelst und dabei saubere, belastbare Noten machst! Obwohl, wie die BLK-Expertengruppe betont, die Lern- und Leistungssituationen unterschiedlicher und nichtkompatibler Logik unterliegen und ihre dauerhafte Vermischung problematisch ist?

Wissen Sie, was mein bildungswissenschaftlicher Lieblingssatz ist? ›Die Forschungsergebnisse zu den positiven Wirkungen eines anspruchsvollen, lehrergesteuerten, störungspräventiven, da sachste wat, aufgabenorientierten und klar strukturierten Frontalunterrichts, in dem die verfügbare Zeit intensiv für akademische Aufgaben genutzt wird, sind außerordentlich robust.‹

Die Positionen der Allgemein- und Fachpädagogen kann man so arrangieren, dass sie sich vektoriell beinahe zu null addieren! Und bitte, diese Einschätzungen, Forderungen, Erfahrungen, Positionen insbesondere zum Kontextlernen stammen aus ganz seriösen Quellen. Als da wären: Die Expertise der Bund-Länder-Kommission, die Website des MSWWF, das F steht übrigens für Frauen, Veröffentlichungen der Professoren Wilfried Kuhn, Hilbert Meyer, Heinz – Jürgen Becker, Hartwig Schröder, der Ministerin Gabriele Behler, implizit natürlich von Heinz Muckenfuß.

»Kommt noch was?« Cruse verneinte. Dann sagte Bosma bedächtig: »Vielleicht sollten Sie sich Thomas Mann zum Vorbild nehmen. Wie der bezüglich seiner Tagebücher, sollten Sie verfügen, dass Ihre Reflexionen in der mir vorgetragenen Gestalt sagen wir ebenfalls erst 20 Jahre nach Ihrem Ableben dem Studienseminar zugänglich gemacht werden.«

Abgewatscht und für dumm verkauft

Vorbemerkung: *In der Schule ist so gut wie nichts dem Zufall zu danken, sondern Ergebnis gesellschaftlicher Funktionszuweisungen sowie institutionsspezifischer Gesetzmäßigkeiten.

Beförderungsrunden sind die Bühne für die Inszenierung von Ritualen, Schulleiter und Untergebene liefern sich sinnlich-anschauliche Inszenierungen des schulischen Gewaltverhältnisses. Sie spielen mit- und gegeneinander vor, wer Herr im Hause ist. Solange Schulen eine Selektions- und Disziplinierungsfunktion haben, wird es auch diese Rituale geben.* Toll! Verblüffend, wie gut sich Hilbert Meyers Schüler-Lehrer-Formel übertragen lässt. Ein Beispiel gefällig?

Anfangsunterricht in NuT, Abteilung Biologie, mit 30 Kindern, im Mittelpunkt der Stunde stand Monsterchen, die größte Katze der Welt. YouTube-Video, Transparentfolien, Arbeitsblätter, Tafelanschrieb, operationalisierte Arbeitsaufträge, alles dabei.

Monsterchen ist wirklich spektakulär, und die große, heterogene Lerngruppe ließ sich so, wie erwartet as good as possible auf das Stundenthema ein. Es kamen vor allem auch die Schülerbeiträge, die man eben braucht, um die geplanten Schritte weiterzugehen, dabei die verschiedenen bereitgehaltenen Materialien einzusetzen und schließlich ans Stundenziel zu gelangen. Herr Cruse fand die Stunde ausgesprochen rund.

Die ständig drohende Gefahr des Zerfließens des Unterrichts wegen der Unwilligkeit oder Unfähigkeit vieler Schülerinnen und Schüler, sich auf eine ein wenig längere Argumentationskette einzulassen, erforderte selbstverständlich dauernde Arbeit der Lehrperson. Die bekannte Angabe von einer Unterrichtsstörung alle 2,6 Minuten ist zumindest von der Größenordnung her korrekt.

Zerfließen? Ein Beispiel. In einer Stunde der Beobachtungsstufe zu verblüffenden Erscheinungen in einer Atmosphäre, die viel dichter ist als Luft, üblicherweise füllt man dazu ein geräumiges Gefäß mit Kohlenstoffdioxid, steht *unter benötigte Materialien* u.a.

großer Meisenbällcheneimer o.ä. Freudige Berichte über Meisen und Meisenbällchen muss man dann höflich, aber bestimmt eindämmen. Ja, nimmt man ein leeres Aquarium, sind Fischgeschichten zu erwarten. Klar soweit?

Zu grausam für zarte Kinderseelen? Ein Vermerk in der Unterrichtsnach- und Vorbereitung und Paul darf an passender Stelle über seine Zahnkarpfen oder Leonie über die Schwarzgelben im Garten der neuen Freundin ihres Pappas referieren. Zufrieden?

In der mündlichen Beurteilung ohne Zeugen und ohne Protokoll, nein, kein schweigender Mönch schreibt mit, wirft ihm der Herr Schulleiter vor: »Sie haben ja gar nicht jede Schülerin, die aufgezeigt hat und jeden Schüler, der aufgezeigt hat, an die Reihe genommen! Das ist kein wertschätzender Umgang mit unseren Schülerinnen und Schülern!«

Und auch sonst ließ er kein einziges gutes Haar an dieser Stunde.

Wenn man bei sehr reger Mitarbeit und Mehrfachmeldungen vieler Schüler, angemessener Würdigung der Beiträge, geduldigem Warten, bis auch die weniger mundfertigen zu Ende gesprochen haben, Rückfragen, Sicherung natürlich, ausreichend Zeit zum Mitschreiben gewährend usw. wirklich alle Meldungen abarbeiten würde – rechnet doch mal selber aus, wie viel von den de facto ungefähr 42 Minuten, die nur zur Verfügung stehen, aufgebraucht wären?

In der anderen Stunde ging es um ein physikalisches Messprinzip in der Oberstufe. Andreas war sehr stolz darauf, dabei auf eine aufgeschobene, jedoch nicht aufgehobene Schülerfrage eingegangen zu sein. Übrigens, sein alter Physikfachleiter konnte ohne solche Messungen in Klassenstufe 12 überhaupt nicht unterrichten!

Von seinem Schulleiter musste er sich dann jedoch belehren lassen, dass diese Stunde Zeitverschwendung war. Durch Drücken zweier Tasten am Gerät konnten die Schüler den Messwert doch ablesen, wozu dann an der Funktionsweise herumerklären?

Wenn man entsprechende, modifizierte Maßstäbe an alle Schulfächer anlegte, konnte man die Curricula und die Schulzeit insgesamt dramatisch verkürzen ... Dachte Herr Cruse.

Andreas informierte sich und musste lernen, dass ein Gericht jeden inhaltlichen Widerspruch gegen Frommholts dienstliche Beurteilung zurückweisen würde, weil den Schulleitern methodisch-didaktische Unfehlbarkeit zugestanden wird. Wenn beispielsweise der Schulleiter das so beurteilte, dass in genau dieser Stunde in dieser Lerngruppe der 5. Klassenstufe 40 Minuten lang Schüleräußerungen angehört werden mussten, nun, dann wäre eine gute Stunde diejenige gewesen, in der 40 Minuten lang Schüleräußerungen angehört wurden.

Cruse sei mehrmals am Sprachenabend eingesprungen? Das sei irrelevant, denn hier fehle eindeutig das Merkmal der Nachhaltigkeit.

Was erwartete Frommholt bitteschön? Die Helenisierung von Angelmodde?!

Andreas' Hinweis auf eine ganze Reihe weiterer fehlender oder nicht angemessen gewürdigter, d.h. Punkte bringender, unterrichtlicher und außerunterrichtlicher Tätigkeiten im Gutachten fertigte Frommholt lapidar damit ab, innerhalb der letzten 26 Monate gebe es keine herausragende Leistung; er habe die allgemein bekannte 26 M Regel zu beachten. Es möge ja sein, dass Herr Cruse seit über 10 Jahren Sicherheitsombudsmann sei und Fachbereichssprecher und seit langem Sammlungsverantwortlicher –

Herr Cruse erlaubte sich, einzuwerfen, wie viel Zeit und Nerven ihn allein der jahrelange Kampf mit den Lüftungsfritzen der Gebäudeunterhaltung wegen der Abluftanlagen der Chemie gekostet habe! Oder ob sein großer Einsatz bei und seit der Neustrukturierung des Faches Natur und Technik, er, Cruse, habe eben nun mal jahrelang kontinuierlich –

Oder seit 100 Jahren Sicherheitsombudsmann spiele keine Rolle, es gelte die 26 M Regel.

Als der das sprach, da stutze der herrliche Dulder Andreseus.

Und er redete den an und sprach die geflügelten Worte:

»Wo steht denn das geschrieben? Und geben Sie dann doch bitte auch den exakten Beurteilungszeitraum an.«

In der einschlägigen Verwaltungsvorschrift und Beurteilungszeiträume anzugeben sei wie dargelegt überflüssig. Ob Cruse nun bitteschön seine Beurteilung unterschreibe?

Kollegen bestätigten Herrn Cruse auf dessen Nachfragen, ja, das sei bekannt, schon lange, da könne man nichts machen, Herr Frommholt müsse sich an die 26 M Regel halten. Das komme von oben.

Mit der ausgedruckten Verwaltungsvorschrift aus dem Internet in der Hand, wies Herr Cruse den Herrn Oberstudiendirektor wenige Tage später darauf hin, dass in dieser einschlägigen Vorschrift die 26 M Regel nicht vorkomme.

Das stehe schon irgendwo. Die Schulaufsicht habe diese Regel erst letzten Dienstag auf der Schulleiterkonferenz des Bezirks bekräftigt. Wenn er es partout nicht glauben wolle, bitteschön, er könne jetzt gleich selbst mit Herrn Druger, dem leitenden Schulaufsichtsbeamten oder noch besser, mit dem zuständigen Juristen im Ministerium telefonieren.

»Mitkommen, in mein Dienstzimmer«, befahl der Gewaltige. Selbstbewusst stellte Frommholt das Telefon auf Lautsprecher.

»Aber Herr Frommholt, sagte der Herr Ministerialrat Schuljurist am anderen Ende der Leitung, »Sie wissen doch selbst am besten, dass es so eine Regel nicht gibt. Und nicht geben kann, denn wie wollten Sie damit die große Erfahrung und das langjährige, kontinuierliche Wirken eines Beamten angemessen beurteilen?«

Frommholt hatte in seinen Beurteilungen also einen formalen Fehler begangen. Herr Cruse unterschrieb seine dienstliche Beurteilung nicht.

Nein, liebe Kinder, die Verhältnisse sind nicht so und die Geschichte geht für den Andy nicht gut aus. Colonel Jessup wusste mit Leuten wie Cruse umzugehen. Im Siege liegt das Recht. Die Glaubwürdigkeit ist dabei gleichgültig.

Der gute Hausvater stritt alles ab, Herr Cruse sei sogar zu unfähig, um festzustellen, dass es diese ominöse 26 M Regel in der Verwaltungsvorschrift gar nicht gebe, und die Macht war mit ihm, der leitende Schulaufseher schwieg, code of silence, und das Gesinde war nicht bereit, dem Andy beizustehen.

So it goes.

Lehrproben

Wie die Leiterin des Pädagogischen Seminars erst mal abwartet und genau aufpasst, was die Schwester Fachleiterin zu sagen hat und dann den gleichen Sermon »Das ist wirklich kein moderner, kompetenzorientierter Chemieunterricht gewesen ... « herunterbetet. Das muss man einfach selber erlebt haben, so grotesk ist das oder, um es mit Tucholsky zu sagen, da muss man hineingetreten sein.

Um es noch drastischer zu formulieren: Den Geruch der Scheiße, in die ich einmal getreten bin, habe ich immer noch in der Nase.

Ein totes Pferd kann man nicht reiten. Wer das, in einer Lehrprobe z.B., trotzdem tun muss, weil nun mal kein anderes Pferd zur Verfügung steht, kommt natürlich nicht ans Ziel. Wer aber nicht ans Ziel kommt, also nur einen minimalen Ertrag aus der vorgeführten Stunde erzielt, bekommt eine schlechte Note. So einfach ist das.

Ein Ausweg scheint doch möglich: Der Lehrer trägt das tote Pferd über die Ziellinie. Dann bekommt er womöglich einen akzeptablen Ertrag, agiert aber natürlich viel zu lehrerzentriert. Wer aber in der Lehrprobe lehrerzentriert handelt, bekommt natürlich eine schlechte Note.

Ja, weiß man denn nicht vorher, dass der Gaul mausetot ist?

Na klar, nur darf man ebenso natürlicherweise nicht sagen oder gar in den Entwurf schreiben. *Vermeintlich etwas schwächere Lerngruppe* heißt das.

Man tut also zu Beginn so, als stecke noch Leben im Ross, agiert dementsprechend, »bemerkt« dann, dass sich gar nichts mehr rührt und gibt das notwendige Maß an Impulsen und Lenkungen, d.h. schleppt den trägen Leib, wohin er denn soll.

Hierbei eröffnen sich den Fachleitern paradiesische Möglichkeiten zur Kritik, denn ein so richtig nettes Turnier kommt mit getragenen Pferden eben nicht zustande. Es gibt also eine schlechte Note. Vielleicht auch deshalb, weil der Fachleiter das Kasperletheater erkennt und böse wird, weil er durchschaut wurde. Man ahnt es schon, Reitversuche an toten Pferden ergeben stets eine schlechte Note. Für den Lehrer ...

Es gibt so viele Inhalte in den Naturwissenschaften, die lassen sich schlicht und ergreifend nur mitteilen und dann kann der Lehrer sie seinen Schülern plausibel machen usw. Physiker lassen sich besonders schlecht von der Seminarleitung einnorden und lassen daher als Fachleiter, wenn sonst keiner dabei ist, solche Stunden, die sich meist um ein zentrales kompliziertes Lehrerdemonstrationsexperiment drehen, dem Referendar stillschweigend durchgehen.

Immerhin, zu Beginn der Referendarsausbildung zeigen die Fachleiter wochenlang, wie man's richtig macht: Gleicher Stoff in sehr unterschiedlichen, sehr starken wie sehr schwachen Klassen, in allen Klassenstufen, ach was, an unterschiedlichsten Schulen, in sozial ganz ungleichen Stadtteilen, ja, kannste mal sehen, die innere Differenzierung rauf und runter, wie auch die letzte schwache, intrinsisch uninteressierte, sozial benachteiligte Schülerin mit Migrationshintergrund aktiviert wird und positiv zum Unterricht beiträgt usw. usw. Wie man strenge schülerzentriert, handlungsorientiert und selbstverständlich im Kontext entdeckend einen Stoff als Orientierungswissen zur Weltbemeisterung unterrichtet, den ein normaler Mensch nur simpel mitteilen kann. Und alle haben auch noch einen Riesenspaß dabei.

Oder stimmt das vielleicht gar nicht und die Damen und Herren Fachleiter tun das um's Verrecken nicht? Raten Sie mal!

Grundprinzip wissenschaftlicher Experimente ist es, unter gleichen Bedingungen zu arbeiten. Sonst sind die Ergebnisse nicht vergleichbar. Wie anders doch bei Unterrichtsversuchen! Gut, der Fachleiter ist derselbe, wenn er nicht heraklitisch allzu oft in Flüssen badet. Aber sonst? Er oder sie beobachtet einerseits Lehrer A in der Klasse KA beim Thema TA unter den höchst komplex zusammengesetzten Bedingungen BA (baulich, nach der Ausstattung, Schülerschaft, Fachschaft, Kollegium und und und) und andererseits LB/KB/TB/BB. Und kommt ohne schlechtes Gewissen immer zu einer exakten Differenz der Unterrichtsqualität. Ein Referendar in einer Naturwissenschaft, der die Schülerexperimente so anlegte, fiele durch.

»Aber ist das nicht irgendwie verrückt?«

»Wie meinen?«

»Nun, ehem, haben wir denn etwa Bodenschätze?«

»Bitte?!«

»Nun, nicht, nicht? Also unser Kapital ist unser Know-How, die Findigkeit unserer Wissenschaftler und Ingenieure blablabla. Wissenschaftler und Ingenieure haben ja studiert, und auch z.B. für die Installation einer – wir werden ja gezwungen, umzustellen auf – Wärmepumpenheizung benötigt man richtig gute Techniker ... Merkst Du was?«

»Nö, keine Spur, was hat das mit der irrwitzigen Lehrprobe zu tun?«

»Pass auf! Döskopp! Na, wir müssen den Anteil unserer Akademiker erhöhen! Dazu muss der Anteil der Abiturienten angehoben werden. Die weise Studienseminarleitung hat erst kürzlich die Referendare angewiesen, »mehr mitzunehmen, auch die vermeintlich Schwächeren.« – *Vermeintlich*, da ist es wieder, dieses schöne Wort. Dahinter steht eine Anweisung unserer – man ahnt es sicher – Frau Ministerin. Wegen des globalen Wettbewerbs muss der Lehr-/Lernertrag natürlich der alte bleiben.

Der vorvorletzte Schulführer hatte seinen jungen Lehrern mahnend mitgeteilt, es sei so gut wie unmöglich, dass ein Schüler oder eine Schülerin in einem naturwissenschaftlichen Nebenfach der Mittelstufe eine Note schlechter als ausreichend bekomme. Und es sei gleichermaßen so gut wie unmöglich, diese Information misszuverstehen!

Und man fragt dann noch nach dem Leistungsbild der Klasse? Hm, wie soll ich es ausdrücken? Die Aufgaben sind bereits so gestellt, dass sie gemäß dieser Leistungsfähigkeit die Schülerinnen und Schüler sanft umschmeicheln, if you know what I mean ... «

»Das geht doch alles so nicht!«

»Doch, ein guter Referendar schafft es mit jeder Gruppe, das Ziel zu erreichen. Seltsam ist nur, dass diese putzige Denkweise nicht konsequent nach oben fortgesetzt wird. Bringen die Schüler nichts, ist der Referendar Schuld und kassiert sein »ausreichend«. Vom Fachleiter. Seltsam nur, die Fachleiter müssten doch ihrerseits schlechte dienstliche Beurteilungen zugeteilt bekommen, weil sie die Referendare nicht dazu ausbilden konnten, tote Pferde zu reiten. Dafür hab ich keine Erklärung ... «

»Aber denk nur an die Lehrprobe von Sandra, die hat doch die ganze Zeit selber nur geredet mit ein paar guten Schülern und ich hab genau aufgepasst, es gab noch nicht mal 'nen Tafelanschrieb!«
»Du hast es doch hinterher gehört: Manchmal muss der Lehrer eben eng führen, das war völlig in Ordnung!
Du weißt doch, Terroristen haben wenigstens Sympathisanten und Eunuchen können's auch nicht mehr vormachen.«

Und wenn der vorsitzende Richter Hauptseminarleiter (Deutsch und Sozialkunde) den angeklagten naturwissenschaftlichen Referendar dann schuldig spricht der Kleinschrittigkeit, geht es nur noch um das Strafmaß. Der Vorwurf der Kleinschrittigkeit ist die Universalwaffe der Unterrichtskritik.
»Bertrand und Alfred North, das ist der Gipfel, eine Orgie der Kleinschrittigkeit!«
Aber jetzt ernsthaft. Man sollte wirklich eine Liste mit Unterrichtsgegenständen aus Chemie, Mathematik und Physik, vielleicht noch Latein (Übersetzungen!) und Musik (ja, gut, musikalische Analysen, sagen wir der Matthäus-Passion, aus der Stimmführung in der Ölbergszene schließt der Kenner, step by step, auf gefaltete Hände!) einfordern, bei denen man nicht kleinschrittig vorgehen muss!

»Nein, Herr Verfürth, das war wieder nur schwach ausreichend! Das war wieder nur ein darbietender Unterricht! Von entdeckendem Lernen keine Spur. Lassen Sie die Schüler nie experimentieren? An etwas riechen zu lassen ist doch kein Schülerversuch!«
»Das mir von der Fachleiterin verbindlich vorgegebene Stundenthema war der zusammenfassende Abschluss der Unterrichtseinheit Carbonylverbindungen und dann musste ich eben –«
Bentien bedeutet dem Referendar mit einer Handbewegung, es gut sein zu lassen.
Nach des Seminarleiters letztem Wort legte B to B sich diesmal

keine Zurückhaltung mehr auf, war doch ohnehin egal, er konnte für seinen Schützling nichts mehr versauen.

»Was unterrichten Sie, wenn ich mal fragen darf? Englisch und Französisch? Ach, da lassen Sie Ihre Schülerinnen und Schüler den Gebrauch von Präpositionen oder den dem Deutschen so fremden Aspekt – imparfait oder passé composeé, selbst entdecken? Diskutieren Sie mit den Lerngruppen, oder nee, lassen Sie die Schülerinnen und Schüler spekulieren, aus welchem tiefen Grunde um alles in der Welt ein Satz wie *Yesterday I have met my old friend* furchtbar falsch ist? Ei, such, such, welche Konjunktion mag wohl den Subjonctif erfordern? Wie viel Schuljahre haben Sie an Ihrer Bildungseinrichtung denn so Zeit? Zwanzig? Oder bieten Sie Ihren Schülern auch mal einfach was dar: *vin vin vin vinmes vintes vinrent*, so isses und das müsst Ihr lernen, bis morgen! Nö, ne?

Ich sag Ihnen was: Herr Verfürth hat aus dem vorgegebenen und – mit Vorbedacht? – ausgesprochen lahmen Thema alles rausgeholt, was nur an Schüleraktivität möglich war und die Schüler sogar etwas finden lassen, was neu ist. Nämlich die Carbonylaktivität für eine Synthese zu nutzen! In 45 Minuten musste er die Reaktion als Video zeigen! Und als er das reale Produkt dann aus der Leinwand herausgegriffen hatte, bitte, der Trick kam doch super an! Und als das unter Beachtung aller Sicherheitsaspekte für die Riechprobe dann rumging, da kam doch der entscheidende Satz: ›Riecht aber gar nicht mehr nach Aceton, da hat was reagiert! ‹«

[»Warum bist Du so böse auf die Fachleiter? Von den vieren, die Dich persönlich beurteilt haben, war doch nur die eine, Bonka, richtig schlimm, oder?«

»Stimmt. Und die eine hätte gereicht. Ohne den Unfall und den nachfolgenden Wechsel hätte ich bei ihr ein *ausreichend* kassiert und wäre mit dem schlechten Examen an der Hauptschule gelandet und geblieben. Ich weiß von Leuten, denen es genauso erging!

In den langen Dienstjahren hatte ich einige Referendare in meinem Unterricht zu betreuen. Die selbstverständlich auch in meinem Chemieunterricht ihre Lehrproben mit Besprechung durchführten. An der Besprechung nimmt der Fachlehrer teil *as you know*. So habe ich denn zwei weitere Fachleiterinnen, sorry, s'waren Innen, erlebt. Mit einem Physikfachleiter gab s auch einmal eine längere, kontroverse Diskussion. Dabei ging es aber um Physik. Welches Themenfeld in dem konkreten Examenskurs sich wieso und warum als Examensreihe eignete und welches nicht. Seine Präferenz war nicht die meine. Das wurmt mich nicht, geht mir nicht nahe, macht mich nicht zornig, lässt mich keine Kassandrarufe ausstoßen.

Böse? Weil jene Chomikerinnen in einer äußerst komplexen Situation alternativlos die Vorführung **einer** Unterrichtsmode fordern und das Wohl und Wehe der von ihnen Abhängigen auf diese Weise mit einem fragwürdigen bildungsideologischen Konzept wie etwa dem sinnstiftenden Kontext verknüpfen. Dabei ist die Forschungslage gelinde gesagt unübersichtlich. Das wird aber niemals thematisiert. Darum. Doch. Halt. Auf eine bissige Bemerkung hin wurde mir einmal Achselzucken und *Das ist politisch nun einmal so gewollt* zuteil!«]

Die neue Königin

Bodo Frommholt war also mit lieblichem Schalmaienklang verabschiedet worden. Den Worten der Redner und Rednerinnen nach würde man ihm vermutlich demnächst im Ortszentrum ein Denkmal errichten, so segensreich was sein Wirken als Schulleiter offenbar gewesen. Oder einen Walk of Fame mit seinem Fußabdruck beginnen lassen. Nur die Nörgler und Zukurzgekommenen, ein paar ältere Männer, erinnerten einander boshaft an das eine oder andere Vorkommnis.

Exemplarisch die in allen Lobgesängen hervorgehobene Einführung der interaktiven Tafeln durch Frommholt.

»Kürzlich blätterte ich in einer Buchhandlung in einem Vorlesebuch für Kinder bis drei Jahren. Nett gemacht, ein modernes Märchen.«

Die Stimme wurde etwas schärfer.

»Es hieß: Die Geschichte vom BRIGHT-Board, das wirklich länger als einen halben Schulvormittag lang einwandfrei funktionierte. Ein Märchen eben. Für kleine Kinder.«

Die junge Kollegin, die mit den Nerven am Ende war – und sich nun rein zufällig ganz auf's Muttersein beschränkt? – weil ein Elternpaar mit Migrationshintergrund sie dauernd mitten aus dem Unterricht herauszerrte und mit aberwitzigen Beschuldigungen überhäufte.

Oder der erfahrene Mathelehrer, dem ein Erziehungsberechtigter mitteilte: »Pass bloß auf, dass mein Sohn zum Jahresende die richtige Note bekommt. Ich prügel Dich windelweich, mitten vor eurer Schule.«

Oder der Vorschlag, im Poldi mal eine gründliche Reinigungsaktion durchzuführen, man sei dabei gerne behilflich.

Im Seminar hatten sie gesagt, keine Sorge, Ihr Schulleiter wird in schwierigen Situationen immer hinter Ihnen stehen. Ja, flötepiepen!

Der Rummel, der zur Verabschiedung um Frommholt gemacht wurde, grenzte wirklich schon an Personenkult. Etliche Kunstlehrerinnen hatten ihre Klassen und Kurse Bildnisse des Direktors anfertigen lassen. Der Größte Direktor aller Zeiten. Überall im Schulhaus fühlte man den strengen Blick des großen Lehrerführers auf sich gerichtet. Poppig verfremdete Konterfeis, deren Vorlage bekannte Bilder gewesen waren. Frommholt in der Campagna, mit 'nem riesen Hut auf; mit 'nem Orden auf der Brust, das war lustig: Sitzend, Zeugnisblatt in der Hand, mit vielsagendem Blick, bisschen wie Erwin Köster ohne Brille, nich, einer schemenhaften, ins Original dazugraphitierten Gestalt zugewandt und schließlich wegen des St. Georgfimmels auch oft in Ritterrüstung dargestellt. Kim Jong Bodo war allgegenwärtig. Der ganz großen Mehrheit schien's aber zu gefallen. Die Leute sollen sich ja auch dessen gar nicht bewusst werden, wie sie von der Propaganda durchtränkt werden.

Vater der Schule, die sich bewegt und auch fest ist, verehrungswürdig, mehr als nur ein Lehrer, – Dir gleich ist niemand, – wer dir überlegen? In dieser Lernwelt, unvergleichlich mächtger! Mich beugend drum, den Körper niederwerfend, such deine Gnade ich, Du Herr des Bildungshauses!

»Mensch Bentien, das war wirklich respektlos.«

»Dem Menschen, von dem wir da in all diesen Reden so viel Gutes hörten, hätte ich ohne zu zögern meinen Respekt erwiesen. Schade, ich habe ihn niemals kennengelernt.«

Auf ihren vorherigen Posten hatte es einen einzigen Konkurrenten gegeben, Thomas Dresselhaus, der als Mann natürlich gegen die Hilgen bei gleicher Qualifikation chancenlos war und schnell zurückgezogen hatte. Nun herrschte aber ein furchtbarer Schulleitermangel im Lande. Schon Rüping, scheidender Chef an Andreae erster Ausbildungsschule, hatte bei seiner Verabschiedung damals gesagt, früher habe man einen Schulleiter so eingeführt: *A star is born.* Heute frage man sich besorgt, *quo vadis?* Andreas war das immer im Gedächtnis geblieben. Kaum jemand wollte noch auf so einen Posten. Und die Bewerber ... Jedenfalls hatte Bentien schon sehr früh orakelt, als die Frommholtnachfolge zum 3. Male im Amtsblatte ausgeschrieben war: »Passt mal auf, die schicken uns die Hilgen aus Geeser rüber, für sie gab's ja damals schon den Dresselhaus als Konkurrenz. Und den gibt's ja immer noch.« Und genau so war es gekommen. Das bleibt aber unter uns.

Personalratschef Dräng hatte sich wieder mächtig ins Zeug gelegt und der Hilgen zum Willkommen etwas vorgesungen und gezupft. »Leute«, rief er dem Kollegium zu, »jetzt heißt es die Ärmel aufkrempeln und arbeiten!«

Cruse träumte vor sich hin. Er stellte sich vor, dass der PR-Chef für die neue Herrscherin diesmal wirklich ein Bild gemalt hätte. Sie im königlichen Gewand, umgeben vom Reigen ihrer Gefolgsfrauen. Ritter Michael in kämpferischer Pose vor seiner Chefin, auf einen zerlumpten, wilden Kerl einschlagend.

Dann war die Reihe am Schulaufsichtsbeamten Manfred Druger. Man war offenbar unter Freunden.

»Sehr geehrte Frau Hilgen, sehr geehrter Herr Oberbürgermeister Meier, sehr geehrter Herr Frommholt, lieber Bodo!«

Auf diese byzantinistische Eröffnung antwortete Frommholt sofort mit der Bergsteigerseilschaftsretoure: »Sehr geehrter Herr Leitender Regierungsschuldirektor Druger– beide lachten über den Operettentitel – lieber Manni, schön, dass Du da bist!«

Ein Freund, ein guter Freund, das ist das Beste, was es gibt auf der Welt.

Der Regierungsschuldirektor salbaderte herum und sang ein langes Lied der vielen Qualifikationen, welche eine Schulleiterin und ganz besonders die verehrte Frau Hilgen erfüllen müsse: Juristin müsse sie sein, Psychologin, Seelsorgerin, Verwaltungsexpertin, Politikerin, Fachwissenschaftlerin und vor allem natürlich Pädagogin!

Nicht ganz auszuschließen war, dass er sich das sogar für den Moment glaubte.

Lange und tiefe persönliche Gespräche habe er, der zuständige Schulaufsichtsbeamte, mit Frau Hilgen geführt, ob sie wirklich aus ganzen Herzen hierher ans Poldi wechseln wolle.

Und auch ihre Karriere in der Lokalpolitik wurde erwähnt. Und natürlich herzlichste Grüße der Schulaufsicht von Ministerialrat Dr. Barát übermittelt.

Andreas dachte an Bentiens damalige, nun in Erfüllung gegangene Prophezeiung. In Geeser hatte sie den Gerüchten nach nur etwa die Hälfte des Kollegiums auf ihrer Seite gehabt. Viele hätten lieber Dresselhaus als Chef gesehen.

Frommholt hatte sich von seinen Untergebenen möglichst ferngehalten, schottete sich im Direktorenzimmer ab, beide Türen hielt
er stets geschlossen. Im Prinzip musste man sich als Kollege im Sekretariat anmelden, um mit dem Chef sprechen zu dürfen.

Und schon wenige Minuten nach dem Mittagsklingeln ward er
in seiner Schule nicht mehr gesehen. Zuhause harrte die züchtige
Hausfrau seiner, um ihn mit köstlichem Male zu erquicken.

Während also Frommholt einsam, absolutistisch, gutsherrn-
haft regiert hatte, mit gewissen Anteilen von Jovialität, die zum
Vorschein kamen, wenn nach den Schuljahresschlussdienstbe-
sprechungen noch dem lokalen Gerstensaft zugesprochen wurde,
scharte die nicht minder absolutistische Frau Hilgen eine Truppe
von Gefolgsleuten enger um sich. Das wirkte sehr gezielt und geplant. So duzte sie nach kurzer Amtszeit alle aus ihrer A 15er Ge-
folgschaft. Etwas, was Frommholt nie im Leben getan hätte. Durch
pseudopersönliche Nettigkeit schuf sie um sich herum diesen Extra-
schutzwall aus Funktionären, oh pardon, Funktionsstelleninhabern,
die prompt unangenehme Fragen wie etwa die nach den Fluchtwegen aus dem Westflügel abfingen.

Ulrike Hilgen war andererseits im Gespräch mit gewöhnlichen
Kolleginnen und Kollegen zu Beginn ihrer Amtszeit stets extrem
sachlich und unpersönlich, dabei vermochte sie es jedoch, irgendwie
auch sehr nett zu wirken. Diese Verbindlichkeit hatte sie vermutlich
in etlichen Schulungen für Führungskräfte erlernt. In kritischen und
strittigen Fragen kamen wohl die Untergebenen zu Wort, letztlich
bestimmte sie, auch gegen Mehrheitsvoten bei Klassenkonferenzen,
den Kurs. Schulleiter sind meist nun einmal vom Typ Entscheider.
Blindentscheider nach den Vorgaben der Bezirksregierungen, was
justiziabel ist und was nicht. Also auch eher Befehlsumsetzer.

Schließlich lernt man das auch im nun so beliebten Kommunikations-
training für Führungskräfte. Sie ging sozusagen genau nach Anleitung vor.

›Sie müssen gar nicht immer antworten. Auflaufen lassen. Schweigen Sie einfach. Lassen Sie den unangenehmen Frager einfach stehen‹.

›Und wenn's gar nicht anders geht, sagen Sie: »Ja, das ist vielleicht
richtig.« Und dann Pokerface und Schweigen.‹

›Fertigen Sie Ihr Gegenüber ab. Ein: »Ich bewundere die Art, wie Sie die Wörter aneinanderreihen können«, vertreibt lästige Frager. In der Konferenz gibt das garantiert einen Lacher, dann will die Mehrheit erst recht keine Argumente mehr hören‹.

Bei aller Durchsetzung ihrer einsamen Entscheidungen war sie doch immer sehr adrett und gepflegt und hübsch anzusehen. Kein Vergleich mit dem dicklichen Frommholt in seinen ewigen grauen Anzügen und hellblauen Oberhemden. Man könnte sagen, auch wenn das Programm sehr zu wünschen übrigließ, war die Oberfläche doch benutzerfreundlich.

[»Was ich Dich schon länger fragen wollte, die Rechtschreibprüfung nutzt Du eher weniger, oder?«, fragte Elaine und bereute die Frage kurz danach. Andreas war offenbar gut vorbereitet. »Bitteschön, im Mittelhochdeutschen heißt es *rûch* oder *rouch*, englisch *rough*, mir gilt die Etymologie etwas. Genauh andersherum nämlich, weil man *rauh* mit h schreibt, sollte man auch *blauh* und *schlauh* schreiben! Und wegen *froh* und *roh* heißen die Herren nun *Bodoh*, *Kunoh*, *Ottoh* und *Udoh*? Und meine Kommata sind zum Teil Hinweise für die Phrasierung oder so, an die Sprecher meiner Texte.«

»Die Germanisten beim Duden«, fuhr Herr Cruse fort, » ändern die Schreibung einer ausreichenden Anzahl von Wörtern alle paar Jahre, damit der Verlag wieder eine ausreichende Anzahl an Neuauflagen verkauft, um aus dem Erlös die besagten Verlagsmitarbeiter bezahlen zu können.« Mit einem verächtlichen Nasenschnauber war die Angelegenheit damit erledigt.

»Sprecher? Meinst Du, Dein Zeugs würde echt verfilmt, oder so!?«

»Beim Schreiben sehe ich schon die Scenen wieder vor mir, – »Sie unterrichten irgendwie so angestrengt, Herr Cruse!« – 's wär aber nicht einfach.«

Elaine schüttelt erst mal nur den Kopf.

»Noch etwas.« Elaine blättert in ihrem Notizbüchlein. »*Menschenbild*. Peng. Kürzer geht's nicht!«

»Ich sehe schon vor mir, wie Du einen kritischen Kommentar zu meinem *magnum opus* herausgibst.« Er beginnt mit hinter dem

Rücken verschränkten Armen geheimbderathen im Zimmer umher-
zugehen. »Mademoiselle Elaine, notiere Sie!«

Dann muss er sie aber erst mal umarmen. Und, als sie wieder zu
Atem gekommen sind:

»In den Gesamtkonferenzen brachte Schulpfarrer Isenmeyer, sitzend zur Rechten Frommholts, in seinen Redebeiträgen mit Sicherheit seinen Lieblingsbegriff *Menschenbild* unter. Ich muss zugeben,
dass etwas daran war. Ähm, mach' mal dieses Experiment. Auf 'm
Parkplatz vom *Lidchen*. Wenn gerade wieder jemand seinen Wagen
zwischen die Fahrradanlehnbügel schiebt, weise sie oder ihn auf das
Schild *Hier keine Einkaufswagen abstellen* hin. Do you know what
I mean?«]

Impressionen aus dem Vorbereitungsdienst

»Da haben sie aber voll ins Klo gegriffen«, Herr Cruse. In der Chemiefakultät seiner neuen Ausbildungsschule liebte man das freie Wort. Damals war der Herr Cruse mit der pädagogischen Fachsprache noch nicht so vertraut.

»Nee, die sind nicht besonders an Naturwissenschaften interessiert, da haben Sie in Ihrem sogenannten Differenzierungskurs alle diejenigen versammelt, die für die 3. Fremdsprache zu blöd oder zu faul oder zu beides sind. Jedenfalls viel Spaß damit. Ach, und Sie müssen über den Unterricht in diesem Kurs ihre Examensreihe schreiben? Na, ich sag da jetzt mal nichts mehr zu.«

»Herr Bosma, was haben der Kosmos und mein Physikkurs gemeinsam?« »Weiß nicht?« »Beide antworten nicht auf meine drängenden Fragen. Aber was ich eigentlich wollte, in dieser 12 ist ein Schüler, der benimmt sich merkwürdig.«

»Gibt es denn Schüler, die sich nicht merkwürdig benehmen?«

»Ich meine, außerordentlich, geradezu exorbitant merkwürdig.« Beide lächelten.

»Sie sind wohl öfter mit Bentien zusammen, was?«

»Er ist doch mein Fachmentor.«

»Also was macht denn dieser Schüler?«

»Oliver beteiligt sich kaum am Unterricht, was ja völlig normal ist. Aber er kommuniziert mit seinen Nachbarn, auch ganz normal, aber während die anderen sprechen, antwortet er mit Telefonklingeltönen oder in letzter Zeit, vermutlich eine Art Update oder neues Release, mit Gezwitscher. Das macht er leise und irgendwie liebevoll, ist dann aber doch störend.«

»Oliver, Oliver«, murmelte Bosma, »wer soll das sein? Vogelgezwitscher? Ach so, der Oliver! Der Vater ist Arzt.« Weitere Begründungen waren offenbar überflüssig.

Später verstand Andreas dann auch, warum. »Wenn ich die Praxis von meinem Vadder mal übernehme, sind Mediziner wieder gesucht.« Wolfgang Barnemann, der bekannte Faulpelz und Sitzenbleiber, schwadronierte ungeniert während des Chemieunterrichts los. Was für ein altmodischer Vorname heutzutage. Oder wegen Mozart? Ihm fiel ein, dass sämtliche Barnemanns bei allen möglichen Schulfeierlichkeiten tröteten, klimperten und klampften. Wolfgangs einzige weitere Aktivität im Unterricht bestand darin, mit einem Locher sorgfältig das Arbeitsblatt, das Andreas ausgegeben hatte, in so viel Konfetti zu verwandeln, wie der Bogen nur hergab. In der Klassenstufe 12, hieß früher mal Unterprima. Na ja, kurz vor dem Klingeln ließ er dann jedenfalls sein Arbeitsergebnis über Elisabeth Papenroths Haupthaar rieseln. Grüße von Freud.

Andreas hatte ein paar Basislektionen gelernt, wie das hier lief. Im Umgang mit den Barnemanns war er besonders vorsichtig geworden.

»So gute Schüler sind die Barnemannkinder eigentlich gar nicht«, hatte Frau von Genuit mal räsoniert, »und doch schaffen sie alle bei uns das Abi.«

Oh Du kluge Frau, wie das wohl kommen mag, dachte Andreas. Es gab keine Fachkonferenz, Gesamtkonferenz, Dienstbesprechung, kein Sommerfest, keine Zusammenkunft des Kollegiums, bei der Elternbeiratsobersprecherin Barnemann nicht Blumenschmuck, Obst, Kekse oder den wirklich leckeren Kirschwein auf die Tische zauberte.

Und alle schaffen sie das Abi. Nein, so was. Wolfgang senior war übrigens der einzige Kinderarzt weit und breit.

Andreas ließ sich dann von Lorentz, Bosma, auch Bentien, der es gut mit ihm meinte, ziemlich schnell einnorden. »Hat er denn seinen Namen auf das Blatt geschrieben? Ja, sogar richtig mit Zu- und Nachnamen? Sehen Sie, dann ist das schon mal keine sechs.«

»Und mündlich?«

»Der wird auch in Zukunft nichts sagen, weil die Piepenbrinks auf 100 ha sitzen und der junge Mann der Hoferbe ist.«

Solchermaßen rechtgeleitet, lernte Andreas dann, zu benoten, ohne höheren Orts Anstoß zu erregen.

Da war eben jener legendäre Differenzierungskurs Chemie Stufe 10. Chemie in Haushalt, Hobby, Garten, überall Chemie. Was Kinder gerne hören – in diesem Unterricht hatte sich Cruse ohne Zorn aber mit Studium ein Vademecum volkstümlicher panslawischer Grobheiten zusammengestellt, vermittels welcher er sich später manches Mal wohltuende, verblüffte Stille im Klassenraum zu verschaffen wusste.

Und die Klassenarbeit war soo leicht, die schwamm sogar in Milch. Aber was half's?

Andreas nahm einen der nicht so starken Schüler an die Reihe.

»Fasse noch mal kurz zusammen, woraus bestehen die üblichen Mineraldünger und wie hatten wir das festgestellt?«

»Am Mittwoch war ich aber krank.«

»Nein, Mittwoch ist ausgefallen, da war die Infoveranstaltung zur Kurswahl in der 11. Hier geht's um die Freitagsstunde und da warst Du mal dabei.«

»Äh, wieso, wieso sagen Sie einfach, dass ich da war, ich will aber nicht, dass ich da war!«

Wie gesagt, einer der etwas weniger leistungsfähigen Schüler.

»Du hast schlicht und ergreifend am Unterricht teilgenommen, aus. Wie war das also mit den Flüssigdüngern? Immer noch dran, du!«

»Quarz!«

»Bitte?«

»Quarz, das habe ich in mein Heft geschrieben, das haben sie uns diktiert! Flüssigdünger enthalten vor allem Quarz. Das hatten wir doch auch bei den Versuchen herausbekommen, oder? Sie haben uns was Falsches gesagt!«

»Nein, das waren die Scheuermittel«. Aber da stimmte es, mhm.

Was soll man sagen? Immerhin ein Diskurs, in dem auf ein Experiment, das zentrale Medium des Chemieunterrichts referenziert wurde. Ausreichend minus für diesen mündlichen Beitrag?

Wie naiv war er doch zu Beginn gewesen. Lief entrüstet gleich nach der Vertretungsstunde in der 8b, zur Klassenlehrerin. Ein Schüler hatte sich nämlich durch nichts davon abbringen lassen, während des Vertretungsunterrichts mit dem gelösten elektrischen Kabel den Spiegelkopf des Overheadprojektors wie mit einem Lasso einzufangen und das Gefährt dann zu sich heranzuziehen und dann wieder fortzustoßen. Als Andreas ihm das Kabel wegnahm, holte der pfiffige kleine Lauser ein Ersatzkabel aus dem Rucksack.

»Der Paul? Lasso? Aber das macht er doch immer«, sprach die Klassenlehrerin gelassen. »Ach und streichen Sie den Klassenbucheintrag Pauls wieder, ja?«

8b – die böse 8. Das mit artig, böse, chaotisch und doof passte unheimlich gut.

Also kein Aufhebens von den kleinen lustigen Streichen machen, Klassenbucheinträge oder gar Tadel waren im Hause Drüdeelt nicht gerne gesehen.

»Sören, ich hab Dich gesehen, wickele Dich bitte wieder aus dem Vorhang aus und geh zurück an deinen Platz.«

»Johann Grotejohann, Du wirst Dein Physikbuch sicher noch benötigen. Lösche bitte die Flammen.«

»Nein, auch wenn ihr jetzt Schulschluss habt, verlasst ihr bitte das Klassenzimmer durch die Türe und klettert nicht aus dem Fenster. Eric, ich sagte nicht rausklettern!«

Andreas wollte aufspringen und zum Fenster laufen. Jedoch, ein Ruck, fast wäre er hingefallen. Na klar, hätte er doch dran denken müssen, Thomas, der kleine Lauser aus der ersten Reihe band ihm gerne die Schnürsenkel am Tischbein fest.

Es gab hier nur drei Physiklehrer und nur einer davon hatte volle Procura, Overberg. An den war er also mehr oder weniger gebunden. Fachleiter wollen Oberstufenunterricht sehen. Das anspruchsvolle Fünfgängemenü vom Feinsten. Overberg war extrem sachlich und reserviert, erlaubte sich kein persönliches Wort zu Andreas.

Nummer zwei ein Mikater und kurz vor der Pensionierung. Die Schüler hatten erfahren, dass der früher mal, vor der Fortbildung bzw. Umschulung zum Lehrer, bei der Berufsfeuerwehr gewesen war, wurde deswegen von ihnen einfach nicht respektiert und nur der Feuerlöscher genannt. Als Volksschullehrer am Gymnasium ein Kuriosum, nie befördert, nie gelobt, konsequent demotiviert, unendlich frustriert, und entsprechend lahm war dessen Unterricht.

Andreas nahm natürlich zunächst nur den langweiligen Unterricht wahr. Den Hintergrund erfuhr er erst später. Klar.

Von Bosma erfuhr Andreas dann auch was über Overberg. Der

hatte sich als einer der Ersten in das neue Fach Informatik ein-
gearbeitet. Das hieß ein paar Blockschulungen an der Uni, das aller-
meiste musste man sich dann, ohne Stundenreduktion versteht sich,
zu Hause selber beibringen. Automatisch wurde Overberg so der
erste Infolehrer und auch Herr übers Schulnetzwerk bzw. er durfte
das erst mal aufbauen. So weit, so gut.

Schulleiterwechsel. Es kam zu künstlerischen Differenzen mit der
neuen Schulleiterin. Overberg hatte so seine Prinzipien. Für eine 4
im Grundkurs Physik mussten Herrlein und Fräulein richtig was
tun. Von seinem Niveau wollte er nicht abrücken.

Schließlich hatte die neue Chefin ihm vor versammelter Mann-
schaft die Schulterklappen heruntergerissen und ihn degradiert.
D.h., er musste in der Gesamtkonferenz den Universalschlüssel abgeben und hatte ab sofort keine Adminrechte mehr. Selber schuld.

Ganz zum Schluss, am letzten Tag als Referendar, kam Overberg
ein wenig aus sich heraus und meinte zu Andreas: »Ich werd hier
schon überleben, irgendwie, doch, muss ja.«

Weder im großen oder kleinen Lehrerzimmer noch im Kinderzimmer fand er den Gesuchten. Kinderzimmer, so hieß der Raum,
den sich die Referendare ausgesucht hatten. Also in die Fachräume.
Treppauf, treppab, hier nicht, dort nicht, blieb noch die Chemie.
Schon von draußen hörte Cruse durch die Stahltür russischen Chor-
gesang, Männerstimmen mit Akkordeonbegleitung. Drinnen saß
Lorentz, im löchrigen, ehemals weißen Laborkittel, am Fenster-
tisch. Vor ihm eine Heißklebepistole und Berge von Lasagneplat-
ten. »Komm' Se rein«, rief Lorentz, »ich baue gerade für unseren
lieben scheidenden Oberstufenkoordinator als Abschiedsgeschenk
ein Haus des Lernens.«

Das mit dem *Haus des Lernens* war so ein Modebegriff der
Bildungsoberen, den der wendige Koordinator gern bei den üblichen
offiziellen Redeanlässen gebrauchte. Bei seiner Kleberei hielt offenbar der Chor der Schwarzmeerflotte oder die Alexandrowtruppe auf
YouTube Lorentz bei Laune. Natürlich hatte die Stadt keinen Inter-
netanschluss gelegt, aber Appleman, der geniale junge Informatik-
lehrer, hatte da was gebastelt. Einmal die Woche stieg Lorentz auf

die Leiter zu dem kleinen, blau blinkenden Kästchen an der hohen, gotischen Gewölbedecke, um zu rebooten. Dann hatten sie wieder für ein paar Tage Internet.

Ob man nicht vom nächsten offiziellen Router ein Kabel herlegen könne, hatte Lorentz bei einer Begehung den städtischen Bauleiter gefragt. Man müsse dazu doch nur durch die Wand im Foyer ein Loch bohren. Das sei ein Eingriff in die Bausubstanz des historischen Gebäudes, hatte der Bauleiter geantwortet. Inwieweit das möglich sei, könne er selbst gar nicht einschätzen und die hinter ihm stehende Behörde müsse das mit größter Sorgfalt prüfen. Dann hatte sich sein Gesicht aufgehellt. Ihm war eingefallen, dass an der fraglichen Wand ja eines der zahlreichen St. Georgskunstwerke angebracht war, nämlich eine moderne Reliefplatte aus Beton. »Das wird der Denkmalschutz nie erlauben.« Also kein stabiles Internet.

»Waren Sie das hier auf dem GLC?« Andreas musste eingestehen, dass er seinen Kram auf dem allgemeinen Laborwagen hatte liegenlassen.

»Regel 45«, mahnte Lorentz streng,

»Kaffee ist schon durchgelaufen, Bosma kommt auch gleich, bringt Kuchen mit. Hoffentlich nicht auch noch die gierige Gräfin.«

Die gierige Gräfin war Frau von Genuit. Vertreterin dieses starkzähnigen Frauentyps, der *clever* mit ö spricht. Wie dem auch sei, jedenfalls Studiendirektorin und Ehefrau des Schulleiters Laumann vom Nachbargymnasium. Gab es irgendwas umsonst, egal ob Kuchen oder Schulbuchansichtsexemplare, griff sie beherzt zu. Ohne je selbst mal was zu spenden. Na ja, mit A 31 kommt man auch nur schlecht über die Runden.

Einstweilen immer noch Hintergrundmusik. Volltönende, schwermütige Klaviermusik. »Ist das 'ne Brahmsballade?« Lächelte und sagte: »Hmhmhm?« »Das klingt aber doch wirklich ... « »Nee, Fluch der Karibik!«

Bosma kam mit Kuchen und ohne die Gräfin, es wurde richtig gemütlich.

»Mensch, Bosma, Du ernährst Dich total einseitig, immer dieser Kuchen! Hier, iss auch mal 'nen Stück Schokolade zwischendurch!«

»Was hast Du denn immer mit meiner Ernährung?!«

»Du süßt ja sogar noch den Zucker nach! Und Du hast da was.«

»Zahnpasta, Rasierschaumreste?«

»Nein.«

»Dann ist es wohl einfach das Alter.«

Lorentz hielt in der Sammlung auf peinliche Sauberkeit. Wie alle echten Chemiker fand er nicht das Geringste dabei, dort zu essen und zu trinken. »Wegen der Abzüge ist die Luft hier auch viel sauberer als im Rest des Schulhauses. Man sollte sich eigentlich nur in Laboratorien aufhalten.« Mit dieser Ansicht stand er dann doch eher allein dar.

Lorentz spielte mit einer Wasserstrahlpumpe. »Sei kaputt, meint die Gräfin. Hab einen neuen Dichtungsring eingesetzt, zieht tadellos. Müsste die Dame doch auch selber können, sollte man ihr in Rechnung stellen. Frau von Genuit einen neuen Dichtungsring eingesetzt und Funktion überprüft.« Alle lachten.

»Aber seien Sie bei der ganz vorsichtig mit dem, was Sie sagen«, wandte er sich an den Referendar. »Steht als die Olle vom Laumann unter Naturschutz, da wird die Chefin nie etwas kritisieren.«

Das erklärte wieder was. Ein Kollege, der sich nicht anders zu helfen wusste, als Strafarbeiten zu verteilen oder, noch schlimmer einen Schüler vor die Türe zu stellen und dabei erwischt wurde, bekam richtig Ärger. Er wurde z.B. auf Konferenzen öffentlich bloßgestellt und heftig gerügt. Dabei war es doch gerade die Genuit, die unliebsame Schüler ständig auf den Flur schickte. Mit heruntergedrückter Klassentürklinke, natürlich. Some animals waren eben more equal than others.

Viel später, in Frommholts Herrschaftsgebiet, dachte Andreas oft daran zurück, wie ordentlich und sauber es in Lorentz' Reich der Chemie doch gewesen war. Dort peinliche Sauberkeit, dort Kraut und Rüben durcheinander, Arbeiten auf der Müllhalde, was Andreas auch als Sammlungsleiter nicht hatte abstellen können. Und irgendwann hatte er es dann auch aufgegeben, dagegen aufzuräumen.

Die anderen verließen stets geradezu fluchtartig die Chemieräume, wenn sie ihren Unterricht abgeleistet hatten. Ob das daran lag, dass Andreas der einzige gelernte Wissenschaftler im Kollegium war? Dieser Gedanke baute den nicht gerade vor Selbstbewusstsein überquellenden – ein schwerer Charakterfehler – Cruse ziemlich auf.

Von der Genuit abgesehen, die überwiegend Bio unterrichtete, nur Männer in der Chemie. Einer klappte den Laborlaptop hoch und eine Seite eines Schweizer Anbieters für, Lovedolls heißen die wohl, erschien.

»Gefällt Dir eine davon?«

»Die könnte ich mir zusammenstellen, Augen-, Haut-, Haarfarbe, Körperbautyp, Kleidung, Details der private parts, schon doll, diese Dolls. Klar, gefallen schon.«

Lorentz rieb Daumen und Zeigefinger aneinander und machte ein fragendes Gesicht.

»Ja, teuer, hm. Aber das isses nich.« Bosma blickte in die Runde. »Die sind alle zu jung für mich!«

Und dann ließ sich Lorentz sein Gemüt offenbar von Dvořak erfrischen. Andreas meinte jedenfalls die Bibabutzemannmelodie des dritten Tanzes zu erkennen. »Stimmt. Ich bin nun mal Kunstbanause und mag eben Aldiklassik.« In seinem Privatschrank im Vorbereitungsraum hatte er eine CD – Sammlung beachtlichen Umfangs, Große Komponisten I – X, die ein Discounter jahrelang, immer zur Weihnachtszeit, im Angebot gehabt hatte. »Für mich sind die Aufnahmen des großen Symphonieorchesters von Dunaharasztisipuszta gut genug.« Und lachte sein typisches, lautes Lachen. »Der Lorentz dröhnt auch ohne Sonnenschein«, sagten die Masemattekundigen unter den Kollegen.

Aus der Fachliteratur

»Na, Lorentz, ollen Twastbraten, wat knötterste wieder rum?«

Der Frager nahm das Heft vom Tisch und las laut:

»*Visualisierung der Opportunity Recognition- Kompetenz von sozioökonomisch unterprivilegierten Schülerinnen mit migrantischem Background*«. Ist das der Grund deiner Unmutsäußerungen?

»Was? Ochottechott, nein. Ich versuche, diesen Artikel hier zu lesen. Man hat ja auch mal Chemie studiert.«

Zeigte ihn Bosma. *Advance organizer für den zeitgemäßen kompetenzorientierten Chemieunterricht.*

Bosma las halblaut die ersten Zeilen.

»Ich verstehe diesen Text zwar auch nicht, bin mir aber sicher, dass er mit tatsächlichem Unterricht nichts zu tun hat. Mach dir also mal keine Sorgen.

Und es gibt den 7-Zwerge-7-Berge –Effekt. Bei uns funktioniert so etwas nicht und an den Nachbargymnasien ebenso wenig, jedoch gibt es eine Bildungseinrichtung hinter den sieben Bergen und genau an der ist der Autor bzw. die Autorin etc. tätig, dort klappt das wie am Schnürchen. Das gilt auch zeitlich. In just den 14 Tagen, in denen der Didaktikprofessor sein neues Konzept an einer Schule erprobt, sind dort Schüler, Lehrer und Zwerge begeistert. So liest man zumindest in seinem Leib-und-Magen-Journal. Und zitierst Du mich, zitier ich Dich.«

Er habe lange in modernen Schulbüchern und vor allem in den gängigen deutschen Zeitschriften nach neuen Versuchen für die Mittelstufe gesucht, erfolglos. Da habe im *Lüthje Gall Reuber* mehr dringestanden oder beim *Kemper Fladt*.

»Ja, ja, all das giftige Zeug. Die in Brüssel denken vermutlich, dass die Chemielehrer Chemikalien zum Essen oder zum Einreiben ausgeben!

Aber Didaktikzeugs, nein sorry, Methodik rauf und runter! Chemisch keen bitken wat Niejes, aber jetzt mit Hilfekärtchen. Zum Herausnehmen. Laminiert zum Herausnehmen. För Mekens, för Mekens mit Migrationshintergrund. Laminiert zum Herausnehmen für Mädchen mit Migrationshintergrund. Keine Substanz, nur Gerede, Gerede, Gerede. ›Sie haben auch eine Verantwortung gegenüber ihrem Fach‹, hatte mein damaliger Fachleiter betont. Wenn ich nur dran denke, was ich zu meiner Examenslehrprobe für wissenschaftliche Apparaturen aus dem *Kintoff-Wagner* bauen musste, unvorstellbar so etwas heute!«

»Du, Bosma, hier unter Leserbriefen, das wird Dich aufmuntern, von Professor Winfried Kühn, das ist so'n richtiger oller harter Knochen von Physikdidaktiker.«

›Liebe Frau Prof. Dr. Thiel‹ – »das is offenbar so 'ne junge Pädagogikprofessorin, die einen Artikel verfasst hatte, alles würde wie von selbst gehen, wenn nur die Lehrer verstünden, warum ihre Schüler, na ich les mal weiter«– also ›liebe hmhm. ›Was gäbe es denn auch daran zu verstehen, dass einige Schüler, die heute die allgemeinbildenden Schulen bevölkern, z.B. nicht die Einheiten mitführen, Gleichheitszeichen nicht unter Gleichheitszeichen setzen und Zeile nicht unter Zeile notieren? Obwohl wir alle von der mathematischen und naturwissenschaftlichen Fakultät das seit Anbeginn aller Zeiten vormachen und vorbeten, immer und immer wieder?

Erst wenn die Pädagogikprofessorinnen verstehen, dass es intrinsisch dumme, faule oder gleichgültige Schüler gibt, wird das Bildungssystem befreit werden von immer neuen Wellen pädagogischer Heilsbotschaften und ihren Botschafterinnen.‹«

»Oder dieser hier, von mehreren Fachschaften gezeichnet, aus der *Zeitschrift für Schule und Erziehung*, warum hat die Schule die eigentlich noch abonniert, ist auch gut:

›Ein Walldorfschüler, dem also eine gewichtige Lebenserfahrung fehlt, lässt kein gutes Haar am deutschen Schulsystem. Ganz typisch ist auch wieder, dass der Mann kein Lehrer in diesem Schulsystem ist. Und Professorensohn ist er auch noch.

Wäre er auf eine Regelschule gegangen, hätte er am eigenen Leibe und an eigener Seele erlebt, dass angemessen kleine Lerngruppen keine Selbstverständlichkeit sind. Könnte er erst richtig ermessen, wie positiv sich eine kleine Klassengröße auswirkt. Wenn nämlich beispielsweise im naturwissenschaftlichen Anfangsunterricht Trauben unselbständiger Kinder die Lehrkraft mit überflüssigen Fragen zermürben.

Und er tut so, als ob bei uns die Resultate naturwissenschaftlicher Experimente nur so mitgeteilt würden. Das ist arrogant, ignorant und beleidigend. Es ist ein Riesenunterschied, auch was die Sicherheit beim Experimentieren angeht, ob eine Lehrkraft mit 16 oder mit 32 ein Schülerexperiment durchführt. Wer das nie selber durchgemacht hat, weiß das nicht. Wovon man aber keine Ahnung hat, darüber muss man schweigen!

Auf seinen Bildungsreisen um die Welt fand er heraus, dass der Bildungserfolg wie auch immer benachteiligter Schüler sehr davon abhängt, wie viel Unterstützung seitens der Lehrkräfte diese erfahren.

Goldig, ganz goldig! Viel Unterstützung heißt aber viel Lehrpersonal, heißt kleine Klassen. So einfach ist das.

Gute Schulleistungen seien primär das Ergebnis harter Arbeit der Schüler in Bildungssystemen, die den Wert harter Arbeit betonen und entsprechende Einstellungen der Schüler fördern und fordern?

Ja, Halleluja! Wir bitten den weithinschallenden Herrn OECD-Bildungsforscher ganz, ganz herzlich, dieses Forschungsergebnis unseren lieben Schulelternbeiräten beizubringen, am besten, es denen auf den Hintern zu tätowieren!

Der Bildungsforscher rät, das Schulfach Latein komplett zu streichen.

Nun, das kann man machen. Davon geht die Welt nicht von unter. Wir fänden es nur gut und wichtig, wenn es z.B. Historiker und Philosophen gäbe, vielleicht sogar Bildungsforscher, die richtig gut Latein zu verstehen vermögen. So etwas muss man aber lernen. Um mal eine Größenordnung zu nennen: Auf der Hochschule benötigt man 2 Semester für das Graecum, wenn man auf der Schule kein Griechisch hatte. Für Latein ist das so ähnlich. Wohlgemerkt, in diesen zwei Semestern lernt man die alte Sprache und sonst nichts! Wer aber einen Latein-LK absolviert hat, ist für die klassische Philologie gut vorbereitet oder ein Geschichtsstudium etc.

Latein macht den deutschen Muttersprachler mit einer ausgeprägt synthetischen, voll flektierenden Sprache mit langer Lehrtradition bekannt. Wer später z.B. Serbisch lernen muss oder richtiges Deutsch, vielleicht sogar mit Präteritumsformen, steht dann nicht da wie der Ox vorm Berge.

KI mache das Fremdsprachenlernen ohnehin überflüssig? Sollten aber nicht diejenigen, welche die KI anlernen, die jeweilige Sprache richtig gut beherrschen?

Und glauben Sie uns, Herr Bildungsforscher, wie beglückend es sein kann, mit dem ramponierten *Kaegi* in der Hand, der schon viel erlebt hat, vielleicht vom Großvater geerbt, eine römisch-vatikanische Übersetzungskritik an *Kai me eisenegkes emas eis peirasmon*, geleitet vom *Et ne nos inducas in tentationem* zu prüfen. Kleiner Tipp, man muss unter *eisférō* nachsehen. Non omnes capiunt verbum istud, sed quibus datum est. Qui potest capere, capiat!

Aber zugegeben sei, dass man dazu Bildungswillen besitzen muss. Und ja, das ist Luxus. Uns scheint, dass Sie und die in der Publikumsgunst hochstehenden unter Ihresgleichen suggerieren wollen, Sie wiesen einen modernen Königsweg zugleich welchem Bildungsziel. Einen solchen Pfad jedoch gibt es jedoch nach wie vor nicht.

Trigonometrie wollen Sie ebenfalls streichen? Haben Sie nicht, man kann es kaum glauben, selber Physik studiert? Selbst bei guter schulmathematischer Vorbereitung haben Physikstudenten in den Anfangssemestern bekanntlich mit der Physikermathematik hart zu kämpfen, den Differentialgleichungen, der Vektoranalysis und der Tensorrechnung, *Green* und *Stokes* und was sonst noch.

Wenn nun auch noch Sinus und Cosinus unbekannt sind, dann wird's aber verdammt eng. Keine Schwingungen, keine Wellen, kein Wechselstrom, hoppla, die Lösung der Schrödingergleichung für das Teilchen im Kasten, ein echter Quantenklassiker, war das nicht etwa eine Sinusfunktion? Was Hänschen nicht gelernt hat, lernt der Hans nur mit großer Mühe.

Man kann sine dubio sine sinu et cosinu ein glücklicher Mensch werden. Aber Sie haben etwas vergessen, zu erwähnen. Diese Klitzekleinigkeit: Naturwissenschaftler oder Elektriker kann man dann nicht mehr oder doch nur mit sehr viel zusätzlicher, harter, zeitraubender Arbeit werden.

»Leben heißt aussuchen«. (Tucholsky) So ist es. Man kann nicht alles haben. Geben wir das nie erreichte Gruppenziel *Allgemeinbildung* auf. Lassen wir unsere Schüler früh aussuchen. Es wird immer solche geben, die Latein und Trigonometrie lernen wollen. In harter Arbeit. In kleinen Lerngruppen. Intensiv betreut durch Lehrkräfte, die überglücklich sind, mit denjenigen zu arbeiten, die es wirklich wollen.

Und ein ganz persönliches Schlusswort. Wir glauben nur einem PISA-Testergebnis, das wir selber durch intensives Coaching mit ausgewählten Klassen optimiert haben. Circum mundum.‹ Gut, ne?«

»Und das hier ist interessant. Du wolltest doch richtige Chemie. Guck mal. Aus *J.Edu.Chem.* Hab ich in der Unibib kopiert.«

Der Angesprochene las: Carl Petersson and Ronny Slottrop, *A visible plus-I-Effect. Azo-coupling in Presence or Absence of Methyl Groups.*

»Und das funktioniert?«

»Du weißt doch: Dänen lügen nicht.«

Ein mehr gleicher Referendar.

Ja, ja, also der neue Lehrplan. Frau Hilgen, Englisch und Sozialkunde, sah sich um. Als neue Chefin nahm sie an den meisten Fachkonferenzen teil. Von Chemie hatte sie nur so viel Ahnung, wie man als dienstliche Beurteilerin des Unterrichts in allen möglichen Fächern, von denen man keine Ahnung hat, eben so bekommt.

»Herr Grotemeier, wie steigen Sie denn in, äh, dieses erste Themenfeld *Jontenbindung* ein?«

Der Angesprochene blickte sie lange an, öffnete den Mund, hub an und sprach: »Ich hatte mir da Experimente überlegt, die ich richtig gut fand. Gut fand ich persönlich auch meine Umsetzung in den Hospitationsstunden. Ihr Herr Amtsvorgänger hat sah das allerdings ganz ganz anders. Also bevor jemand von den jungen Kollegen unglücklicherweise etwas von mir in seinen Unterricht übernimmt, mit überaus traurigen Folgen für dessen Zukunft, keine Beförderung, keine Gehaltserhöhung, wenig Pension, Haus nicht abbezahlt, Kinder nicht studieren können, Ehekrise und Frau läuft weg, also ich geb' die Frage lieber weiter.« Er blickte aufmunternd zu seiner Nachbarin.

Ein Tabubruch. Frau Hilgen glaubte ihren Ohren nicht zu trauen und war zunächst mal sprachlos.

»Also soll ich jetzt?« fragte die junge Frau Nachbarin.

»Ich kann Dich auch beruhigen«, fuhr Grotemeier fort, »egal, was Du machst, bei Frauen liegt die Beförderungswahrscheinlichkeit bei 78 % oder 11 von 14.«

Frau Hilgen schnaubte los: »Vermutlich haben Sie bei Herrn Frommholt genau solchen Unsinn geredet, kein Wunder! Was soll denn das mit 78 %?«

Peng, die Falle war zugeschlagen und die eisernen Klauen ließen nicht mehr los.

Grotemeier nannte die Namen der unter Frommholt beförderten Damen und Herren und machte dabei Striche auf dem Notizblatt vor sich.

»Hm, hm, hm, zwei im Sinn«, murmelte er, »macht 11 Damen

und – er blickte durch eine Lupe – tatsächlich 3 Herren, wie gesagt. Die machen jetzt übrigens die Knochenjobs. Die beiden sind jetzt Serverfarmer, Vertretungsplaner und Schulbuchausleiher. Sitzen jeden Tag ab Nullsiebenhundert auf ihren Stühlchen, parat für's Tagesgeschäft. Na ja. Vielleicht liegt ja pädagogische Begabung auf Geschlechtschromosomen, fügte er nachdenklichen Angesichts hinzu.«

Wer hatte ihm diese Statistik bloß gesteckt? Hatte er immer die Lupe dabei? Es stimmte natürlich. Einer der beiden wechselte übrigens später unter Besitzstandswahrung in einem glücklichen Moment vom äußerst verantwortungsvollen und stressigen Maitre-de-Travail-Posten in das ruhige Tätigkeitsfeld des Direktors für Wirtschaftskontakte. Eine kluge Entscheidung, vermutlich unter Beteiligung der noch weiseren und besorgten Ehefrau. Aber wie dem auch sei.

Und der dritte Mann? Der junge Dr. Thomas Werhahn, entweder Tommy oder Bruder Thomas genannt? Nein, nein, ein tüchtiger Kerl, keine Frage. Hoch- und Tiefbau Werhahn sen. hatte damals den gesamten Neubau/Anbau des Poldi hochgezogen. Honni soit qui mal y pense, irgendeinen jungen Mann musste Frommholt ja wählen, nich?

Aber hören wir weiter:

»Das lass ich mir nicht bieten, nicht mit mir, was glauben Sie denn, wer Sie sind? Sie werden ein Gespräch mit dem Regierungsschuldirektor, dem leitenden, bekommen, das versprech' ich Ihnen!«

Nun meinte Bentien hilfsbereit, folgenden Gedanken äußern zu müssen: »Frau Hilgen, Sie haben doch auf der letzten Gesamtkonferenz an die Verordnung erinnert, dass wir jeden, aber auch jeden Schüler mit jedweder Art von Behinderung inkludieren müssen. Und jede und jeden ohnehin individuell fördern müssen. Da könnte die befohlene Inklusion und Förderung doch auch für diesen eigenwilligen jungen Lehrer, gleiches Recht für alle, gelten. Zumal wir doch früher schon vielen äußerst putzigen Menschen einen betreuten Arbeitsplatz an dieser Anstalt geboten haben.«

Hilgens Laune wurde dadurch natürlich erwartungsgemäß nicht besser.

Einen wahren Kern hatte Bentiens Bemerkung dabei natürlich schon. Z.B. die Täubchen, die mathematischen Zwillingsschwestern Fräuleins Täubchen$_1$ und Täubchen$_2$, die sich gegen Ende ihrer Dienstzeit selbst so nannten, waren weit über die Schule hinaus bekannt geworden.

Hilgen rannte wütend zur Tür, Fachkonferenz hin oder her. »Das hat ein Nachspiel, und Sie, Herr Bentien, dieses blöde Grinsen vergeht Ihnen auch noch irgendwann«, rief sie noch und bumm, raus war sie.

Völlig ungerührt setzte Lorentz als Fachkonferenzvorsitzender die Konferenz fort.

»Nun, Sie Held, wie steigen Sie in die Chemie der Ionenbindung ein?«

Die Sache mit der *Jontenbindung* blieb im Gedächtnis aller guten Menschen mit Hilgens Auftritt verknüpft und machte schnell die Runde. Die natürliche Weiterentwicklung war die *Idiotenbildung*.

Einige Tage später klingelte der Hausapparat mitten in Grotemeiers Unterricht hinein. Schulleiterin Hilgen selbst verlangte, er solle sofort in ihr Dienstzimmer kommen.

Er sei in einer ganz, ganz kniffligen Phase seines Experimentes, aber in 20 Minuten sei der Unterricht ohnehin zu Ende, dann komme er. Und legte auf. Das Telefon blieb still. Grotemeier wandte sich wieder dem Bunsenbrenner zu.

»Machen Sie mit der Gasflamme jetzt das knifflige Experiment?« wollten die Schüler wissen. »Es geht hier eher um ein psychologisches Experiment«, erwiderte der junge Lehrer. »Wenn man sehr genau weiß, was man tut, kann man auch mit gefährlichen Dingen umgehen«, ergänzte er und fuhr mit der Hand langsam durch die Flamme.

Die Klasse johlte. »Dürfen wir das auch mal machen«?

»Herr Grotemeier, Herr Grotemeier, Sie Schlawiner, dabei wissen Sie als Mathelehrer doch genau, dass es kein Gesetz der kleinen Zahlen gibt.«

Ltd. Reg. Schuldirektor Druger versuchte, dem Gespräch mit Grotemeier eine lockere Note zu geben. Und Herrn Frommholts damalige Beurteilung sei ja nicht das letzte Wort und Grotemeier noch so jung etc. etc.

Alexander Grotemeier wusste sehr genau, wer er war. Nur Frau Hilgen eben nicht.

Die Oberdirektorin Hilgen, die nichts mit den Breedefurter Hilgens zu tun hatte, angeblich eine Fabrikantentochter aus Köln, hatte sich mit Münsterländischer Heimatgeschichte nicht gut genug ausgekannt.

Grotemeiers Vater war nicht irgendwer. Grotemeier sen. war Chef einer sehr renommierten Steuerrechtskanzlei. Und Grotemeiers Mutter stammte nicht von einem kleinen Hof. Und war schon seit dem Internat sowohl mit Dorothea »Dodo« Arning als auch mit Felicitas von Saarmann sehr gut befreundet. Man spielte zusammen Golf, besuchte gemeinsam die Modenschauen bei Heetkamp ebenso wie die Warendorfer Hengstparade. Die Bäuerinnen und die Politikerin verstanden sich ausgezeichnet. Grotemeier jr. war nicht zufällig der einzige Referendar seines Seminarjahrgangs, der eine Planstelle bekommen hatte. Bzw. überhaupt eine Stelle.

Da Mütter mit besten Beziehungen zu Ehefrauen mächtiger Männer und Ministerinnen aber äußerst selten sind, müssen die meisten Lehrer, wie andere Leute auch, Kröten normalerweise schlucken. Und Frau Arnings Partei verfolgte im Prinzip die konsequente Frauen(be)förderung.

Viel später hatte Andreas einmal mit Alexander über dieses Rencontre mit Hilgen cum Druger gesprochen. Der Ausgang, der irgendwie durchgesickert war, war doch in der Tat schon ein wenig rätselhaft.

»Tja, im Zuge der Einleitungsplauderei hatte ich wohl erwähnt, dass ich am vorhergehenden Wochenende als Treiber mit auf der Jagd gewesen war. Die Jagdgesellschaft, mein Herr Vater und der Herr Präsident. Und irgendwie wurden dann alle ganz heiter.«

Und Alexander Grotemeier lachte, sympathisch und ehrlich. Noch heute kann Cruse das vor sich sehen. Der jungenhaft lachende Überzweimetermann mit dem groten, runden Kopp. Und wie der gut genährte, nur scheinbar plumpe Körper elegant zu tanzen begann, und zu singen: »Als Treiber, für Herrn von Saarmann und meinen Herrn Vater, zur Strecke gebracht hab ich die, Halalie!«

Ob Bauern-, Bundes-, Gerichts-, Landtags- oder Regierungspräsident, blieb offen.

Und Alex Grotemeier wurde übrigens der jüngste Gymnasialdirektor des Landes, in einer Großstadt irgendwo weit im Osten.

Alle paar Jahre startete Grotemeier seinen Telefonrundruf bei den alten Schulkameraden, um sich zu vergewissern, dass niemand von denen es auch nur annähernd so weit gebracht hatte wie er.

Missversteht mich nicht falsch. Grotemeier war ein sehr patenter und politisch bemerkenswert geländegängiger Kerl.

Beziehungen hin oder her, musste Andreas zugeben, Grotemeier hatte für sein Gymnasium die allererste Mio aus dem Landesbildungsprojekttopf geholt.

Man traf sich auch mal zufällig in der gemeinsamen Heimatstadt. An der Nordgrenze Du Royaume Jérôme. Dieser bullige Mann, gute 2 Meter eben, sah man nicht zu genau hin, hatte immer noch das runde Kindergesicht, blaue Augen, blonde Haare.

Andreas konnt's nicht lassen. Sprach ihn auf die Beurteilungen und Beförderungen an, eine seltsame Häufungen von Frauenbeförderungen meine er auf seiner Dienststelle beobachtet zu haben.

Grotemeier lachte wieder, strahlte übers ganze Gesicht, der große Mann bewegte sich immer noch elegant hin und her, wie ein Fußballer vorm gegnerischen Verteidiger, einige *Tjas* und *Öhs*, »Verantwortung, Urteilsfähigkeit, viel Erfahrung, ein feines Gespür, das kann eben nicht jeder … nö, die Thematik ist mir überhaupt nicht unangenehm, … ich jedenfalls hatte noch NIE irgendwelche Probleme damit. Bin wohl 'ne echte Führungspersönlichkeit.«

Und schüttelte sich tanzend vor Lachen.

Was macht eigentlich einen guten Schulleiter aus?

Doch, jener hatte schon Urteilsfähigkeit. Er und Andreas, Karriere oder nicht, seien doch sehr privilegiert.

»Wir sind gut ausgebildet, sind gebildete Leute, wir durchschauen Dinge, sind in der Lage, uns ein eigenes Urteil zu bilden. Anders als viele, viele andere Arbeitnehmer.«

»Hm.«

»Und finanziell geht's Dir ja auch nicht sooo schlecht. Wohnst Du noch beim alten Onkel? Auch kein armer Mann, der, nich?«

Und begann wieder zu schmunzeln und zu tänzeln.

»Man muss eben Bescheid wissen. Mein Vater hat immer noch sehr gute Connections zu den Finanzämtern im ländlichen Raum.«

Wirtschaftsnachrichten und kein Kreisauer Kreis

Der Name lautete wohl ein wenig anders, jedoch, seit ihn Dr. Conradi im Musikunterricht damals scherzhaft so genannt hatte – genauer gesagt, hatte Conradi dem Lichnowsky, dessen großes Selbstbewusstsein eine direkte Verbindung zu seinem losen Mundwerk hatte, eine anspruchsvolle Sonderaufgabe mit den Worten: ›Dem Fürsten Lichnowsky freundlichst zugeeignet‹ überreicht.

Seitdem war er für die Schulfreunde der Fürst Lichnowsky. Der Fürst also war schon lange bei der Company, die mit dem Slogan wirbt ›Chemie beginnt mit B‹.

»Du, unfaire Behandlung, kein Weiterkommen, fehlende Anerkennung und Wertschätzung der Leistungen, das ist bei uns genauso. Nur das mit der Unkündbarkeit nicht. Jahrelang hatte ich gezielt meine Kunden aufgebaut. Unter Verzicht auf schnelle Abschlüsse. Und dann, ein richtig riesiger Vertrag ist unterschriftsreif, da nimmt mein Chef mir einfach so meine alten Kunden weg und lässt so ein blondes Püppi, frisch von der hauseigenen sales school die Sache unterschreiben und die Prämie einsacken! Für etwas, was ich ganz allein vorbereitet habe! Und das Püppi bekommt obendrauf prompt noch den *young top talent award*. Ja, scheiße!«

Ja, Wiebke sagt tatsächlich *Püppi* zu einer Püppi.

»Meinst Du, bei uns gehe es nach Leistung, Erfahrung, Qualifikation oder was ich tatsächlich für die Firma z.B. an Paletten und Prüfröhrchen eingespart habe? Nee, der neue Oberboss aus Amiland hat mich gleich zu Beginn gefragt: ›Are you for me or against me‹? Wenn der Boss sagt, die Erde sei eine Scheibe, dann ist die Erde eine Scheibe! Von Sachlichkeit keine Spur. So sieht es aus!

Damals in der Kosmetikbude, in der ich anfing. Innerhalb von 2 Jahren der fünfte auf dem Energiemanagement-Sicherheits-Qualitäts-Umweltschutz-Customer- Stewardship-Posten. Eben, eierlegende Wollmilchsau. Jedenfalls ein Personalverschleiß ohne Ende. Der Juniorchef eines Tages zu mir: ›Die Fässer mit den Kesselrestölen stehen ja immer noch auf dem Hof. Ich hatte ihnen doch gesagt, Sie sollten die Deponierung veranlassen.‹

›Herr Wilckens, das stimmt, Sie haben mich sogar schon zweimal aufgefordert, straffällig zu werden, und ich werde es immer noch nicht tun!‹

Da geht's dir noch gold, als Beamter!

Ich gucke nur noch, wofür ich per Gesetz als Betriebsleiter persönlich verantwortlich bin. Sonst verweise ich meine Mitarbeiter auf die von oben abgelehnten Anträge auf neue Handläufe, Warnanstriche, Austausch der Riffelbleche, zweite Absauganlage, Anfragen, ob wir die Polybu-Anlage wirklich mit 114 % Last fahren dürfen, was weiß ich, scheißegal, ich diskutiere das nicht ein fünftes Mal, was eigentlich alles müsste und sollte, sondern schicke sie wieder an die Arbeit.

Wenn die hohen Herrschaften wollten, könnten die nämlich.

Wenn's um 20 Mio Extraversicherungsprämie oder Steuern geht, weil eine Genehmigung nach drei Mahnungen mit Fristsetzungen nun aber bald mal wirklich entzogen wird, können die in 10 min drei Etagen über mir schriftlich mit Siegel und Apostille, ich übertreib jetzt, aber Du weißt was ich meine, einen tütteligen Vertragsrechtler, der in Alaska sitzt, als persönlich haftbaren Verantwortlichen für unsere Gefahrguttransporte in Europa benennen. Alaska – Europa, alles gar kein Problem.«

»Meine Mitbewohnerin von der Personalabteilung (d.h. des Fürsten Gemahlin) erzählt mir immer von den ethischen Richtlinien, die bei uns ab jetzt gelten oder immer schon galten usw. Alles Rhabarber, letzen Endes wird bei uns immer auf die sogenannte Ethik geschissen oder Ethik ist, was der Geschäftsführung gerade so in den Kram passt.

Hier, unsere Prämie dieses Jahr? Gestrichen, weil wir zu wenig Tonnage gemacht haben. Unsere Unfallzahlen sind extrem klein und eigentlich gibt es für die Prämienzahlung 5 Kriterien, aber nein, bei uns gestrichen wegen der Minderleistung. Die liegt daran, dass die Anlage an einer entscheidenden Stelle nicht mehr redundant ausgelegt ist, weil ich sach mal die eine Leitung zu marode ist und in eine neue Strecke will man nicht investieren, erst mal abwarten, ob in Vietnam nicht eine moderne Anlage hochgezogen wird, muss ja auch so gehen, und dann steht das Ganze eben schon mal. Aber das sind Details, die will man nicht hören.

›No stupid technical details, just tell me if you can do it or not? ‹

Ich könnte natürlich klagen, mich auf die Prämienregelung in meinem Arbeitsvertrag berufen und bekäme vermutlich in soundsovielter Instanz auch Recht. Und die Kündigung. Wir kommen ja auch so gut zurecht, aber so ist das mit der Ethik oder auch nur mit der schlichten Rechtmäßigkeit. Von Ehrlichkeit und Anständigkeit zu schweigen.«

Er nahm einen ordentlichen Zug aus dem Glas.

»Meine Mitbewohnerin erzählt mir neulich von einem Managementbuch, Wilhelm Käufer hieß der Autor glaube ich, das Bild vom gierigen Manager, der nur auf's Geld gucke, sei ein Zerrbild. Blödsinn, es kommt bei uns nur auf's Geld an, eher wöchentlich als quartalsweise neuerdings! Gier frisst Hirn, nicht nur in der großen Politik.«

»Wie geht's denn eigentlich deiner Mitbewohnerin?«

»Wieder etwas besser.«

Die anderen machen fragende Gesichter.

»Sie hatte doch einen Hexenschuss. Furchtbare Schmerzen. Das war vielleicht was. 112 ist nicht zuständig, weil nicht lebensbedrohlich, und bei 116117 heißt es am Ende der Bandansage, alle Plätze besetzt, später erneut versuchen! Ich hab' sie dann in die Uniklinik gefahren. Was vielleicht ein Fehler war.«

»Ewige Baustelle und keine Parkmöglichkeit, ich weiß.«

»Halb so wilde. Nee, die Uniklinik der Landeshauptstadt hat keine Rollstühle. Meine arme Frau musste sich an meinem Arm bis in die Notaufnahme schleppen.«

»Kann ich nicht glauben.«

»Na ja, vielleicht irgendwo auf den Abteilungen. Aber müsster Euch mal vorstellen. Kommste da angekrochen, krümmst Dich vor Schmerzen und dann heißt es achselzuckend an der Information: ›Da können wir auch nichts machen!‹ Ach ja, in der Notaufnahme war's dann brechend voll. Die Leute saßen auf den Heizungsverkleidungen und den Blumenkübeln.«

Das Thema interessiert alle.

»Ich hatte ja kürzlich die Routine-OP. Ich warte immer noch auf meinen Entlassbrief. Habe ein paar Mal deswegen telefoniert und einmal sogar persönlich vorgesprochen. Der einzig diensthabende Arzt, der den hätte bei meiner Entlassung unterschreiben können, musste zur Not-OP. Und einmal des Nachts mussten die einen Arzt aus einer anderen Abteilung holen. Aber ich bin noch gut weggekommen. Meine Mutter fühlte sich im Krankenhaus total allein und wurde dann noch, wie sagt man? blutig entlassen.«

»Du bist doch Key-Accounter bei den Großkliniken. Was ist da los?«

»Tja, das Gesundheitswesen nimmt es an Irrsinn locker mit dem Schulwesen auf. Die Kommunen kommen auch hier nicht ihren gesetzlichen Verpflichtungen nach, was Gebäudeunterhaltung und so angeht. Seit Jahren nicht. Und kleinere Häuser sind am wenigsten rentabel, da ist man dann schnell mit Schließungsplänen bei der Hand. Dabei ist vielen Menschen extrem wichtig, in ein nahe gelegenes Krankenhaus zu gehen, damit ihre Angehörigen sie besuchen können. Dass das Bettenzählen als Methode nichts taugt, ist seit Jahren bekannt und wird doch immer wieder vorgebracht. Überhaupt wurde alles schon vor Jahrzehnten durchgearbeitet. Die Bürger brauchen eine gute Grundversorgung! Was hat Roland Gerber dem Lohderbeck nun wieder eingeredet? Spezialkliniken? Und wohin wendet sich jemand mit unklaren Unterbauchbeschwerden? Tritt die Reise durch die Spezialkliniken an? Wir bräuchten interdisziplinäre Zentren mit auch altersmäßig gemischter Ärzteschaft!«

Bei einem Zuhörer macht es *klick*: »Du meinst, Ärzteteams mit Dr. House als Chef!«

»Ja, so in etwa. Also, zu Deiner Beobachtung; die Rollstühle sind geklaut, jede Wette. Es werden lastwagenweise Sachen aus den Kliniken gestohlen, Windeln z.B. Frag mal auf den Kinderabteilungen, was da los ist. Und Reinigungsmittel, Desinfektionsmittel.

Seit es die Fallpauschalen gibt, sehen die Kliniken zu, Patienten so früh wie irgend möglich nach Hause zu schicken. Jeder Tag mehr kostet Geld. Das war früher eben anders. Mit der Umstellung auf die Fallpauschalen« –

Fragende Blicke?

»Na ja, das Krankenhaus bekommt pro Fall, also z.B. pro Blind-
darm-OP einen festgelegten Betrag. Müsste ein Patient länger als
durchschnittlich bleiben, warum auch immer, zahlt das Krankenhaus drauf.«

Allgemeines Nicken.

»Damit kam der Kostendruck in das Gesundheitswesen. Und welcher große Kostenblock gerät sofort ins Visier des kaufmännischen
Direktors? Klar, die Personalkosten. Und so kam es, dass immer
nähr Personal abgebaut wurde.

Nun ist die Personaldecke einfach viel zu dünn. Da bleibt keine
Zeit für Zuwendung. Auch wenn die für die Genesung so wichtig
wäre. Ich bin mal gespannt, wenn mal 'ne richtig, richtig schwere
Grippewelle oder 'ne andere Infektionskrankheit kommt, mit einer
sehr hohen Anzahl Hospitalisierungen, ob unser Gesundheitswesen
dann nicht allein wegen des Personalmangels in die Knie geht. Und
wenn's dann wieder vorbei ist, bleibt alles beim Alten.

Inklusive Schließungen gegen den Protest der Bürger.«

»Aber was kann man tun? Im Indianerkostüm den Bundestag zu
stürmen ist auch keine erfolgversprechende Option«

»Aber wir, alle wie wir hier sitzen, sind doch allesamt ganz freiwillig nicht Politiker geworden, müsst Ihr zugeben.«

Gemurmelte Erklärungen.

»Wo war ich eigentlich? Ach ja.

Unser Staat schmeißt so viel Geld für Prestigeprojekte aus dem
Fenster, aber für eine angemessene personelle Ausstattung ist kein
Geld da.

Oder nehmt mal die elektronische Gesundheitskarte. Wir hätten
uns am Modell Taiwan orientieren können. Aber nein, Deutschland
muss das Rad neu erfinden. Immerhin, die Bundesdruckerei hätte
das Produkt ohne Wenn und Aber herstellen können.

Also, ein Konsortium von Großunternehmen gewinnt die Aus-
schreibung. Die Big Player haben aber vorher die Aufgabenver-
teilung nicht geregelt. Los geht das Hickhack. Deutschland ist nicht
das Land der pfiffigen Entwickler und Erfinder neuer Techno-
logien, sondern vor allem das Land der Bürokratie! Die haben z.B.

wochenlang darüber ernsthaft darüber diskutiert, ob der Ausdruck *elektronische Gesundheitskarte* wirklich angemessen ist. Übrigens, auch wenn man ein schlechtes System digitalisiert, wird es nicht automatisch ein gutes System.

Und dann kamen die 300 Krankenkassen mit neuen Ansprüchen und Empfindlichkeiten. Nein, mit der *Barmer* spiel ich nicht! Und im staatlichen Verwaltungsapparat kaskadierte das Projekt hübsch langsam step by step von unten nach oben und wieder zurück. Ulla Schmidt hielt sich dezent zurück. Ganz anders hingegen der Datenschützer. Ja, wenn Du das so haben willst, dann wird's richtig teuer. Und immer so weiter. Unvorstellbar, was für ein Geld beim Projekt elektronische Gesundheitskarte schon verbrannt wurde!«

»Aber Datenschutz ist wichtig, siehst Du das nicht so?«

»Die Anforderungen waren wesentlich höher als im Bankenwesen mit der EC-Karte z.B. Deren Standard hätte doch wohl gereicht! Auf der anderen Seite sind unsere Krankenhäuser nicht in die Lage versetzt, Hackerangriffe abzuwehren.«

»Wenn Du Gesundheitskönigin von Deutschland wärest, was tätest Du?«

»Ich würde Änderungen wollen und dafür sorgen, dass diese durchgesetzt würden. Ich –

»Das sagt sich so einfach!«

»Ja, ja, fangen wir mal klein an. Papierrezepte würd' ich abschaffen, wie in der Schweiz z.B. Damit entfiele der Schwarzmarkt für Schmerzmittelrezepte. Apropos, ist Euch eigentlich klar, dass 70 % der verschriebenen Arzneimittel in der Mülltonne landen? 70 %? Warum gibt es keine Probepackungen?«

Der Punkt leuchtet allgemein ein.

»Ich bekam zwei verschiedene Prostatamedikamente à 100 Pillen zum Ausprobieren, nur um festzustellen, dass beide außer heftigen Kreislaufbeschwerden nichts bewirken. Zurückgeben kann ich die aber auch nicht!«

»Der Arzt bekommt so gut wie nie eine Rückmeldung, ob der Patient die verschriebenen Medikamente auch nimmt.«

»Das würde dann aber teuer werden!«

»Klar, den Hausärzten müsste man das Nachhalten honorieren, stimmt. Es würde sich aber langfristig lohnen.

Also über unser Gesundheitswesen könnte man ein ganzes Buch schreiben, so viel läuft darin total schief. Und Ihr dürft mich in stiller Ehrfurcht bewundern, dass ich es vermag, in so einem schwierigen Markt Geschäft zu generieren.«

Dann blickte sie zu Andreas. »Na, Herr Studienrat, nun zu Dir, warum hatten wir schon zu unserer Schulzeit Mathe bei Latein- und Englischlehrern und warum fiel Physik zeitweise komplett aus? Erklär uns das mal!«

»Wir haben eine freie Wahl des Studienfaches in Deutschland«, sagt jemand. »Planwirtschaften haben doch total versagt«, meint ein weiterer Jemand aus der Runde.

»Aber der zukünftige Bedarf, also für einen vernünftig langen Zeitraum ist doch auf jeden Fall ermittelbar«, eine andere.

»Unser kreideverstaubter Beamter hier bleibt stumm, ich sag's Euch selber. Anreize schaffen!«

Die hat ja keine Ahnung, dachte Andreas für sich. Die macht sich lustig über meine Tafel-und-Kreide-Technology, klar, die kriegt immer die neueste Hard- und Software von ihrem Unternehmen. Funktioniert etwas nicht, macht sie ein Ticket auf, und noch 'n Ticket und noch eins und ein äußerst kompetenter und zuvorkommender Kollege, in Dublin oder Prag, hilft solange, bis das Problem behoben ist.

»Anreize?«, fragt der Verstaubte.

»Stimmt doch, dass der Physiklehrermarkt leergefegt ist, nich? Also bekämen Leute, die ein Studium der jeweiligen Mangelfächer aufzunehmen bereit sind, hier Physik, vorausschauend, planend, in Hinsicht auf den zukünftigen Bedarf, ein großzügiges Darlehen, Studienplätze in attraktiven Städten, garantierte Wohnheimplätze, Tickets für den ÖPNV usw. Verbeamtung. Erlassung der Darlehensschulden, wenn 5 Jahre tatsächlich im Schuldienst.

Nebenbei bemerkt, die deutsche Staatsbürgerschaft als Anreiz für ausländische Fachkräfte: Hat dieses unseres Landes nicht ein eigenes Ausbildungssystem? Könnte das nicht vielleicht so gesteuert werden, dass ... «

»Das meine ich aber auch! Und das ist mal wieder eine typische Position des gesunden Menschenverstandes, bei der die AfD sich nur zu bedienen braucht! Und, mich interessiert nicht, wie die AfD zu etwas steht, sondern was die gesellschaftliche Wirklichkeit ist. Und diese treffen die Leute nun mal ziemlich oft.«

Auch dazu gibt es allgemeine Zustimmung.

Rolf z.B. läuft an unterdrückter politischer Wut ohnehin im oberen Drehzahlbereich.

»Die Wahlkampfmanager der AfD schlagen sich doch vor Lachen auf die Schenkel! Die wissen gar nicht, welches der phantastischen Weihnachtsgeschenke der etablierten Parteien sie zuerst auspacken sollen. Allein dieses idiotische Heizungsgesetz. Oder 22 mal 10^9 Euro für einen Oligarchenstaat, der oben auf dem Korruptionsindex steht? In dem 150 Straßen nach einem Kriegsverbrecher benannt sind? Fragt mal den NATO-Partner Polen danach! Das ist der wahre Kern der russischen Propaganda. – Jedenfalls, die AfD wird ganz lupenrein demokratisch Deutschland übernehmen, wenn die anderen Parteien nicht endlich mal die Augen aufmachen und die Tatsachen zur Kenntnis nehmen! Wenn's nach mir ginge, müsste jeder Politiker ein soziales Jahr absolvieren. Krankenhaus, Altenheim, Kindergarten, Schule, Polizei, Feuerwehr. Wären so die Stationen.«

Und Rolf, der in seinem abwechslungsreichen Berufsleben ›am Ende immer der Genatzte‹ war, kommt wieder von Höcksken auf Stöcksken: »Unser deutscher Staat bietet mehr Geld fürs Nichtstun als für Erwerbstätigkeit! Deutschland ist offenbar immer noch zu reich und mit Sicherheit vor allem zu blöde! Und warum leihen sich eigentlich die deutschen Aufstocker und Hungerrentner nicht die gilets jaunes und gehen auf die Straße?! Ich könnte sie gut verstehen!«

»Tun Deutsche doch. Ohne die Westen. Aber aus welcher Motivation? Weil sie glauben, dass die Kanzlerin und andere Politiker in Wahrheit Reptilien seien. Glauben, dass sie durch die Injektion kein Vakzin gegen Covid, sondern einen Mikrochip von Bill Gates verpasst bekommen. – Aber wohin soll ich in meinem Alter noch auswandern?«

»Apropos Wandern, äh, Migration.« Rolf nimmt den Faden auf, der ihm gerade passt. »Auch ein großes Boot ist irgendwann voll! Und es kommt dabei sehr darauf an, wie naiv und gedankenlos man die Leute darin Platz nehmen lässt. Und es heißt immer, Vorsicht vor den Populisten und deren angeblich einfachen Lösungen, dabei ist Migration ein hochkompliziertes Problem. Was die Regierung Merkel III 2015 da gemacht hat, war doch wohl noch einfacher als das, was die angeblichen Populisten vorschlagen!«

»Alles hängt bekanntlich mit allem zusammen; unsere Schule schwebt nicht losgelöst über ihrer sich immer schneller wandelnden Gesellschaft.« Solch altersweise Worte spricht bedächtig Cruse kumu akamai.

»Dean Swift's laputa«, muss einer murmeln.

Ja, ja, denkt Herr Cruse. Die haben keine Ahnung. Schon der Stadtrat hatte Bauklötze gestaunt. ›An unserem Gymnasium soll eine feste Sozialarbeiterstelle dringend notwendig sein? Nein, doch nicht am Gymnasium‹. Und wer oder was in unserer Gesellschaft ist jetzt Laputa, fragte sich Herr Cruse.

»Bevor wir in die Südsee auswandern, wandern wir doch erst einmal zurück zur Lehrerausbildung«, sagt die Key-Accounterin. »Fakultas in Mangelfächern brächte einen Punktebonus im Beförderungsverfahren.«

Der Vorschlag beginnt, Andreas zu gefallen.

Carsten muss noch etwas vorbringen. »Tetyana und wir anderen liefern unsere Quartalszahlen ab und dann gibt es Prämien oder auch nicht. Im Prinzip ginge das doch auch bei Euch Lehrern. Also was Entsprechendes.«

»Klar«, meint Tetyana sofort, die weitgereiste. »Alle Klassen einer Schulform und Jahrgangsstufe bekämen bei mir regelmäßig die gleichen Aufgaben vorgesetzt, landesweit. Dieses System lieferte ein gutes Kriterium; gute Lehrer, mittelmäßige und schlechte. Very simple. Und objektiv. Mein Bruder arbeitet als Lehrer in UK, an einer comprehensive school, ist dort head of the science department. Tja, einmal waren die Testergebnisse unterdurchschnittlich, da musste er monatelang jeden Montagmorgen zum Rapport beim headmaster und über seine Maßnahmen und Zwischenergebnisse berichten. Solange, bis das Leistungsbild wieder stimmte.«

»Man kann aber 'ne gute und auch 'ne sehr schlechte Klasse erwischen«, weiß Andreas aus Erfahrung.

»Wo ist das Problem? Zu Beginn der Sekundarstufe gibt's sagen wir drei Tests, landesweit, und nach den Ergebnissen werden die Klassen so leistungsgleich wie möglich zusammengesetzt. Aber Deutschland kann einfach keine Großprojekte«, sagt die IT-Frau.

Alle Blicke aber zieht auf sich, wer dann sagt: »Außer Diktatur und Völkermord, versteht sich.«

Eltern

Der Tag der offenen Tür ist immer ein so wichtiger Termin für die Schulleitungen und die Eltern. Mal im Ernst – worauf kommt es denn an für die zukünftigen Schüler und ihre Eltern natürlich bei dieser Schulwahl? Zu sagen wir mal 95 % auf die Qualität der Lehrer an dieser oder jener Schule. Und gerade die können die Besucher nicht überprüfen. Und die wird, wie dargelegt, auch sonst in der Regel von niemandem ernsthaft geprüft. Schränken wir ein, was die Fähigkeit angeht, guten Unterricht zu erteilen. Angepasst und brav sein, das wird sehr wohl überprüft.

Auf dem Lande entscheidet naturgemäß oft der Schulbusfahrplan. Und überall kommt es darauf an, wo die älteren Geschwister schon sind und wohin die Freunde ihre Kinder schicken.

Immerhin konnten sich die Eltern auf Cruses Dienststelle nach den ersten Wochen an einem besonderen Elternabend die Lehrer ihrer Kinder zur Ansicht bestellen.

Die Hilgen legte großen Wert darauf, dass auch alle schön erschienen.

Dieser Table dance, die Casting Show, also der *Wer ist das denn eigentlich Abend* lag naturgemäß stets in der dunklen Jahreszeit.

Während eine Kollegin gerade sich und ihren Unterricht vorstellte, sah Andreas die Lichtreflexe über die nassen, glatten Pflastersteine der kleinen, engen Gasse neben dem Altbau wandern. Die Linden waren schon weitgehend entlaubt. *Jag är den sjuka linden, som ung ännu förtorkar. Att strö torrt löv för vinden, är allt min krona orkar.* Schön und traurig. Oben schaukelte wieder die Lampe im böigen Wind. Der Tangens geht gegen unendlich, also muss die Aufhängung immer ein wenig durchhängen. Man gut, dass sie das weiß. Der Regen war nicht schlimm. Nur der dicke Nebel, der um diese Jahreszeit hier auftreten konnte, machte die Heimfahrt zum Abenteuer.

Und kalt war's wieder. Die stark erkältete junge Kollegin hatte den Mantel anbehalten. Die eine Musikkollegin, die selber Schülerin am Poldi gewesen war, hatte mal gesagt, schon zu ihrer Zeit sei es im Herbst und Winter bei den Abendveranstaltungen so kalt gewesen.

Andreas stellte sich den Eltern der Fünftklässler naturgemäß als einer der Natur-und-Technik-Lehrer vor.

Den Spruch von der Wandergruppe aus Spitzensportlern und Menschen mit besonderen Bedürfnissen bei Nebel in nordsüdlicher Richtung unterwegs usw. brachte er nicht mehr. Kam nicht an, wurde offenbar auch rein inhaltlich nicht von allen verstanden.

Es ging gleich gut los! Warum z.B. gestern wieder Natur-und-Technik ausgefallen sei?

Ein Arzttermin, es sei leider nicht anders gegangen.

»So gut möchte ich's auch mal haben, einfach 2 Stunden fehlen.«

»Ich danke für die Anregung. Sie haben völlig Recht. In Zukunft werde ich mich nicht krank nach dem Arztbesuch wieder im Unterricht herumquälen, nur damit möglichst wenig ausfällt. Ich werde mich um eine längerfristige Krankschreibung bemühen und mich richtig auskurieren. Ich danke Ihnen!«

Für gute Stimmung hatte Herr Cruse damit schon mal gesorgt.

»Sie haben gleich zu Beginn gesagt, dass Sie in Natur-und –Technik keine Klassenarbeiten schreiben werden und es daher sehr auf die sonstige Mitarbeit ankomme. Für Nachhaltigkeit sorgen Sie damit aber nicht!«

»Es ist ein Nebenfach und da darf ich gar keine KA schreiben lassen, das steht in der Schulordnung. Und die zulässigen schriftlichen Leistungsnachweise sind in Umfang und Anzahl stark beschränkt.

Wegen dieser Restriktionen sind die Nebenfächer strukturell nicht auf Nachhaltigkeit angelegt. Machen Sie sich das bitte klar.«

Keine Reaktion darauf. Bloß nichts sagen.

»Unser Noah erzählt, dass Sie immer nur was anschreiben, was die Kinder dann abschreiben müssen. Machen Sie doch mal etwas Praktisches mit den Kindern!«

Statt die sehr heterogenen Themengebiete von NuT brav nacheinander abzufahren, stellte er das Kommende in einer Art Schnelldurchgang soweit wie möglich schon mal den Schülern vor. Um neugierig zu machen.

Also war er mit der ganzen Truppe zum Sandbach marschiert, zum Mühlbach war es zu weit. Tiere und Pflanzen beobachten, deren

Lebensraum beschreiben können. Zeichnen, was man sieht. ›Nein, wirklich zeichnen und nicht mit dem Handy fotografieren, bitte.‹

Und weil sie schon mal draußen waren, hatte er den großen Styroporflieger werfen lasssen, wer kommt am weitesten? Wie lange bleibt der Flieger in der Luft? Mit dem Wind, gegen den Wind, was ist besser? Wissenschaftliche Fragestellungen einüben. Zeiten messen mit Stoppuhren. ›Ja, und jetzt, jetzt dürft Ihr gerne mit den Handys den Flug aufnehmen.‹ Später dann im Klassenraum vorführen und dran arbeiten.

Im Klassenraum mit den Tierquartetten unterrichtet. Natürlich Gruppenarbeit. Andreas hatte beim Discounter etliche Sätze gekauft. Hatte er auch für das Pflanzenreich. Auf eigene Rechnung, versteht sich. Erste sinnvolle Einteilungen vornehmen lassen. Nach der Nahrung, dem Lebensraum, der Fortbewegungsart.

Diese Unterrichtsvorschau konnte man jedes Jahr variieren, Neues ausprobieren.

Apropos, er hätte die Kosten für die Materialien bei der Sekretärin einreichen können.

»Ich habe es Ihnen nun schon so oft gesagt, Sie müssen drei Angebote einholen, bevor Sie etwas für die Schule kaufen.« Komm, lass stecken.

Und ein Höhepunkt war immer ein richtiger chemischer Schülerversuch mit Wasser, Reagenzgläschen, Gestellen, Haltern und weiteren Hilfsgeräten, rostigen Nägeln, Zitronensaft, Essig oder Salzwasser und dem geheimnisvollen gelben Blutlaugensalz.

»Oh, blau! Darf ich das mit nach Hause nehmen? Dürfen wir das fotografieren?«

Wusch, dieses plötzlich, unerwartet auftretende Blau – der Versuch war immer eine sichere Karte.

Und genauso sicher fragte irgend so ein Heini und er musste sagen: »Nein, das dürft Ihr nicht trinken.«

Für die Nichtlehrer: Selbstverständlich wird so etwas ganz zu Beginn geklärt und vereinbart und von den Eltern unterschrieben blablabla.

Und als Hausaufgabe sollten sie dann im Internet vier Eigenschaften vom gelben Blutlaugensalz recherchieren.

»Eigenschaften, die Ihr auch versteht. Ich will nichts von magnetischer Suszeptibilität, Kristallklassen oder so lesen!«

Ganz unschuldig.

Diese erste Unterrichtsphase gab dann auch genug Material für zwei kleine Tests und ein recht gutes Leistungsbild.

Bei NuT brauchte man nur irgendwohin zugreifen und holte immer etwas Spannendes heraus. Ohne den doofen Potthoff war auch Biologie gar kein übles Fach. Und man konnte handlungsorientiert arbeiten. Wie gewünscht.

Dem Noahvater las Herr Cruse dann aus dem Klassenbuch Tag für Tag vor, was der Noah wohl vergessen hatte, daheim zu berichten. Und dann war an der Front Ruhe.

Mit einem naseweisen ›Herr Lehrer ich weiß was Gesicht‹ meldete sich dann ein Herr zu Wort: »Eben, in der Parallelklasse von Frau Gitschel herrscht zum Glück nicht so ein heilloses thematisches Durcheinander, mal Tiere, mal Flieger, dann wieder Chemie.«

Der hatte es dem Cruse aber richtig gezeigt!

Herr Cruse navigierte kurz im bereitgehaltenen I-Pad herum.

»Ich habe meinen kompletten Unterricht dabei, Moment, im Heft von Torben sollte gleich zu Schuljahresbeginn zu lesen sein ... allgemeine Regeln für NuT ... so, hier ... ›Wir verschaffen uns im allerersten Unterrichtsabschnitt einen kurzen Überblick über die Themengebiete der nächsten zwei Jahre in NuT einschließlich zweier kleiner Tests. Anschließend steigen wir mit dem biologischen Schwerpunkt ein‹. – Klar soweit? Ich hab den Tafelanschrieb fotografiert, wenn Sie sehen wollen?«

Das schien nicht der Fall zu sein. Dieser Lehrer war aber auch gar nicht so lieb wie die anderen vorher!

Ein intellektuel aussehende Mutter beschwerte sich anschließend über die Unterrichtsstörungen, es sei so unruhig in Cruses Unterricht, ihre Tochter fühle sich beeinträchtigt. Cruse arbeite zu sehr inhaltlich und nur unzureichend erzieherisch.

»Die Unruhe ist zum Teil der Klassengröße geschuldet. Zum Teil der speziellen Natur unseres Faches, durch die vielen Schülerversuche und Aktivitäten sind wir viel mehr in Bewegung als zum Beispiel im Französischunterricht oder in Mathematik.«

Dabei blickt er Noahs Vater an.

»Und dann ist es heute so, dass manche Kinder die vollen vier Grundschuljahre benötigen, um sich in den Unterrichtsablauf einzufügen. Und einige, auch hier bei uns am Gymnasium, sind mit diesem Lernprozess auch in der fünften nicht fertig geworden. – Ja, wie gesagt, die fünften Klassen sind auch dieses Jahr wieder sehr groß geworden mit sehr unterschiedlich veranlagten Kindern. Selbst Professor Hilbert Meyer hat zerknirscht eingeräumt, dass für bestimmte Gruppen von Schülerinnen und Schülern das freie, selbstgestimmte, Arbeiten, das wir doch pflegen sollen, suboptimal ist. Die werden dann unruhig, Sie verstehen?«

Gröber, also deutlicher, wollte Herr Cruse gar nicht werden. Nur eins noch.

»Frau Biermann-Dünhölter, machen Sie sich doch bitte auch klar, dass z.B. Sie ca. 11 Jahre Zeit hatten, intensiv erzieherisch auf Julia einzuwirken, ich hingegen nur einige Wochen. Und dieses Verhältnis Ihrer und meiner Einflussmöglichkeiten ändert sich im weiteren Verlauf nicht deutlich.«

Frau Biermann-Dünhölter hinderte sich im letzten Moment selbst daran, zu explodieren. Sie hatte nachgedacht.

Das war also auch wieder geklärt. Doch Cruse setzte nach.

»Sie als Eltern sind ja gut vernetzt. Frau Biermann-Dünhölter, ein sozialis- äh pädagogischer Kampfauftrag für Sie. Erstellen Sie doch bitte eine Liste der konkreten Unterrichtsstörungen, die Sie gemeint haben und erarbeiten Sie dann mit den anderen Eltern Vorschläge zu erzieherischen Gegenmaßnahmen im Sinne einer konkordialen Zusammenarbeit zwischen Eltern und Lehrer.

Sie wissen ja, das Ministerium gibt Ihnen vor, dass alle Eltern zum Gelingen des Unterrichts ihrer Kinder beitragen müssen.«

Viel Getuschel, doch niemand hatte die Traute, was zu sagen.

Frommholt hätte sich zweifellos sofort zum Elternbüttel gemacht. Die Hilgen hingegen war viel zu abgebrüht. Sie ließ beim nächsten Treffen mit dem Schulelternbeirat durchblicken, Herrn Cruses Tage am Poldi seien ohnehin gezählt.

Cruse lässt anschließend Gegenstände herumgehen.

»Diese dunkelvioletten, glänzenden Kristalle sind keine schwarzen Steine, auch nicht in einer Schachtel, sondern in einem Gläschen, dieses Rosenzweiglein ist kein Stock mit Blumen dran und das Wiesel ist keine Katze. Übrigens auch kein Hund.«

Wittgenstein 5.6. *Die Grenzen meiner Sprache bedeuten die Grenzen meiner Welt.*. Aber das sagt Cruse natürlich nicht!

»Bitte, bitte helfen Sie Ihren Kindern, sich einen großen deutschenWortschatz aufzubauen.«

Abwartende Blicke.

»Was meinen Sie? Der kann gar nicht groß genug sein!«

Und jetzt sollte die schon wartende Englischkollegin sich vorstellen- zu früh gefreut; *shoot first, ask later*, aus der Stellung gleich vorne rechts feuert eine Mutter ab:

»Nicht mit meiner Milena! Die Klassenlehrerin hat auch gesagt – Nicht mit meiner 10 jährigen Tochter im Chat! Milena ist noch keine 11. Eine 10 Jährige im Internetchat? Blut und Salz im Chat? Das sind noch Kinder, Herr Cruse, Kinder! Nee, Herr Cruse, nicht mit mir. Und meine Tochter heißt Milena.«

Klar, Milenas Mutter, gehörte natürlich zu den Privatversicherten unter den Eltern, sprich den Mitgliedern des Schulelternbeirates.

Er hält das Gläschen hoch. »Z.B. so: Hellgelb, kristallin, wasserlöslich, geruchlos, ungiftig. Wikipedia. Kein Chat.«

Cruse gab sich alle erdenkliche Mühe, die türkischen, serbischen, kroatischen, bosnischen, montenegrinischen, russischen, ungarischen, arabischen, spanischen etc. Namen so korrekt wie möglich auszusprechen.

Da konnte man z. B. zigmal die Elenas, Alinas, Elinas, Mladenas, Melinas, Milenas, Milanas und Milankas richtig ansprechen, ein einziges Mal falsch, und das Geschrei war groß. »Immer sagen Sie meinen Namen falsch!« Und klar, ein Unglück kommt selten allein, war ihm das auch mit der bewussten Milena passiert.

Milena wurde 11, sie wurde 12 , sie wurde 13 und trug die allerengsten Jeans aller 13 Jährigen der Schule. Jedenfalls nach Augenmaß aus der Distanz. Immerhin trug sie die kolorierten Haare so lang, dass diese über die musculi glutei maximi reichten. Sie war dann doch wohl mal im Chat.

Aus einem gewissermaßen extremen Verhalten der Mütter gleich zu Beginn konnte man recht gut auf die zukünftige Entwicklung der Kinder schließen. Aber bei einer entsprechenden Prophezeiung wäre die gute Mama dem Cruse sicher an die Gurgel gegangen.

Übrigens auch begründete Vermutungen über die Vorgeschichte ließen sich anstellen.

Dass die Eltern das Vorstrafenregister ihrer Prachtkinder aus der Grundschule nicht vorlegen, versteht sich von selbst. Und die Grundschulen sind froh, diese oder jenen endlich, endlich los zu sein und wollen eventuelle wundersame Verwandlungen nicht blockieren.

Die Verhaltensgestörten fielen gleich schon in der fünften Klassenstufe auf. Verhaltensauffällig? Nein, die offiziell verordnete Sprachregelung lautet allen Ernstes verhaltenskreativ.

Diesen verhaltenskreativen Schülern wird dann eine zunehmende Zahl an Konferenzen gewidmet. Die jungen Lehrerinnen, selig sind die, die nicht sehen und doch glauben, sind dann immer alle gemeinsam auf einem guten Weg, es gibt zwar noch Schwierigkeiten, aber das Kind zeichnet so gut oder singt ausgezeichnet, und mit noch mehr Verständnis und Hilfsangeboten und *cum viribus coniunctis* und allen Varianten des Smileyplans und Extraarbeitsblättern – sitzt das Kind doch im Laufe des zweiten Halbjahres im Trainingsraum (wohl dem, der einen Trainingsraum hat, die Schulsekretärin ists bald leid) und spätestens, wenn eine der wirklichen pädagogischen, oberrätlichen Schwergewichtinnen bei der Schulleiterin vorstellig wird – *oder ich hau ihm eine runter* – wird das Kind an eine andere Anstalt weitergereicht.

Es ist doch so, liebe Leute, wer hat den allerriesigsten Einfluss auf die Bildung oder Unbildung von Kindern? Die Eltern. Aber solange der Elternwille oder Unwille unantastbar ist … . Die Sozialverbände, die Kirchen, sogenannte Parteilinke und die Ausländerbeiräte und – beauftragte nicht zu vergessen, der Aufschrei über Bevormundung und staatliche Gängelung – tja, dann läufts eben so weiter und stetig ein wenig schlimmer.

Was Frau Biermann-Dünnhölter verstand, könnten eigentlich alle begreifen. Sollte man meinen.

Immer hieß es nur bei der Einführungsveranstaltungen für die neuen 5. Klassen: »Alles easy going, mega, dass Ihr zu uns gekommen seid, alles kein Problem.«

Die Hilgen müsste sich nur hinstellen und schon den Eltern der zukünftigen 5er klipp und klar dies ansagen: »Hier sind wir am Gymnasium, es beginnt nicht einfach und wird immer schwieriger. Wir stellen Ansprüche an Leistungsfähigkeit und –willigkeit. Das ist nichts für alle, das Abitur ist nicht garantiert, nicht jede und jeder schafft also das Abi, nur weil Sie und Ihre Kinder heute hier sitzen.

Wir Lehrerinnen und Lehrer sind dafür ausgebildet, Ihren Kindern Sachverhalte zu erklären. Geduldig, mehrfach, auf unterschiedliche Weise. Aber auch wenn gewisse populäre Bücher anderes suggerieren, verstehen müssen Ihre Kinder dann selber.

Bitte bedenken Sie, bei uns am Gymnasium ist die zweite Fremdsprache verpflichtend und kommt bereits in der 6. Klasse. Ich weiß, dass für viele unter Ihnen Deutsch nur Zweitsprache ist. Es ist nun einmal so, wer nicht frühzeitig und wenn's sein muss auch hart an seiner deutschen Sprachkompetenz arbeitet, für den wird die Sprachbarriere ein unüberwindliches Hindernis! Hier sind große Anstrengungen nötig, ja, auch das Elternhaus ist gefordert.

Ja, das Elternhaus, meine lieben Eltern. Unser städtischer Sozialdezernent wies erst kürzlich auf der Allgymnasienkonferenz darauf hin, dass 50 % der Kindergartenkinder nicht trocken sind. Früher wurden diese Kinder einfach nicht angenommen. Aber ich schweife ein wenig ab, Verzeihung. In einem Drittel der Elternhäuser liegt ein Migrationshintergrund vor, ein Elternteil ist oft des Deutschen so gut wie gar nicht mächtig. Schließlich liegt der Anteil der Bezieher von Transferleistungen bei mindestens einem Viertel. Ja, das sind harte Tatsachen. Das bedeutet für uns alle, dass ... ««

Da kannste lange warten! Nie, kein Sterbenswörtchen.

Sie steht da in ihrem blütenbunten Kostümchen und malt alles in rosarot.

Immer weiter, nur immer weiter auf dem Weg der Gesamtschulisierung des Gymnasium.

Unser Gedächtnis, so flexibel, sagte der Fernsehprofessor. Seltsam, im Alter wächst denen wohl automatisch so ein Dithfurthbart.

Jedenfalls, je öfter man lügt, desto mehr gewöhnt sich das lügende Gehirn daran. Evolutionär, also für's Weiterkommen nützlich.

Gepeppert

Die Beostationsleiterin und ständige Stellvertreterin des Schulleiters, StD 'in Friderike Pepper, genannt Fritzi, schob Andreas kurzerhand in ihr Dienstzimmer. Nein, nicht wie die indischen Vögel. Beobachtungsstufe, also die Klassen fünf und sechs.

»Muss dringend mit Dir reden«, sagte sie.

Fritzi Pepper stand auf der Liste der jüngsten Oberstudienrätinnen und dann der jüngsten stellvertretenden Schulleiterinnen des Landes sicher ganz oben. Wie Andreas meinte, zu Recht. Sie war wirklich sehr patent und unkompliziert und traf auch in schwierigen Situationen mit Schülern oder Eltern den richtigen Ton, sie war warmherzig und verdammt intelligent zugleich gewesen, damals, eine seltene Mischung von rationaler und emotionaler Intelligenz.

Nur, dass sie wie ihre kindliche Klientel statt *Vater* und *Mutter* *Papa* und *Mama* sagte, störte Andreas. Und es war so wohltuend, dass sie überhaupt nicht sein Typ war.

Andreas war natürlich klar, was sie wollte.

»Du ziehst Dich sehr zurück, das finde ich sehr schade«, begann sie.

»Gerd hat mir schon erzählt, dass Du dir die Beurteilung vom Herrn Frommholt sehr zu Herzen nimmst.«

Gerd Berkenbrink, eben jener würdige korpulente Herr aus der Erstbegegnung damals in der Physiksammlung, ehemaliger langjähriger Personalratsvorsitzender, Studiendirektor und regionaler Fachmoderator für Sozialkunde und Geschichte, inzwischen so sachte auf die Pensionierung zusteuernd, war so etwas wie Friderikes Seniorpartner bei allen möglichen schulischen Aktionen, vor allem Schülerwettbewerben. Berkenbrinks Schülerteams räumten seit Ewigkeiten regelmäßig bundesweit erste Preise bei den Geschichts- und Sozialkundewettbewerben der Republik ab.

»Es geht doch eigentlich um die Schüler und um's Unterrichten, und das machst Du bestimmt gut.«

»Nee, der große Oberdirektor hat kein einziges gutes Haar an meinem vorgeführten Unterricht gelassen. Ganz große

Motivationskunst. Konsequenz: Wer leer ausgeht, macht nicht mehr mit. Das haben die Planckmaxen bei Primaten nachgewiesen. Kluge Tiere!«

»So schlecht ist aber seine schriftliche Beurteilung bestimmt nicht ausgefallen, Andreas.«

»Und was er einem so schulleitern falsch und süffisant ins Gesicht sagt, ohne Zeugen, ohne Protokoll, spielt keine Rolle? Soll man vielleicht denken, mündlich hat der Chef Klartext geredet, richtig schlecht war mein Unterricht in Wirklichkeit. Aber weil er so nett ist, fiel sein schriftliches Urteil wohlwollend aus. Ich muss IHM also noch dankbar sein. Ja nee is klar, für die Beförderung reicht das selbstverständlich nicht.

Selber schuld, was lässt Du Dich auch casten, Du Opfer, ohne zuvor Zeichen meiner Huld empfangen zu haben, dass ich meine Gnade an dir walten lassen will?

Na scheißegal, Friderike, hier gibt es nur Sekt oder Selters, schwarz oder weiß. Keine Beförderung. Hier gibt es nur genau zwei Gruppen. Gewinner und Verlierer. Das war's.«

»Was soll denn da erst der Rainer sagen. Bei dem hat's schon zum 4. Mal nicht geklappt.«

In diesem unserem Lande ist es nämlich einzig und allein der Schulleiter, der über die Beförderung entscheidet. Ja, dann wird vor den großen Ferien in der letzten Dienstbesprechung so getan, als entscheide jemand anders: Im Märchenonkelton wird dann verlesen, man habe wieder Post vom Schulamt bekommen, mit Urkunden, es gebe sooo viele Anwärter, da sei es sooo schön, wenn wieder jemand ... Ernennung zur Oberstudienrätin, herzlichen Glückwunsch, welche Überraschung – die mit der höchsten Punktzahl wird's, und die Punkte vergibt nur der Schulleiter. Was für ein Theater!

Also der Rainer. War als junger Kollege gleich in die Dauerfortbildung geschickt worden. Für die kleine Fakultas für Mathe. Drei lange Jahre hatte die dann gedauert. Nach bestandener Abschlussprüfung hatte er gewisse Erwartungen, oh, nichts Großes.

›Soll ich Ihnen die Unterlagen zur erlangten Fakultas Mathematik vorlegen‹? hatte er hoffnungsvoll den Schulleiter gefragt.

›Ach was, geben Sie's im Sekretariat ab‹.

Dank und Anerkennung, so sieht's aus.

Wie wohl schon gesagt, am Hoffen und Harren erkennt man den Narren.

Jedenfalls trat der Rainer unermüdlich immer wieder bei Frommholt zur dienstlichen Beurteilung an.

Andreas hatte sich eingehender mit ihm unterhalten. Bekam Rainer diese Kritik zu hören: Zu geringer Ertrag. Also sah Rainer zu, dass der Ertrag auf jeden Fall hoch war. Dann aber fehlte natürlich die nötige Binnendifferenzierung. Oder die Schülerbeteiligung war nicht angemessen. Oder beides. Also Schwergewicht darauf, dass jeder erfolgreich zum Gelingen des Unterrichts beiträgt, wodurch auch immer! Tja, das dann allerdings, leider, leider, auf Kosten des Ertrags. ›Und ihre Nervosität? Also mit jeder Hospitation scheint die mir eher zu steigen als zu sinken, wie kommt denn das?!‹

Es hielt sich das Gerücht, Frommholt habe in lustiger Runde nach dem n.Bier erzählt, wer zu dumm sein, zu bemerken, dass er nun mal nicht an der Reihe sei, werde bei ihm schon deshalb kein OStR!

»Vor allem aber«, forderte Andreas Frau Pepper auf, »unterhalte Dich mal mit ihm! Was hat der nicht alles für seine Fachschaft aufgeräumt und umstrukturiert und neu auf die Beine gestellt! Hm? Ja, die Eltern sind ganz begeistert, was inzwischen alles läuft, richtig. Frag ihn mal direkt!«

›Tja Herr Wiesener, es tut mir leid, das mag ja alles richtig sein, aber Sie wissen ja, nach der 26 M Regel darf ich das nicht berücksichtigen. Auch, wenn's nur knapp drüber ist.‹

»Der stille Rainer war tatsächlich richtig erbost, als ich ihm zeigte, dass es diese Regel gar nicht gibt!«

»Netter Kerl«, fuhr Andreas fort, »aber ich hab zu ihm gesagt, lass man stecken, es reicht, wenn ich mich zum schwarzen Schaf mache.«

Andreas dachte, man sieht förmlich, wie es in Frau Pepper zu denken beginnt. Ein Warnlämpchen schien angegangen zu sein. Da gab es noch jemanden, der betroffen war und Bescheid wusste.

»Ja, der Rainer also, ein gut gewähltes Beispiel, so einer wie ich. Und es gibt weitere Gemeinsamkeiten. Als zugewiesene

Betreuungslehrer für die Seiteneinsteiger, da mussten wir ran, gehört dazu keine besondere pädagogische Qualifikation oder was?«

Frau Pepper wartet weiterhin schweigend ab.

»Apropos Seiteneinsteiger, kennst Du den Sichelschmidt, den dicken Fachberater?«

Sie schüttelt den Kopf.

»Ist ja auch egal. Jedenfalls, der schulte uns zwei Tage lang in den neuen, also damals neuen, Abituranforderungen. Nur noch Aufgaben im Kontext wurden akzeptiert.«

»Und was hat das bitteschön jetzt mit Dir oder Rainer und Seiteneinsteigern zu tun?«

»Ach so, ja, nee, den Sichelschmidt traf ich Jahre später, das *Bildungshaus* hatte den für deren neues *Natur und Technik* Buch Beobachtungsstufe eingespannt.«

Frau Pepper zeigte deutliche Zeichen des Verdrusses.

»Öhm, was wollt ich eigentlich sagen, ach ja, wir plauderten so über dies und das in einer Pause und ich erzähle ihm, dass ich den ersten Seiteneinsteiger voll in diesem Kontextkram coachen musste. Wollte die Fachleiterin bereits in der Mittelstufe so haben. Und da sacht der ganz treu:

› Da ham Se aber 'n dickes Verlustgeschäft gemacht. Die Entlastung wird dem Betreuungsaufwand überhaupt nicht gerecht. Und dann noch im Kontext. Davon ist man ja wieder völlig abgekommen.‹

Ist nur so ein Detail. Dies eine noch dazu: Damals, als sie die Aufgabenstellung im Kontext vorstellten, haben die beiden, ein Oberstudierdirektor war auch noch dabei, nicht den Hauch eines leisen Zweifels daran geäußert, dass diese Kontextsache die Abituraufgabenzeitenwende darstellt, und nicht vielleicht nur eine der vielen Modeerscheinungen ist.

Jugend Forscht, Schüler experimentieren etc. pp, Sammlungsleitung, Sponsorenbetüddeln, zu Beyer gurken, um Sachspenden abzuholen, im Privatwagen und in der Freizeit versteht sich, dafür sind wir gut genug.

Mensch Friderike, was hab ich in dieser scheiß Chemiesammlung schon aufgeräumt, den Mist von drei Sammlungsleitern vor mir, Nadeldrucker, alte Monitore die schwere Menge,

Kaltgerätekabelsalat, all das muss einer der Informatikfritzen da mal im Schutze der Dunkelheit hingeschlürt haben, einen Baumstumpf, einen Riesenkoffer voll mit faulem Laub, stell Dir mal vor, das hat vorher nie jemanden gekümmert, mich immer wieder mit Bauamts-Meier wegen der völlig unzureichenden Lüftung angelegt, den zuständigen Fachmann vom GUVV herbeigebettelt, immer wieder wenigstens eine Arbeitsfläche freigeräumt, nur damit's der nächste eilige Kollege wieder mit seinem Kram vollstellt und natürlich vergisst, dass das sein Dreck war!

Ist Dir z.B. schon mal aufgefallen, – lass mich ausreden! – dass die Kandidaten im mündlichen Abi ihre Rechnungen, Formeln, Strukturen und so nicht mehr zeitraubend an die Kreidetafel schreiben müssen, sondern das in der Vorbereitung erledigen, weil sie dafür nun Folien und Stifte bekommen? Rate mal, wer das eingeführt hat und natürlich nie einer Erwähnung wert war?«

»Du hättest Dich vielleicht eben um schulleitungsnahe Aufgaben bemühen sollen!«

»Was soll das sein? Im Steuerungskomitee für den ToT sitzen? Putzig finde ich, dass jedes, aber auch jedes Jahr das Konzept wieder umgestoßen wird. Das geht schon so, seit ich hier bin. Verbindliche Anknüpfung an die vorherige Projektwoche? Die Physik des Westfälischen Friedens? Wie stelltet Ihr Euch das vor? Unsere Schüler auf jeden Fall stark einbinden? Bloß keine Schüler! Fest terminierte Vorführungen für die Eltern? Nein, Eltern steppen individuell herein und plaudern mit den Lehrern.

Letztes Jahr waren die Angebote der naturwissenschaftlichen Einzelfachschaften ganz raus. Nähmen viel zu viel Zeit der Eltern in Anspruch. Aber zwei Tage vor dem ToT fiel Euch auf, dass all die Aufbauten und Showversuche von BCP doch eigentlich so nett waren. Und wir mussten Hals über Kopf doch wieder alles aufbauen, sehr kurzfristig. Jo, simme dann he em Hännesche? Und so etwas ist beförderungsförderlich?«

»Ja, das haben wir vielleicht letztes Mal etwas unglücklich kommuniziert, das gebe ich zu.«

»Oder doch nicht etwa *Cum Viribus Coniunctis*? Seien wir ehrlich, das heißt auf Deutsch Kaffee und Kekse bei der Schulleitung für die Relilehrer und ein paar ganz fromme Schülerinnen. Und piissimus Pastor natürlich. Ich war vor Jahren einmal mit Julia da. Wir stellten das Konzept *Trainingsraum* vor. Der damalige Mittelstufenkoordinator und die ganz frommen Schülerinnen waren sich sofort einig: ›Nein, das ist ganz unpädagogisch!‹ Und, Du weißt selber, wie es heute aussieht!«

»Du suchst Dir ein Beispiel raus, das Dir gerade in den Kram passt.«

»Teil mir doch bei Gelegenheit mit, was *Cum Viribus Coniunctis* nachprüfbar positiv bewirkt hat. Später. – Du bist doch Sozialkundelehrerin«

»Wenigstens darüber sind wir uns also einig.«

»Wie? Äh! Hier jetzt diese Schule-und-Demokratie-Sache, vor weiß nicht zwei Jahren hab' ich schon vorgeschlagen, einen Schülerdebattierclub zu bilden, weißte, wie in den USA. Nee, geht nicht, müsste immer ein Volljähriger dabei sein und so'n Quatsch.

Aber wenn Direktorin Gabi damit ankommt, oh, ja, gute Idee, genau das, was mit *Demokratie macht Schule* gemeint ist. Sie werde das demnächst in der A15-ner Runde zum Thema machen.

Ihm wird gerade etwas klar.

»Ah, natürlich, man wird eine ausgewählte Person auf diese Demokratieschaffe setzen, das macht dann den Hauptposten bei deren Beförderungsbeurteilung aus, ich sehe es schon vor mir, könnt' ich sofort selber formulieren. Der Cruse aber ist für alle Zeiten bezüglich auch nur einer positiven Erwähnung verbrannt.

Dieses ewige zweierlei Maß kotzt mich an!«

Frau Pepper bleibt ungerührt bei den Seiteneinsteigern. »Also für die gibt es doch Entlastung oder etwa nicht?«

»Ja, ich weiß, oh, für die Seiteneinsteigerbetreuung haben Sie eine Entlastungsstunde bekommen, diese außerunterrichtliche Tätigkeit darf ich nicht in der Beurteilung mitzählen. Eine Stunde, weißt Du wie viel Arbeit das tatsächlich gemacht hat? Und gleich bei zwei Einsteigern? Schönen Schrank auch für die Entlastung! Und ob er nicht doch z.B. Personalratsarbeit bei Gabi mitgezählt hat? Ist ja alles top secret, null Transparenz, nix Glasnost.«

»Du wiederholst Dich, das hatten wir schon«

Aber Friderike war sehr still geworden. Und Andreas war richtig in Fahrt.

»Der eigentliche Punkt ist aber dieser hier: Die Kollegin Konkurrentin kam zu spät zu ihrer ersten Vorführstunde vor lauter Nervosität und weil sie ihren Krempel nicht vollständig hatte und noch schnell was kopieren musste, natürlich Papierstau, bekam dann einen Kreislaufanfall, war die ganze Stunde mehr oder weniger nur körperlich anwesend, hat sie offenbar im Kreise der Auserwählten selbst erzählt, und die Schüler erst, ist kein Geheimnis, weißt Du vermutlich auch schon längst, jedenfalls bekam sie von Frommholt nach dieser Stunde sofort eine ›sehr positive Rückmeldung‹.

Der hat offenbar diese ganze Stunde hinten gesessen und gelassen gegrinst!

Und mir sagt er als erstes: ›Sie waren aber doch schon sehr nervös, Herr Cruse, das spricht nicht für die A14er Qualifikation‹. Und macht ein so bedenkliches Gesicht, als hätte ich mich um ein Ministeramt beworben. Ich hab' offenbar die falsche Nervosität. Wie wir heute alle wissen, muss Frommholt vor einem Jahr schon gespürt haben, dass bewusste Kollegin sogar die richtige A 15er Nervosität hatte. Donnerwetter. Würde das Grinsen erklären, by the way!

Da ham wir's wieder! All animals are aequal usw.!

Das heißt, das Ergebnis steht schon vorher fest. Friderike, hier wird mit zweierlei Maß gemessen, das ist Doppeldenke, und das ist es, was mich ankotzt.«

»Du wiederholst Dich schon wieder!«

»Wenn A15 schon eingeloggt ist, kann die Kandidatin ja nicht bei A14 scheitern. Ich glaube, das nennt man eine teleologische Begründung. Naturvölker denken so.«

Diese Richtung war Friderike aber doch sichtlich unangenehm. Angesichts der Macht verflüchtigt sich bekanntlich die Vernunft.

»Lass das doch mal beiseite, Andreas. Ich weiß, dass Du gerne unterrichtest. Und Gerd meinte auch, Du sollst dir aus der Beurteilung nicht so viel machen.«

»Ja, genau, Gerd meinte dazu nur, dass niemand Schulleiterbeurteilungen ernst nehme, das wisse man doch, er habe damals bei seiner ersten Beurteilung, die war noch von Frommholts

Vor-Vorgänger, mit seiner gesamten Klasse lauthals gelacht, als er den Schülern die Kritikpunkte vortrug.

An der Beurteilung hängt aber die Beförderung, hängt Geld. Die Stellung in der Hierarchie. Ansehen und doch auch wohl ein kleines Stückchen Macht. Das ist zum Totlachen, Frau ständige Stellvertreterin des Schulleiters, Studiendirektorin mit Zulage, nicht wahr?

Für Dich ist das hier immer das idyllisch putzige Poldi-Paradies gewesen. Ich verstehe durchaus, dass Du an den lieben Ponyhof glaubst. Jüngste Oberstudienrätin, jüngste StD 'in im Lande, ja, Du hast immer auf der Sonnenseite des dienstlichen Lebens gelebt. Keiner hat Dir Deinen Unterricht um die Ohren gehauen. Lässt Du Dir von einem Erdkundelehrer Deinen Deutschunterricht runtermachen? ›Wenn Sie's überhaupt besprechen wollen, hätten Sie's in höchstens fünf Minuten abhandeln können‹ Insbesondere, wenn Du als Vorführstunde eine Musterstunde aus Deiner Studienseminarzeit nahmest? Nach Ansicht Deines damaligen Diplomphysiker-Fachleiters die unverzichtbarste, die schlechthinnigste Gelenkstunde überhaupt? Aber der war ja auch kein Stadtlandflusslehrer, zugegeben!

Meiner verstand nur was von Physik und Physikunterricht. Ihm fehlte der höhere Blick für's große Ganze, das höhere Wohl.«

Sie setzte an, aber er ließ sie nicht zu Wort kommen.

»Aber ein Oberstudiendirektor hat natürlich immer Recht. Stephen Hawking hat übrigens bewiesen, wenn ein OStD nicht immer Recht hätte, könnte es keine schwarzen Löcher geben. Schlimm!«

Nun reicht's aber. Fritzi war ärgerlich geworden. »Du spinnst. Und Herr Frommholt weiß schon genau, was richtig ist. Da bin ich mir ganz sicher. Aber jeder hat die Freiheit, sich zu verrennen!«

»Ja, Sektenmitglieder nennen es crazy wisdom. Für alle anderen ist es Machtmissbrauch.«

Er strich über die Aktenordner in den Regalen, fasste die Wände, den Tisch, sogar die Vorhänge an.

»Alles hier, der ganze marode, zugige, feuergefährliche, seit dem Umbau vor zweieinhalb Jahrzehnten nicht mehr betriebsgenehmigte Bau, dient im Endeffekt nur dem einen Zweck, den Schülern am Ende, im Abi, eine dreiziffrige Punktnote zu erteilen.

Genau so eine Note bekommen wir bekanntlich auch.

Soll ich bei meinen Schülernoten auch lachen, das werden wir doch nicht etwa ernst nehmen, das ist doch nur lustig? Die eine Beurteilung soll ich ernst nehmen und die andere nicht?

Du und Gerd, Ihr legt also erst mal die Gaußkurve fest und dann macht Ihr die Noten? So weit so schön, lächeln, und diese Arbeiten hier, die korrigier ich jetzt noch auf drei Vierer und zwei Fünfer?«

»Und nun«? fragte sie. – »Nun, *mein Gedicht ist mein Messer*, möchte ich mal sprechen. *The pen is mightier than the sword*.«

Etwas erfolgte später ein erneuter Anlauf Peppers. Doch, anerkennenswert. Die Wandlung von Fritzi zu Fratzi war noch unvollständig.

»So geht das nicht weiter. Du ziehst Dich ja immer mehr zurück.«

Andreas kam wieder mit der falschen Nervosität und der frischgekürten langvorherbestimmten Studiendirektorin um die Ecke.

»Weißt Du es noch, wie Du mir erzähltest, schon etwas her, doch ich erinnere mich nur zu gut, dass Dich die Leute beim Einkaufen in Deinem Dorf, in dem Ihr wohnt, fragten, ob Du auch von dieser asozialen 6. Klasse in einem der städtischen Gymnasien gehört hättest? In der Sechstklässler eine Oberstufenschülerin so drangsaliert hätten, dass diese zitternd und weinend in den SV-Raum flüchtete? Ich habe Unterricht in eben dieser Klasse vorgeführt, und Frommholt hat sich kein bisschen um die sehr spezielle Lerngruppe geschert.«

Direktorin Pepper wollte was sagen.

»Ich bin noch nicht fertig. Weißt Du noch? Die pädagogischen Konferenzen zu dieser Klasse? Geleitet von StD 'in Pepper? Frau verzeih das harte Wort Oberstudienrätin Bahlmann fragte ratlos in die Runde, wie wir denn überhaupt mit dieser Klasse arbeiten könnten und Frau excuse my French Oberstudienrätin Böllking antwortete ›Wenn man sie dauernd ganz massiv bedroht, dann geht es so halbwegs‹?

Aber diese Schwierigkeiten beim Unterrichten dieser Bande haben Frommholt einen Scheißdreck interessiert.

›Nun schieben Sie's nicht auf die Klasse, Herr Cruse! Und was mir aufgefallen ist, Sie unterrichten irgendwie so angestrengt, das ist gar nicht gut.‹ Das is einfach 'ne Frechheit!«

»Das war bei Frommholt. Du musst auch mal nach vorne blicken. Ich ziehe immer einen Schlussstrich und lasse die Vergangenheit ruhen. Und hab's mit dieser Einstellung ziemlich weit gebracht, um das mal anzumerken.

Du, Andreas, machst es Dir aber ganz schön bequem. Wir haben eine neue Chefin, schon gemerkt?«

»Die Studiendirektorin geht Schachmatt.«

»Was, die Studiendirektorin geht Schachmatt?«

»Ja, aber wenn Du diese Partie spielen willst, bitte.«

Cruse holte aus seinem Portemonnaie die fein und klein gefaltete, jedoch stets frische Kopie eines Abschnitts aus dem ersten Elternbrief, den die Hilgen als neue Schulleiterin am Poldi verfasst hatte. Einige Stellen waren mit Textmarker hervorgehoben.

Was Frau Gitschel mit schier übermenschlicher Anstrengung bei der außerunterrichtlichen Schülerbetreuung geleistet hat, wird breit getreten. Getretener Quark –, aber lassen wir das. Aber dass Fabri und ich sowas kontinuierlich machen und gemacht haben, wird geflissentlich verschwiegen. Fabri tut's nicht weh, dessen Loblied wird auf jeder zweiten Konferenz gesungen wie Du weißt.

Auf jeder Etage plärrt mir das Riesenplakat entgegen: *Wir sind die Schule mit Courage! Gegen Diskriminierung. Überall!*

Bei uns am Poldi ist Diskriminierung nicht nur ein leeres Wort, bei uns am Poldi wird sie gelebt! Aber mit Courage! Aber Du gehst jetzt sicher gleich damit zur Uli – Ihr duzt Euch doch, nich? – und im nächsten Lehrerbrief werden Tobias und ich dann hochgeehrt.«

Tatsächlich ging StD 'in Pepper, die das nicht so auf sich sitzen lassen wollte, zur »Uli«.

Ernsztmann, der zufällig zu dieser Zeit (Die prästabilierte Harmonie der Welt mal wieder.) im Vorraum zum Schulleiterinnenzimmer Hilgens neuen Schminkschrank Modell *Schneewittchen* zu installieren hatte, erzählte Andreas wenig später, dass die Chefin recht laut geworden sei.

»Friderike, es geht Dich überhaupt nichts an, was ich in einen

Elternbrief schreibe und was nicht und Du hast meine Handlungen auch nicht im Kollegium zu kommentieren. Ich bin Deine Dienstvorgesetzte. Und damit Schluss der Diskussion.«

Ernzstmann sagte: »In dem Ton schicke ich meinen Enkel ohne Abendessen ins Bett, wenn er mal wieder richtig Mist gebaut hat«, und lachte.

»Friderike, Du bist die Nummer zwei nach mir und die Nummer eins der erweiterten Schulleitung, ich weiß, dass Du Dich hier bei uns und in dieser Position wohlfühlst. Und Du bist genau richtig an dieser Stelle. Wir müssen doch das große Ganze in den Blick nehmen. So, und jetzt ist wirklich Schluss mit diesem unangenehmen Thema. Fritzi, wir und die anderen aus der Schulleitung sind ein tolles Team und das muss auch so bleiben.

Lass uns gemeinsam die kommende Gesamtkonferenz planen. Wichtigster Punkt ist das erweiterte Mitsprache- und Mitstimmrecht der Elternvertreter.«

Andreas konnte es vor sich sehen: Die Hilgen als Col. Jessup und die Pepper als Lt. Col. Markensen.

Andreas hatte den Film 'zigmal gesehen. Jessup, der stets von Ehre faselt, hat bekanntlich nicht das Ehrgefühl, für seine Befehle geradezustehen.

»Cherr Cruse, darf ich Ihnen mal etwas pérsönlich sagen?«

»Sigurno, gospodine Ernsztmann.«

»Bei jenem Gespräch fiel auch Ihr Name. Glauben Sie einem alten Balkanflüchtling. Die Šefica, Frau – er artikulierte sehr sorgfältig Silbe für Silbe – Oberstudiendirektorin Chilgen je opasna, ist géfährlich. Pazite! Bei uns sagt man: ›Zlo dođe na konu ali ode na pužu.‹«

Fritzi hat übrigens von da ab nie wieder mehr als das dienstlich Notwendige mit Andreas gesprochen. Andreas hatte schon beim letzten Gespräch gemerkt, wie es bei der Studiendirektorin Pepper »Klick« gemacht hatte. Eine kluge Frau, wie gesagt. Anfänglich etwas zu naiv für ihre Position vielleicht. Aber das wurde schon, mit der Zeit. Eine treue, aber schon eine ganz, ganz treue Beamtin ist sie geworden. Die Ironie dabei: Bei den dienstlichen Anlässen ging es stets um viel

Verständnis, immer wieder neue Chancen und faire Benotung. Von Schülern. Andreas warf ihr dabei dann die ›Ich weiß, dass Du weißt, dass ich weiß Blicke' zu.

Möge die Macht mit Dir sein? Fratzi war nun jedenfalls mit der Macht.

Επιδόρπιο με επίγευση

Nachtisch

»So gehst Du in die Literatur ein.«

»Wieso, was meinst Du?«

»Ja, der unfähige Schulleiter in diesem Buch, das bist Du. Alter Junge, mal ehrlich, so stur hättest Du die Vorgaben nun nicht durchziehen müssen. Das war wirklich zu auffällig. Irgendwas musst Du doch angestellt haben, dass der soo sauer auf Dich ist.«

»Du hast gut reden! Du warst es doch, der uns auf den Schulleiterkonferenzen Bezirk Süd immer gepredigt hat, denkt dran, dass der Unterschied zu denjenigen, die ihr befördert haben wollt, schön groß ist, weil bei zu kleiner Punktedifferenz könnte einer klagen, oder Deine blöde 26 M Regel erst, die es gar nicht gibt!«

»Was soll das konkret heißen?«

»Dass ich in der mündlichen Bewertung unter vier Augen bei den Leuten, die nicht drankommen sollten, den Unterricht eben richtig verrissen habe. Hab eben irgendwas dahergesagt, es gibt doch eh keine Zeugen, kommt doch nicht drauf an, 'ne? Und die Regel, zugegeben, war sehr gut geeignet, mir ungeeignet erscheinenden Kandidaten einfach Tätigkeiten abzuknipsen. Hat ja auch jahrelang keiner nachgeprüft. Kann ich doch nicht ahnen, dass einer das dann rausfindet und gleich so krumm nimmt.«

»Einer? Na ja, für Grotemeier war ja von vornherein gesorgt. Aber Du hast noch eine Kollegin so verärgert, dass die auf jedes Formular, das sie unterschrieben an die Schulleitung zurückzugeben hatte, ein *Scheißegal, MfG, Götz von B.* setzte. Hat mir die Hilgen selber gezeigt. Und zwei Jahre später ist die dann ganz raus aus dem Schuldienst.«

»Was ist das denn wieder? Keine Ahnung, was oder wen Du meinst!«

»Die hatte sich beschwert, dass die viele freiwillige Mehrarbeit, die sie geleistet hat, als Teilzeitkraft, von Dir nicht genügend berücksichtig worden sei. Du habest ihr, arrogant, wie berichtet wird, hingeworfen, sie solle sich nicht aufregen, sie arbeite doch so gerne?«

»Ach so, die. Die hatte auch sonst immer was zu meckern. Kommt aus 'ner reichen Familie und der ihr Mann verdient doch für zweie, was braucht die A 14, die soll sich nicht so haben. Kann sich in ihren Kindern verwirklichen.«

»Is auch alles nicht weiter schlimm. Du bist safe. Ich habe nämlich gehört, dass bundesweit mehrere Schulleiter glauben, sie und ihre Schule seien gemeint. Witzig, nich?

Doch der Bodo, der lacht nicht.

»Die Hilgen war jedenfalls 'n guter Griff, nebenbei bemerkt. An der prallt alles ab. Und die hat Machtinstinkt. Und diese Dings, die Frau Gitschel besitzt einen ausgezeichneten Klassenstandpunkt.«

Der Leitende bekommt einen Lachanfall, fängt sich nur mit Mühe und fährt dann fort:

»Und Euer Personalratschef ist auch Gold wert. Ist jetzt auch Personaloberratschef, wie man hört. Sicher ist sicher. Divide et impera. Oder 'ne echte Win-Win-Situation, hähä.«

»Manus manum lavat. Schenken wir ihm jetzt das Parteibuch mit Goldkordel für den Dienst an der höheren Sache?«

»Bodo, lass das. Nicht am Telefon.« Sagte der Mann am anderen Ende der Leitung.

»Wir wissen alle, wie untätig die Stadtverwaltung ist, nur, dass bei euch jahrelang das mit den verschiedenen Fluchtwegen und so, das hättste nun wirklich nicht so schleifen lassen dürfen!«

»Is nun mal nicht mehr zu ändern.«

»Unsere Juristen sagen jedenfalls, dass man da rechtlich nichts machen könne, von wegen künstlerischer Freiheit und Meinungsfreiheit, so'n Kram. Satire müsse man ertragen. *Pestalozzis Erben.* Der Mahlmann, weißt Du noch?«

»Aber es ist ja eben keine Satire!«

»Bodo, denk nach! Willst Du Dich hinstellen und sagen: ›Herr Vorsitzender, hier liegt schwerer Geheimnisverrat vor, denn bei uns wird tatsächlich systematisch nach politischen Vorgaben behumst und betuppt, was das Zeug hält?‹«

Bodo schweigt.

»Also, wir wollen doch bitteschön vermeiden, dem Kerl noch mehr Publicity geben. Bei Bedarf liefern wir die üblichen Schlagwörter:

Frauenfeindliches Geschmiere, Nestbeschmutzer, Verschwörungstheoretiker, bedauernswerter Fall, Alkoholprobleme, psychisch instabil usw. Praktischerweise hat der ja tatsächlich 'ne Behinderung. Wir könnten ihn auch andeutungsweise in die Nähe zu extremen Kreisen stellen. Da geht die örtliche SPD auf jeden Fall mit, hähä, und die Grünen sowieso.

Netter Nebeneffekt, wir haben jetzt bei der Stadt in puncto Gebäudesanierung was gut, und nicht zu knapp. – Na ja, mit solchen Besserwissern sind wir noch immer fertig geworden, was? Oderint dum metuant. – Und wie isses sonst so?«

Ein persönliches Fazit

»Bist Du zufrieden?«

»Ja, primordiale schwarze Löcher sind wieder im Spiel als Kandidaten für Dunkle Materie because of a possible breakdown of Hawking evaporation, doch, bin ganz zufrieden, als Hobbyphysiker.«

»Quatschkopp!«

»Meine Versuche sind nach Maßgabe dessen vollendet, was zu erreichen mir möglich war. Aus staatsbürgerlicher Überzeugung und mit einer ordentlichen Portion Groll.«

»Und Dein Fazit?«

»Dies vorweg. Ich kenne selbstverständlich die Mahnung mit dem Balken im eigenen Auge, und wen die Götter vernichten wollen, den schlagen sie mit Blindheit. Richtig, jedoch nicht hilfreich. Und je älter ich werde, das habe ich so oft erlebt, ich akzeptiere es inzwischen als zu unserer Natur gehörig, dass sich halbwegs gebildete und intelligente Menschen auch aus zumindest ähnlichen Gesellschaftschichten über elementare Fragen nicht mal annähernd einigen können. Is so. So ganz falsch liege ich aber nicht. Das Deutsche Schulbarometer zeigt alles andere als schön Wetter.Und, zugegeben, ich habe in dem Zirkus ja auch mitgemacht, denn ich war nicht mehr jung und brauchte das Geld.

Und ob das BLK Gutachten als wissenschaftliche Quelle nicht veraltet sei? Beim Baumert, nein! Beteiligt waren allein 12 Professoren (Die sind nicht A und auch nicht B, die sind Besoldungsstufe C!), 2 Oberstudiendirektoren und ein Leitender Regierungsschuldirektor, allesamt also Angehörige der species homo virilis infallibilis.

So, mein Fazit:

Am Ersatzgymnasium schienen mir alle recht zufrieden zu sein mit ihrer Situation. Gut, der preisgekrönte Architekt hatte seinem Hass auf das Schulfach Chemie durch die unpraktischen und mickrigen Fachräume, die wiederum von den Fachlehrkräften nie aufgeräumt und so weit wie irgend möglich gemieden wurden, begehrbaren Ausdruck verliehen. Und der ganze Syff dort? Gut, theoretisch vorstellbar wäre überdies so ein Schulleiter, ›Muss doch mal gucken, ob der Referendar auch gute Arbeitsbedingungen vorfindet‹ – ja, Du lachst – der mal hinaufgestiefelt wäre, hingesehen, nachgedacht und gesprochen hätte: ›Liebe Kolleginnen und lieber Kollege der Chemie. Jetzt räumt Ihr aber mal diesen ganzen Mist hier auf, aber zackig.‹

Die Ersatzbeamten waren richtig sauer, als der angestellte Lehrerkollege seine längst überfällige Höhergruppierung gerichtlich durchsetzte, offenbar mühelos.

Aber damals hatte ich meine täglichen Mühen mit der Gurkerei auf den Landstraßen, den existentiellen Ärger mit der Bonka. Weder Zeit noch Energie für übergreifende Reflexionen. Wenn ich mich jetzt nach so langer Zeit daran erinnere, sehe ich Kerstins und Carolas Verhalten übrigens nicht mehr als so rührend an, sondern als reflexartigen, gehorsamen Rückfall in das überlebenswichtige Verhaltensprogramm gegenüber den Fachleitern, als sie selber Referendarinnen waren.

Im Berufsalltag fliegt ein Pilot im Prinzip so, wie er es gelernt hat, ein Elektrotechniker der Fachrichtung Energieanlagen plant und baut eine sagen wir PV-Anlage so, wie auf der Meisterschule gelernt usw., usw. Nur Lehrer nicht, kein Lehrer führt dieses Theater auf, wenn kein Beurteiler zusieht. Das wissen wir alle.

»Na ja, stimmt schon, ist das aber so schlimm? Wir waren doch patent und flexibel genug, uns anzupassen und umzusetzen und vorzuführen, was verlangt wurde. Und hinterher reflektierte man hübsch selbstkritisch über die vergangene Stunde.« Elaine hält inne. »Ich bemerke gerade selber, wie zweischneidig diese Flexibilität im Ernstfall werden könnte.«

»Apropos kritisch. In Drenfort wurde hinter Chemie- und Physikraumtüren schon viel geschimpft über die Chefin und deren Gefolgsfrauen. Und in jener denkwürdigen Gesamtkonferenz, das war übrigens auch schon interessant, nachdem die Chefin erklärt hatte, sie habe durchaus ernstzunehmende Gegenargumente gehört, sei jedoch vollkommen sicher, dass die Landesregierung das fragliche Projekt auf jeden Fall als großen Erfolg feiern werde, eine Ablehnung sei also ebenso zwecklos wie unvorteilhaft, sprach ein Verehrungswürdiger: ›Das ist so eine schwerwiegende Entscheidung, ich meine, wir sollten darüber in geheimer Abstimmung entscheiden.‹ Das habe ich übrigens viele Jahre später auf meiner Dienststelle wiederholt. Bzw. nur eine solche geheime Abstimmung vorgeschlagen. Dafür wurde ich von der ständigen Stellvertreterin der Schulleiterin, der Demokratiekundelehrerin StDin Pepper coram publico richtig giftig angemacht. Aber Schattemans rief: »Ein Antrag reicht«, flitzte wie auf Kommando los und kam verblüffend geschwind mit Stimmzetteln zurück. Zu ihrer ewigen Schande und seinem Ruhme sei's vermeldet. Also wäre ich am Burggymnasium geblieben, wäre mein Urteil vielleicht anders ausgefallen. Ich neige allerdings der Ansicht zu, dass dieses System ein Beispiel für den Satz von Dr. Walther darstellt: ›Strategische Fehler können operativ nicht ausgeglichen werden‹. Wie beschrieben, war die Situation am Poldi jedenfalls hoffnungslos.

Das totale AH-Erlebnis stellte sich damals –?- 1933! – mit der Übernahme des Innenresorts ein. Das hieß auch Kontrolle des Beamtenapparates. Jede kann nun selbst ihre Schlüsse für die Gegenwart ziehen.« Er seufzt und winkt ein Ach-was-soll's mit den Armen.

»Soweit dazu. Tja, aber in all den Jahren habe ich nicht herausgefunden, warum unser Schulsystem systematisch unter immensen Reibungsverlusten schrappend und funkensprühend an der Wand entlang gesteuert wird.«

»Menschenbild«, sagte Elaine.

Quellen

Die Rechtschreibung orientiert sich an den Empfehlungen der *Schweizer Orthographischen Konferenz.* Längere Mundartpassagen wurden zumindest teilweise ins Standarddeutsche übertragen.

Für die Odyssee wurde die Übersetzung von J. H. Voß benutzt.

In den Texten werden Zitate, Ideen, Vorstellungen, Konzepte usw. zahlreicher Personen verwendet und oft, jedoch nicht immer typographisch durch Sternchen kenntlich gemacht. Einige Übernahmen werden an den betreffenden Textstellen mit dem Namen des Urhebers verbunden und sind leicht zuzuordnen. Weiteres Material stammt, in alphabetischer Reihenfolge, von (salvis titulis):

AT Kohelet 30; AT Psalm 58; Carl Michael Bellman; Aurelius Augustinus; Joseph Beuys; Saul Bellow; Ulrike Bialas; Eric Arthur Blair; Jolanthe von Brandenstein; Johnny Cash; Georg Büchner; Edward Bulwer-Lytton; Albert Camus; Johnny Cash; Erwin Chargaff; Michail Dudin; Hans Magnus Enzensberger; Maxplanck Forschung; Faschismustheorie der Frankfurter Schule; Viktor Frankl; Gustaf Fröding; Joseph Goebbels; Johann Wolfgang von Goethe; Curt Goetz; Evelyn Beatrice Hall; Knut Hamsun; Procul Harum; Adolf Hitler; Martin Heidegger; Ulrich Horstmann; Peter Horton; Gerald Hüther; James Joyce; Christine Kreuzer; Remo Largo; Hugh Laurie; Harald Lesch; Gerhard Lisowsky; Jürgen von der Lippe; Jonathan Littell; Henning Mankell; Johann Nepumuk Vogl; Kurt Vonnegut; Per Wahlöö; Günther Wallraff; Bettina Wegner; Norbert Weißenberg; Herbert George Wells; Hermann Weyl; Ludwig Wittgenstein.

Ein wenngleich diskreter, so doch besonderer Dank gilt: M. M.; M. S. M.; D. K.; R. G. S.